故事藥方

An A-Z of Books to Keep Kids Happy, Healthy and Wise

THE STORY CURE

不想洗澡、愛滑手機、失戀了怎麼辦……
給孩子與青少年的閱讀指南

艾拉・柏素德 Ella Berthoud　蘇珊・艾爾德金 Susan Elderkin ——— 著

趙永芬 ——— 譯

獻給我們那奇怪且無比神奇的小生物：

Morgan、Calypso、Harper、Kirin

一座療癒的紙上圖書館

◎林美琴（作家／閱讀教育研究暨培訓講師）

這是一本書，更像是一座紙上的兒童圖書館或是微型書展，在這兒，孩子好奇的、關注的、神往的各式成長養分，透過形形色色的故事包裝成動人的禮物，吸引孩子的目光。

我演講時，常有師長要求推薦好書，那麼，這本書就是適切的閱讀指南，從繪本、初階讀本、章節書到青少年小說，藉由作者對於兒童心理的詮釋與想像、匠心獨運的書目編排，一本本書籍就這樣活靈活現的敲叩孩子的心門，或是接引神遊奇幻的他方，或是美好生活的實踐行動，或者就與書中相同處境的角色們說著悄悄話，熬過痛苦或孤獨的時刻……那麼，閱讀對孩子就產生非凡的意義了。

透過這本書的接引，認識興趣相投的書朋友，開始閱讀吧！

◎邱景墩（戀風草青少年書房店長）

推廣青少年閱讀與親子閱讀這些年來，常有家長詢問孩子應該讀什麼書。例如，沉迷網路的孩子、受到霸凌威脅的孩子、出現叛逆期症狀的孩子……讀什麼書可以得到思考的啟發與問題的解決？

儘管我們可以很確定哪些書很棒，很值得推薦，很值得看。但是要如「開藥方」般的，給予「有什麼問題可以拿哪一本書做藥方」的建議，卻是我們望塵莫及。看到這本《故事藥方》簡直如獲至寶啊！書中分門別類地列出孩子可能的問題，以及建議的書單。所列的問題，也大大超出我的想像，五花八門，千奇百怪的疑難雜症，應有盡有。

就像百科全書那樣，您只要依據症狀條目，就可以找到適合孩子或親子的書單。太值得推薦了！

◎**陳培瑜**（凱風卡瑪兒童書店創辦人）

故事，不就是應該自己拿起來讀？不論故事類型是什麼，總能在裡面找到自己所需要的！如同羅德·達爾筆下的瑪蒂達一樣，無師自通，成為一個從書本裡得到成長養分的人。這件事在資訊爆量的年代，卻意外成為一種需要練習的技藝！我猜想有幾個原因，像是為人父母者自己小時候沒有機會體驗「不為考試而閱讀」，也可能是讀者面對書本的恐懼和錯誤想像，遠超過他所感受過的樂趣……

以藥單為名的閱讀指引書，用極小範圍的症狀描述為起點，像是「自覺不中用」、「總想聽人朗讀故事」、「狂奔亂竄的荷爾蒙」，讓讀者循路前進，對爸媽及教師讀者尤其有用；至於不需要解方的人，也可以在這本書裡看見兩位作者對於經典作品或是近代作家的評論及解讀，從他們幽默又有詩意的文字裡可以充分感受到對故事的熱情；而完全不帶說教的口吻，也讓我願意一直再讀下去！

希望台灣的讀者也能在這本書裡，慢慢找回閱讀的樂趣。

◎**葉嘉青**（臺灣師範大學講師，臺灣閱讀協會理事）

閱讀可以是隨機、漫無目的地沉浸在其樂趣中，隨著吟唱歌謠、賞析優美的圖文藝術，或化身為主角經歷神奇的冒險……我們的心智與情感也已潛移默化地得到紓解、昇華，甚至療癒。然而當我們希望針對孩子的某些問題做深入或旁徵博引地閱讀時，常需要更嚴謹地過濾與安排值得參考的書單。

兒童諮商輔導就常運用童書去擴展孩子的經驗，並透過說故事、討論及創意想像的「閱讀治療」（bibliotherapy）過程，達到輔導孩子的目的。《故事藥方》將零到十五歲孩子會面臨的疑難雜症與書目，做了系統性的分類與配對，並精簡地介紹了好書的內容與孩子的問題，幫助父母及老師選擇好書當媒介，有效地與孩子共讀及緩解問題。此外《故事藥方》也額外提供了大人療癒的書單做參考。當反覆翻閱這本閱讀療癒藥典時，能提升我們對於優良童書及青少年小說的了解，如同手握進入閱讀寶庫的鑰匙，將孩子及成人自己引進閱讀療癒的美好境地。

◎**賴嘉綾**（「在地合作社」繪本職人）

在許多演講之後，經常有人問我「書單」:「我的孩子吃飯不坐好，有沒有繪本可以教他？」、「家裡有人去世了，有沒有繪本可以幫忙？」、「開學前的焦慮，要看哪一本？」，我一直都很排斥告訴人家一本書治療一個症狀，甚至有時還很直接地說:「如果可以看一百本書，就不會有問題了。」但現在真的有人很有誠意的將這些書目整理出來，而且以字母排列，並且分類繪本、橋梁書、少年小說；譯本編排後，這些分類的文字同時以中英文對照。雖然閱讀的功效無法直接頭痛醫頭、腳痛醫腳，但有舒緩功效。沒病痛的時候隨時翻翻，好像常備良藥，同時也是預防勝於治療的好辦法！

中文版編輯說明

- ✓ 本書提及的書目，皆詳細列出英文書名、作繪者英文名供讀者查找。若該書目已引進中文版，將會標示中文書名與作者譯名。尚未有中文版之書目，僅加上中文譯名供參考。
- ✓ 本書提及的「初階讀本」ER和「章節書」CB，皆為適合協助孩子從圖畫書順利銜接到文字書的書籍。許多出版社將這兩類出版品歸類為「橋梁書」，而部分字量較多的「章節書」會被歸類為「少年小說」。
- ✓ 小圖示表示該篇章末會列出〈給大人的療癒書〉，敬請服用。
- ✓ 關於閱讀相關症狀，例如坐不住、太被動，作者亦開有特別藥方，請參見426頁〈閱讀藥方索引〉。
- ✓ 針對某些特殊主題，作者開有十大書單供參考，請參見427頁〈十大書單索引〉查看。
- ✓ 更詳盡的《故事藥方》使用說明，請參見29頁〈如何使用本書〉。

目次｜CONTENTS

成長疑難雜症A—Z索引

A

B

C

D

E

F

G

H

I

J

K

L

M

N

O

P

Q

R

S

T

U

V

W

X

Y

Z

故事，怎麼拿來當藥方？

陳安儀（親子教育專欄作家）

我們都知道，人生病了要吃藥，藥方有中藥、西藥、草藥、偏方，許多奇奇怪怪的東西，都可以拿來當藥引。不過，「故事藥方」沒聽過吧？故事，怎麼拿來當藥方呢？什麼樣的「病情」，適合拿「故事」來當藥醫呢？這就要來好好解釋一下了。

這本《故事藥方》，是作者蘇珊・艾爾德金和艾拉・柏素德繼《小說藥方》之後開出的第二本藥方。《小說藥方》給的是成人，讓大人在遇到人生疑難雜症的時候，能夠找到一本符合狀況的小說，替你指引人生的方向，讓人豁然開朗，茅塞頓開。而這本《故事藥方》針對的則是未成年的兒童和青少年，讓他們在遇到問題或挫折時，可以經由故事，慰藉心靈、迷途知返，找到一盞自己需要的光明燈。

其實，在我很小的時候，我就已經發現「故事藥方」的妙用。我雖然不是獨生女，但是跟弟弟妹妹相差九歲以上，再加上父親長期在國外，媽媽忙於家務，我在家中甚感寂寞。我很快就發現，「故事」是最好治療寂寞的藥方。我小的時候非常喜歡看書，尤其喜愛幻想類的故事，《格列佛遊記》、《魯賓遜漂流記》、《天方夜譚》、《院子裡的怪蛋》……那些光怪陸離的幻想故事，是我無聊時最好的友伴，陪伴我度過無數孤單的時光，讓我一個人的時候，能夠盡情的馳騁在幻想的世界裡，彷彿來到另一個五彩繽紛的世界，很快的就不再感到寂寞。

還記得我的五年級導師一度很替我擔心，她擔憂我只沉浸在書本的世界，而少了對外的接觸。殊不知，那時候我最好的朋友就是「書」，故事讓我充滿了快樂，只要一書在手，其樂無窮：翻開《小婦人》，喬立刻讓我有一見如故的感受，好像瘦小愛閱讀的自己有了一個知音；翻開《小公主》，裡面華麗的擺設讓我大開眼界，好像悄悄窺探了一個富家千金的人生；翻開《孤星淚》，讓我可以假裝自己是一個可憐的孤女，在冰冷的雪地中感受去提水的困苦；翻開《長腿叔叔》，我好像也變成了茱蒂，感受到情竇初開的心跳……

故事，讓我忘卻在學校裡要寫好多功課的苦惱、讓我得以忍受放學後還要練鋼琴的苦悶，更讓我在混沌的青少年時期，找到我的疑問：我們為什麼要生在這個世界？我們為什麼要讀書？將來長大我能做什麼？我的人生完結之後留下了什麼？當小小的腦袋被課本、考試壓迫得無法喘息的時候，故事是我最好的出口，也是我追求人生意義的答案。

《故事藥方》將青少年常見的問題以及話題，用英文字母做成區分，舉凡尿床、電動、幫派、青春痘、禁藥、友情、愛情、科幻、精神病、父母……等等，可以說鉅細靡遺，絕無遺漏。而且本書所列的都是品質良好的作品，連閱讀的「注意事項」都寫得清清楚楚，非常方便家長、老師幫孩子選書，也方便孩子自己挑選有興趣的內容欣賞。此外，《故事藥方》亦將書籍的年齡做了區分，用PB、ER、CB、YA區分出繪本、初階讀本、章節書、青少年小說，方便讀者參考，是一本非常實用，家長、教師與圖書館館方必備的「藥方」！

讓人安心的起點

黄筱茵（兒童文學工作者）

成長的過程是一條漫漫長路。每一個人在生命旅途中都會遭遇不同的挑戰與困境。有的困難像是路上小小的窟窿，只要大步跨過就沒事了；有的卻有如我們恐懼的夢魘，難以看清、一再回返，讓人心神不寧，不知如何是好。這樣的煩擾時刻，如果手上能有一本或多本談論相同情境的書，該有多好啊。我們不必硬著頭皮去探問，只需要翻開書頁，跳進故事裡，跟著書裡的角色走一趟她／他的旅程，在笑與淚的起伏思緒間，找到自己想要的答案。

《故事藥方》是一本讓人驚嘆的作品。我看過許多A-Z書，唯獨這一本，把孩子成長經歷中可能感受到的各種疑惑，詳列成由A到Z排列的手冊，一一列舉相應的故事，提供解答。舉例來說，覺得自己的心事總是無人傾聽（not feeling HEARD）就用凱特．迪卡密歐的《虎躍》回應，因為故事裡的小男孩羅伯自從媽媽過世以後，就一直把所有的感受埋在心底。再比如，對於如何理解死亡（fear of DEATH），兩位作者一口氣舉了兩本繪本、一本章節書和一本青少年小說來告訴我們可以如何看待人終將一死的事實，以及死亡在生命中究竟代表著什麼樣的意涵——在《獾的禮物》裡，所有的朋友都熱切的想念獾，可是他們也體悟到獾在每個人心中無以倫比的重要；《永遠的狄家》則清晰的敦促讀者們靜下來思考生命的長度與各種取捨分別意味著什麼。《故事藥方》開的書單橫跨各種年齡層的書目，這一點令人尤為佩服。書單以主題區分，也可以說是以成長歲月遭遇的各種症狀來區分，由於不分年齡層的各類文本可能都很動人的描繪此一主題，作者們因而同時列舉出來。不過這樣的書單當然也彰顯了兩位作者用功很深，因為這一千多本書單藥方，真的不是囫圇吞棗或急就章的故事醫生開得出來的。

另外，書裡條列包羅萬象的近三百項症狀，也等於寫盡了成長過程中大大小小的煩惱。值得一提的，是這些症狀相當仔細的檢列了身體、心靈、閱讀與各種面向可能出現的疑難雜症，舉凡霸凌、墜入情網、想當公主、長痘痘……甚至「不喜歡別人告訴我要讀什麼書」和「想要刺青」……等，真的琳瑯滿目、鉅細靡遺。此外，書裡列舉的書單雖然不乏經典，但是同時也加入許多非常新穎的書目。兩位作者充滿熱情的說明對每一本書的看法，讓人光是讀這些介紹，就真的迫不及待想找齊所有的書來看啦。

我想像自己冬天時窩在被窩裡，聽著音樂讀一本冒險故事；接著設想春天的枝枒甦醒時，和冬眠的動物一起離開洞穴，塵封的記憶悠悠轉醒……生命裡有多少季節，就有多少悲歡離合的記憶，在這種種輾轉反覆的心境裡，最懂我們心思的，當然是一個又一個故事呀。

再看看做為母親的我，當然掛心孩子會不會有想要開口，卻難以啟齒或很難表達清楚的困惑。跟著《故事藥方》一起帶孩子們走出迷霧當然是很棒的方式，因為我們不必叨念，也毋需說教，只要按圖索驥，依照書裡的索引提供相應的故事，就能自自然然的鬆綁難解的心結，化解孩子與自己苦無對策的問題。

也許有人會質疑「故事藥方」太過神奇，畢竟沒人能保證藥到病除，何況生命裡有太多幽微細膩的情感起伏，是需要自我反覆詰問辯證與體會，才能趨近理解。話雖如此，《故事藥方》絕對是探索自我很好的開始。我們感覺到了某種情緒與疑惑，只有走進故事，讓自己的思考震盪沖刷一番，才能慢慢歸納各種細微的體悟。理解自我的旅途沒有終點，惟有無盡的分岔路口，而帶著《故事藥方》在手邊嘛，是很讓人安心的起點。

抓一帖《故事藥方》保養小孩的心靈

劉鳳芯（國立中興大學外文系副教授）

現代人不分中外皆重保養，而且都強調從小開始：吞魚油幫助集中注意力、喝雞精有助增加抵抗力、服益生菌能照顧腸道、吃葉黃素能促進眼球健康……現在兒童文學也來參一腳，而且主攻上述補品都未能顧及的心·靈·面·向。《故事藥方》帖劑強調：閱讀故事，可鞏固兒童心理健康，裨助小孩快樂聰慧長大！

《故事藥方》由兩位分住大西洋兩岸的女性作者共同執筆，按英文字母順序列出現代兒童與青少年三百八十六種成長「症狀」，再逐一開出推薦書單。本書中譯標題定名「藥方」（英文原書名The Story Cure也含療癒之意），乍看似將成長過程可能遭遇的種種身心感受與生命經驗視為病症、將童書當成解決問題的媒介與工具，但從作者挑選的童書以及作品詮釋透露：作品首先必須蘊含美感與文學性，才符合解藥標準；此外，作品更需具備動人的感染力量，才足稱良方。《故事藥方》雖是一本介紹書的書，但由於作者精準掌握作品主題核心、圖文評析精簡扼要、筆調風趣幽默，因此讀者即便不熟悉文中所提書目或暫無索藥需求，依然能夠暢快享讀，並很可能在閱讀過程不斷受到作者的描述所挑動，禁不住一直想找書、訂書、找書、訂書。

《故事藥方》特色有四：首先，作者洞悉當代兒童狀態；書中將近四百種細膩分類，突顯當代童年的特有狀態之餘，亦可見現代成人對兒童的關注綿密入裡（至於是好是壞，則請讀者自行感受）。再者，書中推薦的童書與時俱進、活潑多樣，經典有之，亦不乏亞裔當代作家作品。第三，全書洋溢作者對童書的熟稔以及對於文學的敏銳與熱情。第四，譯文流暢、編譯用心。書中推薦書籍凡有中譯者，皆經編譯聯手仔細查考詳列，方便中文讀者檢索搜尋；而中譯書目之多，亦可見臺灣的童書出版蓬勃。本書列舉的當代兒童青少年症狀，從思索生命與存在價值、適應群體生活、建立公眾形象、經驗家庭生活、處理學業功課、應付身體變化、探索細微心理狀態不一而足，不僅令人驚嘆童年內涵之龐大與多面，再不容小覷，也反映童年隱含時代差異。以生理症候為例，英國作家史蒂文生在十九世紀當小孩時，將他困禁在床的是致命的肺疾；到了現代，兒童常見的生理症候如過敏、便祕、想吐、飲食失調、杜仔子（青春痘），雖不至威脅小命，但每個小毛病都足以攪亂兒童生活作息、甚至牽動整個童年經驗、心緒發展、人格成長。這麼一想，備妥《故事藥方》在案頭，見苗頭不對隨時抓一帖書中推薦的藥方給小孩保養保養身心，合該也是現代家長不妨慎重考慮的兒童保健處方。

本書的主要訴求讀者對象為父母，但除此之外，凡關心兒童的師長、童心未泯的大人，皆是本書熱情招手對象：有志兒童文學的讀者，可透過本書的精采書介與圖文分析，品味欣賞角度、蒐集更多閱讀書目；從事童年研究的學者與學生，亦可從書中的分類條目窺見當代童年的微妙特質，展開探究計畫；至於投身童書出版的編輯，更可從本書超過千冊推薦書目及六十九組「十大書單」及兩組「五大書單」外加一組「三十九本冒險故事書單」，激盪出源源不絕的出版靈感。

有故事的陪伴，成長不孤單

在「很久很久以前」和「從此過著幸福、快樂的日子」之間，有個我們都去過的地方，那兒出了好多稀奇古怪、妙不可言的事。

有些事我們平常沒機會做，比方說騎在龍的背上，或找到一張進入巧克力冒險工廠的金彩券。有些事我們一直想做，無奈膽子太小，要不就是覺得太瘋狂，譬如離家出走。有些事我們一點都不希望自己碰到，可又忍不住好奇萬一真的碰到了會是什麼情況，例如淪為孤兒、受困在荒島、由一隻獾撫養長大，或是不幸變成一塊石頭。等我們從那兒回來，拍拍帽子上的塵土，眼中現出一抹前所未有、通曉世事的眼神，只有我們明白自己看見了什麼，經歷了什麼，承受了什麼。我們也有一些別的體會：不管我們在現實人生有過什麼遭遇，無論我們的感覺如何，相同感受的大有人在，我們並不孤單。

我們在第一本書《小說藥方》[1]裡建議讀者在生命中對的時候讀對的書，如此不但有助於我們以不同的眼光看事情，甚至也有療癒作用，這在當時還是新鮮且驚人的想法。然而童書對孩童可能具有同樣作用，卻不令任何人吃驚。父母、乾爹乾媽、爺爺奶奶、好心的叔叔阿姨，更不用提圖書館員、語文教師和書商（當然，他們就是喬裝後的閱讀治療專家），他們早已知道要幫助孩子度過各種煎熬時刻，給孩子讀個相關的故事，就是最理想的方式，無論是在學校遭到霸凌，還是第一次墜入情網，或是牙仙一直沒現身。優秀的童書以無所畏懼的欣喜面對重大問題與重大情感，讀時無比震撼，但終究能夠安撫人心[2]。任何一個撒野蠻纏的幼童讀過《野獸

1　本書作者的另一本著作《小說藥方：人生疑難雜症文學指南》，麥田出版。

2　當然也有例外，像是有些黑暗的童話故事，如希萊爾·貝洛克（Hilaire Belloc）之《警

國》以後，便不再認為自己無所不能。即將進入青春期的女孩即使滿肚子疑問，只要讀了《神啊，祢在嗎？》，也不覺得那麼孤單了。

你能在本書中找到最優秀的童書給身邊的孩子，管他們三歲還是十三歲，管他們愛讀書還是避之惟恐不及，或是一刻也坐不住，想玩更多玩具，身上長蝨子，會做噩夢，或者急著想要更獨立。對許多人來說，一本兒時最愛讀的童書永遠是我們最寶貴的財產，不是任何一本一樣的書，而是我們小時候讀的那本，就算書皮不見了，書頁上用蠟筆畫得花花綠綠，立體書上的零件這裡少一塊，那裡缺一角也沒關係。蘇珊的最愛是《百狗爭鳴》[3]，書裡有包羅萬象、數不清的大狗小狗，有點點的、沒點點的、開敞篷車的，或是睡在你一輩子沒見過那麼大的床上，然後在該醒來的時候從一片五光十色中一躍而出。每次讀這本圖畫書——說是細細鑽研還比較貼切，都在和作者分享又一個以前沒看出來的隱藏版笑話：一隻半夜仍然眼睛睜得大大的直到天亮開始打盹的狗，因為這本書的精采就在於圖畫的細節。艾拉最珍愛的是《人猿泰山》[4]——二十四本泰山冒險系列小說中的第一本，她如飢似渴一本接著一本統統讀完了，泛黃的書頁滿載著刺耳的尖叫與叢林的呼喊。在書頁的空白處，也能見到她用彩筆塗畫蜷曲的蛇、鮮豔翅膀的鸚鵡和蹦來蹦去的猴子，偶爾甚至塗到了文字。這些強而有力的時間膠囊彷彿不僅收藏了我們的過去，也收納了夢想中自己未來的樣貌。

我們猜不出自己的兒女會緊抓住哪些讀過的童書不放，但肯定是那種觸摸得到的實體書。平板電腦雖然很炫，電子書可以在瞬間傳送到我們眼前，然而實體書除了用看的，如果也能摸一摸、聞一聞，說不定更容易在書裡流連忘返吧。

那時我們才渾然進入忘我境界，那時我們才來到那個地方。

那麼，如果你坐得正舒服，我們這就開始吧。

世童話》（*Cautionary Tales for Children*），及海因里希．霍夫曼（Heinrich Hoffmann）的《披頭散髮的彼得》（*Struwwelpeter*）等等，都替精神科醫師拉到不少生意。

3 《百狗爭鳴》（*Go, Dog. Go!*）伊斯特曼（P. D. Eastman）。

4 《人猿泰山》（*Tarzan of the Apes*）愛德加．巴勒斯（Edgar Rice Burroughs）。

如何使用本書

本書寫給想為小朋友挑選童書的成年人，寫給想從遠方遞送一個擁抱（或是一個警世故事）給孩童的父母、爺爺奶奶、朋友、教師、保母、圖書館員，或是遠方的阿姨。

本書的編排類似醫學參考書。以「疑難雜症」查找——不管是無聊，胸罩，還是不想上床睡覺——都能找到一、兩個「療癒」的故事。

請記得孩子的閱讀技巧與習慣的養成因人而異，我們以童書類別而非年齡排定「療癒」的順序，PB代表圖畫書或稱繪本（Picture Book），ER是初階讀本（Early Reader），CB為章節書（Chapter Book），YA是青少年小說（Young Adult Fiction）。只要依這些英文縮寫，就能找到適合孩子閱讀程度的書。

雖然各個類別約略符合特定年齡層的孩童（見後頁列表），我們建議您和共讀的孩子不妨自由悠遊於各類圖書。有些孩子不到六歲已經讀起章節書，有些小孩就算早已學會自己讀書，但還是喜歡聽人大聲朗讀他們最愛的繪本。具挑戰性的主題會在描述中標明。有些小毛病各年齡都有，如遭到霸凌、搬家、手足之爭，因此我們在各類別都列有療癒書單。其他跟年齡較為相關的小症狀，像是青春痘、遺失心愛的玩具、初吻等等，則單獨列出一張療癒書單。偶爾我們也會把不同類別混在一起：一本激發眾人共鳴的繪本或許正是碰觸青春期孩子心靈的妙方；當然，章節書這個豐饒的寶庫，既適合大聲朗讀，也能一人安靜閱讀，更是睡前共讀時刻的黃金首選。

我們列出的各類療癒童書涵蓋眾所周知及較不為人知的故事，經典現代兼而有之，有的作者來自遠方，有的就在附近，有系列小說（必要時會以括弧注明系列書名），也有單行本；不過幾乎都是小說。我們偶爾會列出十佳書單，例如十本適合長途開車聆聽之最佳有聲書系列，及十個最適合讀給嬰幼兒聽的床邊故事（見十大書單索引|427）。有些書單提供若干常

見與閱讀相關小毛病的解決方法，比方說坐不住，靜不下心來閱讀，或是書如何與3C電子產品競爭（見閱讀藥方索引426）。由於許多孩子的閱讀小毛病對陪伴的大人來說同樣難熬，我們也為大人推薦幾本療癒書單（以◎圖示）。這些療癒書單也都是童書，本書畢竟是一本談童書的書籍，但不管是為誰而寫，好書就是好書[1]。

年齡	圖示	描述
6歲及以下	PB	Picture Book，繪本，或稱圖畫書。為了與尚不識字的兒童共讀而設計，繪本介紹孩子認識書究竟是什麼，魅惑孩子五種感官知覺，魔法似的變出一個又一個故事。抓緊它們吧，許多繪本都是精采的閱讀起點，最傑出的繪本更呈現多重層次，能讓孩童好幾年百讀不厭。
5-8歲	ER	Early Reader，初階讀本。大字體，文字淺顯，附插圖，專為初學識字的孩子設計的圖書。
8-12歲	CB	Chapter Book，章節書。從淺顯到相當複雜的圖書皆有。可讓孩子兩、三下讀完，或者大家一起朗讀也行，端看孩子的閱讀程度如何，或是你是否捨得錯過精采的故事。
12歲以上	YA	Young Adult Fiction，青少年小說。此文類蓬勃出版的現象，反映出青春期多麼令人傷神。故事情節相對複雜也較激烈，當然，許多青少年已準備讀成人小說了，在此建議參考我們的《小說藥方》。

1 《納尼亞傳奇》的作者C. S.路易斯說過：「一本童書要是只有孩子愛讀，就算不上什麼優秀的童書。」

成長疑難雜症A—Z

故事……逗我們開心，也教會我們許多事，故事幫助我們享受人生，也忍受人生。除了營養、安身之處與陪伴之外，故事是我們在世間最迫切需要的東西。

菲力普．普曼

生命是怎麼回事？
what's it all **ABOUT**?

PB《你是星塵》(*You are Stardust*) 文／Elin Kelsey、圖／ Soyeon Kim

YA《穿條紋衣的男孩》(*The Boy in the Striped Pyjamas*) 約翰·波恩（John Boyne）

有些人一直在等人問這個問題，這下子終於有機會站上肥皂箱侃侃而談生命、宇宙和一切的意義何在了。然而若要另一批人解釋人類來自哪裡，又將去向何方的話，一句話也答不上來還算是正常的狀態，最糟的則是因此引發我們心中的存在危機感。

想要從科學觀點思考這個答案的人，就會喜歡生物學與神奇兼而有之的《你是星塵》。淺顯的文字，加上韓國畫家金素妍素樸的透視畫照片，讓我們看到生命如何從爆炸的恆星噴發原子開始，慢慢變成活生生的、不停成長、細胞不斷更生的有機體。它的重點在於人類是生命巨大循環的一部分，我們和大自然又有多少相同點。比方說，你知不知道人體中的水分跟海水一樣鹹？或者你是否曉得我們打噴嚏的時候，空氣噴出的速度比奔跑的獵豹更快？你知道蝙蝠與抹香鯨都會找朋友幫忙當保母嗎？當然，身為活的有機體有一點是避免不了的，那就是我們總有一天會死。然而那時巨大的循環又將重新開始，令人不得不讚嘆無所不在的生命奇蹟，我們又多麼需要守護這個脆弱的星球，和我們寶貴的生態系統。

隨著孩子逐漸長大，如何度過美好人生之類更根本的問題出現了。《穿條紋衣的男孩》說的是一個九歲男孩布魯諾的故事，他和父親從柏林搬到一個名為「奧特維（音似「奧許維茲」）的荒涼地方。後來我們才慢慢得知真相，原來他父親竟是惡名昭彰的納粹集中營指揮官。

布魯諾痛恨他的新家。那兒有偌大的花園，可是沒有人陪他玩。圍籬另一邊的人——爸爸們，爺爺們，男孩子們，一個女孩也沒有，為什麼一天到晚穿著條紋衣到處走來走去？天真的布魯諾想像這些人騎著自行車，一起吃大鍋裡的食物，一定玩得很開心。只有讀者清楚這與可怕真相的距離有多麼遙遠。

一天，有個穿條紋衣的身影走到圍籬前面，他終於交到一個朋友。他和舒穆爾隔著圍籬聊天，布魯諾給他帶吃的東西。之後，受到一名來訪的納粹軍官盤問，布魯諾發現自己矢口否認舒穆爾是他的朋友——由此我們可以清楚看到他也在無意中成了可怕的共犯。他們踏上最後的恐怖歷險時，天真的布魯諾就陪伴在朋友身邊，不離不棄。

這本書挑戰讀者是否能夠明辨是非，是否通曉人性，對自己又了解多少。把這本書帶進你家，運用它建立公平、正義與尊重的人性價值。

給大人的療癒書

PB《尼可萊的三個問題》（*The Three Questions*） 瓊・穆德（Jon J. Muth）

如果你真的有了存在危機，請讀這本受托爾斯泰啟發而寫的精采繪本。書中一頭大熊貓所說的話，道出了充滿禪意的智慧，大人小孩讀過之後都有可能改變人生。

參見 怕死118、懷疑有沒有神178

家暴
ABUSE

PB《我的爸爸會打人》（*A Family That Fights*） 文／Sharon Chester Bernstein、

圖／Karen Ritz

PB《言語傷人心》（*The Words Hurt*） 文／Chris Loftis、圖／Catharine Gallagher

YA《學會尖叫》（*Learning to Scream*） Beate Teresa Hanike

YA《壁花男孩》（*The Perks of Being a Wallflower*） 史蒂芬・切波斯基（Stephen Chbosky）

生長於受虐家庭的孩子並非一眼就看得出來，然而無論是身體還是心理受虐，日子一樣難熬。受虐的孩子為了掩飾羞辱，或是讓自己覺得安全，往往琢磨出各種應對機制。只要懷疑孩子受到虐待，都應為其尋求專業協助，不過倘若能夠共讀一本反映當時狀況的書，或許能夠讓受虐孩童得到些許安慰，甚至開啟對話之門（處理重大個案的時候，一定要先把書從頭到尾讀完，再同孩子共讀。在此推薦的繪本以文字捕捉受到家人虐待時可能會有的狀況，除非其內容和孩子自身的經驗有幾分類似，否則不但無法安撫孩子，反而會徒增焦慮。）讓孩子知道有人關心，相信有人願意傾聽且提供協助是至關重要的，而書籍可以創造安全與耐心的空間。

從表面看來，《我的爸爸會打人》說的是個很普通的家庭，一個「偶爾看場電影，烤些餅乾，玩玩遊戲，和堆雪人的家庭」，可是這個家裡有個會「動手打人」的爸爸。書中以相當謹慎的筆觸細細描述這個家裡可能也確實發生的各種事情：每當接近爸爸回家的時刻，媽媽就愈發緊張起來；孩子氣媽媽總是假裝家裡一切正常。書中的黑白插圖巧妙捕捉到壓抑的情緒。

至於言語的虐待，請讀《言語傷人心》，故事中憤怒的父親自己也曾是個受虐的小孩，於是他經常劈頭蓋臉數落兒子格雷的不是。夜裡躺在床上的格雷不禁納悶，同學的父親會不會因為他們上學遲到而勃然大怒，他也想知道打掃房間在每個家庭是不是「嚴格執行的規定」。可是爸爸每次說話只透露不多不少的事實，於是格雷覺得自己大概活該挨爸爸破口大罵吧。直到有一天，他的死黨喬的父母親眼目睹爸爸大發雷霆——見到那張因情緒瞬間失控而脹得通紅的臉，格雷總算是得到一個盟友。這位父親立刻招認自己動輒對兒子惡言相向，且自承需要幫助，儘管這樣的結局似乎太過理想了。但至少這一家人最後一同面對問題，父子倆重拾親情，本書仍然提出一個正面的、充滿希望的榜樣。我們必須向受虐孩子保證，開口求助於人絕不會讓情況變得更糟。

令人揪心的《學會尖叫》探討的是孩子身邊的大人明明知道孩子受虐，卻依然視而不見。瑪維娜從七歲起每週五都去爺爺奶奶家，而且和爺爺一起洗澡。爺爺會在泡沫底下伸手摸「他的小瑪維娜」，也逼她去摸他的身體——同時奶奶拿著大毛巾等在浴室門外。今年十三歲的瑪維娜養成一個習慣，每次洗澡的時候，她盡可能讓腦中一片空白，什麼也不想，「只要他碰觸不到我的思想，隨便他要幹麼」。她試圖把事情告訴父親和哥哥，可是好像怎麼也說不出口，後來好不容易才擠出「他親我」三個字，他們卻叫她「別碰我小姐」，彷彿她對性就是大驚小怪。而讓問題更複雜的是奶奶臨終對瑪維娜的囑咐，她求孫女閉嘴。「爺爺克制不了自己，」奶奶說：「答應我你不會棄他不顧。」

後來瑪維娜結識一個同齡的男孩，她開始嚮往正常、健康的男女關係，也漸漸了解過去發生的事錯得多麼離譜。她懷疑新交的朋友史酷威要是知道真相的話會怎麼想她，於是不時在他耳邊悄聲說著：「你非幫我不可。」到頭來終於弄懂瑪維娜有話要說的人，竟是爺爺的鄰居畢謝克太太，雖然不得不在桌子下面踢那位太太，她才總算說出口。這個故事清楚告訴我們一個令人心寒的事實：有時候就算是自己最親的家人，也可能阻絕受虐孩童最迫切需要的幫助。

《壁花男孩》的故事核心，在於揭露受虐真相有時得花上好幾年才會曝光。十五歲的查理是那種寧可站在邊線靜靜觀戰，也不願意主動上場打球的男生。憧憬未來成為作家的他常常感到抑鬱消沉，升高中也讓他覺得緊張（等我們讀到他最要好的朋友在上學期末自殺死亡之後，才稍微理解他的精神狀態。）之後他結識喜歡的女生珊，兩人第一次親吻時，他腦海中不斷閃現令人心煩意亂的往事。起初他並不理會，那些畫面卻變得愈來愈鮮明，等到終於明白他以前受到的創傷時，包括讀者在內的所有人統統驚呆了；不過作者切波斯基處理手法十分細膩，真相透露多少，都由查理決定。青少年讀者會看到創傷既然已經扒開，查理也慢慢開始復原了。

參見 遭到霸凌90、你是惡霸92、說話沒人聽191、住在寄養家庭158、創傷395、暴力406

功課不好
not very **ACADEMIC**

參見 覺得一無是處180

青春痘
ACNE

YA《發現與眾不同》(*Spot the Difference*) 茱諾・道生 (Juno Dawson)

青春痘其實是由病毒引發，然而一般大眾總誤以為是個人衛生習慣不良所致，害得長青春痘的孩子更是愁上加愁。近來才有小說探討這個問題，但只是表達心中的醜陋。現在多虧了茱諾・道生寫出一位我們喜愛的女主人翁——她洗刷了這個污名。

十六歲的艾弗莉以「披薩臉」的外號聞名全校，她以前的好友露西把她甩了，就為了同一票很受歡迎的女生廝混。這群女生總是把自己的秀髮、肌膚和指甲妝點得完美無缺，然後坐在朋友圈中自鳴得意。現在她最好的朋友是洛伊絲，她有個俏麗的鼻子，一頭清湯掛麵如明星泰勒絲的秀髮，要不是有條特別小的胳臂，肯定也會廣受歡迎。學校同學都叫她「暴龍」。

接著有人給艾弗莉擦一種新藥，她的青春痘全都不見了，大家赫然發現原來她是個大美人。那群受歡迎的女生轉而向她示好，於是她甩了洛伊絲，交了男友賽斯，自覺人氣擋不住的她決定角逐學生代表。正當學生代表選戰激烈到接近頂點之際，艾弗莉又聽說不可再使用這種消除青春痘的神奇藥膏，因為它有嚴重的副作用。她發表競選演講時頭上套著牛皮紙袋（皮膚雖「不盡完美，她卻很知足」），請大家支持真實的她和她的信念，而非支持她的外表。我們無從得知選票結果，它對本書的兒童讀者來說並不重要，書的重點已經充分表達出來了。

參見 青春期38、缺乏自信107、痘痘425

注意力不足過動症
ADHD

參見 閱讀藥方：坐不住150、注意力不足337

青春期
ADOLESCENCE

值此困難時期，青少年的一切皆處於不斷的變化——身體信念、自我感覺，和他人的關係，每個人都期望能有幾個故事中的盟友幫忙度過難關。

十本青春期必讀書單

CB《犬歌》（*Dogsong*） Gary Paulsen

YA《去問愛麗絲》（*Go Ask Alice*） 作者佚名[1]。

YA《巧克力戰爭》（*The Chocolate War*） 羅柏・寇米耶（Robert Cormier）

1 這個動人的故事描述一名青少女在參加一次派對之後無意中染上藥癮，身為心理學家的作者Beatrice Sparks聲稱此書取材自一本真實日記，但後來承認為杜撰之作。書中充滿對青春期煩惱的同情，我們推薦此書乃因此書可提醒青少年用藥的危險，但家裡的少男少女必須準備好了才能讀。

YA《給你的信》(*Dear Nobody*) 貝莉・多緹(Berlie Doherty)

YA《公主新娘》(*The Princess Bride*) 威廉・戈德曼(William Goldman)

YA《地海彼岸》(*The Farthest Shore*) 娥蘇拉・勒瑰恩(Ursula K. Le Guin)[2]

YA《致那些美好歌曲》(*All Our Pretty Songs*) Sarah McCarry

YA《混音派對》(*Remix*) Non Pratt

YA《夏天的平方根》(*The Square Root of Summer*) Harriet Reuter Hapgood

YA《疤面男孩》(*The Scar Boy*) Len Vlahos

參見 青春痘37、想要獨處46、吵架56、誤入歧途58、不停討價還價64、體毛80、身體形象80、體臭82、不得不做家事104、笨手笨腳106、約會115、覺得與眾不同127、尷尬60、考試141、父母討厭你的朋友163、電動打太多169、不確定自己是不是同志171、覺得一無是處180、受夠了幸福快樂的結局190、狂奔亂竄的荷爾蒙197、失去天真203、懶惰209、喜怒無常231、太倔強254、生理期280、眼睛黏著螢幕328、生悶氣372、父母不在時把家裡弄得亂七八糟394、心事無人知401、夢遺416、痘痘425

領養
ADOPTION

CB《想飛的母雞》(*The Hen Who Dreamed She Could Fly*) 文/黃善美(Sun-Mi Hwang)、圖/金歡泳(Nomoco)

很久很久以前，養父母會隨便找個時間讓孩子坐下，然後冷不防丟出青天霹靂一句話：「噢，對了，你是我們領養的。」幸好那個時代已經過去，現在的養父母打從一開始，就會找適當時機一點一點告訴孩子詳情。繪本在這方面是絕佳的幫手，同時養父母也可藉此機會一再告訴孩子他們

2 讀過地海系列第一冊《地海巫師》、第二冊《地海古墓》後再讀此書，將更樂在其中。

多麼殷切盼望有個小孩，又煞費多少苦心才領養成功。什麼故事能夠打動孩子的心弦，就要看領養的個別狀況。請在篇末列出的書單中尋找適合的圖書。

養子女漸漸長大的同時，通常也會問起更多親生父母的事，也可能想要找到他們，這種事對養子女與養父母雙方而言，必定掀起排山倒海的複雜情感。讀了韓國作家黃善美所寫的《想飛的母雞》之後，就會覺得被人領養雖然心中五味雜陳，卻是十分正常的事。葉芽是一隻心懷夢想的生蛋母雞，她其實並不想飛，而是想當母親。於是她和她的鴨子朋友一起從養雞場的院子脫逃，逃到野外過她的新生活，獨立覓食，也盡可能避開總是肚子餓的黃鼠狼。她在玫瑰叢中無意間發現一個鳥巢，發現鳥巢裡有個「好大、好漂亮」且還暖乎乎的蛋，於是她整夜坐在上面孵蛋。到了早上，她已感覺得出蛋殼裡面輕微的心跳。

等蛋裡的小鴨孵出時，葉芽幸福的模樣令人讀來十分動容。她帶著心肝寶貝小綠神氣地大步走過養雞場院子裡其他動物的面前，完全不為他們的嘲弄所動。「沒錯，他是鴨子，不是小雞。誰在乎呢？」她自顧地說。「他知道我是他媽！」小綠自己學會飛行的時候，他繞著蓄水池飛了一整天，地面上的葉芽非常替他高興。一天，小綠感覺有個什麼東西愈來愈接近蓄水池，那東西將遮蔽整個天空，空氣中也將充滿一種叫聲……於是他在興奮與失落的情感交織之下渾身顫抖起來……

這個寓言式小小說具有許多意涵——為人父母的渴望，孩子需要做自己。不過我們難以忘懷的是葉芽對孩子那份無微不至的愛。葉芽知道，她能給孩子最真摯的愛就是去了解他——縱使因此必須承認他與她不同，而且他總有一天會為了發現自己而離開。等孩子問起親生父母的時候，不妨給他們讀這本書，讓他們知道你懂。

十本領養子女必讀書單

PB《堤索家的小寶寶》（*The Teazles' Baby Bunny*） 文／Susan Bagnall、圖／Tommaso Levente Tami

PB《最美好的禮物》(*The Most Precious Present in the World*) 文/Becky Edwards、圖/Louise Comfort

PB《南西的孩子》(*The Nanny Goat's Kid*) 文/Jeanne Willis、圖/Tony Ross

CB《清秀佳人》(*Anne of Green Gables*) 露西・蒙哥瑪麗(L. M. Montgomery)

CB《舞鞋》(*Dancing Shoes*) Noel Streatfeild

YA《泡菜與義大利麵》(*Kimchi & Calamari*) Rose Kent

YA《遇見陌生人》(*Find a Stranger, Say Goodbye*) 露薏絲・勞瑞(Lois Lowry)

YA《失蹤的女孩》(*Girl Missing*) Sophie McKenzie

YA《莎菲的天使》(*Saffy's Angel*) Hilary McKay

YA《千年之願1:煙與骨的女兒》(*Daughter of Smoke and Bone*) 萊妮・泰勒(Laini Taylor)

給大人的療癒書

PB《荷頓孵蛋記》(*Horton Hatches the Egg*) 蘇斯博士(Dr. Seuss)

這個故事並非把親生骨肉送給他人領養的最佳範例，不過人們在極端疲累的時候，或者聽到子女朝你拋一句「反正你又不是我的親生爸媽」，那時言而有信的荷頓就能給你莫大的安慰。懶惰鳥梅姬生了一顆蛋，她卻寧可在棕櫚灘晒太陽，於是把孵蛋工作託給大象荷頓。荷頓說到做到，不管風霜雪雨，依然盡心盡力保護鳥蛋，哪怕樹枝給他壓彎了，哪怕象鼻子凍成冰柱，哪怕獵人拿槍對著他，他照樣端坐不動。蘇斯博士的插畫創意無限，他以獨到的筆觸把人生中的種種艱辛描繪得栩栩如生。小鳥終於破殼而出時，梅姬竟敢說小鳥是她的孩子，可是讀者清楚誰才是真正的父親。無論你或你的孩子何時需要提醒，不妨把荷頓的呼喊當作你的口號：「我說真心話/我的話真心/大象說的話/百分百不假！」

參見 憤怒48、覺得與眾不同127、無法表達感受148、父母268

需要冒險
needing an **ADVENTURE**

孩子若在自家後門找不到可冒之險，那就讓他們走進書裡冒險吧。

39本最佳冒險故事書單（冒險之於章節書有如琴酒之於通寧水，十本怎麼夠？）

YA《小海螺和大鯨魚》（*The Snail and the Whale*） 文／茱莉亞・唐納森（Julia Donaldson）、圖／薛弗勒（Axel Scheffler）

YA《母雞蘿絲去散步》（*Rosie's Walk*） 佩特・哈群斯（Pat Hutchins）

YA《姆米、美寶與米妮》（*The Book about Moomin, Mymble and Little My*） 朵貝・楊笙（Tove Jansson）

YA《不是箱子》（*Not a Box*） 安東尼特・波第斯（Antoinette Portis）

YA《我們要去捉狗熊》（*We're Going on a Bear Hunt*） 文／麥可・羅森（Michael Rosen）、圖／海倫・奧森柏莉（Helen Oxenbury）

CB《航向小溪》（*Down the Bright Stream*） B. B.

CB《綠野仙蹤》（*The Wonderful Wizard of Oz*） 李曼・法蘭克・包姆（L. Frank Baum）

CB《魔術馬戲團》（*Circus Mirandus*） Cassie Beasley

CB《遠方的魔法樹》（*The Magic Faraway Tree*） Enid Blyton

CB《我的小象朋友》（*The Child's Elephant*） Rachel Campbell-Johnson

CB《小老鼠與摩托車》（*The Mouse and the Motorcycle*） 文／貝芙莉・克萊瑞（Beverly Cleary）

CB《星期六》（*The Saturdays*） Elizabeth Enright

CB《雪地商人》（*The Snow Merchant*） 文／Sam Gayton、圖／Chris Riddell

CB《老鼠與他的寶貝》（*The Mouse and His child*） Russell Hoban

CB《畢格斯上戰場》（*Biggles Goes to War*） Captain W. E. Johns

CB《神奇收費亭》（*The Phantom Tollbooth*） 諾頓・傑斯特（Norton Juster）

CB《卡拉的盜墓計畫》（*Sparks*） Ally Kennen

CB《山洞男孩》（*Stig of the Dump*） 文／Clip King、圖／Edward Ardizzone

CB《賊島》（*Island of Thieves*） Josh Lacey

CB《月夜仙蹤》（*Where the Mountain Meets the Moon*） 林珮思（Grace Lin）

CB《杜立德醫生》（*The Story of Doctor Dolittle*） Hugh Lofting

CB《森林裡的孤兒》（*The Children of the New Forest*） Captain Frederick Marryat

CB《藥師》（*The Apothecary*） Maile Meloy

CB《里寶史托》（*Ribblestrop*） Andy Mulligan

CB《五個孩子和精靈》（*Five Children and It*） 伊・內斯比特（Edith Nesbit）

CB《亞馬遜探險》（*Amazon Adventure*） 威拉德・普萊斯（Willard Price）

CB《煙火商的女兒》（*The Firework Maker's Daughter*） 菲力普・普曼（Philip Pullman）

CB《移動城市1：致命引擎》（*Mortal Engines*） 菲利普・雷夫（Philip Reeve）

CB《怪奇孤兒院》（*Miss Peregrine's Home for Peculiar Children*） 蘭森・瑞格斯（Ransom Riggs）

CB《哈樂與故事之海》（*Haroun and the Sea of Stories*） 薩爾曼・魯西迪（Salman Rushdie）

CB《雨果的祕密》（*The Invention of Hugo Cabret*） 布萊恩・賽茲尼克（Brian Selznick）

CB《亞馬遜之夏》（*Amy Wild: Amazon Summer*） Helen Skelton

CB《埃及遊戲》（*The Egypt Game*） 吉爾法・祁特麗・史奈德（Zilpha Keatley Snyder）

CB《綁架》（*Kidnapped*） 羅伯特・路易士・史蒂文生（Robert Louis Stevenson）

CB《金銀島》（*Treasure Island*） 羅伯特・路易士・史蒂文生（Robert Louis Stevenson）

CB《一家之鼠》（*Stuart Little*） E. B. 懷特（E. B. White）

CB《海角一樂園》（*The Swiss Family Robinson*） 約翰・大衛・韋斯（Johann David Wyss）

YA《最後的獨角獸》（*The Last Unicorn*） 彼得・畢格（Peter S. Beagle）

YA《繼承人遊戲》（*The Westing Game*） 艾倫・拉斯金（Ellen Raskin）

參見 無聊84、全家出遊145、暑假373

酒精
ALCOHOL

參見 嗑藥135、同儕壓力278

過敏
ALLERGIES

PB《公主與花生》（*The Princess and the Peanut*） 文／蘇．甘茲－史密特（Sue Ganz-Schmitt）、圖／Micah Chambers-Goldberg

YA《跳陰影的人》（*Shadow Jumper*） J. M. Forster

對於過敏的孩子來說，這事可是一點也不好玩。他們非但不得接觸任何可能引發過敏反應的物質——不管是花粉、貴賓狗，還是花生（請參見：過度擔心418）——也須面對過敏對其社交生活與親密關係的衝擊。身患嚴重過敏的小孩可能會覺得什麼好玩的事都沒他們的份，或自覺比其他人脆弱許多（請參見：覺得與眾不同127、很難交到朋友161）。史密特的經典童話故事《公主與花生》卻有令人欣喜的轉折，它不但輕鬆看待過敏，或許也能讓過敏兒覺得自己挺特別的，所以本書受到讀者加倍的歡迎。一個渾身被雨淋得溼透的流浪兒出現在王宮門口，還自稱是「真正的公主」時，王后決定用傳統的方法測試她。可是王宮裡的豌豆剛好沒了，於是只好塞一粒花生米在床墊底下。隔天一大早，可憐的公主哭喊著要打一劑治療過敏性休克的速效腎上腺素。國王與王后的反應真是沒話說，立刻把宮中食物儲藏室裡所有包含花生的食物統統丟掉，而被愛情沖昏頭的王子也發誓，倘若花生米公主答應跟他結婚，他從此再也不吃最愛的花生醬三明治。在此為過敏締造的幸福良緣歡呼三聲！

年紀大一點的孩子會喜歡《跳陰影的人》，故事中十四歲的傑克生來皮膚對陽光過敏，而且他的情況非常嚴重，出門時全身必須塗上防晒霜，不然就得用衣服遮得密密實實，見不得一點陽光，所以他多半獨自待在室內，膚色出奇蒼白，自覺活像個吸血鬼。在學校時他不能上場和同學打球，下課也走不出教室，這就表示他很難交到朋友。但他也跟同齡孩子一樣想玩，一樣憧憬冒險。

因此他才挑黃昏時分攀上屋頂，然後大膽從一個陰影跳到下一個陰影。他知道自己在玩命——不僅有摔死的危險，對他來說，哪怕是暴露在傍晚微弱的暮光之下，也可能引發他渾身嚴重的紅疹。

他在屋頂上認識了焦慮的少女貝絲，她慘白的臉妝和墨黑的眼線，看來幾乎同他一樣怪異，他立刻覺得兩人心靈契合。他倆結伴搭乘夜車尋找傑克失蹤的父親，闖入他工作的實驗室，也漸漸明白兩人都不得不面對的問題。顯然傑克的病情會在壓力之下惡化，平靜與開心的時候則大有改善；他對生命中的重要人物敞開胸懷之際，皮膚也一天天好轉。這個故事鼓勵青少年和他人共同面對挑戰，說到底，他人若不了解我們有哪些需要，又該如何滿足我們？

參見 覺得與眾不同127、挑食165、過度擔心418

想要獨處
wanting to be left **ALONE**

PB《雲》（*The Cloud*） Hannah Cumming

PB《孤單一個人》（*All Alone*） 凱文・漢克斯（Kevin Henkes）

YA《噪反I：鬧與靜》（*The Knife of Never Letting Go*） 派崔克・奈斯（Patrick Ness）

偶爾靜靜一個人很有幫助。離開了混亂的人群，孩童才體會得到自己的感觸，又不必假裝一切都很好。不過要是有人發現的話，孩子偶爾也寧可有人把他們從消沉中解救出來。《雲》中的小女孩就是這樣，一團炭筆畫的憤怒烏雲總是盤旋在她頭頂上。

美術班所有小朋友的畫布上都塗滿了太空船和黃澄澄的小雞，只有頭上頂了一團雲的小女孩什麼也沒畫。沒有人敢接近她。後來一個畫了有趣的歪眼肖像的小女生勇敢穿過那團烏雲跟她說話。她嘗試好幾次，烏雲女孩總算開口了——不久，兩人發揮己長一起畫畫，畫的愈多，那團烏雲就變得愈小，最後——砰！烏雲不見了，小女孩的臉上綻放出陽光般的燦爛笑容。這本善解人意的書最適合渾身是刺的兒童閱讀，同儕讀來也十分理想。它說的就是耐心、堅持不懈和接納皆有助於把任何人從自我封閉的硬殼裡拉出來。

有時孩子想要獨處，是因為他們明白獨處時才覺得自己真正活著。凱文·漢克斯以令人讚嘆的極簡抽象藝術介紹這個概念，書中寥寥幾筆畫出的小男孩置身於半抽象的水彩風景中。一開始他就說：「有時候我好想單獨生活，就我一個人。」他用「單獨生活」，而非「獨處」，立刻把我們提升到詩的境界。小男生獨自走在樹林中時，他能「聽見更多，看見更多」。他看見迎風嘆息的樹，感覺到陽光灑在皮膚上的熱度。許多大人一輩子學不會如此享受獨處的時光。用它介紹孤獨的好處，等於交給孩子一把知足人生的鑰匙。

年紀大一點的孩子若想獨處，多半與荷爾蒙有關，甭說大人難以了解，就連青少年自己也說不清楚（參見：青春期38、狂奔亂竄的荷爾蒙197）。房門緊閉好幾個小時，藉口一大堆，就是不肯參加家庭活動。派崔克·奈斯精采的噪反三部曲第一部《鬧與靜》中，主人翁陶德生長在人人都能聽見他人心思的星球上，他迫切想要逃離他人。人們心裡的噪音不斷咔噠咔噠宣洩出來，日日夜夜圍繞著他，就這麼「衝向你衝向你衝向你」，怪不得陶德和他的狗兒曼奇開始花很長的時間在寂寞的沼澤散步。但就算是在那裡，他仍然聽得見曼奇的想法，只是內容與表達方式很基本罷了（「陶德，我要便便」、「陶德，我餓了」）。

他雖盡可能隔絕噪音，避開年長男人要教他的事物（即將「轉大人」的威脅就躲在暗處），卻巧遇一件意料之外的事。因為病毒感染，星球上沒有一個女人，然而在沼澤區，陶德似乎找到了懷疑這個說法的理由⋯⋯

青少年讀者能夠體會陶德需要獨處，而他終於找到人分享心中祕密時，他們也能感受到那份喜悅。

參見 覺得與眾不同 127、覺得沒有朋友 159、很難交到朋友 161、說話沒人聽 191、獨來獨往 214、喜怒無常 231、創傷 395

憤怒
ANGER

PB《菲菲生氣了》（*When Sophie Gets Angry – Really, Really Angry*） 莫莉・卞（Molly Bang）

CB《化身小狗》（*Dogsbody*） Diana Wynne Jones

YA《水底下呼吸》（*Breathing Underwater*） Alex Flinn

假以時日，我們漸漸學會控制哭喊、尖叫或打人的原始衝動，不過自制絕非我們與生俱來的能力。如果孩子周遭的同儕、年紀稍長的手足或是大人表達憤怒的方式失當，或是根本不發怒的話，故事或可為家人引介一個健康的好範例。《菲菲生氣了》讓我們看到人在火冒三丈時可能發生的事，又該如何使自己冷靜下來。

乍看那麼簡單的插圖，你會以為八成是小孩拿大刷子和廣告顏料畫出來的：這是菲菲和她姊姊，兩張臉就是兩個扁扁的圓圈，兩顆點點是眼睛，紅色塗鴉是嘴巴。可是這種藝術手法的力道不久便顯現出來。當姊姊一把搶走她的玩具猩猩而激怒她的時候，菲菲偌大的一張臉占滿了書頁。菲菲怒氣爆發的剎那，她的身形都是嘶嘶響的紅色鋸齒線條。她奔出屋子以後，其他所有東西也開始嘶嘶作響——使勁甩上的門、大樹、一隻松鼠，彷彿吸收了她噴發的怒氣。過了一會兒，她的怒火漸漸燒完，她的身形也轉為較暗的橙色線條。但唯有找到一棵老山毛櫸樹——高大粗糙的樹幹盤旋直上藍天，充滿涼爽的藍色氣息，她的怒氣才煙消雲散。她回家時，身形終於褪回黃色，跟她家人的線條一樣，他們都正在默默做自己的事，也很高興見到她回來了。這個故事告訴我們，生氣很自然，不過你也可以自行解決，完全不必傷害他人的感情。

《化身小狗》這本神奇又令人深思的書，應該會讓那些已經大到不能耍無賴、小到無法耍脾氣的兒童讀來很有感覺。天狼星是大犬星座的一顆恆星，可是他太常發火了。這會兒他遭人指控謀殺，天庭的法官將他貶到地球。來到地球的他必須化身為一隻小狗，而且要找到「左伊」這種球形武器，他才可能恢復恆星的地位。

天狼星在許多方面都變得十分謙卑——先是忍受沒人要的恐懼，後來又成為一個窮苦人家的寵物，他們虐待寵物，也虐待子女。幸好凱瑟琳救了他，全心全意愛他，為他取名為「里歐」（Leo，意即獅子座）——他也勉強接受了。日子仍然很不好過，凱瑟琳和虐待她的阿姨同住，尋找左伊的事也受限於他的小狗天性，狗鼻子帶他走了好多冤枉路。化身小狗的天狼星照樣常常發怒，他的眼睛會閃著綠光——不過怒氣很快便消散了，且多半是為了凱瑟琳受到的不公不義而怒，而不是為自己。等他終於返回天上，又是一顆閃閃熠熠的綠色天狼星時，不再動輒生氣怒吼，因為他已學會接受自己的難堪真相。

《水底下呼吸》中探討發洩不當暴怒的方式令人眼睛一亮。從表面看來，尼克擁有一切——富爸爸，富爸爸送的酷炫名車，帥氣的長相，優秀的成績，還有女朋友凱特琳。故事一開始，突然暴怒的尼克甩了凱特琳一個耳光，後來又把她打得渾身傷痕累累。尼克於是遵照法院命令，每週書寫一篇五百字日記，還要同其他具攻擊性的青少年一起上憤怒管理課程。起初讀者以為尼克是個富有同情心的人，接著我們才漸漸看出他和凱特琳之間究竟怎麼回事。尼克不准歌聲甜美的凱特琳參加才藝比賽，於是她偷偷報名，以為他若坐在觀眾席看她美夢成真，一定興奮無比。比賽一結束，尼克竟把她帶到場外痛打一頓，打得她不省人事。

我們縱使憎惡尼克的行為，但也愈發了解他容忍著父親對他沒完沒了的數落，因此總是感覺自己一無是處（參見：家暴34）。尼克看出自己的行為偏差，自知非得盡心盡力當個好男友和好人的時候，我們也為他加油。

本故事讓習慣用拳頭或說狠話表達自己的青少年看見怒氣來自哪裡，求助於人就像是終於浮出水面呼吸一樣。

給大人的療癒書

PB《那天里歐說恨你》（*The Day Leo Said I Hate You!*） 文／Robie H. Harris、圖／Molly Bang

小孩生氣的時候，往往直截了當讓我們知道，譬如說大吼一句：「我恨你！」就算腦筋動得很快的大人聽了也不免無言又傷心，儘管明知小孩是說者無心，只是一時氣憤難耐罷了。本書提出一些不錯的應對方式。

參見 吵架56、背叛75、生悶氣372、暴力406

虐待動物

being unkind to **ANIMALS**

CB《飛天巨桃歷險記》（*James and the Giant Peach*） 文／羅德．達爾（Roald Dahl）、圖／昆丁．布雷克（Quentin Blake）

YA《大草原的奇蹟》（*Incident at Hawk's Hill*） 艾倫．艾柯特（Allan W. Eckert）

為什麼天使般的孩子想要踩死螞蟻或是把一條活生生的蟲切成兩半？是否這樣他們才難得有機會發號施令（參見：惡形惡狀68）？還是他們對其他遭受痛苦的生靈尚未培養出惻隱之心？（參見：傷了別人的感情147）如果你身邊有虐殺昆蟲的小孩，給他一本《飛天巨桃歷險記》吧。

心情惡劣的年輕孤兒詹姆斯——順便一提，他也是個遭人虐待、身世淒慘的孩子，發現自己來到巨桃的桃核裡面，一見到各種巨大昆蟲，包括蚱蜢、瓢蟲、蜘蛛、蜈蚣、蚯蚓和蠶，立刻嚇得魂飛魄散。他相信牠們絕對會把他吃掉，但蟲兒們叫他放心。「現在你跟我們是一夥的，」牠們告訴他說：「我們都在同一條船上。」

這話果然一點不假，他們一行從詹姆斯阿姨的花園出發，那顆巨桃一路滾下山去，壓垮了英格蘭南部好幾座懸崖，然後漂流海上，經歷若干驚險萬狀的冒險之旅。在充滿緊張與壓力的境況下，各個角色的真面目一一浮現。蚱蜢聰明睿智，蜘蛛苦幹實幹，蚯蚓總是感到絕望，懶惰的蜈蚣老讓詹姆斯幫牠四十二隻腳上的靴子綁鞋帶、鬆鞋帶（是的，你沒看錯，蜈蚣希望大家以為牠有一百隻腳。不過羅德．達爾非常清楚蜈蚣沒有那麼多隻腳），結果牠卻是出乎大家意料的大壞蟲，不過牠邪惡的幽默感使得詹姆斯情願放他一馬。大致來說，六種昆蟲像人類似的各有不同的個性，而且確實要比詹姆斯那兩位討厭的阿姨可愛得多，幸虧她們打從一開始就被巨桃碾死了。孩子讀過這個故事之後，你家花園裡的螞蟻呼吸起來一定順暢許多，親戚們倒是不然。

《大草原的奇蹟》探討動物或許也和我們一樣有感情，不過字裡行間卻不帶情感，令人佩服，讀過之後，家中大小對動物的態度說不定都將為之改觀。故事背景設於十九世紀加拿大的大草原，六歲的班是家裡四個兄弟姊妹中的老么，也是他們辛勤工作的拓荒者父親威廉．麥唐納唯一難以了解的孩子。「跟他就是很難溝通，」威廉向妻子抱怨。班的父親不時懷疑兒子模仿農場附近的動物與鳥雀的怪癖到底正不正常。

一天，班在碧草如茵的大草原上閒晃，巧遇一隻體型碩大的母獾，牠裸露尖銳的牙齒朝他發出嘶嘶聲響，同樣害怕的班也發出嘶嘶聲，後來他才明白那隻獾其實是好奇多於害怕，於是他改而發出啾啾與呼嚕聲，不久牠便讓他靠近，接過他手中的死老鼠，甚至允許他撫摸牠。那天他回家午餐時，臉上也因為這次的奇遇發亮起來。

經過一段時間，班身陷於頻頻閃電的大雷雨中，打赤腳又害怕的他退到洞裡躲避，沒想到那洞穴正巧是那隻獾的家，看見牠耳朵上記號他才辨認出來。於是他們在洞穴裡一起過了幾週很不尋常的生活，一人一獾相互照顧，班的行為與舉止動作愈來愈酷似一隻獾，那隻獾也愈來愈拚命想要保護小男孩。透過博物學家的銳利眼光，這個故事讓我們看見野生動物也能教我們尊重與善待其他生物，相信讀過此書的青少年絕對不會虐待任何動物。

參見 惡形惡狀68、你是惡霸92、想要掌控200

害怕動物
fear of **ANIMALS**

《希臘狂想曲》（*My Family and Other Animals*） 傑洛德・杜瑞爾（Gerald Durrell）

我們身處愈趨城市化的世界，和食物鏈的源頭距離愈來愈遠，日常生活中根本遇不到動物，難怪孩子會害怕動物毛皮、爪子、翅膀與鬍鬚。這些孩子若能先在書中和動物相遇，就很容易學著愛上小動物了。

《希臘狂想曲》是一本讀來像小說的回憶錄，也是我們所知和動物同住最引人入勝的一個故事。故事發生在陽光燦爛的希臘科孚島，年輕的傑洛德・杜瑞爾——大夥叫他傑瑞，發現他喜歡小自昆蟲，大至鵜鶘、褐鼠與狗等等所有動物。他走遍島上各個角落蒐集動物標本——屋裡有個房間都是他的收藏品，我們也越過他的肩膀觀察到蟹蛛如何變色去配合周遭的環境，黑色毛毛蟲其實是瓢蟲的幼蟲。我們看見他收養一隻陸龜和一隻鴿子，牠們成了與他長相左右的同伴。還有那隻在他口袋裡待了好幾個月的小貓頭鷹。傑瑞保護這些動物的心力令人自慚形穢：一天他發現一窩蠼螋卵，於是豎起一個牌子，上面寫著「注意——蠼螋窩在此——請保持安靜」。書中描述在那理想、失落的世界，平日傍晚的活動，即是觀賞沐浴在銀色月光下的海豚，讀罷此書，人人皆會以嶄新的眼光讚嘆自然世界的神奇。許多年輕的生物學家、動物學家或生態保育戰士都受到這本著作的啟發。

參見 害怕322

厭食症
ANOREXIA

參見 飲食失調138

坐立難安
having **ANTS** in your pants

參見 閱讀藥方：坐不住150

焦慮
ANXIETY

PB《看不見的線》（*The Invisible String*） 文／Patrice Karst、圖／Geoff Stevenson

CB《泡泡紙男孩》（*The Bubble Wrap Boy*） 菲力．厄爾（Phil Earle）

CB《瓦特希普高原》（*Watership Down*） 理察．亞當斯（Richard Adams）

完全依賴大人的嬰幼兒，當然有理由感覺焦慮或是安心，因此每天即將結束之際，《猜猜我有多愛你》（*Guess How Much I Love You*）、《逃家小兔》（*The Runaway Bunny*）、《湯瑪士小火車》（*Thomas the Tank Engine*）及《青蛙和蟾蜍》（*Frog and Toad*）之類大家熟知的童書，總是讓人感到安全與舒適。來到學步期或更大以後，焦慮感也會加深，那時不妨讀一讀《看不見的線》。在這本簡單的圖畫書中提到，我們和所愛的人之間連著一條看不見的線，每當孩子想念家裡的大人時，大人就覺得心口被扯了一下。

揮之不去的低度焦慮令人疲弱，錯失大好機會，妨礙我們享受充實人生，也很可能有感染性。《泡泡紙男孩》中十四歲的韓查理患有媽媽遺傳給他的焦慮症。她在樓梯頂上仍然裝了一道安全柵欄，也不准他去看電影，生怕他被爆米花噎死。因此查理一旦發現自己溜滑板的天分無敵，這個受到過度保護的小男生覺得興奮極了，含蓄地說，這一年成了他母親最可怕的噩夢。

在校總是因為個子小，又跟「大鼻子」西納要好而飽受嘲弄的查理，忽然發現他超酷的新嗜好極受眾人仰慕。他會飛，也會在空中轉彎，他覺得自己是世界之王。不巧有一回被他母親撞見，她當著同學的面狠狠數落他一頓，於是查理的噩夢成真。母親既然害他成了全校的笑柄，一票男生索性把他從頭到腳纏滿泡泡紙，讓他木乃伊似的一個人走回家。

只有揭露媽媽焦慮的根源，查理才可能擺脫自身的焦慮。在故事的結尾，泡泡紙男孩漸漸成為塗鴉傳奇。孩子閱讀這個歡欣鼓舞、大快人心的故事時，大人讀來也很棒。不妨抓一張泡泡紙在手上，一邊讀書一邊捏泡泡最是享受。

歷久彌新的《瓦特希普高原》中一群耳朵長長、鼻子不停抽動的居民，肯定會讓九到十九歲覺得焦慮的孩子一見如故，親如家人，因為他們也和小兔子一樣，必須時時提高警覺，以防身陷危險。只要聽得見畫眉鳥唱歌，兔群便知可以安心吃草。一旦鳥兒的歌聲變成痛苦的呱呱叫，兔子便會嚇得嗅聞空氣，隨即朝反方向竄逃。

看見兔場豎起新的建築開發案招牌時，小五感覺即將發生什麼「非常可怕」的事——於是他把預感告訴哥哥漢斯。漢斯早已學會聽從弟弟的預感，當晚他們便與兔群首領分道揚鑣，率領相信他們的兔子前往安全的新家。小五的第六感一路上拯救過他們好幾次，最後終於帶他們來到一個乾燥的高原，一眼望得見方圓好幾英哩以外的地方。

許多兔子容易受到驚嚇，所幸他們從先人創作的故事中得到力量。咒語是這麼念的：「挖得深，聽得靈，跑得快，」——每當他們受到「一千個敵人」威脅時，立刻發揮兔子的拿手絕活，挖洞，聽聽有沒有危險，跑到安全的地方。拿本書給身邊緊張的孩子看，提醒他們留意自己與眾不同的長處。雖說這些長處無法擺脫焦慮，卻有助於他們在焦慮中平安度過每一天。

參見 憂鬱症 124、過度擔心 418

害怕世界末日
fear of the **APOCALYPSE**

憂慮文明終將毀滅的青少年，可以在丹尼爾・狄福的《魯賓遜漂流記》中找到安慰，以及生存的絕佳榜樣。大災變或許距離遙遠，一本出色的反烏托邦小說，或可幫助他們設想出最糟的局面，讀得心中惴惴不安的同時，也讓他們更感激自己仍然擁有的一切。

十本反烏托邦書單

- CB《記憶傳承人》（*The Giver*） 露薏絲・勞瑞（Lois Lowry）
- CB《彼得與他的寶貝》（*PAX*） 文／莎拉・潘尼帕克（Sara Pennypacker）、圖／雍・卡拉森（Jon Klassen）
- CB《大洪水》（*Floodland*） Marcus Sedgwick
- YA《使女的故事》（*The Handmaid's Tale*） 瑪格麗特・愛特伍（Margaret Atwood）
- YA《草之死》（*The Death of Grass*） John Christopher
- YA《飢餓遊戲》（*The Hunger Games*） 蘇珊・柯林斯（Suzanne Collins）
- YA《末日逼近》（*The Stand*） 史蒂芬・金（Stephen King）
- YA《如果我們的世界消失了》（*Station Eleven*） 艾蜜莉・孟德爾（Emily St. John Mandel）
- YA《醜人兒》（*Uglies*） 史考特・韋斯特費德（Scott Westerfeld）
- YA《三腳樹時代》（*The Day of the Triffids*） John Wyndham

參見 焦慮53、憂心地球的未來286、過度擔心418

盲腸炎
APPENDICITIS

參見 《小說藥方》全書

吵架
getting into **ARGUMENTS**

PB《好一個吵架天》(*The Quarreling Book*) 文／夏洛特・佐羅托(Charlotte Zolotow)、圖／艾諾・洛貝爾(Arnold Lobel)

CB《平凡的傑克》(*Ordinary Jack*) 海倫・柯蕾絲韋爾(Helen Cresswell)

YA《報喪女妖的故事》(*The Book of the Banshee*) Anne Fine

吵架並非總是因為有人心情惡劣，不過心情欠佳確實比較可能讓人發生爭執。從《好一個吵架天》這本出色的小書中，我們看見情緒如著火一般，會從一個人延燒到下一個人。一切都從布朗先生出門上班之前忘記親吻布朗太太開始。緊跟著布朗太太藉故罵了下樓吃早餐的兒子小強，小強於是指責姊姊莎麗，莎麗又批評她的死黨……就這麼一個罵一個，直到最後誰家一隻無辜的小狗也遭殃。當然啦，那隻性情溫和的狗以為這不過是場遊戲，反骨牌效應於焉開始，朝反方向串連好心情。艾諾・洛貝爾的黑白插畫用最細的線條捕捉到變化的情緒，如撇向一邊的嘴，或是因為傷心而睜得大大的眼睛。朗讀這本書給愛吵架的家人聽，然後給自己買條狗吧。

如果你家小孩就想找人吵架，起碼交代他們要吵得幽默一點。海倫・柯蕾絲韋爾《平凡的傑克》中的親戚都是吵架成癮的模範，大夥坐上餐桌總是七嘴八舌講個不停，一餐吃完又紛紛甩門離開。罪魁禍首就是年邁的奶奶，也是家中的族長，她最喜歡語中帶刺，冷潮熱諷，若是沒有傷到人，她會很失望。貝先生和他姊夫帕克先生有過無數「一流的口角」，令人懷疑他倆其實吵得很開心。此外，他發現他們吵架時所說的話，幾乎「一字不改」出現在他父親的電視劇本裡。幸好爺爺常常突然放空，冷不防回神冒出一句不著邊際的話，打亂了吵架的主軸，搞得大家再也吵不下去。如果這招不管用的話，五歲小表妹黛西在餐桌底下玩火柴的新習慣也絕對有效（參見：縱火狂300）。

我們不敢說青少年往往是引起家庭爭執的原因（參見：青春期38、狂奔亂竄的荷爾蒙197），為了幫助青少年和家中憔悴的大人度過這段煎熬的時期，不妨讀一讀超級爆笑的《報喪女妖的故事》。打從故事一開始，身處家庭生活「前線」的威爾劈頭就宣布姊姊愛絲特堂堂邁入青春期，他覺得家裡像是突然住了個小女巫。從早上七點開始，姊姊連番抨擊上學多麼沒有意義，耗費太多時間與精力等等，聽不下去的威爾連午餐錢也沒拿便奪門而出——只帶了匆匆張羅的酸辣泡菜或沙拉醬三明治。到了晚上也有得吵，不過那時吵的是她為何不能穿身上的衣服出門，或是為何不能凌晨一點才回家。

在此同時，威爾讀到薩佛雷寫的《最長的夏天》——一本關於第一次世界大戰的回憶錄，心中覺得非常安慰。他發現自己的家庭生活和薩佛雷在法國北部前線的經歷相當類似。威爾的父親不得不上樓跟姊姊談話時，活像是衝鋒陷陣的勇士。有一次妹妹莫菲因為怕姊姊，一頭鑽進威爾衣服裡避難，彷彿怕被四處飛竄的彈殼掃到。不多久，家中的戰鬥氣氛愈發濃厚，於是威爾不得不採取主動，結果不但大有斬獲，也贏得不少自尊。他從中學到一件事，總有一天，這些爭吵會讓他們成為獨特又有趣的大人。爭吵儘管痛苦難耐，卻也是重要的成長儀式。

參見 憤怒48、不停討價還價64、不想洗澡66、不想睡70、與最好的朋友鬧翻73、遭到責怪78、父母即將離異276、生悶氣372

誤入歧途
being led **ASTRAY**

ER《山姆和螢火蟲》(*Sam and the Firefly*) P. D. Eastman

CB《隱形少女》(*The Invisible Girl*) Kate Maryon

許多大人發愁自家天真的孩子可能受到其他壞小孩的影響而誤入歧途，若能早早介紹他們閱讀相關圖書，讓他們知道未來或許會遇到走錯路的朋友，到時他們需要理智判斷是否應該跟著走，各位就不會這麼提心吊膽了。《山姆和螢火蟲》這本出色的幼兒讀本就能做到這一點。故事裡的貓頭鷹山姆想找一個玩伴，後來他認識了熱心的小螢火蟲葛斯。看見螢火蟲會用它的光畫出各種形狀，山姆佩服得不得了，不久他們便把兩人的名字寫在湛藍的天空上。可是為了開玩笑，葛斯又想到一個點子，把「左轉」、「右轉」寫在紅綠燈上方。山姆知道這麼做是不對的，他也跟螢火蟲說了，就算葛斯罵他「掃興鬼」(參見：輸不起216)，他仍不讓步。山姆面對朋友的任性仍然堅持做對的事，又沒有因此失去朋友，真是一個完美的榜樣。

大一點的孩子有時更不容易抗拒他人的影響。《隱形少女》中的蓋貝艾拉是個內向害羞的十一歲女孩，害羞到她總覺得自己似乎隱形了。當疏忽她的父親把她送到曼徹斯特跟媽媽同住，卻忘記說媽媽會來接她時，剛好給她一個就此消失的完美藉口。她寧可設法在陌生的城市街道上苟活，也不想面對言語刻薄的媽媽。

她發現自己在曼徹斯特變得更孤單了，正想勉強睡在教堂門口的時候，她認識了對街友生活略知一二的漢妮（其實是知道得太多了）。稍微年長的漢妮很快就讓蓋貝艾拉擦亮排水管，繼而闖入別人的住家，似乎注定要一輩子犯罪了。她得救是因為她相信多年未見的哥哥貝克，而且她深信自己在內心深處仍是個好女孩。這個故事幫助年輕讀者勇敢相信自己，不至於一眼看見魅力十足、能說善道的人就把持不住。

給大人的療癒書

《湯姆歷險記》（*The Adventures of Tom Sawyer*） 馬克・吐溫（Mark Twain）

湯姆是具有如此魅力的人，讀者還是盡早認識他比較好。從表面看來，這位無業遊民生來一副帶壞人家小孩的德性，不過湯姆其實不是壞蛋，而是一個好孩子。儘管他和他的真愛貝琪一起在山洞裡待了幾個晚上，甚至差點餓死，他們的冒險卻出於好心，最後也在無意間找到真正的寶藏。學著在現實中辨認出像湯姆這款人物吧！他頑皮、愛惡作劇，卻能再踏上災難以前帶領伙伴逃過一劫。如果你家孩子讓湯姆型的人帶上岔路，不妨退到一邊，隨他們痛快冒險去吧。

參見 父母討厭你的朋友 163、調皮搗蛋 240、同儕壓力 278、不聽話 386

尋求關注
seeking **ATTENTION**

參見 想博得讚美 291

自閉症
AUTISM

自閉症相關的行為林林總總，相應之道也五花八門。若想培養兒童的同理心，不隨便論斷是非的話，不妨給他們讀一、兩個了解自閉頭腦如何體驗世界的故事，不過大人必須先讀過才好。

十本理解自閉症的書單

PB《照顧好路易斯》(*Looking After Louis*) 文/Lesley Ely、圖/Polly Dunbar

PB《查理我弟弟》(*My Brother Charlie*) 文/Holly Robinson Peete、Ryan Elizabeth Peete、圖/Shane W. Evans

CB《倫敦眼的祕密》(*The London Eye Mystery*) Siobhan Dowd

CB《大偉的規則》(*Rules*) 辛西亞・洛德(Cynthia Lord)

CB《我的幻想朋友》(*Memoirs of an Imaginary Friend*) 馬修・狄克斯(Matthew Dicks)

CB《不一樣的偵探》(*Smart*) Kim Slater

CB《贏家》(*Loser*) 傑瑞・史賓尼利(Jerry Spinelli)

YA《留下來的孩子》(*Mockingbird*) 凱瑟琳・厄斯金(Kathryn Erskine)

YA《馬賽羅的真實世界》(*Marcelo in the Real World*) Francisco X. Stork

YA《深夜小狗神祕習題》(*The Curious Incident of the Dog in the Night-time*) 馬克・海登(Mark Haddon)

參見 覺得與眾不同 127、受不了日常作息有所改變 316

尷尬
AWKWARD

參見 害羞 339、長太高 378

小嬰兒
BEING A BABY

我們都曾經是個嬰兒——有些人不久前還是。請看我們下方所列的書單。

十本最佳嬰幼兒書單

- PB《寶寶的書》(*The Baby's Catalogue*) 文／艾倫·亞伯格(Allan Ahlberg)、圖／珍妮特·亞伯格(Janet Ahlberg)
- PB《桃子梨子李子》(*Each Peach Pear Plum*) 文／艾倫·亞伯格(Allan Ahlberg)、圖／珍妮特·亞伯格(Janet Ahlberg)
- PB《永遠永遠》(*Forever*) Emma Dodd
- PB《十隻手指頭和十隻腳趾頭》(*Ten Little Fingers and Ten Little Toes*) 文／梅·福克斯(Mem Fox)、圖／海倫·奧森柏莉(Helen Oxenbury)
- PB《鵝媽媽》(*Mother Goose*) 凱特·格林威(Kate Greenaway)
- PB《猜猜我是誰》(*Peek-a-Who?*) 妮娜·雷登(Nina Laden)
- PB《臉的書》(*Faces*) Jo Lodge
- PB《棕色的熊，棕色的熊，你在看什麼？》(*Brown Bear, Brown Bear, What Do You See?*) 文／比爾·馬丁(Bill Martin Jr)、圖／艾瑞·卡爾(Eric Carle)
- PB《搔搔癢》(*Tickle Tickle*) 海倫·奧森柏莉(Helen Oxenbury)
- PB《你出生的那個晚上……》(*On the Night You Were Born*) 南西·蒂爾曼(Nancy Tillman)

十本最佳童謠繪本

PB《巫婆癢癢》(*The Witch with an Itch*) 文/Helen Baugh、圖/Deborah Allwright

PB《光腳丫先生》(*Mister Magnolia*) 昆丁·布雷克(Quentin Blake)

PB《五隻小猴子跳上床》(*Five Little Monkeys Jumping on the Bed*) Eileen Christelow

PB《小狗毛毛》(*Hairy Maclary from Donaldson's Dairy*) Lynley Dodd

PB《小海螺和大鯨魚》(*The Snail and the Whale*) 文/茱莉亞·唐納森(Julia Donaldson)、圖/薛弗勒(Axel Scheffler)

PB《噢不!》(*Oh, No!*) 文/Candace Fleming、圖/Eric Rohmann

PB《嘰喀嘰喀碰碰》(*Chicka Chicka Boom Boom*) 文/比爾·馬丁、約翰·阿尚波(Bill Martin、John Archambault)、圖/洛伊絲·艾勒特(Lois Ehlert)

PB《兔子小福》(*Little Rabbit Foo Foo*) 文/Michael Rosen、圖/Arthur Robins

PB《屁屁之歌》(*Sing a Song of Bottoms*) 文/Jeanne Willis、圖/Adam Stower

PB《綠色雞蛋與火腿》(*Green Eggs and Ham*) 蘇斯博士(Dr. Seuss)

十本最佳幼兒觸摸書

PB《有一個老太太她吞了隻蒼蠅》(*There Was an Old Lady Who Swallowed a Fly*) Pam Adams

PB《毛絨絨》(*Fuzzy Fuzzy Fuzzy!*) Sandra Boynton

PB《好餓的毛毛蟲》(*The Very Hungry Caterpillar*) 艾瑞·卡爾(Eric Carle)

PB《摸摸蟲》(*Feely Bugs*) David A. Carter

PB《我的樹》(*In My Tree*) Sara Gillingham、Lorena Siminovich

PB《我愛吃》(*I Love to Eat*) Amelie Graux

PB《拍拍小兔子》(*Pat the Bunny*) Dorothy Kunhardt

PB《親一個》(*Animal Kisses*) Barney Saltzberg

PB《我的寵物》(*Wet Pet, Dry Pet, Your Pet, My Pet*) 蘇斯博士(Dr. Seuss)

PB《這不是我的小狗》(*That's Not My Puppy*) 文/Fiona Watt、圖/Rachel Wells

參見 個子小353、心事無人知401

童言童語
BABY TALK

參見 不想長大 187、自覺渺小 354

不喜歡你的保母
not liking your **BABYSITTER**

不稱職的保母有時只需要一、兩個優秀的心靈導師。不妨多準備幾本這類故事書放在家裡，請保母大聲讀給你的兒女聽，孩子一定會感謝你的。

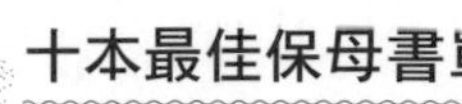

十本最佳保母書單

- PB《班傑明的機器人保母》（*Benjamin McFadden and the Robot Babysitter*） Timothy Bush
- PB《狗狗保母》（*Good Dog, Carl*） Alexandra Day
- PB《今天不用這麼乖》（*Be Good, Gordon*） 文／Angela McAllister、圖／Tim Archbold
- PB《如何照顧好你的奶奶》（*How to Babysit a Grandma*） 文／Jean Reagan、圖／Lee Wildish
- PB《不愛洗耳朵的兔子》（*No Babysitters Allowed*） 文／Amber Stewart、圖／Laura Rankin
- PB《保母俱樂部》（*Kristy's Great Idea*） Ann M. Martin
- PB《麵條太太》（*Mrs. Noodlekugel*） 文／Daniel Pinkwater、圖／Adam Stower
- PB《風吹來的瑪麗・包萍》（*Mary Poppins*） P. L. 崔弗斯（P. L. Travers）
- PB《艾希頓莊園》（*The Incorrigible Children of Ashton Place: The Mysterious Howling*） 文／Maryrose Wood、圖／Jon Klassen
- PB《男保母來我家》（*The Manny Files*） Christian Burch

不停討價還價
endless **BARGAINING**

PB《別讓鴿子開公車》(*Don't Let the Pigeon Drive the Bus!*) 莫・威樂(Mo Willems)

有些大人說不准就是不准，有些大人的「不准」卻帶著些許遲疑，孩子一旦發覺(他們每次都會)，馬上順藤摸瓜，開始扭動小小的身子，直到「不准」變成「好吧」。如果這話聽來耳熟，快拿出《別讓鴿子開公車》，也是把孩子帶進故事的第一本書，還讓他們成為負責的小孩。讀完這本書，孩子可能變得不太一樣。

那名公車司機離開以前，請讀者幫忙看著他的公車，又交代無論發生任何狀況，都不可以讓鴿子開車——沒有一個孩子會拒絕這個請求，尤其他們正值自認很重要的階段。鴿子直接說重點「嘿，我可不可以開那輛公車啊？」口氣天真無邪極了。聽見小孩回答說「不行」，為了得到允許，詭計多端的鴿子於是使出十八歲以下適用的《兒童操控大人教戰手冊》中各種技倆，從分心戰術(「嘿，我有個主意。我們來玩開公車的遊戲吧」)，到賄賂(「我會當你最要好的朋友！」)和情緒勒索(「你知道的，我有我的夢想！」)。當作者拉下鴿子的眼皮，讓他看見那憋了很久的「好吧」嘴型時，那寥寥數筆畫出的鴿子(圓圓的頭，圓圓的眼睛，兩隻鳥仔腳)，卻像是說出了千言萬語。大多數孩子都覺得這本書爆笑透頂，之後每當想要討價還價的時候，不免模仿起那隻能說善道的鴿子，於是大人小孩總是開心笑成一團。

參見 青春期38

不想洗澡
not wanting to have a **BATH**

PB《我不要洗澡》（*I Don't Want to Have a Bath!*） 文／Julie Sykes、圖／Tim Warnes

PB《鴿子需要洗個澡》（*The Pigeon Needs a Bath!*） 莫・威樂（Mo Willems）

PB《好燙的洗澡水》（*Bathwater's Hot*） Shirley Hughes

每個當父母的，都該在浴室洗臉台底下放幾本鼓勵孩子洗澎澎的好書，因為渾身黏呼呼的髒寶寶，管它是黏了果醬、膠水、沙子、閃亮的碎屑、柳橙汁還是甜菜泥，泡在澡缸裡絕對是個好辦法。故事吸引人、圖畫色彩鮮豔的小老虎系列中的《我不要洗澡》就是如此可靠的一本書。故事裡調皮搗蛋、渾身橙黑條紋的小老虎輪流和他的動物朋友嬉鬧玩耍，身上也愈玩愈骯髒。小老虎明白身上骯髒的意思就是玩得開心，誰想結束啊？幸好後來他遇到一個動物說除非他洗乾淨，否則就不跟他玩……請小心泡泡躲避球！《鴿子需要洗個澡》的主角也是《別讓鴿子開公車》那隻很會討價還價的鴿子（參見：不停討價還價64），他說了許多不肯洗澡的理由，多到你家寶寶都想不到，所以他們乾脆不說也罷。寶寶讀了圖畫誘人的《好燙的洗澡水》，一想到洗完澡全身裹在溫暖、柔軟的大毛巾裡，當然再也無法抗拒洗澡了。

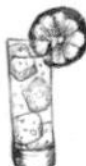

給大人的療癒書

CB《女巫》（*The Witches*） 文／羅德・達爾（Roald Dahl）、圖／昆丁・布雷克（Quentin Blake）

當然，孩子到了讀章節書的年齡往往自以為是，大人若要他們洗澡，總會反駁說乾淨小孩的味道比較容易讓挪威的巫婆聞出來，因此常常洗澡反而增加被「一腳踩扁」的危險。（你知道的，巫婆若不想心情變壞，每週至少得踩扁一個小孩。）如果不想挨一頓教訓，請把這本嚇人的精采故事鎖在櫃子裡，等到那說故事的小男生和他抽雪茄的奶奶把世上的巫婆統統變成老鼠以後再拿出來吧。

參見 體臭 82、不想洗手 189、不會游泳 376、不聽話 386

害怕鬍子
horror of **BEARDS**

PB《逃跑的鬍子》（*The Runaway Beard*） 文／David Schiller、圖／Marc Rosenthal

除非從小家裡就有留鬍子的大人，否則幼童一看見鬍子男，多半都會嚇哭。刮鬍刀是一個解決的辦法，要不就拿出這本荒誕離奇的翻翻書，書中附有一撮假鬍子，拿它嚇跑入侵的大鬍子。

故事裡的鬍子（濃密、討人厭）多年來都開心地長在爸爸的臉上。可是酷似大力水手卜派的爸爸決定剃了鬍子，沒想到鬍子卻在最後一分鐘脫逃，從他的臉上一蹦，掉落在寶寶臉上，嚇死人了。媽媽拿起掃帚趕走它時，那鬍子一直找不到地方落腳，甚至蹦上蒙娜麗莎的畫。就在那一刻，禿頭叔叔經過他們的房門……讀過如此滑稽的故事，當然再也不會被鬍子嚇哭了。

參見 不得不親一下阿婆 183、噩夢 242

惡形惡狀
BEING BEASTLY

ER《荷頓奇遇記》(*Horton Hears a Who!*) 蘇斯博士(Dr. Seuss)

PB《爛島》(*Rotten Island*) 威廉・史塔克(William Steig)

如果你想把一個惡形惡狀的小孩變得討人喜歡又充滿愛心,不妨介紹他認識蘇斯博士筆下那頭富有同理心的大象荷頓。荷頓在叢林一個涼爽的水池裡沖涼,忽然聽見吵雜的聲音,但怎麼也沒看見噪音來自哪裡,他斷定應該是住在一粒灰塵上的什麼人,不過大象眼睛是看不見的。當他把那粒灰塵從水裡救出時,叢林裡的動物都覺得他瘋了,荷頓卻開始非常擔心這個小小的「誰」,後來才發現「誰」不是一個人,而是整個小鎮的鎮民和鎮長。只要給惡形惡狀的小孩看一眼「誰」小鎮的模樣,看一隻小鳥在半空中不慎讓小鎮墜地,鎮民如何努力修補自己摔毀的星球,他們也會開始為「誰」擔心,而且懂得將心比心(參見:過度擔心418)。就像荷頓說的:「無論如何,人就是人。不管長得多小。」

要是這個故事無法引發同情心,就讓你家超級野蠻的孩子與《爛島》中跟他們同類的小孩玩玩看。住在爛島上的都是一群壞透的人,身上不是多一隻手臂,就是多一條腿,而且個性討厭極了。爛島上只有壞天氣和激烈噴發的火山——全都用潦草的線條和四處潑灑的豔麗色彩描繪出來,直到一朵花勇敢露出它美麗的容顏。本書歡慶肆虐橫行的恐怖,家中孩子的獸性需求一定可以得到滿足,甚或可能發洩殆盡呢。

參見 虐待動物50、愛唱反調109、沒禮貌226、調皮搗蛋240、無法分享335、手足之爭343、耍脾氣379、不聽話386

害怕床底下有怪物

fear of what's under the **BED**

《怪獸的上床時間到了》（*Bedtime for Monsters*） E. D. Vere

不明的嘎吱響，虛掩的衣櫃門，當然，還有黑漆漆的床底下……《怪獸的上床時間到了》讓你不再覺得害怕。首先要承認自己害怕（如果真有怪物的話……），然後直接面對它（他來找你了——就是現在！）。終於……噢，就算是個渾身綠森森的大塊頭，但誰會怕一個踩著腳踏車、車鈴叮叮響的怪物啊？

參見 焦慮53、怕黑113、害怕322

臥病在床

having to stay in **BED**

《瑪麗安的夢》（*Marianne Dreams*） 凱薩琳・史都（Catherine Storr）

每個臥病在床的孩子都需要一本《瑪麗安的夢》，因為它完美捕捉到那種脫離家庭生活、孤身在有點不真實世界的感覺。我們始終不清楚瑪麗安生了什麼病，只曉得她過十歲生日那天突然發高燒，必須臥床休息幾天。等她發現「幾天變幾星期」時，她感到「害怕又期待」。家庭教師契斯特小姐天天來家裡看她，說起她教的其他幾個臥病在家的孩子，其中一個是罹患小兒痲痺症的馬克。不過真正幫助她打發時間的，是她在曾祖母的舊針線盒裡找到的一枝神奇鉛筆，無論她畫了什麼，一定會在她的夢裡出現。

第一次發生的時候，瑪麗安夢到自己走過一片人跡罕至的大草原——眼前的屋子竟是她剛才用那隻鉛筆畫的。那間簡單的房子方方正正，四扇窗子，一扇門。她想進去，但是既沒門把，也沒門環。兩天之後，她再拿起那幅畫，這回她加上一個門環，和窗前一張小男孩的臉，她在夢中再度造訪那間屋子時，也見到了那個小男孩。

接下來的情節，感覺像是斷斷續續發高燒時才會產生的幻覺。屋子裡的男孩叫馬克，得了小兒痲痺症，和契斯特小姐的學生一樣，他因為臥病在床悶悶不樂又暴躁易怒，這點也和瑪麗安一樣。不久，瑪麗安只是一心想辦法讓馬克快點痊癒，再也沒抱怨自己的病到底哪年哪月才會痊癒。這個故事告訴孩子哪怕是人無法走動，心卻能夠遊走到令人驚奇的地方。若想養好身體，把心思放在其他人或其他事物上——別只想著自己，倒是挺好的。

參見 無聊 84、需要加油打氣 100、寂寞 213、下雨天 306

不想睡

not wanting to go to **BED**

外面天色亮晃晃的，你的精力依然旺盛，這時上床真的很難——尤其是其他家人都還沒就寢的時候。讀一個活蹦亂跳的動物如何沉沉入睡的故事，或許會讓孩子感受到棉被的吸引力吧。

十本小寶寶晚安書

- PB《睡覺書》（*The Going to Bed Book*） Sandra Boynton
- PB《查理和蘿拉系列：我不睏，我不要睡覺》（*Charlie and Lola: I Am Not Sleepy and I Will Not Go to Bed*） 蘿倫．柴爾德（Lauren Child）
- PB《不想睡覺的男孩》（*The Boy Who Wouldn't Go to Bed*） Helen Cooper
- PB《晚上的車子》（*Night Cars*） 文／Teddy Jam、圖／Eric Beddows
- PB《明天早上見》（*I'll See You in the Morning*） 文／Mike Jolley、圖／Mique Moriuchi

PB《小寶貝，睡覺囉》（*It's Time to Sleep, My Love*） 文／Eric Metaxas、圖／Nancy Tillman

PB《我喜歡……》（*I Like it When...*） 瑪莉・墨菲（Mary Murphy）

PB《晚安，猩猩》（*Good Night, Gorilla*） 佩琪・芮士曼（Peggy Rathmann）

PB《小虎哥睡覺啦！》（*I Don't Want to Go to Bed!*） 文／Julie Sykes、圖／Tim Warnes

PB《好好睡吧，小小熊！》（*Sleep Tight, Little Bear*） 文／馬丁・韋德爾（Martin Waddell、圖／芭芭拉・弗斯（Barbara Firth）

參見 調皮搗蛋240、噩夢242、太過疲倦262、睡不著349、不聽話386

想比別人更早上床

wanting to go to **BED** before someone else

PB《可以說晚安了嗎？》（*Goodnight Already!*） 文／喬里・約翰（Jory John）、圖／班傑・戴維斯（Benji Davies）

不管是學步小孩、青少年，還是大人，如果家人或朋友仍然精力充沛，巴不得開派對狂歡，你卻瞌睡兮兮只想抱頭大睡，那真是痛苦死了。沒有人喜歡錯過好玩的事，或被視為掃興的人，不過也沒有人喜歡受折磨。如果家裡有人覺得熬夜的壓力實在難以忍受，請拿出這本《可以說晚安了嗎？》，故事敘述一個想睡的熊和他的鴨子鄰居，需要關懷的鴨子喝下咖啡後壓根不想睡覺。從熊的眼袋可以看出他有多麼痛苦，難怪後來他有點發火。看見鴨子那麼不為人著想又那麼自私，尤其是熊的頭與肩膀都垂下的時候，連我們都好想勒死鴨子烤了吃掉算了。這些種種可以讓你身邊的瞌睡蟲放心，比別人早去睡沒有關係，趕緊上床睡覺吧。

參見 想要獨處46、太過疲倦262、手足之爭343、不敢為自己據理力爭363

尿床
wetting the **BED**

PB《小美人魚會尿床嗎？》（*Do Little Mermaids Wet Their Beds?*） 文／Jeanne Willis、圖／Penelope Jossen

ER《小偵探麥克斯》（*Max Archer, Kid Detective: The Case of the Wet Bed*） 文／Howard J. Bennett、圖／Spike Gerrell

CB《湯姆先生晚安》（*Goodnight, Mister Tom*） Michelle Magorian

剛開始戒尿布的孩子難免在睡醒時發現床單尿溼了。只要家裡有好脾氣的大人，櫃子裡還有一疊備用床單，燙衣板底下一瓶琴酒，那麼一切都會沒事的。夜夜尿床的寶寶若是讀了《小美人魚會尿床嗎？》一定覺得安心不少，因為書裡的小美人魚也是夜夜尿床——儘管她已經會自己穿衣服，會寫自己的名字，甚至會騎腳踏車。她痛恨媽媽在她床上放一塊討厭的塑膠墊。她開始對尿床感到焦慮的時候，夜裡作了一個夢，覺得尿床也沒什麼大不了的，醒來後床單竟是乾的，那還是頭一遭（雖然她母親搞不懂她幹麼要穿件溼答答的外套……）。

我們給稍大的尿床孩童開的藥方是《小偵探麥克斯》——一位美國小兒科醫生的創作（參見：肚子痛397）。戴帽子的麥克斯是個了解街頭實況、觀察力也很敏銳的男孩。麥克斯自己直到十一歲才擺脫尿床之苦，所以現在幫忙其他孩子戒除這個習慣——而且是採收費制。八歲的客戶比利找他幫忙的時候，麥克斯照樣搬出那一套說法：這些……是尿床的原因，這樣做……可以幫你在膀胱脹滿的時候自行醒來。作者以短小順口的文字描述身體功能，讀來一點都不覺得尷尬，清楚的解釋和建議也讓孩子得以為自己的問題負起責任。

倘若年紀較長的孩子仍然尿床，那就表示可能是情緒問題、遭受創傷或是虐待，如同《湯姆先生晚安》的故事。因戰爭而被撤離的威利來到小村落時營養不良，內衣就縫在襯衫裡面。雖然已經八歲，他仍然夜夜尿床，以為自己肯定挨一頓痛打。收留他的老湯姆非常有技巧地清理了他尿溼的床單；隨著威利一天天了解親切待人與耐心多麼不同於敵意與懷疑，他也漸漸不再尿床。作者字裡行間流露多少希望、正能量和亮光，令人覺得威利說不定真有可能擺脫宗教狂熱的母親給他的影響，甚至有一天實現當演員的夢想。和尿床的孩子共讀這個故事，或許會讓你們開始討論尿床的真正原因呢。

當然，對於剛剛發現成長有喜有悲的人，就很可能是別的原因……（參見：生理期280、夢遺416）。

參見 家暴34、尷尬60、創傷395

不得不與人分享房間
having to share your **BEDROOM**

參見 想要獨處46、無法分享335

喪親之痛
BEREAVEMENT

參見 親愛的人去世了121

與最好的朋友鬧翻
falling out with your **BEST FRIEND**

PB《谷西與歌蒂》（*Gossie & Gertie*） Olivier Dunrea

PB《查理和蘿拉系列：我最最要好的朋友》（*Charlie and Lola: My Best, Best Friend*） 蘿倫・柴爾德（*Lauren Child*）

交到好朋友是高風險遊戲。友誼甚篤時快樂似神仙，友情破裂時痛如下地獄。讀《谷西與歌蒂》的故事給寶寶聽，可為他們日後跌宕起伏的朋友關係做好準備。兩隻黃毛小鵝谷西與歌蒂總是玩在一起：在雨中玩水、在池塘裡潛泳、在雛菊叢中捉迷藏，甚至穿同款的靴子（谷西穿紅色，歌蒂穿藍色）。可是有一天，其中一隻小鵝決定不再亦步亦趨跟著另一隻，反而往反方向走……這本可愛的翻翻書會讓孩子覺得放心，就算你的如影隨形的朋友想要向外發展，也不表示友誼變質了。

《我最最要好的朋友》故事中，蘿拉和洛塔一開始做任何事都在一起。午餐時她們交換水果吃，每當韓老師說「兩人一組」，她們根本不必想要選誰。可是之後轉來一位新同學艾薇，韓老師請洛塔照顧她，蘿拉看著地板的眼睛真切捕捉到遭人冷落的感覺有多糟。還好等到艾薇找到新的要好朋友時，她和洛塔也開心重拾兩人之間的情感。

小學升國中的轉變期給孩子的朋友關係一個重新洗牌的機會。不過決定投靠哪個小團體可能令人非常不安，女生尤其如此。她們到底該走女孩風、宅女風還是運動風？或者她們乾脆學其他男生那樣，盡量保持中立與獨立？對於那些要好朋友紛紛跳槽，剩下自己裹足不前的孩子來說，不妨讀一讀圖像小說《滑輪女孩》。

故事一開始，妮可與艾絲翠「仍然是最好的朋友」，艾絲翠令人敬畏的母親為兩個小女生安排每週五的「文化啟蒙之夜」，卻往往給她們難以消化的感覺。我們看到她們聽歌劇聽到打盹，一臉茫然盯著眼前的抽象畫發愣，聽詩歌朗誦時老是笑得不是時候。一天晚上，媽媽帶她們來到一個出乎意料的地方：滑輪大賽會場。選手們的龐克髮型、刺青、化妝和超酷的街頭風外號（鬥樂，枯鷹，地獄）讓艾絲翠大吃一驚，於是她當場報名參加滑輪營。她以為妮可肯定也會參加，後來聽說妮可已經報名參加芭蕾營，相當不以為然。

之後幾天艾絲翠花了許多時間練習溜滑輪，才發現並不如看起來那麼容易，頭幾天都摔倒在地。此外，她必須單獨走路回家，但又不想跟媽媽說妮可沒有參加滑輪營。一天，她鼓起用氣一路溜滑輪回家，於是漸漸從「除了是妮可最好的朋友之外啥也不是的女孩」，變成身材結實、無所畏懼的「艾絲翠小行星」，和新朋友柔伊滑行穿越大街小巷。有時候，友誼不過就是順其自然罷了。

參見 吵架56、背叛75、覺得受傷146、不願原諒156、覺得沒有朋友159、很難交到朋友161、寂寞213、不敢為自己據理力爭363、易怒400

背叛
BETRAYAL

PB《莉莉的紫色小皮包》（*Lilly's Purple Plastic Purse*） 凱文．漢克斯（Kevin Henkes）

CB《獅子、女巫、魔衣櫥》（*The Lion, the Witch and the Wardrobe*） C. S. 路易斯（C. S. Lewis）

首先值得探究的是孩子究竟有沒有遭人背叛——還是他們如此以為而已。對凱文．漢克斯這本經典繪本中的老鼠莉莉來說，世上最讓她崇拜的人（或老鼠）背叛了她——或是她這麼以為。莉莉非常欣賞史老師，史老師每天早上都會眨眨眼睛跟大家說早，她也竭盡所能變得跟他一樣。一天，她戴了一副跟他一樣電影明星似的太陽眼鏡上學，身上背著一個嶄新的紫色小皮包，每次皮包一打開還會自動放一段音樂，她知道史老師一定會跟她一樣喜歡這些小玩意。可是上課的時候，史老師一點也不喜歡每五分鐘就聽一次那歡樂的音樂，於是沒收了太陽眼鏡和小皮包，氣得莉莉把史老師畫成「捉拿要犯」布告欄的通緝犯……史老師的處理手法高明；看著莉莉從憤怒到明白自己才是需要謙卑道歉的那一方，對犯過同樣錯誤的孩子非常有幫助。

《獅子、女巫、魔衣櫥》的故事核心才是真正令人心驚的背叛，也是通往迷人的納尼亞傳奇的入口[3]。故事裡的四個兄弟姊妹因為躲避二戰期間的倫敦大轟炸[4]被送到鄉下一棟大宅借住，其中最小的妹妹露西是第一個發現可以從毛皮外套後面進入納尼亞王國白雪覆蓋的森林。她在那裡遇見一位名叫吐納思先生的人羊，他還邀請她到家裡喝茶。她告訴兄姊自己去了哪裡，可是沒有人相信她說的是實話——畢竟根據他們的時間觀念，她才離開幾分鐘而已。等她第二次造訪納尼亞，發現哥哥愛德蒙也跟來時，她覺得興奮且鬆了一口氣。「現在既然我們兩個來過，其他人就非相信納尼亞王國不可了。多好玩哪！」她大聲說道。可是一回到大宅，愛德蒙既覺得反胃也感到內疚——因為吃了太多白女巫的土耳其軟糖，於是他謊稱一點都不曉得妹妹在說什麼。

在第一次背叛之後，便是接二連三的背叛，抗拒不了土耳其軟糖的愛德蒙為了想跟哥哥彼得爭奪未來的王位，寧可當邪惡女王的間諜。愛德蒙驚人的變節與彼得令人傾慕的忠誠兩相對照之下更是複雜。「我們還是得去找他，」彼得發現愛德蒙害大家身陷險境時這麼說：「就算他這麼蠻橫，他到底還是我們的兄弟。」納尼亞王國和現實世界一樣，家人與朋友最為重要。曾經遭人背叛的孩子一定會受到彼得的啟發而變得大器，而非刻薄。

參見 覺得受傷146、易怒400

3 雖然按故事年代，本書是《納尼亞傳奇》的第二部。我們認為納尼亞傳奇一如星際大戰，最好按作品完成的順序來讀較好。順序如下：1.《獅子、女巫、魔衣櫥》2.《賈思潘王子》3.《黎明行者號》4.《銀椅》5.《奇幻馬和傳說》6.《魔法師的外甥》7.《最後的戰役》。

4 如果你是依照故事年代讀《納尼亞傳奇》，應該已經了解倫敦大轟炸對英國兒童文學的影響多麼深遠——因此就閱讀治療而言，對我們這些閱讀英國文學長大的人又是如何重要。若非這些設在鄉村大宅的故事，若非有那些神秘事件讓我們去探究，而父母又正好不在身旁，我們今天會在哪裡？

學騎腳踏車
learning to ride a **BICYCLE**

PB《鴨子騎車記》(*Duck on a Bike*) 大衛・夏農(David Shannon)

初次搖搖晃晃騎上二輪腳踏車已經非常困難，更別說還得擔心旁觀人群的訕笑與嘲諷了，因此《鴨子騎車記》在取材上確實十分貼切。鴨子看見一輛漂亮的紅色腳踏車，馬上決定騎騎看，不過故事重點是放在農場上其他動物的反應，而非鴨子騎得好不好。「他要是不小心，就會傷了自己。」綿羊發愁地說。「你還是騎得沒我跑得快。」馬兒嘲笑他。可是在一開始的左搖右晃之後，開心的鴨子飛快超前所有的動物，總算沒讓牠們壞了他的興致。朗讀這個故事給孩子聽，然後笑咪咪地放開扶著座墊的手，隨他們快樂騎車去。

十本腳踏車穩穩騎書單

- PB《腳踏車上的熊》(*Bear on a Bike*) 文／Stella Blackstone、圖／Debbie Harter
- PB《阿米泰格太太的腳踏車》(*Mrs. Armitage on Wheels*) 昆丁・布雷克(Quentin Blake)
- PB《超級爺爺》(*Super Grandpa*) 文／David M. Schwarz、圖／Bert Dodson
- PB《長長的路》(*Along a Long Road*) Frank Viva
- PB《艾瑞克的一天》(*Eric's Big Day*) Rod Waters
- ER《朱利安的夏天》(*Julian's Glorious Summer*) Ann Cameron
- CB《去比利夸克山》(*Five Go to Billycock Hill*) Enid Blyton
- CB《腳踏車英雄》(*Hero on a Bicycle*) 雪莉・休斯(Shirley Hughes)
- CB《腳踏車大作戰》(*The Green Bicycle*) 海法・曼蘇爾(Haifaa Al Mansour)
- YA《燃燒的城市》(*The Burning City*) Ariel and Joaquin Dorfman

參見 缺乏自信107、好痛266

想了解性知識
wanting to know about the **BIRDS AND BEES**

參見 對性感到好奇 333

遭到責怪
BEING BLAMED

CB《湯馬斯的鬼魂》（*The Ghost of Thomas Kempe*） 賴芙麗（Penelope Lively）

因為錯不在你的事而遭人責怪是件非常孤單的事，身處如此困境中的孩子，就能理解《湯馬斯的鬼魂》中的十歲男孩詹姆斯是多麼孤立無援。詹姆斯隨家人搬到牛津郡鄉下一間小木屋之後不久，便碰上很奇怪的事。他的狗對著空氣吠叫，杯子莫名其妙地自動砸落地上，這會兒他又發現一張字條，上面用他的紅筆寫了「我不喜歡這枝鵝毛筆」幾個張牙舞爪的字，接著它更指點迷津，告訴詹姆斯去哪裡找他父親神祕失蹤的菸斗。

詹姆斯不是一個特別循規蹈矩的孩子，難怪大人把這些神祕事件統統怪罪到他身上。可是同樣潦草的古早用語出現在學校的黑板上時（我在小鎮上逗留許久，心緒極為不悅……），老師也貿然下了同樣的結論。其實這個愛管閒事的鬼魂湯馬斯是個心願未了的十七世紀藥劑師，接著他竟開始在人家門上塗寫「女巫」字樣，又放火燒房子，詹姆斯知道必須想辦法送湯馬斯上路才行。當過代罪羔羊的孩子讀了這個故事，一定會有得到宣洩的快感，也激勵他們努力證明自己的無辜。

參見 不公平 143、說謊 222、受罰 299

寄宿學校
BOARDING SCHOOL

有人以為上寄宿學校不過就是晚上睡在學校和捉弄老師，也有人以為學生都洗冷水澡，也少了親人的擁抱。想為不甘願住校的孩子加油打氣的大人，請參考下列第一份推薦書單，若家有夢想住校可以半夜狂吃的孩子，第二份書單可以讓他們面對現實。

五本提醒你就讀寄宿學校有多麼幸運的書單

- CB《梅洛利塔學園的第一學期》（*First Term at Malory Towers*） Enid Blyton
- CB《凱蒂的學校生活》（*What Katy Did at School*）[5]Susan Coolidge
- CB《哈利波特——神祕的魔法石》（*Harry Potter and the Philosopher's Stone*） J. K. 羅琳（J. K. Rowling）
- YA《善惡魔法學院》（*The School for Good and Evil*） Soman Chainani
- YA《馬鈴薯》（*Spud*） John Van De Ruit

五本讓你打消讀寄宿學校之念頭的書單

- CB《湯姆布朗的求學時代》（*Tom Brown's Schooldays*） 湯馬斯．休斯（Thomas Hughes）
- CB《回家》（*Back Home*） Michelle Magorian
- CB《午夜大冒險》（*Midnight for Charlie Bone*） 珍妮．尼莫（Jenny Nimmo）
- CB《奎師塔門西系列：巫婆滿天飛》（*The Chronicles of Chrestomanci: Witch Week*） Diana Wynne Jones [6]
- YA《我是何者》（*What I Was*） Meg Rosoff

---

5 建議先讀該系列第一部作品《凱蒂的生活》（*What Katy Did*）。

6 建議先讀完系列中前兩部作品《魔法的條件》（*Charmed Life*）及《天使的魔咒》（*The Magicians of Caprona*）。

參見 想比別人更早上床71、想家195、寂寞213

體毛
BODY HAIR

PB《有什麼毛病？》（*Hair in Funny Places*） 芭貝．柯爾（Babette Cole）

YA《這是我的咪咪？》（*Are These My Basoomas I See Before Me?Confessions of Georgia Nicolson*） 露薏絲．何妮森（Louise Rennison）

YA《泡菜與義大利麵》（*Kimchi & Calamari*） Rose Kent

若要向年幼弟妹解釋哥哥姊姊身上怎會冒出奇怪又嚇人的體毛，請拿出芭貝．柯爾這本讓人信得過的繪本。她可不拐彎抹角，反而直截了當告訴孩子所有需要知道的事，又不讓人覺得難為情。

年紀大一點的女生，就該交給偉大的露薏絲．何妮森，她最擅長於處理身體變化帶來的一切喜悅與驚恐；男生讀了《泡菜與義大利麵》中十四歲約瑟夫所寫的動人日記應該可以得到安慰，他因為學校的作業開始研究自己的祖先，想要知道父母雙方究竟哪個遺傳基因較強——是韓國人的光滑皮膚，還是義大利人的渾身體毛？

參見 青春期38、體臭82、狂奔亂竄的荷爾蒙197

身體形象
BODY IMAGE

PB《灰姑娘的屁屁》（*Cinderella's Bum*） Nicholas Allan

YA《為莎拉而肥》（*Staying Fat for Sarah Byrnes*） 克里斯．科契（Chris Crutcher）

大多數孩童一開始會在自己的身上找到許多樂子，但只要一句粗心的話，一切都將改變。如果自我意識來得太早——兄姊似乎也可能影響弟妹，我們推薦《灰姑娘的屁屁》這本書，因為故事中的姊姊不喜歡自己的臀部，妹妹卻怎麼也看不出哪裡不好。「我覺得很好看啊。」妹妹笑咪咪看著姊姊的臀部讚賞不已，姊姊只是望著穿衣鏡中的自己大皺眉頭。妹妹又說肉肉的屁股在「迫降」和登上王座時好用極了，再說幹麼不把注意力放在自己喜歡的身體部位呢？後來姊姊硬是想把一件小到不行的泳衣穿上身，情節便出現可愛的轉折。

處理這個敏感議題的青少年小說必須相當小心，既要正面描繪青春期變化的各種可能性，又得避免無意間引發什麼危機（參見：飲食失調138）。克里斯・科契這部作品《為莎拉而肥》優雅地做到了，讀來通情達理又令人興趣盎然。胖乎乎的艾瑞克和好友莎拉合編一份學校報紙，為的就是報復那些以他們為玩笑對象的人。他們把報紙取名為《脆皮豬肉渣》——「豬肉」是艾瑞克，「脆皮」是臉上身上有燒燙傷疤痕的莎拉，「渣」是自嘲他倆是「無人在意的殘渣」。打從一年級兩人就成為好友，自封「醜到最高點」二人組，幾年過後，他們才發現兩人其實有更多更重要的共通點，包括幽默感及對文字的熱情。艾瑞克發現自己很有游泳天分時，兩人漸行漸遠——尤其是他因此變得愈來愈瘦以後。為了表示跟莎拉仍是死黨，艾瑞克努力增重，這樣胖乎乎的艾瑞克才能繼續當疤面莎拉的好友。可是身體的新陳代謝卻由不得他，他決定換個方法，任何邀約只要漏了莎拉，他絕不參加。在校的最後一年，他發現莎拉的疤痕並非如她向來所說的意外造成，而是她父親故意下的手（參見：家暴34），艾瑞克於是明白我們的問題並不代表我們就是怎樣的人，而是我們處理問題的方式。這個故事讓孩童了解要緊的是他們對自己身體的態度，而非身體本身——不管想像中的自己有多麼不如人。

參見 飲食失調138、體重過重264

體臭
BODY ODOUR

PB《臭兮兮的書》（*The Smelly Book*） 芭貝．柯爾（Babette Cole）

聽見人家說自己很臭，任何人都不會好受。不過《臭兮兮的書》利用可愛的文字與圖畫，生動描繪各種腐爛、變質與難聞的魚蝦、腳丫、臭乳酪和垃圾堆，倒是樹立了好聞難聞的標準。以這本書提醒孩子注意就非常管用，你可以捏著鼻子說：這雙發臭的襪子是從《臭兮兮的書》裡掉出來的嗎？芭貝．柯爾充滿活力的水墨插畫為這個臭兮兮的主題塗抹出迫切需要的輕鬆筆觸。

參見 不想洗澡66、不想洗手189

只想當個小書蟲
BEING A BOOKWORM

藥方：請找出故事中其他嗜書如命的角色人物

前一分鐘他們還只想和朋友玩耍，下一分鐘已經埋首書中，渾然忘我。你家那個本來非常愛好與人來往的孩子變得沉默寡言，對現實世界的一切既聾又啞。走路上學時他們不注意腳往哪裡踩，吃東西時看也不看就往嘴裡送，回家後更像導彈似的直往書堆裡衝。你家小孩已經讀書成癮。

不過這並不表示他們不願意交朋友。若想讓他們把幾個志趣相投的書中人物當成朋友，那就非得參考下列的推薦書單。他們可以在這些作品中找到跟他們一樣嗜書如命的主人翁——不只愛上文字與故事，也愛上印製文字與故事的紙張。兒童將在這裡認識書裡的人物，融入故事，活在故事裡，書中人物也會不時進入他們的日常生活。就算是個書呆子，身邊也不乏心靈伴侶。總有一天，等到心神領會書中的文字、心理學與世界之後，他們就會長出美麗的翅膀破蛹而出。

十本小書蟲書單

PB《小心大野狼》（*Beware of the Storybook Wolves*） 蘿倫·柴爾德（Lauren Child）

PB《查理酷最愛的一本書》（*Charlie Cook's Favourite Book*） 文／茱莉亞·唐娜森（Julia Donaldson）、圖／薛弗勒（Axel Scheffler）

PB《不可思議的吃書男孩》（*The Incredible Book Eating Boy*） 奧利佛·傑法（Oliver Jeffers）

PB《神奇飛天書》（*The Fantastic Flying Books of Mr. Morris Lessmore*） 威廉·喬伊斯（William Joyce）

PB《愛上字的男孩》（*The Boy Who Loved Words*） 文／Roni Schotter、圖／Giselle Potter

CB《異世界童話之旅1：許願魔咒》（*The Land of Stories: The Wishing Spell*） 克里斯·柯爾弗（Chris Colfer）

CB《瑪蒂達》（*Matilda*） 文／羅德·達爾（Roald Dahl）、圖／昆丁·布雷克（Quentin Blake）

CB《墨水心》（*Inkheart*） 柯奈莉亞·馮克（Cornelia Funke）

CB《故事賊》（*Story Thieves*） James Riley

YA《偷書賊》（*The Book Thief*） 馬格斯·朱薩克（Markus Zusak）

自以為了不起
BEING TOO BIG FOR YOUR BOOTS

CB《小拉與獅子》（*Shola and the Lions*） 文／柏納多·阿薩加（Bernardo Atxaga）、圖／瓦爾韋（Mikel Valverde）

自以為了不起的孩童令人既是嘆服，又是恐懼。自信雖然不錯，不過我們不難看出他們的自我實在太過膨脹。位於西班牙、法國邊境巴斯克區的作家柏納多・阿薩加這個故事說的就是自以為了不起的狗兒小拉。小拉的主人葛羅戈先生有個遊歷甚廣的朋友來訪，聊起非洲國王的故事和各式各樣的野獸，告辭以前留下一本名為《獅子、國王與叢林》的書。小拉開心地把書舔過一遍，認為自己就是圖中雄壯威武又尊貴無比的獅子，牠們靠狩獵得來的食物維生，絕不尊嚴盡失地接受送到面前剁得細碎的食物（雖然香味四溢、看來誘人）。小拉於是動身前往叢林（呃，公園）追蹤下一頓食物。不幸的是牠只在垃圾桶裡找到腐壞的食物、一隻恐怖的邋羅貓，以及一隻莽撞的鴨子。牠漸漸認識真正的自己，隨即回家找主人，幸運的是碎肉大餐已經為牠準備好了。瓦爾韋怪異的線條與水彩插畫完美捕捉到小拉想像與真實自我之間的差異，原來牠只是一隻普通的小白狗罷了。像小拉一樣得意忘形的孩童讀過此書之後，多半會擦亮眼睛，把自己看得更清楚些。

參見 專橫跋扈 86、想要掌控 200、早熟 292

無聊
BEING BORED

PB《阿羅有枝彩色筆》（*Harold and the Purple Crayon*） 克拉格特・強森（Crockett Johnson）

PB《魔法畫筆三部曲：旅程、歷險、重返》（*Journey, Quest and Return*） 艾隆・貝克（Aaron Becker）

電子產品占據人們時時刻刻的今天，難得看見一個覺得無聊的孩子鬱鬱寡歡地從這個房間晃到下個房間，看見誰願意聽就抱怨說「沒有事情可做」，偶爾也踢貓兒一腳。要是碰到這樣的孩子，趕快抓住機會，拿出這本讚頌無中生有的《阿羅有枝彩色筆》，重新調整孩子的期望。

自從克拉格特·強森筆下那身穿睡衣在月光下散步的學步小童問世以來，已經過了半個世紀，發現根本沒有月亮之後，他便畫了一個。他也畫上他經過的小徑，以及將他帶往小徑的一切東西（包括他的小房間和小床，該睡囉）。阿羅舉手用彩色筆去搆書頁角落的迷人身影，立刻吸引我們進入書頁，儘管那只是枝看起來一點也不特別的彩色筆。給不同年齡的孩童讀讀這本書，別忘了準備彩色筆與白紙（若是有白牆就更理想了），鼓勵他們隨意自由創作吧。

年紀較大的孩子不妨看看艾隆·貝克華麗的《魔法畫筆三部曲》，第一部《旅程》的故事也是同樣的概念。一個無聊透了的小女孩坐在家裡的階梯上，我們看見這棟紅褐色屋子的樓上有個男人坐在電腦前面，樓下一個女人在爐子上忙著攪和什麼東西，一個姊姊躺在沙發上盯著（你猜得沒錯，是螢幕）。小女孩威脅利誘一個個家人陪她出去玩耍都沒有用，只好晃進房間，把身子甩在床上。那時她忽然發現一枝紅色蠟筆⋯⋯

她在牆上畫的一道門通往一個迷人的森林：樹枝上懸掛著燈籠，一條小河蜿蜒流經樹間。她在碼頭的盡頭畫了一隻紅色小船，小紅船載她來到下游一個處處尖塔與圓屋頂的城市，身穿制服的衛兵揮動雙臂歡迎她進城。我們跟隨她經過坡地上的一條運河，看見各式各樣的建築，水閘，居民撐著陽傘坐在威尼斯式的平底狹長小船中讓人擺渡到下方，瀑布從高處宣洩而下。走到運河盡頭時，她卡在半空中——於是匆匆畫了一個熱氣球，然後慢慢落下⋯⋯對愛發脾氣的小腦袋來說，這本無字圖畫書和兩本續集讀來毫不費力，而且書中每一頁充滿想像力的水彩插圖富含足夠的細節，絕對可以吸引孩童細細欣賞。貝克的作品不但是治療無聊的良藥，更能觸動孩子展開內心的風景。

覺得親戚很無趣

having **BORING RELATIVES**

無聊 84、不得不親一下阿婆 183

給大人的療癒書

《哈利和兩位老姑婆》（*Harry and the Wrinklies*） 艾倫・丹波利（Alan Temperley）

你要是實在覺得很無聊的話，不妨幫大家一個忙，讀讀這本爆笑無比的書。哈利一眼瞄到車站月台上來接他的兩位「老得東倒西歪」的姑婆，心中想著：「拜託可別是她們！」一個高高瘦瘦頭戴一頂大草帽，看著活像是一盞燈籠。另一個矮矮胖胖，有如一坨粉紅色的蛋白霜。不過哈利倒是大吃一驚。他投靠的布莉姬姑婆和芙蘿莉姑婆建議開車借道機場回家。「安全帶繫好了沒？」芙蘿莉姑婆說著，啪一下扳起老賓士車儀表板底下一個開關，隆隆引擎聲立刻響起，車子在廢棄的跑道上加速馳騁，車速表指針不斷衝高：90、95……130……哈利覺得強風掃入車子時皮椅背緊貼著他的背，車窗外的鄉村風光變得模糊不清。「帥啊！吹掉蜘蛛網了！」布莉姬姑婆大喊。

之後，哈利兩位姑婆帶他回家喝杯雪莉酒（他才十歲），參觀了他位於高塔上的房間，那是她們和好幾位「史前」老人家合住的宏偉大宅。哈利享受他的新家、森林和狗兒的同時，也愈來愈清楚兩位老太太絕不簡單，而且絕不無聊。讀了這本書，你也不會覺得無聊了。

專橫跋扈
BOSSINESS

《威樂比這一家》（*The Willoughbys*） 露薏絲・勞瑞（Lois Lowry）

專橫跋扈的孩子在十二歲的提姆面前，肯定會覺得侷促不安。在這個模仿許多經典兒童文學作品的詼諧故事中，提姆是威樂比家的長子。威樂比家是「老派的家庭」，身為老派家庭中的長子，提姆理所當然替兩個雙胞胎弟弟和六歲的妹妹珍做所有的決定，比方說玩什麼遊戲，訂什麼遊戲規則，在教堂裡應該如何行為舉止，喜不喜歡盤子裡的食物。按照提姆的設計，每天一開始，他們都有基本分五十分，假如做出什麼他不贊同的事就扣分。弟弟妹妹被他控制得死死的，連能不能問問題也得先問過他才行。

你會發現他怎麼會變成這樣。這些孩子的雙親十分討厭自己的子女，是非常糟糕的父母。他們說提姆「難以忍受」，雙胞胎「喋喋不休」，而珍——噢，他們似乎絲毫未曾察覺第四個孩子的存在。孩子們漸漸發現其實沒有父母反而比較好，等到威樂比夫婦也想通沒有子女比較好的時候，兩人乾脆逃之夭夭，開始環球冒險之旅，雇了一名保母（參見：不喜歡你的保母63），出售房子（參見：搬家232），四個子女滿懷希望地準備當孤兒（參見：希望自己是孤兒259）。在此同時，提姆主掌一切。

幸運的是，他們堅定又能幹的保母知道該如何幫忙，先解除提姆的計分遊戲，再設法跟鄰居梅藍諾指揮官（他收留了在家門口發現的棄嬰露絲），成為一家人。由於梅藍諾的影響，提姆也振作起來，雖說沒有因此不再跋扈（畢竟他日後成了一名律師），倒也變得相當和善，長大以後贏得露絲的芳心。

熟悉《波麗安娜》、《祕密花園》、《海蒂》、《清秀佳人》、《簡愛》、《織工馬南傳》……等經典兒童文學作品的人最能心神領會故事中的諷刺意味，透過這本書來討論專橫跋扈的問題。如果提姆的父母在子女小時候更盡責一點，提姆會變得那麼頤指氣使嗎？跋扈和領袖氣質之間有什麼差別？你認為有人喜歡當個跋扈的人嗎？

參見 自以為了不起83、想要掌控200、早熟292、無法分享335、不聽話386、不友善403

被洗腦
BEING BRAINWASHED

CB《時間的皺摺》(*A Wrinkle in Time*) 麥德琳・蘭歌 (Madeleine L'Engle)

年輕一代受到數位媒體誘惑的危機令人不安，如今年輕人面對自私的商業化宣傳，若想繼續保有自己的理想與個性的話，就必須頭腦靈光一點。麥德琳・蘭歌這部受到廣大崇拜的經典作品即有助於他們做到這一點。

神祕的「啥太太」和她朋友咻的一下突然帶走梅格和查爾斯姊弟，從此展開一場尋找失蹤父親的探索之旅。姊弟倆的父親是一位研究「超時空挪移」的著名物理學家，他們的母親也是一位科學家，但並沒有加以阻止。這個旅程帶著他們穿越時空，抵達一個沒有身體、只有一顆巨大腦袋操控的星球，這顆大腦袋就叫做「它」。「它」以催眠式的脈動消除了所有的責任與憂慮，但也一併帶走了人們的自主能力，人人都像奴隸似的受到束縛，他們的父親也身陷其中。擁有超凡脫俗智慧的弟弟查爾斯在世人眼中是個白痴，他的家人卻深具信心，知道他的頭腦夠強，足以抗拒；沒想到他竟和父親一樣不可靠。於是不得不仰仗梅格找出抵擋「它」強大影響的方法——原來關鍵不在於智商，而在於她時時懷抱在心裡的一樣東西。青少年應謹記梅格揭露的真理。當周遭的每一個人都屈服於另一人的意志時，這個新發現可以幫助他們四平八穩地踩在地上。

參見 誤入歧途 58、同儕壓力 278

胸罩
BRAS

YA《巴林的胸罩》(*Bras, Boys and Blunders in Bahrain*) Vidya Samson

對青少女或少女來說，第一次穿胸罩往往令人緊張。太早穿恐怕遭人取笑，太晚的話則會被笑得更慘。以此主題創作出的超滑稽故事，絕對可以大大減輕小女生的壓力。

十五歲的維娜是個住在巴林（鄰近波斯灣的島國）的印度女孩，她母親只要聽見有人提起「胸罩」兩字就立刻崩潰。如此可見維娜多麼缺乏發育相關的知識，她也不曾真正跟男生講過話，雖然她常常在下課時間愣望著帥氣的拉西德，滿腦子狂想。等到學校終於上性教育課的一天，維娜是班上少數幾個頭一回聽說性事的同學。

維娜儘管聰明，無奈媽媽忌諱給予建議而不解世事，她決定自己處理胸部平坦的問題，請最要好的朋友尤妮塔陪她去購物。她們終於找到解決方法（一件有襯墊也買得起的胸罩），不過何時穿上它仍然是個問題。如何一夕之間從「太平公主」變得需要穿胸罩呢？維娜在學校的廁所隔間第一次嘗試穿胸罩的經驗真是糗爆了，最後還因此想出一個如何從背後扣上鉤子的數學算式。當她渾身突然長出好多可怕的紅疹時，她猜一定是皮膚對胸罩或是她塞在胸罩裡的襪子過敏——於是只好對媽媽坦白一切。後來才知道原來是長水痘了。

除了因胸罩引起的痛苦，維娜也漸漸明白除了拉西德以外，還有其他男孩懂得欣賞她，而且不光是欣賞她用襪子擠出來的身體曲線而已，這個故事可以幫助青少女放輕鬆，不管她們有沒有穿對有鋼圈的胸罩。

參見 尷尬 60、平胸 155

肢體受傷
BROKEN LIMB

參見 臥病在床 69、好痛 266

家有兄弟
having a **BROTHER**

參見 手足之爭343、不得不照顧年幼弟妹341

割傷與瘀傷
cuts and **BRUISES**

PB《小護士蕾蕾》（*Nurse Clementine*） 賽門・詹姆斯（Simon James）

醫藥箱裡除了繃帶、消毒藥膏和藥水之外，別忘了放這一本書。這個迷人的故事說的是一個小女孩的家人送她一套護士服和急救箱當生日禮物（從現在開始，你們可以叫我「小護士蕾蕾！」），在清潔和防止傷口感染的時候，它可以讓你徹底分心。小蕾蕾的緊急照護手法就是用繃帶把受傷的部位厚厚包紮起來，另外以堅定的口吻交代病人得這麼綁一星期。已經沒有家人需要治療的時候，她真納悶自己還能做什麼。幸好後來她弟弟卡在樹上下不來……鋼筆和淡彩的圖畫（主要是粉色、桃色及最柔和的蘋果綠色）令人看來心曠神怡，就像故事的最後，小蕾蕾看著從頭到腳裹上繃帶的弟弟，感到無比欣慰。

參見 需要加油打氣100、好痛266

遭到霸凌
being **BULLIED**

PB《一》（*One*） Kathryn Otoshi

ER《那夜狂風暴雨》（*It Was a Dark and Stormy Night*） 艾倫・亞伯格（Allan

Ahlberg）、圖／珍妮特・亞伯格（Janet Ahlberg）

《簡愛、狐狸與我》（*Jane, the Fox, and Me*） 文／芬妮・布莉特（Fanny Britt）、圖／伊莎貝爾・阿瑟諾（Isabelle Arsenault）

遭到霸凌是嚴峻的考驗，每個大人都希望子女能夠倖免。真的不幸發生的話，手邊若有幾個故事既提供了實用的解決辦法，又能安慰孩子的心靈，那就太有幫助了。《一》以不同色塊充當各個角色，塗抹在爽快的大片白色當中，鮮明地捕捉到涉及霸凌的複雜團體動力學。「藍色」安安靜靜的，不像外向的橙色，或是尊貴的紫色，或是陽光的黃色；而脾氣火爆的「紅色」喜歡欺負藍色。紅色辱罵藍色的時候，紅色的色塊就會長大；雖然其他顏色偶爾也會安慰藍色，告訴他說藍色多麼好看，不過這話他們都不敢當著紅色的面說……若要惡霸得到教訓，僅靠一己之力非常困難，最後大家合力對紅色還以顏色，紅色總算不敢欺負人了，也樹立了一個出色的典範。不妨把這本書念給遭到霸凌的、旁觀的，以及欺負人的霸道小孩聽，畢竟紅色也跟別人一樣，不過是想交個朋友。

惡霸往往能在不知不覺中悄悄占據有力的位置。這種事若是發生在教室裡，請與孩子共讀《那夜狂風暴雨》。一群滿臉大鬍子的強盜綁架了八歲的安東尼歐，將他帶往一個祕密山洞。強盜要求他給他們講故事（原來他們不過是一群大孩子罷了）。勇敢的安東尼歐深吸一口氣，娓娓從「很久很久以前」說起，可是每次說不到兩、三句，強盜便打斷他說接下來應該如何如何才對，而且最常這麼幹的莫過於強盜老大，他總是想當英雄，否則一定發怒。強盜嘍囉心裡清楚最好別跟老大吵，於是大夥都順著他。然而安東尼歐的故事說到了強盜平分寶藏，憤怒的老大卻堅持所有寶藏統統歸他一個人，那時大家變得坐立不安起來，隱忍已久的不公從未如此清晰地呈現在大家眼前。不久，安東尼歐便讓他們轉而指責老大多麼霸道跋扈，作威作福，混亂中還打翻了燉鍋。不妨和孩子討論為什麼有時得靠一個外人（或是一個故事），才能推翻團體中那個自戀的惡霸。

加拿大出版的圖像小說《簡愛、狐狸與我》纖細敏感的筆觸巧妙捕捉到受到群體排斥的種種慘痛。少女海倫在一間蒙特婁的學校裡飽受一個看起來很酷的小團體迫害。「她有狐臭」她們在洗手間的門上這麼寫著。搭校車時沒有人願意坐在她旁邊，雖然母親熬夜為她縫製新洋裝（可惜是去年流行的款式），海倫還是無法對她吐露心事。聽說班上要去露營時，同學個個都好興奮，唯有海倫覺得是徹頭徹尾的折磨，因為要跟「四十個同學擠在一起……沒有一個是她的朋友。」

可想而知，人在營地的海倫逃避到書本中，並且在《簡愛》的故事中找到另一個寂寞的女孩，她在長大之後變得「聰明、苗條又有智慧」。簡愛找到羅契斯特先生（「多麼美妙，多麼不可能」，海倫想，對輕鬆的浪漫主義有明智的見解），之後又很快失去他的時候，沮喪透頂的海倫巴不得把書扯了。這時剛好有個她從未注意的黑髮女孩走進帳篷——於是一切為之改觀。直到色彩開始潑灑到書頁，我們才發現海倫以前的世界多麼單調，不過只要一看見機會，歡樂總會迅速趁隙而入。一旦霸凌攤在陽光下，這部優秀的作品即是閱讀治療的絕佳範例，也是青少年回歸正常生活的的一劑良藥。

參見 憤怒 48、焦慮 53、覺得一無是處 180、說話沒人聽 191、寂寞 213、覺得像個輸家 218、怕犯錯 230、噩夢 242、家有無法談論感受的父母 277、需要好榜樣 315、逃家衝動 317、悲傷 320、不敢為自己據理力爭 363、自殘 331、害怕 322、睡不著 349、卡住了 368、自殺念頭 371、過於信任 396、過度擔心 418、諸事不順 421

你是惡霸
being a **BULLY**

孩子變成惡霸的原因很多，不過只有兩個法子可以徹底治好他們：學著從被霸凌者的角度看事情，以及了解為什麼他們就是想要欺負人。故事是培養同理心和認識自己的好方法。請從下列的推薦書單中隨意選讀。

十本了解霸凌的書單

- CB《遊戲場霸凌》(*Playground*) 五角(50 Cent)
- CB《雲端上的戰爭》(*Cloud Busting*) Malorie Blackman
- CB《聽鯨魚在哭泣》(*Blubber*) Judy Blume
- CB《茱蒂的心情》(*Judy Moody Was in a Mood*) 文/Megan Mcdonald、圖/Peter H. Reynolds
- CB《我是魯蛇》(*Barry Loser: I Am Sort of a Loser*) Jim Smith
- CB《喬治安娜街33號》(*The Ant Colony*) 珍妮・瓦倫提(Jenny Valentine)
- CB《蝴蝶俱樂部》(*The Butterfly Club*) 文/賈桂琳・威爾森(Jacqueline Wilson)、圖/尼克・夏洛特(Nick Sharratt)
- CB《餅乾》(*Cookie*) 文/賈桂琳・威爾森(Jacqueline Wilson)、圖/尼克・夏洛特(Nick Sharratt)
- YA《你已讀時我已死》(*By the Time You Read This, I'll be Dead*) Julie Anne Peters
- YA《碰撞》(*Crash*) 傑瑞・史賓尼利(Jerry Spinelli)

參見 想要掌控200、手足之爭343、暴力406

卡在車陣中
being in a **CAR**

CB《奇蒂奇蒂碰碰》(*Chitty-Chitty-Bang-Bang*) 伊恩・佛萊明(Ian Fleming)

一邊長途開車,一邊還得挖空心思逗後座乘客開心或分心,一路連哄帶騙,又說又笑,尤其後座的乘客沒完沒了地說「快到了沒?」、「我好無聊!」、「我們幹麼非去那裡不可?」的時候,可真要有聖人的耐性才行。有聲書是另一個選擇。請參考下列十本適合長途開車聆聽的有聲書,以及十本適合全家一起聽的有聲書單(見309頁)。

仍然有意當聖人的大人不妨和孩子共讀這本《奇蒂奇蒂碰碰》,為孩子做好行前的準備。作者佛萊明除了創作出會發射尖刺與飛彈的007情報員專屬座車之外(他是007詹姆士・龐德系列的原創作家),也為孩子寫出同樣設計巧妙的汽車。這輛吱吱砰砰汽車讓孩子想到汽缸、活塞,閃爍的車燈,汽車喇叭——以及所有改造汽車可能做到的各種本事。

指揮官波特是個古怪的發明家,也是八歲雙胞兄弟傑瑞米和傑米瑪的父親,他發明的瘋子口哨糖(一種可以變成口哨的糖果)大賣之後,總算有錢買下一輛家庭用車。這輛十二汽缸的老舊賽車也曾風光一時,經過幾星期車庫裡的翻修之後,他把車子開出來讓全家欣賞。雙胞胎兄弟倆一見到那兩顆大大圓圓的車燈就愛上了——車子喇叭發出「低沉有禮」及「充滿壓迫感」的轟鳴。奇怪的是,儀表板上有些儀器似乎會自動出現……這些都不打緊:兩次逆火之後,車子全速朝高速公路飛馳而去。

由於故事背景在英國,他們很快就卡在車陣當中,車子與乘客一點一

點開始過熱。剛巧此時儀表板上閃現「拉」的字樣。指揮官猶豫了一下，不曉得它會幹麼，然後那字樣又變成「白痴快拉！」於是他遵命照辦。看哪！擋泥板旋轉出來……然後倒退……然後……噢，剩下的你都知道了。佛萊明投注於《奇蒂奇蒂碰碰》的經驗與創意，將激發家中小乘客的靈感，帶著他們的想像力、手作按鈕、控制桿與翅膀一起上車，打造自己的專屬座車，從此以後，坐車的經驗再也不會一樣了。（沒錯，你已晉級為聖人。）

十本適合長途開車聆聽的有聲書

- CB《五小冒險》（*The Famous Five*） 文／伊妮德．布萊頓（Enid Blyton）、錄音／Jan Francis
- CB《馴龍高手》（*How to Train Your Dragon*） 文／克雷西達．柯韋爾（Cressida Cowell）、錄音／David Tennant
- CB《骷髏偵探》（*Skulduggery Pleasant*） 文／Derek Landy、錄音／Rupert Degas
- CB《黑暗年代記》（*Chronicles of Ancient Darkness*） 文／Michelle Paver、錄音／Sir Ian Mckellen
- CB《黑暗元素三部曲》（*His Dark Materials*） 文／菲力普．普曼（Philip Pullman），作者親自錄音
- CB《哈利波特》（*Harry Potter*） 文／J. K. 羅琳（J. K. Rowling）、錄音／Stephen Fry
- CB《波特萊爾大遇險》（*A Series of Unfortunate Events*） 文／雷蒙尼．史尼奇（Lemony Snicket）、錄音／Tim Curry
- CB《哈比人》、《魔戒》（*The Hobbit and The Lord of the Rings*） 文／托爾金（J. R. R. Tolkein）、錄音／Rob Inglis
- YA《銀河順風車指南》（*The Hitchhiker's Guide to the Galaxy*） 文／道格拉斯．亞當斯（Douglas Adams）、錄音／Stephen Fry
- YA《移動迷宮》（*The Maze Runner*） 文／詹姆士．達許納（James Dashner）、錄音／Mark Deakins

參見 無聊 84、想吐 345

受到照顧
being taken into **CARE**

參見 住在寄養家庭 158

成為照護人
being a **CARER**

參見 父母有恙 405

拒吃豌豆和胡蘿蔔
refusing to eat your peas and **CARROTS**

參見 挑食 165

不得不穿淘汰舊衣
having to wear **CAST-OFFS**

ER《舊帽新帽》(*Old Hat New Hat*) Stan and Jan Berenstain

YA《都嘛是怪腔男孩》(*Pigeon English*) 史蒂芬．凱爾曼（Stephen Kelman）

《舊帽新帽》一書反覆灌輸孩子對舊衣服難以割捨的喜愛，例如鬆脫的褲子、壞掉的拉鍊，還有口袋邊邊角角滲出可疑物的外套。故事裡的熊熊在帽子店裡試戴各種怪異及好看的帽子，包括纏頭巾或是頂上有個螺旋槳的帽子都試過了。接著他又瞄到一頂髒兮兮的舊呢帽，上面還有一塊補丁和一朵下垂的雛菊。當然，那就是他走進店裡時戴的帽子。舊的才是最好的。

說服年紀較大的孩子穿二手衣物很酷就困難得多，但也並非不可能。《都嘛是怪腔男孩》的故事背景設在倫敦佩卡姆的國民住宅區，住在這裡的哈利是來自迦納的移民，他試圖融入當地的幫派文化。「你有個快樂嗎？」他們問他。「有！」「你有個快樂嗎？」「有！」等他終於聽懂他們在說什麼（happiness發音近似A-penis，一個陰莖）的時候，他在街頭的信譽已經遭到重創。然而母親給他買的運動鞋來自義賣商店裡別人丟棄的二手貨，他又該如何往上爬呢？

小哈利漸漸明白他其實應該把注意力放在運動鞋內的東西：天生是運動員的小哈利跑得比同齡的男孩都來得快。這個動人的故事告訴孩童許多議題，包括移民（參見：不信任外人261）、霸凌（參見：遭到霸凌90）和同儕壓力（參見：同儕壓力278）。不過到頭來它說的其實是看事情的觀點。有時候你以為對的穿著打扮很重要，否則無法得到同儕的認同，然而更重要的是要從大處著眼。

參見 同儕壓力278、物質欲太強383、過度擔心418

想要當名人
wanting to be a **CELEBRITY**

CB《最強壯女孩》（*Magical Children Series: The Strongest Girl in the World*）
Sally Gardner

YA《搖滾狂》（*Rockoholic*） C. J. Skuse

如今電視選秀節目與孩童主持的Youtube風風火火，受歡迎程度取決於按讚和關注人數的多寡，難怪現在的孩子很想當名人。我們從《最強壯女孩》中看到名氣大不一定帶來滿足。一個朋友的頭卡在學校的欄杆中間（參見：卡住了368），那時八歲的喬西才發現自己竟可以拉彎鐵條。她開始實驗自己的力氣到底有多大，結果發現她居然也能舉起桌子、人，甚至雙層巴士。不多久就有人嗅到利用她賺錢的潛力，於是她和家人立刻被齷齪庸俗的「兩件西裝先生」火速帶到紐約市競逐名利。他們的確名利雙收；然而在興奮之後，懂事的喬西決定她寧可過安靜快樂的生活。讀者將會非常喜歡喬西的冒險精神——和她最後的抉擇。

令人大開眼界的《搖滾狂》讓讀者得以從偶像與粉絲的角度審視名人現象。青少女喬蒂瘋狂沉迷於搖滾偶像傑克森（一個虛構的樂團團員），即使是在爺爺的葬禮上，她仍然戴著耳機聽他的音樂。後來在陰錯陽差之下，她意外綁架了傑克森（他誤以為她的巧克力棒是一把刀，顯然是他血液中的迷幻藥作祟），喬蒂和死黨不知怎的竟開車把他載回家，接著她的頭號偶像就光著身子倒在她的床上不省人事，於是她不得不用嬰兒溼紙巾為他擦洗全身。

原來傑克森私底下極度厭惡他的粉絲，而且覺得粉絲把辛苦賺來的錢花在買他演唱會的門票上實在很可悲。他往喬蒂的夢想上倒了太多冷水，氣得她真想一把推他到橋底下。在此同時，她突然想到自己若能夠幫助傑克森戒掉讓他上癮的「黑莓」，搞不好他仍然會是她想像中的男神……傑克森從天上落到人間的搞笑歷程於焉開始，我們看著坐在滾輪垃圾桶中的他被推到爺爺的車庫裡，看他吃冷火雞肉，或是吃喬蒂從貓出入的小門餵他的食物，彷彿一齣高級喜劇；不過這個故事讓人得以一窺粉絲亂七八糟的生活，讀來也相當感人，例如偶像對他們的意義為何，究竟多麼嚴重的事才可能讓他們認真看待生活（與死亡）。

參見 早熟 292、想當公主 297、寵壞了 361

就愛嘮叨

being a CHATTERBOX

ER《奇先生妙小姐系列：嘮叨小姐》（*Little Miss Chatterbox*） 羅傑．哈格里夫斯（Roger Hargreaves）

作者藉由一枝妙筆，將許多充滿挑戰性的人格特質套入他創造的角色中，可以輕鬆自在地和孩子聊天（如果你最近收到一本《慢吞吞先生》，才在想著為什麼……我們很抱歉說得這麼唐突）。從邋遢、忘東忘西、懶散，到愛惡作劇應有俱有，讀者一定找得到個性符合的一位先生（現在是一位小姐），然後自然而然討論起來。其中最惹人喜愛的就是深具療效的嘮叨小姐，也就是嘮叨先生的妹妹。若說嘮叨先生能說掉一頭驢子的四條腿，嘮叨小姐更能說掉蜈蚣的四十二隻腳（是的，你又讀到這句話了。假如你不曉得我們在說什麼，或者身邊的小孩真的因為嘮叨或其他原因弄掉了蜈蚣的腳，請參見：虐待動物50）。

書中的嘮叨小姐連續四個工作都慘遭開除（銀行出納、服務生、帽子店的店員、祕書），因為她實在太嘮叨了，而且讓快樂先生、貪心先生、神奇小姐與傲慢先生都震撼得無言以對。最後她終於找到的工作（不想破壞您閱讀的驚喜）恰恰就是我們希望她受到的懲罰——只是她絲毫不覺得是懲罰罷了。您身邊的嘮叨先生與小姐肯定會注意到故事中其他人物有多麼不悅，運氣好的話，嗯哼，他們閉上嘴巴看書時，也會注意到你有多麼開心。

參見 問太多問題302

需要加油打氣
needing a **CHEERING UP**

PB《猜猜我有多愛你》（*Guess How Much I Love You*） 文／山姆・麥克布雷尼（Sam Mcbratney）、圖／安妮塔・婕朗（Anita Jeram）

PB《小熊維尼》（*Winnie-the-Pooh*） 文／米恩（A. A. Milne）、圖／謝培德（Ernest H. Shepard）

流淚之後，就需要安慰。我們最偏愛的療癒書《猜猜我有多愛你》，多半讓大人看了忍不住有點激動哽咽，孩子讀了無比安慰。準備上床睡覺的小兔子想要大兔子猜猜他有多愛他——然後拚命張開雙臂。當然，大兔子把手臂張得更開，雙腳踮得更高；為了表示牠們愛對方更多，大小兔子的手臂也張得愈來愈開，這時我們從小兔子顫抖的鬍鬚和熱切的小尾巴看出牠也看到了：「嗯，真的很多。」小兔子想。看著大小兩隻兔子軟綿綿的雪白肚子，纖細、看來疲弱的長耳朵，牠們真是最令人難以抗拒的童書角色，加上文字中撫慰人心的安靜節奏，讓人不覺沉沉入睡。小兔子始終沒聽見大兔子說究竟有多愛牠，不過孩子正好可以因此了解，有時大人的愛真的多到難以形容的地步。

常常自找麻煩、惹禍上身的孩子若是認識小熊維尼的話，會覺得好過不少，儘管他傻里傻氣——或許正因為如此，人們就是愛他。維尼卡在兔子的洞口時，他只能怪自己，誰叫他狼吞虎嚥，兩、三下就把兔子家的蜂蜜和煉乳吃得精光，何況當初人家又沒請他過來吃早餐，這會兒他的熊腰比兔子洞口還粗。於是他的「北端」朝著樹林，「南端」仍杵在兔子的廚房，下不來也出不去。

起初維尼想要假裝一切正常（他只是在休息，一邊想事情，一邊哼歌給自己聽）。接著他惱火起來，企圖怪罪別人或是別的事（比方說兔子的洞口不夠大）。講理的兔子不跟他吵，反而跑去找來羅賓（他等於就是故事裡的大人）。羅賓輕聲責備維尼是頭「傻氣的小熊」，語氣卻「滿是疼愛」，完全接納老朋友做的傻事，因此大家看了馬上「又充滿希望」。

後來兔子建議他倆大聲念書給維尼聽，等他的肚子慢慢變小（不過兔子向來是個機會主義者，於是提議借用維尼的後腿當毛巾架，反正維尼暫時哪裡也去不了）。維尼聽了他好心的建議（或是聽到了未來一週可能什麼也沒得吃）立刻崩潰，一顆顆眼淚流下臉頰，他請他們念一本「忍飢耐餓書」，安慰一頭卡得很緊、動彈不得的熊[7]。如果你也像羅賓一樣回應心煩的孩子（輕聲責備，語氣卻滿是疼愛，讓他們知道你還是一樣愛他們），你就一定可以逗他們開心。那麼就選一本附帶這個故事的「忍飢耐

7 若要細數兒童文學中深具閱讀療效的故事，這是第二例，而我們才談到C而已。既然已經說到重點，就不再一一數下去了。

餓書」——或是下列任何一本可以令人開懷大笑的童書吧。

十本哈哈大笑書單

ER《我的大象朋友》（*My Friend's a Gris-Kwok*） 文／Malorie Blackman、圖／Andy Rowland

ER《臭炸彈、番茄醬臉，還有那隻壞胚子》（*Stinkbomb & Ketchup-Face and the Badness of Badgers*） 文／John Dougherty、圖／David Tazzyman

ER《狗狗時速一百哩》（*The Hundred-Mile-an-Hour Dog*） 文／Jeremy Strong、圖／尼克・夏洛特（Nick Sharratt）

CB《阿拉貝爾和她的烏鴉朋友》（*Arabel and Mortimer: Arabel's Raven*） 文／Joan Aiken、圖／昆丁・布雷克（Quentin Blake）

CB《圖書館員傳奇》（*The Legend of Spud Murphy*） Eoin Colfer

CB《我愛貓頭鷹》（*Hoot*） 卡爾・希亞森（Carl Hiaasen）

CB《壞人嘎目先生》（*You're a Bad Man, Mr. Gum!*） 文／Andy Stanton、圖／David Tazzyman

YA《我們的故事未完，待續》（*Me and Earl and the Dying Girl*） 傑西・安德魯斯（Jesse Andrews）

YA《喬吉雅的自白》（*Confessions of Georgia Nicolson: Startled by his Furry Shorts?*） Louise Rennison

YA《凱瑟和她的小說世界》（*Fangirl*） 蘭波・羅威（Rainbow Rowell）

給大人的療癒書

PB《遠在天邊》（*Lost and Found*） 奧利佛・傑法（Oliver Jeffers）

當然，孩子心煩的時候，你也需要找出問題所在，這事說來簡單，做之不易。《遠在天邊》故事裡的小男孩在家門口發現一隻傷心的小企鵝，他想要幫忙。可是還沒搞清楚狀況，他便驟下結論，理所當然以為應該帶牠回到南極的家，小企鵝不曉得該如何解釋事實並非如此。等他們到了南極，小企鵝更傷心了。以後面對心煩的孩童，請想起這隻默默受苦的小企鵝，別匆匆錯判原因才是。

參見 卡住了 368

長水痘
CHICKEN POX

PB《金髮姑娘長水痘》（*Goldie Locks Has Chicken Pox*） 文／Erin Dealy、圖／Hanako Wakiyama

有時候作家碰巧想到一句聽來順耳響亮的話，不用實在可惜，或許《金髮姑娘長水痘》就是這麼寫出來的。作者將好幾個童話主角寫進了故事，外加五〇年代的藝術畫風，利用金髮姑娘家裡的圓點壁紙映照金髮姑娘身上的水痘，這部讀來愉快的圖畫書描繪水痘各種討厭的階段，從金髮姑娘究竟是哪裡傳染到的（暗示是打給三隻小熊的電話），到她盡量忍耐不去抓癢，和受到弟弟的嘲弄（耶！後來他總算得到應有的懲罰）。閱讀這本充滿滑稽視覺效果（請留意爸爸的假日農夫裝）的作品時，請記得先塗上止癢藥膏。

參見 臥病在床 69、無聊 84

選擇障礙
spoilt for **CHOICE**

PB《100萬隻貓》（*Millions of Cats*） 汪達・佳谷（Wanda Ga'G）

要吃加了軟糖的檸檬杯子蛋糕？還是灑了彩色聰明豆的巧克力杯子蛋糕？或是吃裹著香草糖衣的綠色杯子蛋糕？還是其他成千成百的選擇？我們身處於物資過於豐富的世界，原本一樁美事卻可能演變為一場磨難。孩童讀到經典作品《100萬隻貓》的老先生看著百萬隻貓左右為難時，想必會覺得鬆了一口氣。老先生的太太說很想在家裡養隻貓，於是他出門去找貓。他走到好遠好遠的地方（越過好幾座小山，許多烏雲白雲掠過頭頂），不止找到一隻貓，不止十來隻，而是「一百隻貓／一千隻貓／一百萬隻貓／一億隻貓／一兆隻貓」。當然，他剛選好一隻漂亮的白貓，馬上又瞧見另一隻貓也一樣好看，然後又是一隻，就這麼一直看下去，每隻都跟下一隻貓一樣美麗。如此一再反反覆覆，透著幾分邪惡的意味（恐怕大人比孩童更有感），好在老夫婦最後不必決定養哪隻貓。（若你真想知道結局，後來他把貓統統帶回家，貓兒你吃我我吃你，最後剩下一隻相貌普通、滿心害怕，但想必吃得很飽的小貓）。這個故事說的是「最理想的選擇」或許不如「滿足於第一印象的選擇」或是「接受僅有的選擇」那麼重要吧。

參見 寵壞了 361

不得不做家事
having to do **CHORES**

CB《湯姆歷險記》（*The Adventures of Tom Sawyer*） 馬克・吐溫（Mark Twain）

CB《匹克威克太太》（*Mrs. Piggle-Wiggle*） 貝蒂・麥克唐納（Betty Macdonald）

孩子總是覺得做家事很無趣，還不如無所事事、四處閒晃，或是在樹林裡搭一間小窩。星期六早上，湯姆・索耶不得不把眼前一條長長的褐色籬笆刷上白色油漆時，放假的好心情全都不見了。過沒多久，班・羅傑自動送上門來，他模仿著汽船的聲音，看來打算要取笑湯姆和他一點不令人羨慕的工作。說時遲那時快，湯姆想到一個絕妙高招。他不但沒有抱怨自

己的苦差事，反而把它說得無比誘人。「哪個男孩有機會天天刷油漆？」

班很快就哀求湯姆讓他試試看——甚至為此請他吃蘋果。那天到了黃昏時分，湯姆已經從其他想要刷油漆的熱心男孩那兒賺到十二顆彈珠，以及半個口琴、一塊藍色破玻璃、一把自製彈弓、一支什麼鎖也打不開的鑰匙、一個小錫兵、兩隻蝌蚪、六根鞭炮、一隻獨眼貓（還不止這些）。更重要的是，他可以整天觀賞別人幫他做事，他也因此了解非做不可的是工作，想做的則是玩耍。大人若想請孩子分擔家事（或是孩子想學會不落入大人的圈套）的話，可以從湯姆的例子中得到不少啟發。

年紀較小的孩子就得求助於鼓舞人心的匹克威克太太了。打從一九四〇年代末以來，美國孩童在這位像女巫的太太鍛鍊之下，成為一個個善良負責的公民。駝背又古怪的匹克威克太太頭髮留到膝蓋那麼長，不過她對孩子很有辦法，附近所有的父母碰到子女有問題時，比方說吃得慢吞吞或是愛頂嘴，就把子女送到她身邊去。在做家事上，她用的是類似湯姆．索耶的辦法，一定讓孩子想做，而非做得心不甘情不願。這個系列有好幾本書，《匹克威克太太，你好》（由席拉瑞．奈特畫插圖）裡能找到治療愛炫耀的藥方，《匹克威克的農場》（由莫里斯．桑達克畫插圖）中則有不用心照顧寵物的良藥。不妨給孩子讀一讀，或是自己讀過之後做個筆記。

參見　不想學烹飪 110、週末想打工 204、懶惰 209、缺零用錢 288、不聽話 386

抽菸
CIGARETTES

參見　同儕壓力 278

緊黏死纏
CLINGINESS

參見 缺乏自信107、不想長大187

笨手笨腳
CLUMSINESS

PB《愛闖禍的大紅狗》(*Clifford the Big Red Dog*) Norman Bridwell

CB《紅牆》(*Redwall*) Brian Jacques

小孩子從小都是笨手笨腳的——懷疑的話，只要看看三歲小嬰兒往一碗麥片裡倒牛奶的模樣就曉得了。鼻子溼溼的大紅狗克利佛也是笨拙又無能，一半是因為牠的身軀跟房子一樣龐大，一半是因為牠熱心過了頭。克利佛這隻親切和藹的大狗有一雙漫畫似的大眼睛，牠從來沒有要到處攪得亂七八糟的意思。可是牠一旦挖洞，就忍不住把整棵樹連根拔起。牠若是追著汽車跑，就忍不住把整輛車子緊緊咬在嘴裡帶回家。不管粗心的克利佛有多大的破壞力（是的，大人，那是你的標準），主人艾蜜莉仍然愛牠不渝，這也使得這些童書既有趣又能安慰人心。

《紅牆》中那隻年輕的老鼠英雄麥西亞斯最適合年齡稍大但走路仍然不會看路的小讀者，此書也是本系列引人入勝的二十四部曲中的第一部，說的是住在古老修道院中的老鼠。我們頭一次見到主人翁麥西亞斯的時候，牠笨手笨腳，老是穿著太大的拖鞋晃來晃去，不只走路時常絆倒，講話也時常顛三倒四：「呃，對不起，院長神父……踩到我的院長了，習慣了，神父。」院長一看即知這隻笨拙的年輕老鼠挺特別的——小老鼠們和忠心的獾朋友康斯坦不得不奮力抵抗邪惡的獨眼老鼠克朗尼和牠的害蟲大軍時，麥西亞斯就是大家心目中的首領。故事到了尾聲，麥特亞斯依然動作笨拙，為了和克朗尼最後對決而匆忙折返時，牠照樣撲倒在盤根錯節的樹根上，不過那也表示牠多麼熱中於作戰。有這種毛病的小讀者或許該聽聽修道院長的忠告，學著把動作放慢一點。不然看看動作不靈光的麥西亞斯多麼惹人喜愛，乾脆全心擁抱它算了。

參見 青春期 38、總是丟三落四 215

感冒
having a **COLD**

參見 需要冒險 42、需要加油打氣 100

出櫃
COMING OUT

參見 不確定自己是不是同志 171

無法專心
inability to **CONCENTRATE**

參見 閱讀藥方：坐不住 150、注意力不足 337

缺乏自信
lack of **CONFIDENCE**

PB《瀝青海灘》（*Tar Beach*） 費絲・林戈德（Faith Ringgold）

缺乏自信的小朋友（無論是受到低估而黯然傷神，遭到打擊，還是被批評得一文不值）需要一個振奮人心的象徵幫助他們脫困，並且鼓勵他們相信自己。這兩樣東西，他們都可以在《瀝青海灘》中找到。這個故事的靈感來自作者兒時住在哈林區的回憶，到了炎熱的夏天晚上，她總喜歡躺在自家公寓的屋頂上。

每當父母和鄰居玩牌的時候，八歲的凱西就飛上天空。唯一看到她神奇飛翔的是她的小嬰兒弟弟貝貝，「他乖乖聽我的話，躺在床墊上一動不動」。簡單而大膽的插畫頗有夏卡爾之風，我們不禁隨著凱西的想像力飛越喬治華盛頓大橋，飛越一棟又一棟摩天大樓，一直飛上繁星。在高空中，她覺得放眼望見的一切都屬於她——包括新蓋的聯合大廈（那是她父親協助建造的，大樓不可能屬於他，只因他是「有色人種，或是他們稱的混種印度人」），而在某種意義上卻是屬於他的。書中每一頁的下端，都有一條條縫綴在一起的正方形框框，那是拼布被，不但串起了整個故事，也是作者林戈德的南方祖先傳承給她的手工藝品。

背負了奴隸與歧視，卻仍能飛越個人限制的隱喻，令人讀來無比震撼。凱西告訴貝貝說他也做得到，不過他必須先想去某個地方：「我跟他說容易得很，每個人都會飛，只要有個想去的地方，而其他法子都到不了。」本書鼓勵沒有自信的孩子去想像自己做些一直想做的事。第一步就是相信自己做得到。他們一旦相信做得到，就真的做到了。

參見 身體形象 80

便祕

CONSTIPATION

漫畫有吸引人的大臉蛋、對話框、不費心神的故事情節，以及彷彿只和讀者分享的個人獨白，因此往往可以立即引起興趣。在洗手間裡準備一大落漫畫書吧，排便不順時挺好殺時間的。

十本廁所必備漫畫書單

CB《加菲貓》(*Garfield at Large*) 吉姆・戴維斯(Jim Davis)

CB《阿斯泰利克斯歷險記》(*Asterix the Gaul*) 勒內・戈西尼、阿爾伯特・烏德(René Goscinny、Albert Uderzo)

CB《丁丁歷險記》[8](*The Adventures of Tintin series*) 艾爾吉(Hergé)

CB《希爾達傳奇》(*Hildafolk*) Luke Pearson

CB《史努比漫畫全集》(*The Complete Peanuts*) 查爾斯・舒茲(Charles M. Schulz)

CB《凱文和跳跳虎》(*The Calvin and Hobbes series: Thereby Hangs a Tale*) Bill Watterson

YA《嚕嚕米漫畫全集》(*Moomin: The Complete Tove Jansson Comic Strip*) 朵貝・楊笙(Tove Jansson)

YA《風之谷》宮崎駿

YA《阿基拉 Akira》大友克洋

YA《20世紀少年》浦澤直樹

參見 肚子痛 397

愛唱反調
being **CONTRARY**

PB《皮耶》(*Pierre*) 莫里斯・桑達克(Maurice Sendak)

桑達克這一套四冊小書《迷你圖書館系列》[9]的尺寸完美符合小讀者的

8 我們特別喜歡《丁丁在西藏》(*Tintin in Tibet*)、《太陽神的囚徒》(*Prisoners of the Sun*),以及《紅海盜的寶藏》(*Red Rackham's Treasure*)。

9《迷你圖書館系列》(*Nutshell Library box set*) 其他三冊為《一是強尼》(*One Was Johnny*)、《都是鱷魚》(*Alligators All Around*),以及《雞湯加飯》(*Chicken Soup with Rice*)。每個故事都很棒。

小手，故事的衝擊卻是大得不成比例。小皮耶不管聽見父母說什麼，他一概回答：「我不在乎！」後來他們受夠了這個愛唱反調的小男生，於是撇下他進城去了，這也實在怪不得他們。因此一頭獅子來到家裡，問皮耶想不想被吃掉的時候，身邊根本沒有人保護他[10]。我們並不認為孩子讀完後，從此再也不敢說「我不在乎」四個字（其實，他們反倒可能因此學會說「嗯哼」，真對不起了），不過這本書或許可以說服他們，若想引發重大衝擊，最好的方式不是唱反調，而是變得有趣就行了，像這個故事一樣。

參見 吵架56、惡形惡狀68

不想學烹飪

reluctance to learn to **COOK**

PB《小女孩與食人妖》（*Zeralda's Ogre*） 湯米．溫格爾（Tomi Ungerer）

CB《喀山之星》（*The Star Of Kazan*） 艾娃．易勃森（Eva Ibbotson）

當父母的重要工作之一，就是培養子女能夠烹調幾道菜。但老實說吧，忙碌的大人若是覺得天天料理食物是件苦差事，那就不適合鼓吹這種教養方式。季拉妲才是較好的榜樣。季拉妲身為農夫的女兒，非常喜歡烹飪，六歲已經精通「烤、煨、燉、煮」。她和父親未曾聽說鄰近一個小鎮有個巨妖到處抓小孩來吃。一天，她父親的身體不適，無法把家裡的農產品送到市場販賣，於是請季拉妲代勞，她不曉得路邊那個肚子好餓、腳踝扭到的巨妖打算要吃的原來是她。於是這個心軟的小女生立刻用本來應該拿去市場賣的食材當場煮出一頓豐盛的大餐（美食家一定想聽聽這份菜

10 請各位別擔心，雖然這個故事依循《披頭散髮的彼得》一書，具有警示作用，不過最後故事並沒有在獅子吃掉皮耶的地方結束，後面還有一小段發展。為了現代人脆弱的神經，桑達克更新了故事形式，讓心理醫生只需專心治療讀了《披頭散髮的彼得》受到創傷的讀者。

單：奶油豆瓣菜湯，大蒜奶油醬拌蝸牛，烤鱒魚佐刺山柑，以及一整隻烤乳豬）。巨妖一輩子從來沒吃過這麼可口的一餐，他請季拉妲到家裡擔任他的私人廚師，且發誓從此不再吃小孩。溫格爾的大氣水彩筆觸讓我們看到季拉妲深情地看著她的食譜，和她替乳豬塗油時伸舌頭的可愛模樣，在在表現出本書慷慨大度的精神，而有限的黑色、白色、灰褐與橙紅使得本書同季拉妲的食物一樣令人猛流口水。若有誰能在孩子心中撒下愛好烹飪的種子，一定非季拉妲莫屬。

孩子到了能讀章節書的年齡，若是仍然只願意烤烤土司與炒蛋的話，肯定可以從《喀山之星》的故事中得到啟發。三位古怪的博士答應收養棄兒安妮卡時提出一個附帶條件，那就是她得幫忙操勞家務。她做到了，不但學會烹飪，還勤於打掃，並且確實一手挑起一棟一九〇八年蓋的維也納大宅中所有的家務。十二歲那年，她負責烹煮聖誕節鯉魚，必須依循艾莉媽媽（發現她的女傭之一）的食譜料理這道菜，單單填料就得準備一個早上。安妮卡為此擔心得眼睛都要掉出來了，她知道除了食譜上列出的食材，她不能做任何增減，但她還是在最後一刻加了一點肉荳蔻進去。

她的三位教授「叔叔」（其中一位其實是阿姨，但那是另一個故事）都說美味極了，唯獨艾莉嘟起嘴脣。「你做了什麼？」她喊道。「媽媽一定會氣得在墳墓裡打滾！」然而在之後的沉默中，艾莉總算明白安妮卡其實改良了媽媽的食譜，這才轉怒為喜。安妮卡在那神聖的食譜上工整地寫下「少許肉荳蔻可以讓醬料更濃郁」——一名大廚就此誕生。

參見 不得不做家事104、挑食165、視父母為理所當然183、寵壞了361

害怕牛
fear of **COWS**

參見 害怕動物52

害怕令人毛骨悚然的動物
fear of **CREEPY CRAWLIES**

參見 害怕動物 52

惱怒
CROSS

參見 憤怒 48、喜怒無常 231、耍脾氣 379

網路霸凌
CYBER-BULLYING

參見 遭到霸凌 90

怕黑
scared of the **DARK**

PB《好好睡吧，小小熊》(*Sleep Tight, Little Bear*) 文／馬丁・韋德爾（Martin Waddell）、圖／芭芭拉・弗斯（Barbara Firth）

PB《嗨！黑漆漆》(*The Dark*) 文／雷蒙尼・史尼奇（Lemony Snicket）、圖／雍・卡拉森（Jon Klassen）

PB《怕黑的貓頭鷹》(*The Owl Who Was Afraid of the Dark*) 文／吉兒・湯林森（Jill Tomlinson）、圖／Paul Howard

大多數孩童到了某些時刻總會怕黑——不過他們怕的通常不是黑暗，而是可能躲藏在黑暗中的可怕東西，因此往往等到想像力發揮得淋漓盡致時，才真正開始害怕，這時不妨拿出難以抗拒的《好好睡吧，小小熊》。小熊說他睡不著的時候，看著書的大熊正讀到精采部分（這種痛苦也值得我們開個藥方來療癒一番，只是如此一來中斷的時間就更長了），大熊不得不放下手中的書，過去看看小熊怎麼了。只見躺在床上的小熊緊抓著兩隻腳爪，一副小孩打算承認什麼的尷尬模樣。小熊說他不喜歡黑黑的。「什麼黑黑的？」大熊說。「我們周圍都是黑黑的。」小熊說，你看到牠到處晃來晃去。大熊便去找來一個燈籠，燈光驅走幾分黑暗；可是洞穴的四周還是黑鴉鴉的。大熊提回的燈籠一個比一個大，我們覺得他變得愈來愈累，芭芭拉・弗絲的插畫更精準捕捉到小熊從焦躁不安到過於疲倦階段（參見：太過疲倦262）。碰到孩子睡不著的時候，這本迷人、催人入睡的繪本大大撫慰了大人小孩，而且長度恰好讓家裡的孩子在故事結束之前香甜

入夢。

雷蒙尼・史尼奇（也是受歡迎的《波特萊爾大遇險》系列作者）（參見：希望自己是孤兒259）創作的繪本《嗨！黑漆漆》一開頭便如此誘人：「黑漆漆和阿雷住在同一間屋子裡……」既然明講黑漆漆是一種東西，史尼奇把黑漆漆和可能掩藏在黑暗中的一切區分出來，讓我們看見黑暗本身其實不是威脅。本書中的小男孩阿雷漸漸認識黑漆漆。它有它最愛逗留的地方：浴簾後面、衣櫥裡、地下室。阿雷真正和它相遇時，他發現黑漆漆出奇體貼且樂於幫忙，在米白與淡藍的可愛插畫中，雍・卡拉森用一團漆黑突顯黑漆漆的存在。讀到最後，我們也把黑漆漆看作一種東西，而且從此把它看作一種友善的東西。

我們為快要識字和已經會自己看書的孩童介紹吉兒・湯林森筆下迷人的小貓頭鷹撲拉。撲拉是《怕黑的貓頭鷹》中的小貓頭鷹，牠覺得自己太怕黑了，絕不可能是夜行動物。「你不可能怕黑吧？」牠媽媽說：「貓頭鷹從來不怕黑的。」「我就是怕嘛。」撲拉說。貓頭鷹媽媽決定讓牠每天離家去發現一件跟黑暗有關的事，她說這麼一來，小貓頭鷹肯定就能認清事實了。於是撲拉每天跌跌撞撞離開窩巢，遇見一連串的人與動物，聽他們說起他們親眼所見的黑暗事實。牠從期待看煙火的小男孩那兒得知黑暗很「刺激」，從想要忘記皺紋的老太太那兒了解黑暗有多麼「仁慈」，又從希望聖誕老人來訪的小女孩那兒學到黑暗的「必要」。一個又一個的理由，黑暗的好處愈來愈讓人難以抗拒。讀到最後，我們幾乎要質疑怕黑的小朋友了。

參見 焦慮53、害怕床底下有怪物69、噩夢242、過度擔心418

約會

DATING

YA《永恆的光環》（*A Ring of Endless Light*） 麥德琳・蘭歌（Madeleine L'Engle）

若想學習如何在約會遊戲中聰明照顧自己，不妨閱讀麥德琳．蘭歌的奧斯丁家族系列（我們雖然鼓勵孩子完整閱讀全系列的四部作品，不過第四部自成一格，亦可單獨閱讀）。將滿十六歲的維姬在祖父的新英格蘭度假小屋過暑假，在這期間她和三個性情迥異的男孩約會。鄰居家的里歐脆弱善感、天真、有愛心；柴克雷愛賣弄又魯莽，總讓她肚子深處有種奇怪的感覺——但他開車實在太快，儘管沒有飛行執照，竟敢駕機帶她飛上天空；最後一個是海豚訓練師亞當。維姬應對三個約會對象之細緻令人激賞，她和柴克雷約會時難掩興奮，亞當給她知性與心靈的成長，里歐不幸失去父親時，她深切感受到他的悲傷。如今青少年約會的方式大不同於本書設定的年代，但同樣需要測試不同類型的伴侶，卻不至於引起對方的反感。少男少女若想了解如何在必要的時候說不，該信任誰，如何得知自己真正喜歡的人是誰，都可以在這個故事裡找到答案。

參見 選擇障礙 103、被甩了 136、初吻 150、初戀 151、失去童貞 409

人家說你愛做夢

being accused of **DAYDREAMING**

《有時是夏洛特》（*Charlotte Sometimes*） Penelope Farmer

很久以前，愛做夢的人若是給人瞧見怔怔望著窗外，不是受到訓斥，就是被視為廢物。令人開心的是，如今心理學家已經承認白日夢是一種追求創意的方式。專家認為白日夢或許相當於神經系統的歸檔整理——做白日夢的孩子不過是需要處理大量事物罷了。《有時是夏洛特》中，任憑心思四處馳騁的十三歲少女夏洛特當然可以如此解釋。夏洛特在新的寄宿學校一覺醒來，發現自己竟然回到過去的一九一八年，雖然身處同一所學校，她卻變成一個名叫克蕾兒的女生。再過二十四小時醒來時，她又變回夏洛特。夏洛特和克蕾兒（兩人都沒有母親，兩人都有個妹妹），她倆每隔一天交換一次身分，起初完全無人察覺，除了她們自己。

日子一下子變得充滿挑戰。一九一八年克蕾兒寫好的家庭作業，次日交作業的人卻是夏洛特；一九六三年夏洛特答應當蘇珊娜最要好的朋友時，必須想辦法告知克蕾兒最新狀況。恐怖的第一次世界大戰入侵兩人的生活時，壓力與日俱增。不久老師和朋友都抱怨夏洛特似乎總是心不在焉——只有讀者能夠體會她的苦衷。書中有許多孩童會注意到的小細節（比方說夏洛特頭一次看見室友腿上長雀斑而滿臉訝異，或是她不知所措時連眼球都疲累緊繃的感覺），這個故事可以讓你身邊愛做夢的人了解，發呆也是滿好的打發時間方式。（還得提醒一下大人，你身邊做白日夢的孩子，說不定需要有人幫忙歸檔整理。）

給大人的療癒書

ER 奇先生妙小姐系列之《白日夢先生》（*Mr. Daydream*） 羅傑・哈格里夫斯（Roger Hargreaves）

如果你還是不以為然，那就讀讀看傑克如何在上課時間一下子被雲狀的白日夢先生帶走，開始一場快速的世界之旅。他們去了非洲、澳洲、北極和狂野的美國西部之後，傑克才被老師叫他名字的聲音拉回現實。能到那些地方旅行，誰想留在教室呢？

參見 生命是怎麼回事？33、需要冒險 42、無聊 84、閱讀藥方：注意力不足 337

失聰
DEAFNESS

早期繪本的插圖畫風強烈且大膽，人物的臉孔表情豐富，孩童就算聽不見，也能「看見」故事——這點相當重要。等到兒童學會自己讀書，就需要其他懂得如何處理偏見、安裝助聽器的人從旁協助，幫助他們讀懂電視上面無表情的史波克先生的脣語（讀了《大耳朵超人》之後，將更了解個中狀況）。

十本給失聽兒童的書單

PB《當乃平遇上乃萍》（*Voices in the Park*） 安東尼・布朗（Anthony Browne）

PB《南瓜湯》（*Pumpkin Soup*） 海倫・庫柏（Helen Cooper）

PB《佛萊迪和小仙女》（*Freddie and the Fairy*） 文／茱莉亞・唐納森（Julia Donaldson）、圖／Karen George

PB《聽不見的音樂家》（*The Deaf Musicians*） 文／Pete Seeger、Paul Dubois Jacobs、圖／R. Gregory Christie

PB《當他們帶走湯姆》（*The Time It Took Tom*） 文／Stephen Tucker、圖／尼克・夏洛特（Nick Sharratt）

CB《大耳朵超人》（*El Deafo*） 希希・貝爾（Cece Bell）

CB《春天，小兔來》（*Mundo and the Weather-child*） 喬依絲・唐巴（Joyce Dunbar）

CB《悄悄話》（*Whisper*） 克利絲・凱弗利（Chrissie Keighery）

CB《羽毛》（*Feathers*） Jacqueline Woodson

YA《家庭教師》（*Miss Spitfire*） Sarah Miller

參見 覺得與眾不同127、很難交到朋友161、說話沒人聽191、心事無人知401

怕死
fear of **DEATH**

PB《精采過一生》（*Drop Dead*） 芭貝・柯爾（Babette Cole）

PB《獾的禮物》（*Badger's Parting Gifts*） 蘇珊・巴蕾（Susan Varley）

CB《永遠的狄家》(*Tuck Everlasting*) 奈特莉·芭比特 (Natalie Babbitt)

YA《臨別清單》(*Ways to Live Forever*) 莎莉·妮柯絲 (Sally Nicholls)

有些人是漸漸了悟於心，有些人則是在驚愕中頓悟我們終有死去的一天。成年人往往不願意探索身後之事，然而當孩童想要了解這些問題（人死以後上哪裡去？誰會先死？有可能還沒變老就死了？）大人愈是常常陪伴他們討論，他們就愈能接受死亡難以避免的事實，如此才不會總是活在死亡的陰影下。

點到為止當然倍受歡迎，那得仰仗大無畏的繪本元老女傑芭貝·柯爾，唯有她膽敢闖入這個領域[11]。在《精采過一生》中，兩兄妹問爺爺奶奶為什麼「頭禿禿的，皮膚皺巴巴的」。好脾氣的長輩回答說他們並非一直都這樣的，於是帶著兄妹倆遊歷他們人生各個不同階段——任何人看完都會覺得這樣的一生絕不單調乏味。柯爾生動活潑的插畫讓我們看見兩老回憶各自精采亮麗的事蹟，坐在搖籃裡衝下山坡的嬰兒時期，騎著摩托車狂飆的十六歲，實驗抽菸的十八歲，在屋頂上跳舞的二十一歲，躍下馬背的特技演員和電影明星（兩人都不是穩定的工作）。老邁使得他們的身軀開始萎縮，忘東忘西，戴上假牙——但偶爾他們仍然參加戶外冒險（例如帶著助行器跳傘）。儘管他們此生曾經多次躲過死亡，然而終有「翹辮子」的一天。讀到最後，每個人都發出會心一笑。

另一種淡化恐懼的方式，則是了解我們生命中心愛的人離去之後，如何感覺他們仍然陪在身邊——如同《獾的禮物》。可靠又親切的獾讓許多朋友懷念得心痛，可是後來大家一個個想起牠很特別的地方。鼴鼠記得獾有一次幫牠做了一條鼴鼠紙鏈子，青蛙記得獾教過牠溜冰。牠們的回憶在細膩複雜的水彩插畫之下活了過來，讓思念牠的朋友（和我們）滿心歡喜地想念這個睿智慷慨的好友。不管你是告訴孩子死去的親友仍在身邊繼續關照我們，還是他們依舊藉由他們留下的禮物活在人間，這本書都能為你

11 若想看看其他芭貝·柯爾的作品，請參見：體毛80、不想洗手189、父母即將離異276、對性感到好奇333。

們的談話帶來溫暖與自信。

至於年齡大一點的孩子，意味深遠的《永遠的狄家》把死亡塑造為生命中一股正面的力量。十歲的維妮巧遇坐在樹下光芒四射的帥氣男孩狄傑西，她問他幾歲。他出乎意料的回答說：「我一百零四歲了。」維妮聽了不以為意，也不在意傑西說如果她喝了樹底下湧出的泉水，就會發生「非常可怕的事」。然而等到傑西的哥哥麥斯和媽媽梅伊出現，將維妮強行帶走，拋上馬背，快馬加鞭回到他們的家裡，那時她才開始認真考慮他們所說的故事。她發現那棵大樹底下的湧泉原來是魔法泉水，當年狄家人喝下泉水之後，每個人都變成長生不老的不死之人，永遠停留在當時的年齡。既然明白維妮無法抗拒魔法泉水的誘惑，狄家人決心苦勸她改變心意——直到次日早上。只有傑西不反對，因為他盼望有個可以度過永生的朋友。

故事中反對長生不老的理由直截了當，孩童一讀便懂：生命的形態與意義仰賴於死亡，人若是永生不死的話，一定活得很疲累。狄達克口中的孤寂、悲哀身影最是令人信服。「我要是知道怎麼才能爬回這個輪子上，我會立刻爬上去，」他說：「沒有死亡，就沒有活著……」維妮十七歲那年究竟有沒有喝下泉水，成為傑西永生的伴侶，還是像大家一樣年老死去，讓人根本無法放下此書。我們究竟要活得充實卻短暫，還是長生不老、毫無改變較好？她的決定令讀者永遠難忘。

許多青少年一點也不喜歡想到死亡，因為青春正盛的孩子是天下無敵的，但發生在他們周遭的事件可能迫使他們面對死亡。令人揪心的《臨別清單》中十一歲的主人翁山姆罹患血癌，他知道自己不久人世。他把好奇心轉向死亡的方式，就是列出沒完沒了的問題清單——比方說：如何知道自己死了、如何永生不死（例如「當吸血鬼」或「娶個希臘女神」）。他甚至寫下死後希望發生哪些事的清單，譬如讓妹妹搬進他的房間，父母不要太過難過等等。

我們無法想像有人閱讀此書不覺得喉頭哽咽。山姆比妹妹或父母還要勇敢，哪怕在他死後，他的幽默感仍藉由他寫的小紙條支撐著這個家庭。他希望家人有點傷心，但別傷心到一想起他就哀痛逾恆；而這個故事希望帶給青少年的正是這一點，那就是即使知道死亡等著自己和親愛的人，我們依然要掌握快樂過生活的藝術。

參見 生命是怎麼回事？33、焦慮53、親愛的人去世了121、寵物死了281、罹患重病211、過度擔心418

親愛的人去世了

DEATH of loved one

不管我們年齡是大是小，沒有什麼比失去所愛的人更難受的了（或許唯一的例外，就是面對自己的死亡吧。參見：怕死118、罹患重病211）。看見一個故事中的人物經歷類似的遭遇（無論是失去祖父母、父母、手足或朋友），讓我們安心探究這種複雜且令人困惑的情感，也能幫助孩子熬過悲痛的各個階段。無論如何，重要的是你必須先仔細讀過書，再和喪失親友的兒童共讀。

十本幫助孩子面對死亡之痛的書單

- PB《告別》（*Everett Anderson's Goodbye*） 文／Lucille Clifton、圖／Ann Grifalconi
- PB《紙娃娃手牽手》（*The Paper Dolls*） 文／茱莉亞．唐諾森（Julia Donaldson）、圖／蕾貝卡．寇柏（Rebecca Cobb）
- PB《好好哭吧！》（*Cry, Heart, But Never Break*） 文／葛倫．林特威德（Glenn Ringtved）、圖／夏綠蒂．帕迪（Charlotte Pardi）
- PB《小熊貝兒為什麼傷心？》（*Are You Sad, Little Bear?*） 文／瑞秋．李梅特（Rachel Rivett）、圖／緹娜．麥諾頓（Tina Macnaughton）
- CB《小河男孩》（*River Boy*） 提姆．鮑勒（Tim Bowler）
- CB《灰狗女孩》（*A Greyhound of A Girl*） Roddy Doyle[12]

12 也可一讀同作者的《媽媽的臉》（*Her Mother's Face*） 文／Roddy Doyle、圖／Freya Blackwood

CB《女王請聽我說》(*Two Weeks with the Queen*) 莫里斯・葛萊茲曼(Morris Gleitzman)

YA《聽不見的聲音》(*The Thing about Jellyfish*) 艾莉・班傑敏(Ali Benjamin)

YA《姊姊住在壁爐上》(*My Sister Lives on the Mantelpiece*) 安娜貝兒・皮雀(Annabel Pitcher)

YA《蝙蝠俠:家人之死》(*Batman: A Death in the Family*) Jim Starlin、Marv Wolfman、George Pérez

給大人的療癒書

PB《害怕受傷的心》(*The Heart and the Bottle*) 奧立佛・傑法(Oliver Jeffers)

CB《烏龜波奇第》(*Pockety*) 文/Florence Seyvos、圖/Claude Ponti

父親或母親喪失父母或另一半時,其子女也喪失了祖父母或父母。我們推薦奧立佛・傑法這個從麻木無感到漸漸有感覺的故事,給為了照顧家人而必須強忍悲痛的成年人,讀來感人肺腑。喪偶的成年人不妨讀一讀《烏龜波奇第》,這個美麗的故事說的是一隻烏龜如何接受靈魂伴侶死去的事實。

參見 憤怒 48、家有憂鬱症的父母 122、憂鬱症 124、悲傷 320

家有憂鬱症的父母

having a **DEPRESSED** parent

YA《底片的真相》(*Broken Soup*) 珍妮・瓦倫堤(Jenny Valentine)

YA《無頭蟑螂的狗日子》(*15 Days Without a Head*) 大衛・卡曾斯(Dave Cousins)

身處此境的孩童可能會因為父母對自己不聞不問感到不解。若是讀到故事裡也有一個類似行為的大人角色（既提到疾病名稱，也述及病況），說不定就此打開了他們腦中的開關。

《底片的真相》中的主人翁蘿文十五歲，她的哥哥傑克不幸淹死之後，頓受打擊的父母卻有不同的反應：爸爸離家出走，媽媽終日躺在床上，於是蘿文不得不姊代母職，照顧八歲的妹妹絲卓瑪，試圖維持一個正常家庭的假象。蘿文勉力而為，為媽媽準備三餐，盡量不讓她心煩——因為媽媽現身時，總是喜怒無常，情緒難測。後來蘿文認識了駕駛救護車改裝的汽車環遊世界的美國男孩賀伯，總算可以想想可憐媽媽之外的事。在此同時，蘿文的父親也在邊緣徘徊，盡可能迴避開家人及伴隨家人而來的情緒（參見：家有無法談論感受的父母277）。然而當媽媽企圖自殺未遂，她們的爸爸明白家人多麼需要他時，他終於挺身負起責任，蘿文才發現這個複雜的家庭其實挺棒的。少男少女讀過之後就會了解，哪怕是能幹如蘿文的女孩，依然無法獨力承擔一大家子的責任。

另一個故事是《無頭蟑螂的狗日子》，這次的主角是個男孩——十五歲的羅倫斯。羅倫斯的媽媽單獨扶養他和六歲的弟弟小傑，為了維持家計，她身兼兩份工作，一份在住家同一條街的炸魚薯條店，一份是當清潔工。也就是說她得清晨五點起床，由羅倫斯負責打點小傑上學，之後他自己再去上學。偶爾他母親起不了床（或是晚上根本沒回家，直到兩天以後），這時羅倫斯就得代班當清潔工，無法上學。因此某一天晚上她又沒回家時，他倒也不覺得特別意外。

可是時間一天天流逝，星期三變成星期四，再變成星期五，情況變得相當危急。肚子咕咕叫，廚房裡的蟑螂到處爬，老師們也開始抱怨羅倫斯常常趴在桌上睡覺（參見：人家說你愛做夢116、太過疲倦262）。最後羅倫斯在現金花光光，走投無路之下，只得套上一件媽媽的洋裝，戴上假髮，腳踩媽媽的鞋子，快步走到郵局，想要領出媽媽戶頭裡的錢。我們不透露兄弟倆後來如何找回離家出走的媽媽，不過這個有笑有淚的故事告訴我們的是，假裝一切都好雖然用心可嘉，然而憂鬱症這個問題實在太大，任何人都無法靠自己的力量解決。

參見 父母268、父母太忙碌274、父母即將離異276、不得不照顧年幼弟妹341、父母有恙405

憂鬱症
DEPRESSION

PB《緋紅樹》(*The Red Tree*) 陳志勇(Shaun Tan)

PB《驢小弟變石頭》(*Sylvester and the Magic Pebble*) 威廉・史塔克(William Steig)

PB《小狼不哭》(*Virginia Wolf*) 文/琪歐・麥可莉兒(Kyo Maclear)、圖/伊莎貝爾・阿瑟諾(Isabelle Arsenault)

儘管關於孩童罹患重度憂鬱症的話題如此沉重,但這種事確實會發生。假如某個你認識的孩子把自己關在一個不見天日的地方,要是你試著用快樂的故事逗他們開心,搞不好他們只會覺得更加與世隔絕,跟外界更不合拍。讓他們知道自己其實並不孤單(你會在黑暗中握著他們的手),和他們共讀幾個故事,這些故事不提出任何簡單的解決辦法,反而是顯現出他們可能會有的感受,讓他們看見隧道口的光亮。

《緋紅樹》說的是一個小女孩醒來時覺得沒有什麼值得期待的,而且沒有人了解她。陳志勇技巧高超的插畫捕捉到抑鬱的氛圍,大概只有圖像做得到吧,例如卡在細頸的瓶子裡,或下雨天孤獨一人留在滿是卵石的海灘,還是站在空曠原野的一把椅子上,一大堆信件無聲撒落到地上。沒有拍兩下手問題就解決的辦法,但在故事的結尾,只見一株緋紅樹從小女孩臥室的地板冒出來,它的光芒照亮了她的小臉龐。終於有了一線希望,生命,色彩……她的臉乍現一抹微笑。

作家兼插畫家威廉・史塔克深信藝術(包括童書)能幫助我們認識人生,而且「仍保有其神祕」,他的作品完全符合他的說法。他希望我們從《驢小弟變石頭》中發生的事件領悟出什麼意義並不明確,不過讀到最後，我們都能深切體會到自己偶爾身陷困境時那種無奈和無助的感覺。驢小弟喜歡蒐集奇特的小石子。一天，他找到一顆火紅色的小石頭，像彈珠一樣渾圓，更開心的是，他發現它有魔法，只要握著它許願，願望就會實現。他匆匆奔跑回家想拿給爸媽看，不巧在路上撞見一頭飢餓的獅子，慌亂之間他竟許願自己變成一塊岩石。

話一出口，他馬上明白說錯話了。魔法小石子此刻就躺在他身邊的地上，但是變成岩石的驢小弟碰不到小石子，他無法許願變回一隻驢子。的確，身為岩石，他一點辦法也沒有，既不能喊人幫忙，也無從讓父母得知那塊岩石就是他。

不久他即墜入絕望之淵。無計可施的他大多時間都在睡覺，偶爾醒來也只能一再回憶眼前似乎永無止境的絕境——相當類似憂鬱症的狀態。我們從簡單、色彩鮮豔的插畫中看到世界依然如常運行，不管有他沒他，不管陰天藍天。驢小弟變成岩石整整一年（參見：卡住了368）。我們不只為驢小弟憂心，也為他的父母難過，不過史塔克的畫筆並沒有過度強調他們的傷痛：他們失去自己的孩子，已經很不幸了。但他們沒有忘記驢小弟可愛的模樣，也沒有停止愛他——最後也多虧這份愛，帶領他們來到兒子身旁。這個故事告訴我們的是，無論孩子陷入多糟的困境，或是變得多麼不像原來的自己，父母或其他的家人仍然愛著他們，又有多麼希望他們的病情好轉起來。

憂鬱兒童的手足或朋友或許很難理解兄弟姊妹或朋友在行為上的改變，干涉太多或太少之間的分寸也不曉得該如何拿捏。《小狼不哭》這本圖畫書的靈感得自憂鬱成疾的小說家維吉尼亞·吳爾芙和她藝術家姊姊凡妮莎之間的關係，我們得以從姊姊的視角窺見一二。故事是這麼開始的：「有一天，我的妹妹維吉尼亞醒來時，她覺得自己是一隻小狼。」在堆滿書的漂亮臥室裡，我們看見羽絨被底下豎起兩隻狼耳朵。處於狼狀態的維吉妮亞甚至覺得鳥叫聲太吵，她也無法忍受凡妮莎最愛的一件洋裝顏色太過鮮黃。沒多久，她的情緒鬧得全家心神不寧，總是「上下不分、雞同鴨講……」，凡妮莎沒有放棄，反而拚命想辦法幫忙，終於她靠著畫畫救回了妹妹。令人開心的是，繪本中這位維吉妮亞的姓不是Woolf，而是少了一個「o」的狼，我們才辨別得出她和真實世界中的小說家吳爾芙，後者到最後運氣差了一點。維吉妮亞不僅不再自覺像隻狼，甚至好到感覺自己有點像羊似的怯生生……伊莎貝爾．阿瑟諾細膩的插畫帶著我們從憂鬱的烏黑來到樂觀的花園，有在風中飄蕩的花瓣，和會發出「噓」的綠葉，任何人讀了都有信心家中的黑暗氣氛終將過去，意氣消沉的手足或朋友一定可以恢復原來的模樣。

參見 焦慮 53、說話沒人聽 191、太宅 202、悲傷 320、眼睛黏著螢幕 328、自殺念頭 371、心事無人知 401、過度擔心 418

拘留
DETENTION

參見 受罰 299

抓到有人偷看你的日記
catching someone else reading your **DIARY**

參見 想要獨處 46、背叛 75

我們死後上哪裡去？
where do we go when we **DIE?**

參見 生命是怎麼回事？33、懷疑有沒有神 178

覺得與眾不同
feeling **DIFFERENT**

PB《長頸鹿不會跳舞》（*Giraffes Can't Dance*） 文／蓋爾．安德烈（Giles Andreae）、圖／Guy Parker-Rees

PB《大象艾瑪》（*Elmer*） 大衛．麥基（David Mckee）

PB《奇蹟男孩》（*Wonder*） 帕拉秋（R. J. Palacio）

PB《蛹》（*The Chrysalids*） John Wyndham

他們也許長得比別人高，或是左撇子，還是說話時口齒不清。也或許他們家沒有電視，或是住在樹屋上，還是跟十幾隻小鸚鵡同住。如果你認識的小小孩覺得自己與眾不同，那就讀這本討人喜歡的《長頸鹿不會跳舞》給他們聽。

長頸鹿傑若怎麼也學不會跳舞，每年到了嘉年華會，每個人都在扭腰擺臀的當兒，他總覺得笨手笨腳、鶴立雞群（參見：長太高378）。他擺動四隻纖細的長腿想要加入時，別人卻對他百般嘲弄，於是傑若躲回叢林裡望著月亮悶悶不樂（參見：想要獨處46）。他在叢林裡遇見一隻蟋蟀，蟋蟀告訴他說跳舞人人都會，只是「如果你與眾不同，那就需要不同的歌」。對於因為與眾不同而飽受取笑的兒童來說（參見：遭到霸凌90），傑若以他獨一無二的方式手舞足蹈，絕對可以提振孩子的自信。跟你家孩子說「正常」不過是大家碰巧習慣的模樣，「不同」卻意味著新奇的事物。

孩子異於常人之處，有朝一日往往會成為他們最強而有力的資產——他們只需要厚著臉皮硬挺過去，譬如花格子大象艾瑪。有一身漂亮花格子皮膚的艾瑪喜歡當開心果，所以總是受到其他大象的歡迎。可是艾瑪並不喜歡與眾不同。有一天他跑去別的地方，在灰色的莓果汁液裡打滾——然後跑回去看看跟別人一樣的感覺如何。但就連年紀最小的孩童都看得出艾瑪的膚色很特別——最後艾瑪也明白了。讀《大象艾瑪》長大的兒童傾向把與眾不同和討人喜歡聯想在一起。

極少讀者必須像《奇蹟男孩》中十一歲的奧吉一樣，總是要應付異於常人的感覺。我們一直不曉得奧吉的臉到底殘缺成什麼模樣，只知道他生來脣顎裂，口腔頂部有個洞，而且他其實沒有耳朵，眼睛也比正常的位置低。他在第一頁就說了：「無論你腦中怎麼想像的，肯定都比那要糟得多。」讀者愈是讀下去，也愈了解他這話說得多麼老實、勇敢又詼諧。

奧吉從小在家自學，由媽媽授課，可這會兒他得頭一次去學校上學（參見：在家自學193、轉學生324）。奧吉的父母和姊姊薇亞（好個愛護弟弟的模範姊姊）目送他走進學校，緊張得彷彿心臟快要跳到了喉嚨口（他父親比喻他是「待宰的羔羊」），我們也是一樣緊張。後來證明大家多半都很害怕。班上同學要不是盯著奧吉呆看，就是匆匆看一眼隨即別開目光，連老師「燦爛」的微笑都顯得很不自然。其中一位同學朱利安殘忍的提到星際大戰電影中畸形的達斯・西帝。可是等到頗受歡迎又特愛搞笑的傑克走過來坐在他旁邊空出來的位子時，我們的心都脹得滿滿的。傑克直接問他幹麼不動整型手術。「哈囉？」奧吉說著指指他的臉。「這就是整型之後的臉！」傑克一手猛拍額頭，笑得歇斯底里。「老兄，你應該告你的醫生！」他說，不久他倆就笑得前俯後仰，害得老師不得不請他們換位子。奧吉總算交到一個不在意他異於常人的朋友。

不過奧吉的問題還沒完——我們眼看他面對許多考驗，從跟傑克爭吵（參見：背叛75），到他後悔把怨氣發洩在永遠體諒他的媽媽身上。了不起的是他把受傷的感覺放在一邊，以幽默面對眼前的處境，最後贏得全校師生的尊敬。學年結束之際，校長從所有學生當中挑出一位具有鼓舞人心的安靜力量的同學，我們難以想像有哪個孩子讀到這裡還沒流淚。自覺異於常人的孩童看見奧吉必須面對的一切，必然會感動且受到激勵，今後孩童若是接觸到自覺與眾不同的人，也會下定決心「盡量對別人好一點」。

深感自己不同於常人的青少年若是發現《蛹》這本書一定愛不釋手。故事設於未來，一個只要與眾不同就會慘遭驅逐的地方。核爆造成突變四處蔓延，任何人只要脫離「週日準則」規定的常態（每條腿有兩個關節和一隻腳、每隻腳有五根趾頭，腳趾末端有一片平平的指甲……）即被認定是「褻瀆」。十一歲的主人翁大衛漸漸長大，他發現自己能夠與人用心電感應溝通其實是一種突變時嚇壞了，於是竭力隱瞞——連父親也不讓知道。他們家的每道牆上都寫了滿滿的名言標語，比方說「常態是有福的」，及「純淨是我們的救贖」。

大衛結識有六隻腳趾頭的蘇菲時，他一點一點被拉入「邊緣」生活。他的心電感應天賦在這裡非常有用（他也終於開始樂在其中）。然而從狂熱分子圍繞的家園，到夢境中的閃亮城市，符合他心電感應中的「思想形狀」，大衛的這段旅程非常艱辛——不過一旦抵達，他發現他能欣然接受自己的獨一無二，最後他才明白自己是「新人類」之一，注定將帶給人類新希望，對於正在認識自己的青少年來說，絕對可以引起共鳴。

參見 青春期 38、自閉症 59、遭到霸凌 90、面對身心障礙 131、很難交到朋友 161、說話沒人聽 191、寂寞 213、心事無人知 401

瘋恐龍

crazy about **DINOSAURS**

參見 十本恐龍書單 245

不想弄髒

not wanting to get **DIRTY**

PB《泥巴》（*Mud*） 文／Mary Lyn Ray、圖／Lauren Stringer

CB《人猿泰山》（*Tarzan of the Apes*） 愛德嘉・巴勒斯（Edgar Rice Burroughs）

有些幼童討厭泥巴的程度可能令人吃驚，看見他們用力擦洗簽字筆留在手上的小小汙漬，你會聯想到企圖洗掉手染鮮血的馬克白夫人，要是你建議他們動手揉麵糰，他們會嚇得縮成一團。這時不如給孩子閱讀幾個範例，讓他們知道把自己渾身弄得髒兮兮的其實非常非常好玩——就像著名的英國歌唱喜劇二人組法蘭達斯與史旺（Flanders and Swann）唱的河馬歌曲「泥巴，泥巴，好棒的泥巴」[13]那麼好玩。《泥巴》大大的跨頁上塗滿了大片大片的色彩，大事頌揚黏糊糊、髒兮兮、噁心巴拉的泥巴有多麼美妙。書中的文字說冬天地上的積雪初融，一個孩子一踩上去就卡在泥巴裡，緊握的雙手捏得泥巴嘎吱嘎吱響，於是泥巴慢慢流出指間。好極了！他也光著腳丫。

年齡大一點的孩童不想弄髒球鞋的話，就該讀一讀《人猿泰山》——簡潔有力的散文，令人屏息的故事情節，何況抓著樹藤在樹間盪來盪去的欲望向來深藏在我們所有人的心中（現代讀者讀到泰山不但能說英語，而且能利用父母留在小屋裡的書本教會自己讀書寫字，難免會覺得有點偏離現實。另外對於種族的刻板印象，也需要觀念健康的成年人費心解釋一番）。故事從泰山在東非的叢林中誕生展開，他的父母在那裡遭遇海難。他們死去時，他被一幫人猿收養——尤其是一頭名叫卡拉的母猿，她特別同情這隻瘦巴巴的無毛猴子。我們看著人猿似的小男孩長大，雖然拚命想要融入家族，卻漸漸發現自己和人猿的不同，我們也因此見識到作者巴勒斯如何判別野蠻與文明。仔細觀察泰山和泥巴的關係，兩者重疊的部分即是關鍵。夜裡泰山安睡在卡拉毛茸茸的擁抱中，白天他用大象耳朵似的大片樹葉裹住自己。他的洗澡當然是叢林作風，所以卡拉用她的舌頭為他清潔傷口，要是想看看自己皮膚的顏色，他就跳進河裡游泳。進入青春期後，他睹見河面上自己的倒影時又是驚愕又是羞恥，原來他的鼻子這麼小，身上也幾乎沒有毛；為了讓自己更像玩伴，他往身上塗滿泥巴。可是時間一久，泥巴乾掉後覺得身上好癢，但我們了解泥巴像是他的朋友，而且讓他暫時覺得好過一些。鼓勵孩童在大自然乾淨的泥巴裡狂歡，讓他們發掘自己心中的野性，等到離開叢林來到室內喝茶的時候，再來煩惱指甲裡面的土有沒有洗乾淨吧。

13 這首小曲可以在Jane Yolen和Andrew Fusek Peters編輯，Polly Dunbar繪圖的《小小詩歌選集》（*Here's a Little Poem*）中找到。

面對身心障礙
coping with **DISABILITY**

PB《珊珊》(*Susan Laughs*) 文／珍妮・威利斯（Jeanne Willis）、圖／湯尼・羅斯（Tony Ross）

PB《海豹衝浪手》(*Seal Surfer*) 麥可・佛爾曼（Michael Foreman）

CB《刀子》(*Knife*) R. J. Anderson

YA《自然界的意外》(*Accidents of Nature*) Harriet Mcbryde Johnson

身心障礙孩童或許是兒童文學中最少描繪的一個族群，手法也最殘酷。幸虧這種狀況已經改變，身心障礙孩童開始擔任故事的主人翁，和一般孩童一樣具有多樣人格特質。孩子不管是面對自己或同儕的身心障礙，《珊珊》都提供讓人全心擁抱的訊息，那就是儘管一個人在身體或心理上有障礙，其他方面卻和正常人一模一樣。珊珊像所有的孩子一樣會笑，會唱歌，會游泳，偶爾也喜歡爬在人家背上，而且也有喜怒哀樂。直到最後一頁，讀者才會發現珊珊是個坐著輪椅的女孩。

麥可・佛爾曼這本有美麗海岸圖畫的《海豹衝浪手》聚焦於身障男孩能做而非不能做的事情。我們一直不清楚他有什麼殘疾，只曉得他坐輪椅，偶爾也拄拐杖。但我們知道他在水裡要比在陸地上更自由，也更快樂。他把肚子貼著衝浪板，就這麼一整天都和朋友一起騎乘在浪潮上。

一天，他和祖父目擊小海豹出生。小男孩看著小海豹一天天長大，男孩海豹之間培養出特殊的情感——他在海中遭遇麻煩時，小海豹前來救他。在最後一張圖中，已經長大成人的小男孩坐在海邊，身邊圍繞著他的孫子女，臉上充滿樂觀的自信。把這本書拿給身心障礙的孩童讀讀看，激勵他們追求自己拿手的長才。

某人的花園盡頭有一棵住了仙子的老橡樹，似乎不大像是青少年小說的故事設定，何況書中還探討身心障礙問題，不過《刀子》卻以大膽、清新的方式處理這個主題。過去幾百年以來，「橡樹上的居民」由於一種名叫「寂靜」的病毒所致，漸漸耗盡他們的法力與活力。他們也盡可能迴避人類，認為人類可能威脅他們的生存，可是當刀子（一名年輕、活躍的狩獵仙子）注意到一個年輕人坐著有輪子的銀色王座在花園裡來回移動，她忍不住充滿好奇。她發現保羅原本已經準備當個前途無量的划槳手，後來因意外兩腿無法行走，當他企圖把自己淹死在池塘時，刀子為了把他拉出水裡，暫時附身在他身上。

起初保羅沒有感謝她（他本想一死了之）。可是等他和刀子互相了解之後，他非常喜歡和她聊藝術和創意，這才又開始欣賞生命的美好，他們甚且找到異種之愛的有趣形式。故事從奇幻接續到現實的過程非常順暢，作者也靈巧打發掉身心障礙人士多半認為人生不再值得的老生常談。保羅面臨到底選擇恢復走路能力，還是失去刀子的愛時，他選擇保留不方便的雙腿。本書傳達的開心訊息是，有機能健全的身體並非快樂的先決條件，而且表達的方式可信又不致於太過煽情。

《自然界的意外》透過十七歲少女琴的眼睛，以較為強烈的方式探究身心障礙的方方面面。患有腦性痲痺的琴，坐著輪椅由她充滿愛心的父母開車送去參加勇氣營。為了琴，她的父母總是設法讓一切維持「正常」樣貌，輕輕帶過她的殘疾，可能的話也盡可能視而不見。但是在露營的十天當中，琴認識了莎拉，她面對身障的方式卻迥然不同。莎拉管這個營叫「瘸子營」，還給琴取名叫「怪人」。忽然間琴彷彿大夢初醒：若是不能擁抱自己的歧異，她又怎能真正做自己？

她和莎拉密謀推翻營地的統治階層，號召所有「瘸子」團結起來「踐踏正常」。她倆接管才藝比賽的時候，營地的工作人員大驚失色，觀眾席的「正常人」（爸爸、媽媽、兄弟姊妹們）個個扭動著身子坐立難安。但是對兩個女孩來說，她們的政變大獲全勝。藉由回收利用這些輕蔑的名稱，她們的發音不再含糊。琴為之得意揚揚，第一次以自己的與眾不同為傲。

參見 覺得與眾不同127、挫折164、心事無人知401

失望
DISAPPOINTMENT

PB《禪的故事》(*Zen Shorts*) 弘穆司(Jon J. Muth)

CB《蝴蝶・天堂・探險記》(*Journey to the River Sea*) 艾娃・易勃森(Eva Ibbotson)

童年時期不免有些零星的失望:冰淇淋店打烊、玩伴不守約定、不如預期的生日禮物,或根本沒有禮物(參見:禮物296)。要是碰到這種狀況,除了吞下失望的心情繼續過日子之外,往往一點辦法也沒有。故事裡還有故事的《禪的故事》[14],書中的大熊貓靜水大師,或許幫得上忙。

靜水大師隔壁的鄰居住了三兄妹,排行老大的麥可擔心爬樹要是摔下來斷了手還是斷了腳就慘了,他這麼想也很合理。「也許吧。」靜水大師的回答令人意外。為了解釋,靜水用「稍微帶點熊貓的口音」(大人讀者不妨試著模仿看看),講了一個充滿禪意的故事。一個農民的馬兒脫逃了,農民的鄰居替他感到惋惜,可憐他真是運氣不好。「也許吧。」那農民聳聳肩說道。次日他的馬兒不但跑回家,後面還跟了兩匹野馬,那鄰居又說他到底是交了好運。「也許吧。」他說。後來他兒子騎野馬時不慎落馬摔斷一條腿,他的回答依然沒變。結果那條斷腿竟然間接救了他兒子的性命。「我懂了,」麥可說。「也許好運厄運統統混在一起,我們永遠不曉得接下來會出什麼事。」如此清楚美好的領悟,孩童一讀就懂,不但不再感到失望,更可能化失望為希望呢。

學著從挫折中振作起來,善加利用眼前的情勢,絕對是人生當中最有價值的本事,《蝴蝶・天堂・探險記》中的孤女瑪雅就具有這種本事。因雙親遽逝而居喪的她被送到巴西去投靠經營橡膠園的遠房親戚,瑪雅對異國的新家滿懷希望,簡直等不及要置身於叢林茂密的亞馬遜雨林,見見那些有繽紛彩色羽毛的鸚鵡,「大如碟子」的蝴蝶,認識那些會用植物醫治

14 靜水大師在弘穆司的其他作品中也會出現,包括《愛之湯》(參見:不喜歡老人家256)。

百病的聰明土著。但最令她興奮的是卡特一家，也是她的新家人，還有跟她同齡的雙胞姊妹碧翠絲和桂多玲。

雨林雖然完全符合她的期望，卡特一家人的無知與心地狹隘可就令人大失所望了，由於太怕被周遭的野生動物傳染上什麼惡疾，他們從早到晚籠罩在消毒水的噴霧中。最後他們才透露收養瑪雅純粹是為了錢。「跟我想像的不太一樣，對嗎？」瑪雅對她那嚴格卻真誠的家庭女教師說道，說法含蓄得令人心碎。不過她沒有讓失望變成絕望，反而鼓起勇氣將頭伸出窗外，偶然聽見一段耳熟的哨音……之後她找到意想不到的奇妙人生與真摯友誼，讓人讀罷之後堅決相信，失望可能就是冒險的開始。

參見 需要加油打氣 100

分心
being **DISTRACTED**

參見 人家說你愛做夢 116

離婚
DIVORCE

參見 父母即將離異 276

想要養狗
wanting a **DOG**

參見 十本狗狗書單 246、想養寵物 283

不肯自己穿衣服
refusing to **DRESS BY YOURSELF**

ER《大象巴巴的故事》（*The Story of Babar*） 尚・德・布倫諾夫（Jean De Brunhoff）

幼童大致有兩種。一種凡事都等不及要自己做做看，另一種喜歡人家抱、人家穿衣服、人家餵、人家幫忙洗澡。如果你覺得孩子已經可以挑選衣服然後自己穿上去的話，那就介紹他們認識一下很會穿衣服的大象巴巴。

巴巴的媽媽遭獵人射殺時，驚懼不已的小象巴巴拔腿逃跑，逃到一個到處是人、街道與公車的小鎮。牠立刻注意到一位頭戴高帽、身穿條紋西裝的紳士，於是決定也給自己張羅一套筆挺的西裝，沒想到西裝穿上身的小象巴巴人模人樣的令人眼睛一亮。巧的是他遇見一位富有的老太太願意資助牠的新行頭。巴巴穿上一身吸睛的粉色新襯衫、翠綠西裝、圓頂禮帽、綁腿時那股得意勁，想要人不看見也難。巴巴的內心深處似乎纖細又敏感，不過牠也非常需要搭配剪裁合宜的服裝。如果你受得了端槍盜獵的獵人，以及表兄妹聯姻的怪異行徑（本書畢竟出版於一九三三年），那就不妨在書架上堆滿巴巴大象的故事書，等著看你家的時尚小名人何時現身吧。

參見 愛唱反調 109、視父母為理所當然 183、懶惰 209、寵壞了 361

嗑藥
DRUGS

YA《嗑藥》（*Junk*） 馬文・柏吉斯（Melvin Burgess）

除非關在塔裡，否則每個青少年遲早都會碰到有人請吃禁藥。給你身邊的青少年閱讀這本令人眼界大開的《嗑藥》，讓他們在遠離或跨入毒品世界之前，先認識這個消息靈通的平台，好比打一劑預防針。若配合柏吉斯之後的作品《致命藥丸》(*The Hit*)一起閱讀更好，作者細膩刻畫吸食毒品的危險，讀來真實且印象深刻，恐怕一時半刻很難忘記。

少年塔爾逃家的理由非常充分。自他出生以來，不是在身體上受到父母的虐待，就是根本對他不理不睬、不聞不問（參見：家暴34）。他十五歲時衝動逃家，和一夥好脾氣的擾亂分子違法占用英國西南布理斯托的一間空屋。他年僅十四歲的女朋友珍瑪加入他時（為了追求「美好人生」），她衝動的個性使得兩人很快就跟魅力十足、沉迷毒品的莉莉形影不離。莉莉讓他倆見識海洛因的滋味，先是吸食，後來是注射。吸食海洛因並沒有帶給他們狂喜，塔爾卻在不知不覺中變成藥頭，珍瑪也開始固定吸毒，染上了毒癮。

柏吉斯的神來之筆在於他給每個角色可以理解的動機，激起讀者的同情心。雖然我們大多是從塔爾或珍瑪的觀點追隨故事的發展，但也透過其他許多人的眼睛，例如菸草商史考利（他很同情第一次離家出走的塔爾）、莉莉的男朋友羅柏、珍瑪的媽媽，甚至是塔爾的爸爸。可是無論重點說得多麼合理，可怕的後果仍然難以避免。這個駭人聽聞的故事清楚告訴我們，注射海洛因的人生等於鑽進了死胡同。

被甩了
being **DUMPED**

YA《再見凱薩琳》(*An Abundance of Katherines*) 約翰・葛林(John Green)

對孩子來說，被甩之後的最佳狀況就是喪失自信，意志消沉，最糟的是因此一輩子逃避戀愛。《再見凱薩琳》中的柯林一共被十九個少女甩了（她們個個都叫凱瑟琳），實在糟糕透頂。柯林從小就是神童，也曾在電視節目中演出而出名，但最後一次被甩促使他決定和最要好的朋友哈珊展開一次公路之旅，希望能夠治好他破碎的心和哈珊的惰性。

他們很快就發現自己來到Gutshot（意思是胃部中彈）這個名字很有趣的小鎮，兩人在小鎮的衛生棉工廠（是的，你沒看錯）老闆哈利斯那兒找到一份不太牢靠的工作。他們立刻和哈利斯的女兒琳賽成為朋友（儘管她已經跟一個也叫柯林的肌肉猛男約會）。後來神童柯林決定設計一個預測戀愛關係能夠維持多久、誰會甩人、誰會被甩的數學方程式，美麗的琳賽認為他的發明似乎很有意思。問題是，柯林是否可以掙脫自己一再被甩的惡性循環？

為了設法讓柯林的「凱薩琳定理」更臻完美，他們不斷沉思不同凱瑟琳的各種人格特質，例如她們是否喜歡前任男友們如同一杯苦澀的咖啡，或是柯林是否可能跟其他名字的女生約會，讀來雖然爆笑，卻也十分感人。故事中男性之間和男女之間的友誼一樣重要：哈珊與柯林從頭到尾都像連體嬰似的形影不離。生於虔誠穆斯林家庭的哈珊，讓這場短暫的小鎮旅行彷彿去了一趟世界浪漫之都，這也使得他們的對答更加妙語如珠。本書從每個角度審視被甩這件事，這個具有洗滌作用的故事，將會給被甩的一方帶來希望、同伴、情誼和笑聲。

參見 失望133、尷尬60、覺得受傷146

讀寫障礙
DYSLEXIA

參見 閱讀障礙310

飲食失調
EATING DISORDER

CB《第一次找回自己》(*Girls Under Pressure*) 文／賈桂琳．威爾森（Jacqueline Wilson）、圖／尼克．夏洛特（Nick Sharratt）

YA《我的生存之道》(*How I Live Now*) 梅格．羅索芙（Meg Rosoff）

挑選飲食失調的書時，必須格外戒慎小心。這類故事的主人翁以自我否定為真言，他們討論藏匿食物或藏在哪裡的技巧，哪些食物的卡路里最多，吃下食物之後如何催吐，每每可能在無意間成為技術指南。《第一次找回自己》冷靜闡述了飲食失調如何掌控一個人的生活，適合給你知道或懷疑有不良飲食習慣的青少年閱讀，或可讓他們在安全的小團體中共讀，再一起討論故事中相關的議題。

十三歲的艾莉有個要好朋友參加模特兒比賽。受到各方矚目，原本樂觀的她卻因此覺得自己好胖，不巧的是她的繼母剛好挑這時候節食減肥（其實她的身材也好得很）。從此以後，艾莉只在逃避不了的時候進食（比方說全家固定吃炸魚薯條的週五晚上）。不久，她開始拚命掩飾肚子餓的咕咕叫聲，上課時勉強專心聽講，並且狂熱地和朋友柔伊一起天天游泳。聖誕假期過後，已經瘦成一身皮包骨的柔伊一直沒有回到學校上課，艾莉才看出自己這樣下去會陷得多深。故事在歡欣的調子中結束，意在鼓舞其他人選擇人生，不過讀者已充分了解節食減肥的許多細節，也看到這一路走來有多麼恐怖。

對年齡較大的青少年來說，《我的生存之道》中黛西的故事較為不著痕跡。黛西是個患有厭食症的美國女孩，在第三次世界大戰即將爆發之際，她離開不幸福的破碎家庭，投靠遠在英國、行徑怪異的表親。令她既驚又喜的是開著吉普車來機場接她、叼著菸的愛德蒙，年僅十四歲。住在這個開放又徹底打破規則的家庭中，讓她有回家的感覺。置身於這棟美麗的鄉間住宅，與山羊、雞鴨、綿羊和一位致力於十分重要的反戰工作的母親為伍。沒有人問她為什麼不吃東西，她覺得鬆了一口氣。不過她那特立獨行的表弟愛德蒙一眼就看穿了她的心事，她想瞞也瞞不了。之後她向他解釋自己飲食失調背後的原因：她開始不吃東西，就是怕繼母把她「毒死」，後來她發現自己挺喜歡挨餓和把大人「逼瘋」的感覺。

不久，黛西和愛德蒙發現他們對彼此的渴望，於是不知不覺之間，黛西不再覺得進食如同打仗。當愛德蒙的母親因一次失敗的和平高峰會身陷奧斯陸時，一群孩子進入無憂無慮、無法無天狀態。但接著英國陸軍徵用他們的房子，把孩子們分別送往不同的地方，黛西漸漸認識到另一種截然不同的飢餓……「在人們紛紛因食物短缺而餓死的時候，還想維持苗條的身材，連我都覺得愚蠢。」黛西這麼告訴我們，因為她明白渾身瘦骨嶙峋的九歲表妹派普不但不值得羨慕，反而令人擔心。這本熱情、劇力萬鈞的小說探討對食物的焦慮感，讀完之後絕對令人難以忽視。

參見 身體形象 80、缺乏自信 107、挑食 165、同儕壓力 278

尷尬

EMBARRASSMENT

YA《這不是告別》（*Eleanor and Park*） 蘭波・羅威（Rainbow Rowell）

尷尬以及尷尬之後的臉紅是許多青少年苦難的根源。沒有什麼比《這不是告別》（一個現代版的《羅密歐與茱麗葉》）更同情尷尬的了。內布拉斯加州奧馬哈市唯一的十六歲韓國男孩帕克早已決定，若想在學校生存，最好是「保持低調」。身材健壯、一頭紅髮的伊蓮娜則恰恰相反，她那頭瘋狂的螺旋鬈髮和身上胡穿亂搭的衣著，單單是踏上校車即引人側目。帕克邀她坐在身旁的位子（常常是空的），與其說是出自騎士精神，不如說是因為他受不了她引起的關注吧，不過駛向學校的路上，他一直戴著耳機。之後的幾天，他發現這個惹人注目的女孩不時偷瞄他的漫畫書，於是他的書攤得更開了，翻頁的速度也放慢了……然後，一點一點的，兩人戀愛了。

害羞的青少年不管來自哪裡，讀了這個故事必然會產生共鳴——從一開始的遲疑和第一次觸碰的顫抖，到擔心誰知道他們的事和他們在說什麼。又因伊蓮娜覺得必須讓父母知道她打算去神話般的「汀娜」的家而變得更加複雜。本書觸及身體形象（參見：身體形象80）與種族偏見（參見：種族偏見304）等等眾多議題，不過讀者最能充分感受兩人戀情彌足珍貴的地方，則是伊蓮娜在學校遭到霸凌（參見：遭到霸凌90）的時候。我們看見她的運動衣被學校的惡霸丟進馬桶，於是她不得不穿上那件小小的亮紅色連身運動衣，可是它幾乎遮不住臀部，她覺得難為情透了。可憐的伊蓮娜別無選擇，只好硬著頭皮穿著它經過走廊；沒想到對面走過來的正是帕克，她羞得整張臉跟身上的運動衣一樣火紅。

當然，看見她穿著身材畢露的造型運動衣，讓帕克更渴望也更愛她；從此以後，伊蓮娜和他相處不再覺得忸怩不安。「帕克沒有一點骯髒的念頭，沒有什麼羞恥的事——因為帕克就是太陽。」她告訴我們。讀到這個故事的青少年將學會傾聽他們親愛的人所說的話，而非不愛他們的人。

參見 覺得受傷146、無法表達感受148、害羞339、夢遺416

羨慕

ENVY

PB《七吋小人》（*The Man*） 雷蒙・布力格（Raymond Briggs）

有時候孩童會覺得別人都過得比他好，然後滿心沉溺於羨慕的情緒裡。等他們看了布力格這本精采的《七吋小人》圖像小說就會知道，其實受到羨慕的人並不喜歡你有這種感覺。

故事說的是一個名叫約翰的小男孩，一天醒來，他發現有個滿臉鬍子的七吋小矮人朝他的臉丟飛彈。赤裸又無助的小人逼著約翰給他一隻襪子穿在身上，約翰剪去一隻腳趾讓他的頭露出來，又多剪幾個洞讓他伸出手臂。這個奇怪的小人不停抱怨自己長得好小，羨慕約翰的屋子、他的小玩意和所有好東西。

約翰盡可能幫忙，甚至不惜花自己的零用錢買小人愛吃的特殊品牌橘子醬，可是那人——個子雖小，卻很專橫（布力格筆下的小人表達的觀點絕對已經不合時宜，甚至充滿種族偏見。倘若和你共讀的小讀者提出這些問題，一定要和他們討論），變得愈來愈霸道。直到有一回小人準備離開，他總算明白約翰人有多好（「你對我好過這輩子所有的人。」他在道別紙條上寫道）。孩子們看得出來，要不是小人老愛羨慕約翰，說不定兩人能相處得十分融洽呢。

參見 沒禮貌 226、喜怒無常 231

考試
EXAMS

ER《為學校歡呼！》（*Hooray for Diffendoofer Day!*） 蘇斯博士、傑克・朴里魯斯基、藍・史密斯（Dr. Seuss, with some help from Jack Prelutsky and Lane Smith）

YA《風之歌者》（*The Wind Singer*） 威廉・尼克爾森（William Nicholson）

自小以來，考試（不僅關乎個人成績好壞，也關乎學校的良莠），對現在的孩童說來都是充滿緊張的生活現實。《為學校歡呼！》是向蘇斯博士致敬的可愛作品，由與他長期合作、住在紐約的編輯匯集而成，書中許多字詞得自蘇斯博士的靈感，還有詩人傑克・朴里魯斯基和插畫家藍・史密斯的圖畫，一定有助於紓解考試的焦慮。

含蓄地說，書中學校的教學風格可說是不合傳統。學童不學英文、數學，反而是學傾聽、嗅聞、大笑與大喊、怎麼打結，以及為什麼河馬不會飛這些東西。不令人驚奇的是，孩子們愛死「每一位」傑出的老師了。直到有一天，長了兩道濃眉的羅威校長宣布全校學生都得參加一次考試，「看誰學會了這個那個」、「看哪個學校最優秀」（想想基測和指考吧），學童的焦慮可以想見。如果他們的成績不夠好，學校就會遭到拆毀，學童也得統統轉往無趣的學校就讀。幸好這些學童在校已經學會善用自己的腦袋，他們不僅能把學到的知識說得頭頭是道，考試也得到附近學區的最高分。和準備大小考試的孩子共讀這本書，保證可以得到「百分之九十八又四分之三」的成功。

在《風之歌者》（威廉・尼克爾森《風火三部曲》之第二部），孩子的壓力已經大到極點。幼童自兩歲起開始考試，考試結果決定你可以得到多少特權，穿什麼樣的衣服，獲准住在什麼地方。幸運的是，雙胞兄妹包曼與凱絲的雙親向來我行我素，從不隨俗，他們相信詩與想像力更甚於統治他們的政權。凱絲考試考到一半時，忽然覺悟真相，隨後引發一連串的反應，終於促成整個系統的瓦解。這個故事可以幫助讀者從不同角度審視考試，同時鼓勵孩童準備迎接未來的挑戰——不單為了考出好成績，也希望他們能夠超越考試。

參見 焦慮 53、缺乏自信 107、覺得一無是處 180、怕犯錯 230、父母太強勢 270、不想上學 325、睡不著 349、過度擔心 418

不公平
it's not **FAIR**

PB《照顧路易》（*Looking After Louis*） 文／Lesley Ely、圖／波麗．鄧巴（Polly Dunbar）

YA《逃跑時刻》（*Now Is the Time for Running*） Michael Williams

公平對孩子很重要，然而對生活——或負責決定公平與否的人來說，卻又沒那麼重要。大人碰到必須解釋公平與否的棘手狀況，或是偶爾不得不勉強容忍不公平，這時手上若能有《照顧路易》這本圖畫書，那就很容易解釋為何有時偏心是必要的。路易是剛入學的新生（參見：轉學生 324），他和班上其他學童「不太一樣」，可是老師從不斥責他。敘述故事的小女生說，路易可以用各種奇怪的方式跟老師頂嘴，上課時還能走來走去或玩足球，真的太不公平了（而她也不怕說出心裡的感覺）。她的老師指出如果她願意坐在路易後面，配合他的特殊需求，她也會覺得非常特殊。波麗．鄧巴畫中有話的圖畫充滿她慣常的輕柔筆觸，讓我們看見一個雖不公平但不再令人惱怒的世界。

《逃跑時刻》中十四歲的狄歐必須照顧大他十歲的哥哥伊諾森，這事實在不公平。伊諾森生來患有一種沒有名字的疾病，以致無法應付社會狀況。因此當其他家人統統受害於辛巴威國內的暴行，狄歐也親眼目睹民主變革運動支持者慘遭領導人穆加貝的軍隊謀殺時，他知道自己非得扛起責任，設法讓他和哥哥安全逃往南非。

若要抵達南非，他們必須先橫渡滿是鱷魚的林波波河（正是吉卜林

《原來如此的故事》中，小象鼻子被鱷魚拉長的那條河），其凶險堪稱兒童文學中最驚心動魄的一幕。此外，兄弟倆還得避開「咕馬咕馬」（掠奪難民的盜賊）。接著他們又得在外國人的土地上求生存，且因搶走當地人的工作受到歧視。自逃跑以來，狄歐必須靠雙腳思考，隨時隨地勸哄與保護脆弱的哥哥伊諾森。有一回為了引哥哥發病，他故意唱一首古早時候的「靈歌」，伊諾森的眼睛開始往上吊，成功轉移辛巴威政府軍的注意，兩人才保住性命。

狄歐的生活中沒有公平這回事，但他並沒有讓自己受到影響。他看到自己擁有的一切，而且慶幸不已（這都是從可愛的伊諾森那兒學來的），也讓他繼續堅強下去。給孩子讀這本書吧，鼓勵他們著重於好的一面，而非不公平的地方。

參見 失望 133、輸不起 216、手足之爭 343、生悶氣 372、易怒 400

迷戀精靈
obsessed by **FAIRIES**

參見 十本精靈書單 247

迷戀名氣
obsessed with **FAME**

參見 想要當名人 98

另類家人
having a different kind of **FAMILY**

參見 領養 39、覺得與眾不同 127、住在寄養家庭 158、和爺爺奶奶一起住 182、身為獨生子女 257、多元家庭 271、單親 345、家有繼父母 364

全家出遊
FAMILY OUTINGS

PB《動物園》(*Zoo*) 安東尼・布朗 (Anthony Browne)

或者這是不切實際的過高期待，或者只是努力讓全家人準時出門，又或者家人和擁擠人群之間勢必爆發的緊張場面才會這麼有趣。不過全家出遊的日子往往不如期望中順利。

《動物園》中頂著布丁碗髮型和兩隻招風耳的兩兄弟，因為動物園之旅的日子即將到來而興奮極了。可是他們壓根還沒到達目的地，一切已經開始變得不妙。先是卡在車陣裡動彈不得，兄弟倆在後座爭吵起來。接著爸爸把塞車的怒氣發洩在收票員身上。後來他們花了好長時間才找到真正想看的動物，這時大家已經累翻，也餓壞了，可他們根本還沒開始逛呢。還有一件事——在封面的全家福照片上，一臉焦急的媽媽幾乎完全隱沒在身穿橄欖球衣、喋喋不休的特大號爸爸身後，他那肉肉的下巴微微上翹……靠著布朗大膽的圖畫，我們才一一找到碎片，拼成了故事的全貌。若有小朋友懷疑是否只有自家出遊如此無趣，讀了這個故事他們就知道並非如此。至於大人若想以微笑面對全家出遊的敗興而歸，本書也可以提醒您，情況不對勁的時候，還是別假裝一切順利的好。

參見 卡在車陣中 94、失望 133、不想逛博物館 234、太過疲倦 262、父母令人難堪 267、手足之爭 343、耍脾氣 379

追星
being a **FAN**

參見 想要當名人 98

身為小父親
being a teenage **FATHER**

參見 未成年懷孕 295

聖誕老人
FATHER CHRISTMAS

參見 不再相信魔法 224

覺得受傷
hurt **FEELINGS**

PB《戴斯蒙和那難聽的字》(*Desmond and the Very Mean Word*) 文／屠圖大主教(Archbishop Desmond Tutu)、道格拉斯・卡爾敦・亞伯拉姆(Douglas Carlton Abrams)、圖／A. G. Ford

很少人能夠體會種族隔離時期生活在南非的黑人那種受傷的感覺。《戴斯蒙和那難聽的字》的故事即出自屠圖大主教生長在那裡的經驗。

戴斯蒙聽見一群白人小孩用難聽的字(好在我們從來沒聽到是什麼字)罵他時,他的直覺就是用同樣的字罵回去——第二天,他真的這麼做了。起初他覺得好些，罵完後嘴裡卻留下苦澀的味道。當地教士崔佛神父告訴他說，報復白人小孩只會引起更多的報復——傷害他人的同時，我們也傷了自己。之後幾天，戴斯蒙處處都看見那難聽的字：書頁裡、月亮的臉上。某天晚上，他甚至不想跟崔佛神父講話。戴斯蒙不懂，為什麼白人小孩不該先道歉，反倒非要他跨出第一步？

答案出現時讀來相當震撼。福特動人的圖畫技巧真實捕捉到「不堪回首」時期隱藏和未完全隱藏的緊張狀況，也讓我們見到一個孩子如何學著從受傷的感覺中得到解放，又如何把敵人變成了朋友。

參見 遭到霸凌 90、需要加油打氣 100、傷了別人的感情 147、無法表達感受 148、手足之爭 343、生悶氣 372

傷了別人的感情

hurting someone's **FEELINS**

PB《雪雁》(*The Snow Goose*) 文／保羅．葛里克（Paul Gallico）、圖／Angela Barrett

有時孩子對敏感的朋友做了或說了什麼，使得朋友漸行漸遠。如果心中受到傷害的朋友不表達自己的感覺，得罪人的孩子可能永遠不曉得出了什麼事，也不明白他們為什麼變得疏遠了。保羅．葛里克這個探討愛與失落的故事設在孤寂、荒涼的艾塞克斯沼澤（雖是繪本，文字卻很多，也沉重得令人心碎，讀給經得起傷心故事的孩子聽較好），鮮少故事能像《雪雁》一樣，讓讀者得以深刻體會到他人默默承受的痛苦。

畫家菲力浦．拉雅德熱愛「遭獵捕的野禽」（像是海鷗、短頸野鴨、麻鷸、野雁）。由於牠們每年十月都會聒噪的成群從冰島飛到這片寂寞的溼地，他便以溼地上廢棄的燈塔為家。他圈養各種經過馴服的野禽，並且以牠們為題，畫出許多傑出的畫作。不過他會住在這裡，是因為自己也有遭獵捕的感覺。駝背且左手腕長得像爪子的他知道鎮上的人覺得他怪形怪狀，所以與其每次一廂情願獻出友誼，不如選擇離群索居。

一天，有個「美得離奇有如溼地仙子」的十二歲女孩跑來找他，懷裡抱著一隻受傷的雪雁。她發現自己和「怪物」面對面時嚇壞了，一伸手把雪雁遞給他拔腿就跑，不過隔天她又回來看看雪雁的情形如何。整個冬天，她和拉雅德一起照顧雪雁，芙麗莎也慢慢克服她對寂寞駝背人的恐懼。夏天雪雁飛走時，芙麗莎也離開了，不過每年冬天，雪雁和女孩都會返回溼地。芙麗莎漸漸學會鳥類相關的「全部知識」，拉雅德更開心多了一個伴——他倆之間生出深深的情愫。然而卻是在數年之後，拉雅德聽說士兵在敦克爾克海灘孤立無援，遂坐船加入援救的隊伍，那時芙麗莎才明白自己對他真正的情感。的確，這個故事會讓你心碎，為了芙麗莎和拉雅德之間沒有說出的愛情，為了那自始至終、忠心不二的雪雁。不過讀者也學到歷久彌新的一課，那就是同情心的重要。哪怕遭到多年排斥，拉雅德依然把他人受到的痛苦看得比自己更要緊。讀過這個故事的兒童若是和朋友疏遠了，一定更願意深切反省到底怎麼回事。是否自己無意間說了什麼惹人生氣的話，現在又該說什麼才能雨過天青呢？

參見 惡形惡狀68、你是惡霸92

無法表達感受

not able to express your **FEELINGS**

PB《傷痛》（*The Hurt*） Teddi Doleski

CB《薄荷豬》（*The Peppermint Pig*） Nina Bawden

心裡感覺受傷時會跑到無人的角落靜靜療傷的幼童，我們推薦他們讀《傷痛》這個簡單卻有益的小故事，它對大人和孩子一樣具有療效（參見：家有無法談論感受的父母277）。賈斯汀的朋友傑貝爾罵他髒話時，他既沒有罵回去，也沒有告訴傑貝爾挨罵後心裡的感覺。他只默默帶著心中的傷痛走開。他的「傷痛」感覺像是「一塊大大的圓石頭、冷冷的、硬硬的」，可以讓他握在手裡。他把它放在房間裡，又在上面加了別的傷痛。從簡單的黑白畫中，我們看到他的傷痛愈長愈大，還生出兩隻眼睛和一張嘴，活像是個會跳的人偶。沒多久，賈斯汀的傷痛大到幾乎占滿整個房間，幾乎要把他擠出去了——那時他才終於告訴爸爸心裡的苦惱。有些孩子還不曉得療傷止痛的最佳途徑就是「講出來」，這個故事具有翻天覆地的神奇療效。

若想充分表達心中的感覺，當然需要勇氣（以及安全的聽眾）。《薄荷豬》故事裡九歲的波兒正好擁有完美的組合：寫在臉上的喜怒哀樂，以及自在表達感受的勇氣，外加一個願意傾聽的母親。當父親決定到美國去尋求致富的機會時，波兒與三個年紀較長的手足和媽媽決定搬到諾福克一個村莊與兩位姑媽同住。他們在此不得不面對許多新的挑戰，包括一隻便宜買來的小豬，他們把牠當作寵物，任牠在屋裡胡跑亂竄。

波兒絕對不容許家人對她隱瞞任何事。她發現哥哥喬治和姊姊莉莉心照不宣的互看一眼時，馬上要求他們告訴她究竟什麼事瞞著她。聽說哥哥希歐遭人欺負時，她低下頭像隻憤怒的公牛似的衝向那惡霸。小豬強尼囫圇吞下一托盤剛出爐的香料麵包時，波兒的媽媽用掃把趕牠到屋外的雞舍，波兒見到媽媽如此殘酷氣憤極了。「我恨你。」她喊道，而且字字認真，一股恨意「像氣球一樣」脹滿她的胸口。她母親絲毫不慌不亂；波兒的性急和勇氣原來得自她的遺傳。

她母親發現必須勉為其難的跟肉販賒帳時，哈莉葉姑媽知道波兒一定無法忍受。「我不管你怎麼說，艾蜜莉，有些孩子就是感受多一些……」波兒無意間聽見姑媽這麼說。無論波兒的感受是多是少，她絕對比別人愛說話。對情感壓抑的孩子來說，能大方說出憤怒、挫折與快樂的波兒，真是一個令人振奮的好榜樣。

參見 說話沒人聽191、害羞339、自覺渺小354、不敢為自己據理力爭363、生悶氣372、心事無人知401

撒謊
telling **FIBS**

參見 說謊 222

坐不住
being too **FIDGETY** to read

藥方：搖呼拉圈！

有些孩子覺得坐著讀書實在太過靜態了。教坐不住的讀者搖呼拉圈吧。我們自己早已精通一邊讀書、一邊搖呼拉圈的技巧。何不挑戰他們能不能一邊搖呼拉圈、一邊讀書半個小時？接著你就會看到搖著呼拉圈的他們讀完整套《哈利波特》、《頑皮亨利》和《黑暗元素》系列。如果呼拉圈沒有在你家風行起來，那就鼓勵家中小讀者開創其他隨閱讀一起做的運動，像是邊讀邊倒立，邊讀邊騎馬（別挑馬兒奔騰的時候），邊讀邊爬樹，或是邊讀邊划獨木舟。

玩火
playing with **FIRE**

參見 縱火狂 300

初吻
FIRST KISS

YA《大鼻妹的青春日記》（*Angus, Thongs and Full-frontal Snogging*） 露薏絲．何尼森（Louise Rennison）

初吻可能很尷尬，不僅不知道舌頭該放哪裡，連雙手、鼻子、雙腳也是一樣。每個青少年都應該讀一讀這本喬琪亞·妮可森告白系列的首部作品，不過系列中每一部作品，都是即將開始約會（參見：約會115）的少男少女必備良伴。十四歲的喬琪亞從三歲妹妹莉比那兒得到許多香吻，但她很有把握莉比「不是女同志」，所以不算數。她最要好的朋友潔絲已經吻過一個男生，說親吻感覺好像「溫暖的果凍」，喬琪亞變得愈來愈心焦，生怕自己是朋友圈中唯一尚未體驗初吻的人。後來潔絲提到十七歲的彼得·戴爾自願每天下午在他家教人接吻，先到先教。喬琪亞聽了寧可把頭塞進一袋鰻魚裡——但他的長相還算好看，有點像男孩特區的成員，而且半小時就學了不少。想學接吻訣竅的人不止她一個：她要離開時，看見另一個朋友也在樓梯平台上排隊等候……喬琪亞的青春試煉與磨難從男孩、胸罩到體毛應有盡有，現代青少年必讀，保證一讀便懂。

參見 約會115、尷尬60、迫不及待要長大184、失去天真203、怕犯錯230、害怕322、失去童貞409、過度擔心418

初戀
FIRST LOVE

YA《被子》(*Blankets*) 奎格·湯普森（Craig Thompson）

YA《生命中的美好缺憾》(*The Fault in Our Stars*) 約翰·葛林（John Green）

YA《女戀：我愛上一個女孩，而我也是女孩》(*Annie on My Mind*) 南西·卡登（Nancy Garden）

青少年第一次墜入情網，是他們人生中最棒的事，但也可能一下子就變成最糟的事，因為不管當時再怎麼以為兩人可以永遠愛下去，結果可能還是無法如願。對的故事可以幫助孩子在戀情仍熾時珍惜初戀——並且設法確保戀情不再時，能留下最快樂的回憶。

家裡若有最近遭受情傷的男生，我們建議您把《被子》這本圖像小說擱在臥室門外。喜歡沉思的克雷格是個瘦巴巴的男孩，有個漂亮、富有詩意的鼻子。在家在校都受到欺凌（參見：遭到霸凌90）的他總覺得自己跟這個世界格格不入，因此他在基督教夏令營認識雷娜時（他倆都緊張得把一綹長髮掠到耳後），我們知道他可能會陷得很深。雖然兩人住家離得老遠平添不少狀況（這麼說並沒有透露情節），他們的關係溫柔、詼諧且誠實；兩人一起迎向許多挑戰，包括應付彼此難搞的家庭。湯普森充滿動感的黑白圖畫中流露出人們心中深切的悲哀與寂寞，令人念念不忘，如同兩人戀情結束之後，雷娜讓克雷格念念不忘一樣，不過他們回憶起這段感情時，倒是沒有一絲苦味。這個愛情故事讓我們看到初戀可能如此無邪，意義卻很深長。

從女生視角切入的初戀故事大概沒有比《生命中的美好缺憾》更令人揪心的了。十六歲的海瑟調皮、情感深藏不露，跟父母像是「知己朋友」，其實她非常清楚自己的癌症已是無藥可救。因此當她在癌症病友支持團體結識聲音沙啞的奧古斯都時，讀者便知他們的故事將無比震撼。這或許是初戀，但至少對海瑟而言，更可能是生命中最後一次戀愛。

打從故事一開始，他倆的互動即真誠又機智。「你沒搞錯吧？」海瑟看見奧古斯都拿出一根菸時問道，連心臟也沒少跳一下。奧古斯都聳聳肩解釋給她聽，他說香菸不過是個隱喻，不點菸代表他拒絕受它控制。聽完後，海瑟便輕敲媽媽的車窗玻璃請她先回家。海瑟的肺部功能或許「爛得可以」，害她隨時都得在鼻孔裡插根提供氧氣的鼻導管，奧古斯都或許只有一隻真腿（另一隻腿因骨肉瘤切除），但這些都無法阻止他們遠赴阿姆斯特丹和海瑟最喜愛的作家會面。他們真情的連結（雙方父母保持一定的距離，既尊重他們，也給予支持），是所有青少年和成年人所嚮往的。

《女戀：我愛上一個女孩，而我也是女孩》的特別在於出乎意料的情節，讓發覺自己戀上同性的青少年讀後，也會感到安慰。兩個十七歲女孩在紐約市大都會博物館不經意間四目交接的剎那，正是邱比特的箭射中的一刻。「我們看著對方，全心全意的看，我是說這是我的第一次，有那麼一會兒，我想我根本說不出自己叫什麼名字，更何況是身在何處了。」一年之後，麗莎在給安妮的信中如此回憶道。兩人的關係經過一段時間才展開，因為彼此都沒把握這份感情是不是對方想要的。後來有一天在康尼島，麗莎用胳膊攬住安妮的肩膀怕她著涼，緊跟著事情自然而然發生了，她倆都不曉得怎麼開始的。安妮「軟軟、輕柔的嘴」貼上麗莎的雙脣。麗莎奮力對抗自己的同性意識，覺得那是「罪孽」——然而她明白沒有什麼比這更正確的了。

我們推斷她們因外力而不得不分開（因此才需要寫信），請了解故事設定於八〇年代初，所以她們覺得兩人的關係需要保密。不過學校兩位因她們而意外出櫃的女老師和她們睿智的話語，讓她們繼續堅強下去。兩位女老師說：「別讓無知贏，要讓愛贏。」我們相信麗莎和安妮一定會遵循這個人生哲理而活。

參見 背叛75、不確定自己是不是同志171、失去天真203、失去童貞409、夢遺416

初次性行為
FIRST SEX

參見 未成年懷孕295、失去童貞409

格格不入
not **FITTING IN**

參見 覺得與眾不同127

平胸
being **FLAT-CHESTED**

《神啊！祢在嗎？》（*Are You There, God? It's Me, Margaret.*） 茱蒂・布倫（Judy Blume）

身邊的女生乳房都在發育時，如果自己的胸部依然平坦，簡直難堪得緊。十一歲以上的女孩很想知道她們什麼時候才會開始變得更女性化，尤其是朋友們已經在更衣室炫耀合身的胸罩和內褲了。當然，有些女孩照樣充滿活力，壓根不在意未來胸部是大是小，因而被其他人討厭。無論如何，等待身體出現青春期徵兆都是令人苦惱的。

值此等待時期的最佳良伴，就是有「青少年女王」之稱的美國作家茱蒂・布倫，她那開創性十足的《神啊！祢在嗎？》。出版於一九七〇年，堪稱是青春期女生對於月經、胸部和男孩倍感焦慮的終極哭喊，從此為其他眾多探討青春期議題的青少年小說鋪好了路。故事主人翁是剛從紐約市搬到紐澤西市郊的十二歲女生瑪格麗特。現在她距離親愛的奶奶好遠（奶奶不但睿智，而且讓她得以和父母保持一點距離，因為他們雖然愛她，不過可能太過緊迫盯人了），瑪格麗特開始每天晚上給上帝寫信，傾訴她的煩惱。她的胸部什麼時候才會長大？她的豐胸運動何時才會得到結果？她會不會很快和男孩接吻？如果會的話，又該怎麼做（參見：初吻 150）？

另一個困擾瑪格麗特的重要問題是她要跟哪一個上帝說話——基督教或猶太教，她開明的雙親故意交給她自己選擇想要信奉的宗教。在此同時，她去參加派對，派對裡的雙雙對對輪流在壁櫥裡接吻兩分鐘，而她雖然月經還沒來，卻已經開始練習使用衛生護墊（參見：生理期 280），並且拚命往胸罩裡塞墊子。今天的青少年讀到這些，想必也跟七〇年代的年輕人一樣有感（這也是為什麼《神啊！祢在嗎？》經得起時間的考驗）。曾幾何時，參加派對的二十一個未成年人在沒有大人看管之下，開始朝天花板彈芥末，後來一個個互相擁吻起來。這類可愛的舉動生動捕捉到童年與青春期之間的困境，所以布倫才如此適合即將步入青春期的少女。（再等上幾年，不妨讀一讀布倫的《*Forever*》，看她在書中如何出色地描繪第一次性關係）。

參見 青春期 38、身體形象 80、胸罩 88、遭到霸凌 90、尷尬 60、不確定自己是不是同志 171、迫不及待要長大 184、覺得自己是跨性別者 392、過度擔心 418

害怕蒼蠅
fear of **FLIES**

參見 害怕動物 52

流感
FLU

參見 臥病在床 69

足球癮
addicted to **FOOTBALL**

參見 十本足球書單 247

不願原諒
reluctance to **FORGIVE**

YA《一個印第安少年的超真實日記》（*The Absolutely True Diary of a Part-Time Indian*） 薛曼・亞歷斯（Sherman Alexie）

寬恕自有一種慈悲與高尚，讓雙方都能得到提升，在這個穿插了漫畫、令人發笑的半自傳故事中，更是表達得淋漓盡致，分外清晰。綽號「二世」的阿諾因為腦袋大得出奇而又有了「地球儀」的外號，瘦巴巴的他戴了副眼鏡（參見：不得不戴眼鏡176），癲癇又常常發作。而且他滿嘴的牙齒，比別人整整多出十顆，他覺得自己是「十齒超人」。身為住在保留區的美國原住民，他已習慣所謂的「標準印第安人待遇」，例如牙醫給他的止痛藥總是只有白人的一半，因為印第安人只感覺得到「一半的痛」。他自己的族民大多喝得爛醉，尤其是他父親；他姊姊自從離開高中以後，就把自己鎖在地下室裡；在學校裡，同學與大人都把他當沙袋打（參見：遭到霸凌90）。然而二世那顆偌大的腦袋聰明得很，他時時憧憬保留區以外的未來。因此當他決定去念三十多公里外的白人學校時（為了追求較好的前途），他知道即將面對來自保留區族民全新的折磨，白人小孩也不會對他客氣。

果然，白人小孩嘲弄他的名字與種族，一開始，二世用他唯一知道的方式反擊：他的拳頭。但在他祖母（保留區裡少數幾個滴酒不沾的人）幫助之下，他漸漸明白如果他願意寬恕別人，他的力量反而更強大。說到底，他是了解寬恕的。倘若他無法寬恕自己的國家把美國原住民限制在毫無希望的保留區，給他們讀過時三十年的教科書，他又怎能逃出保留區？當初他父親因為沒錢請獸醫而射死二世的狗兒，二世哭號了好幾天，之後也只能放下。他同學狠踩他的大頭時，二世跳起部落裡的雞舞，藉此幫助自己原諒他們。當他最要好的朋友羅迪罵他離開保留區就是背棄他們的族群時，二世把漫畫書從他門縫底下塞進去，直到他肯回答為止。如果二世和他祖母能夠寬恕整個國家，讀到這個故事的青少年，也會感動到願意原諒一件小事吧。

參見 背叛75、覺得受傷146、生悶氣372、易怒400

住在寄養家庭
being in **FOSTER CARE**

PB《墨非的三個家》(*Murphy's Three Homes*) 文／Jan Levinson Gilman、圖／Kathy O'Malley

CB《墨菲家的一分子》(*One for the Murphys*) Lynda Mullaly Hunt

住在寄養家庭的孩子好像坐上了情感的雲霄飛車，若能讀些寄養在不同家庭的特殊經驗故事，或可幫助他們感覺沒那麼孤單。《墨非的三個家》中的那隻小狗被人送到三個家庭之後，才找到一個可以久住的地方。牠第一個寄養家庭（從狗眼睛的高度看過去，觸目所及都是人類的腿、別的動物、玩具和爬來爬去的小嬰兒）沒有人有時間理牠。第二個家庭的那對夫妻又覺得牠過於活潑好動。來到第三個家庭，爪子上沾滿泥巴的牠一蹦就跳到那對夫妻的身上，逗得他們哈哈大笑，但牠撞倒垃圾桶的時候害怕極了，不等人家把牠踹出家門，早已逃得老遠。心煩意亂的夫妻倆四處找牠，找到時真是喜出望外。終於有主人要長期收養牠了⋯⋯故事中的墨非歷經五味雜陳的不同感受，包括寂寞、羞恥、憤怒與不確定——凡此種種都寫在那張表情豐富的狗臉上，也因為呈現在狗臉上，我們得以盡情探究，卻不必然非得跟寄養經驗連結在一起。這個故事對寄養的幼童和寄養家庭雙方都很有幫助，它強調的是獲得接納的重要，不管你是多麼活潑好動還是什麼的。

《墨菲家的一分子》中十二歲卡莉的複雜感受，或許年紀較大的寄養兒童較能體會。我們和卡莉初見面時，她渾身不停顫抖。她背後的醫院裡躺著她的母親，因為和卡莉的繼父丹尼斯打架受傷慢慢復原中。前方是她的新家庭（墨菲一家子），卡莉對他們不抱多少希望。她從來不曾待過寄養家庭，也不期待住得開心。

可是她發現這位育有三個子女的母親笑容可掬，性情似乎也相當沉穩，而且好像永遠都有時間坐下來傾聽卡莉說話，不論她想說什麼，於是她不再感到不安，但仍然沒有鬆一口氣。對卡莉來說，晚餐通常就是打開罐頭湯罷了，可是在這裡是全家圍桌而坐，墨菲太太給大家吃自己做的千層麵。以前卡莉需要衣服的話，就去打劫救世軍的舊衣捐獻箱，莫菲太太卻帶她上購物中心，想買什麼就買什麼。她母親向來告訴她說「笨蛋」才會哭，可是莫菲太太跟她說哭沒關係。看見外表堅強的莫菲太太也會哭的時候，她驚愕不已。她認定墨菲一家子都是「怪胎」，要是他們叫她睡浴室的話，她反倒覺得比較像在家裡，反正以前家裡有客人來過夜時，她媽就常常這麼要求她。

不過，卡莉逐漸體會有人欣賞的感覺，有一回她因為逃學被罰禁足，她忍不住泛起微笑（以前從來沒有人關心她到願意處罰她的地步；請參見：受罰 299）。後來偶然聽見墨菲夫婦吵架，她才明白這個家庭不如想像中那麼窗明几淨，於是她開始覺得說不定自己非常適合繼續待在這裡。故事最後，卡莉的母親叫她回家，那時她不得不做艱難的抉擇。這個故事讓我們看見幸福家庭的真實樣貌，若有讀者也像卡莉一樣自覺無緣於幸福家庭，讀罷也可放心不少。

參見 領養 39、寂寞 213、父母 268、不得不照顧年幼弟妹 341

覺得沒有朋友

feeling that you have no **FRIENDS**

PB《小小1》（*Little 1*） 文／安・蘭德（Ann Rand）、圖／保羅・蘭德（Paul Rand）

CB《柳林中的風聲》（*The Wind in the Willows*） 文／肯尼・葛拉罕（Kenneth Grahame）、圖／謝培德（E. H. Shepard）

YA《牛仔褲的夏天》（*The Sisterhood of the Traveling Pants*） Ann Brashares

對孩童來說，最令人喪氣的事就是覺得自己沒有朋友。如果你家小孩有此苦惱，快快給他們讀些這類的故事：朋友往往會在最意想不到的時刻忽然出現。《小小1》就是以孤單單的數字「1」隱喻一個需要玩伴的人，作者給他一個尖鼻子，穿上綠色條紋工作服，再戴上一頂紅色三角帽。就算一開始就遭盤子裡兩顆無禮的梨子拒絕（多謝，我們不缺同伴），小小1展現他的大器，繼續一個個去找其他的數字，甚至幫他們想到許多不錯的點子。來到露出「8種不歡迎的表情」的「8本精裝書」面前，他說「如果我跟你們排排站，我們就會變成9囉！」下一頁九尾活蹦亂跳的小魚兒對小小1不理不睬，那時他才開始懷疑是否自己哪裡不對勁。幸運的是，一個「鮮豔的紅色圈圈」剛好及時滾過來——我們都知道一和〇湊在一起的時候可能發生什麼事……這本雅致的圖畫書初版於一九六二年，作者是二十世紀最具影響力的圖像設計人，本書長久以來即被公認為介紹數數與數字的傑作，兩者相加變成可以往上攀爬的梯子。這點當然很棒，但它也精采示範了伸出友誼的手可能令人多麼緊張（參見：覺得受傷146），但重要的是不要放棄。勇敢的小小1有了美好的結果，不僅讓人讀完受到激勵，且有數學必然性加持，孩童會更相信堅持下去是對的。

自覺沒有朋友的孩子有時會覺得還是一個人比較好（參見：想要獨處46），這可能是個不錯的暫時解決辦法，而另一個辦法就是挑選幾個故事人物當朋友（以真正了解如何交新朋友的故事人物較為理想）。吸引力歷久不衰的《柳林中的風聲》中的小鼴鼠在故事一開始一個朋友也沒有，他也不特別為此感到難過。可是當他感覺到春天那「無比的不滿與渴望」時，便離開他的洞穴去尋找冒險（參見：需要冒險42）。不知不覺中，他已經搬進水鼠的家，且見識了小河邊的生活。

他眼中的水鼠精力充沛，很愛交朋友，就像那條小河——一個「油亮光滑、彎彎曲曲、體態豐盈的動物，來回追逐，格格發笑，像汩汩河水般握住一樣東西又笑著丟下」，只為「投入新的玩伴懷抱，雖然他們拚命掙脫了，卻又被抓住且抱得死緊」。讀者可以體會小鼴鼠為何死心踏地忠於水鼠，過不久，他們偕同水鼠的朋友蛤蟆，坐著他那金絲雀般嫩黃的吉普賽車子出門度假。經歷這番冒險之後，小鼴鼠的性格變得更圓融也更有韌性，當他受託守衛蛤蟆的大宅免於黃鼠狼與短尾鼬的入侵時，不但展現勇氣與高貴的友誼，也證明他有愛人與被愛的能力。《柳林中的風聲》描繪的是肝膽相照的友誼，和我們夢寐以求的朋友：忠實，寬容，不吝於分享與面對生命的全然熱情（「噗噗！」）。說到底，結交適當的朋友是人生中最重要的一種技能吧。

少男少女若不知道如何才能成為死黨中的一員，只要讀了牛仔褲夏天系列的第一部《牛仔褲的夏天》，就能體會了。卡門、蕾娜、媞比和布莉姬喜歡說她們四個打在娘胎裡就是好友了（她們的媽媽一起去跳孕婦有氧）。四人總是一起過暑假，而今她們已滿十五歲，卻得面對第一個不在一起的暑假。蕾娜要和姊姊去希臘的爺爺奶奶家；布莉姬要參加墨西哥的足球營；卡門要到南卡羅萊納州和她非常想念的爸爸過暑假；媞比運氣最差，只能待在馬里蘭州貝塞斯達的家裡，還得在超市打工。她們動身前往不同地方之前，碰巧在舊貨店找到一條四人都合穿的牛仔褲，於是決定暑假期間「共享」這條褲子，每人穿一星期，穿後不要洗就寄給下一個人，同時還得附上一封信，詳細交代穿牛仔褲時發生的每一件事。這是她們保持連結的一種方式。

結果這幾星期成為四個女孩的成長儀式。蕾娜愛上一個英俊卻不幸的希臘男孩；布莉姬與比她老一大截的足球教練眉來眼去；卡門發現爸爸和一個已經有兩個女兒的女人訂婚時，和爸爸單獨相處的期望徹底破碎；媞比拍攝她打工的超市有多麼恐怖的紀錄片時，認識一個罹患血癌的十二歲女孩。青少年肯定會受到四人初戀、父母難免令人失望的故事所吸引，在這群故事中的死黨陪伴之下，他們的寂寞感也會減輕一些。或許結為死黨的種子就此落地生根了。

參見 不敢承認有想像朋友 199、寂寞 213、身為獨生子女 257

很難交到朋友

finding it hard to make **FRIENDS**

PB《朋友》（*Friends*） Rob Lewis

CB《小巫婆求仙記》（*Jennifer, Hecate, Macbeth, William McKinley and Me,*

Elizabeth）艾兒．柯尼斯伯格（E. L. Konigsburg）

YA《我的好友奇克》（*Why We Took the Car*）沃夫岡．赫恩多夫（Wolfgang Herrndorf）

叫孩子交朋友是很好，可是如果他們不曉得該怎麼交呢？這本精采、符合現實的《朋友》描畫出一個常見的錯誤。奧斯卡和媽媽搬到新家時，這隻渾身包著粗棉布的兔子開始尋找跟他一樣熱愛游泳的新玩伴。他第一個遇見的是厄尼，不過厄尼喜歡在垃圾場玩耍。接著他又認識了柔伊，但柔伊只喜歡摔角。奧斯卡就這樣一個又一個拒絕住在附近所有的兔子，直到他媽媽建議他不妨試著加入新玩伴玩的遊戲，至少一開始是這樣——這是我們許多人都該謹記在心的一課。

有些孩子校外有朋友，校內卻沒有，或恰好相反，但想要把朋友帶到另一個環境又很困難。如此處境的孩子就能體會《小巫婆求仙記》中伊麗莎白的感覺，她不僅是學校的新生（參見：轉學生324），也是剛搬到小鎮的新住戶。誰也不認得的她必須每天獨自走路上下學——直到有一天，她看見一條腿在樹上盪來盪去。「你那隻鞋子要掉下來了！」她喊道，希望自己的叫聲「清晰有力」，沒想到竟是「又細又弱」。「巫婆從不掉東西！」那人出乎意料的回答。

一段非比尋常的友誼就此展開，伊麗莎白扮演巫婆詹妮佛的學徒，兩人一起施咒語，煉丹製藥，預測未來——只有星期六，在學校時兩人假裝互不認識。後來她們為了一隻蛤蟆吵得幾乎絕交，和好之後，兩人才願意在學校手牽手。的確，沒有人在看的時候，是比較容易交朋友。

有些孩子故意裝出孤傲的模樣，讓人難以親近，《我的好友奇克》的主人翁就是如此。十四歲的麥克是同學眼中無趣的人（他自己也同意）。有一次他在作文裡寫到他酗酒的媽媽手握一把雕刻刀在廚房裡走來走去，於是他頓時變得有趣起來（甚至贏得「瘋子」綽號）。但又因為他名不符實，受歡迎程度漸漸式微。而他暗戀（參見：初戀151）的校園美女泰特亞娜邀請大家參加她的生日派對，卻獨漏他一人，他陷入絕望。此時他母親住進勒戒中心（是的，他在作文裡寫的都是真的），他父親因可疑的出差行程離家，丟下他孤單一人住在豪華、有冷氣的家裡，看不到一個朋友。他打發時間的方式，就是著魔似的畫著泰特亞娜的肖像。

其實有一個人注意到麥克：新來的俄羅斯轉學生奇克，他覺得麥克身上穿的廉價中國製外套上那尾白龍「超酷」。派對舉行當天，奇克駕駛一輛奇形怪狀的汽車出現在麥克家門前，提議闖入泰特亞娜的派對，送她一張麥克畫的肖像（然後他們繼續一路開到羅馬尼亞），麥克一聽嚇壞了。把他的畫送給泰特亞娜實在太丟人現眼。可是奇克指出「開著偷來的俄羅斯製拉達車，做什麼都不丟人現眼」，麥克覺得他說得有理。

於是他倆泰然自若的開著拉達車把畫像交給泰特亞娜，而且當著傻眼的全班同學面前轉了一個完美的一百八十度大彎，接著他們繼續憑著直覺一路挺進羅馬尼亞，連地圖也不看。這個令人振奮的成長小說把兩人塑造成英雄，儘管是惹事上身的英雄。本書讓我們看見朋友往往在人生最低潮的時刻出現在身邊，只需一件俗氣的廉價外套，他們就能進入你的人生。

參見 覺得與眾不同127、尷尬60、覺得沒有朋友159、害羞339

愛惡作劇的朋友

having a naughty **FRIEND**

參見 誤入歧途58

父母討厭你的朋友

having **FRIENDS** your parents don’t approve of

當孩子帶你不喜歡的朋友回家時，其實問題不在他們。

給大人的療癒書

PB《鈴木・賓恩歷險記》(*The Wonderful Adventures of Suzuki Beane*)
文/Sandra Scoppettone、圖/露薏絲・費茲休(Louise Fitzhugh)

你不喜歡孩子的朋友，是吧？快去求、去借或去說服什麼人重新出版這本放肆無禮的六〇年代精采繪本，讀過你就知道大人先入為主的觀念如何妨礙童年天真無邪的友誼。來自格林威治村的這對父母自詡開明又時髦，要不然女兒鈴木怎會叫爸媽「休」和「瑪西亞」？可他倆就是不懂女兒與紐約上東區衣著整齊的男孩亨利的友誼。我們愛這本書是因為露薏絲・費茲休畫筆下鈴木她爹的滿臉鬍子，一副宿醉未醒的德性；也愛書中他寫的金斯堡式詩句(「一開始是有個結束，」他女兒深情引述道)；和瑪西亞毫不留情批評女兒的圖畫「太過具象」。如果你半點不了解孩子的朋友就對他們滿心成見的話，那麼等你看見休和瑪西亞兩三下就認定可憐的亨利「不夠先進」時，一定會有無比熟悉的感覺。還是讓子女保有他們的朋友，把你的偏見一腳踹到街上去吧。

受到驚赫
being FRIGHTENED

參見 害怕322

挫折
FRUSTRATION

PB《賣帽子》(*Caps for Sale*) 艾絲非・斯勞伯肯納(Esphyr Slobodkina)

對尚未學到足夠技能的幼童來說，每天難免過得充滿挫折。這個小販被猴子偷走頭上好幾頂疊得整整齊齊的帽子而氣得暴跳如雷的故事，確實捕捉到氣急敗壞、大呼小叫的感覺。這名小販平時多麼冷靜又穩重（他用腦袋頂著貨物四處走動，當然必須如此），靠著樹幹正睡得香甜，一群猴子耍起了猴戲。戴上偷來的帽子之後，猴群蹦蹦跳跳竄回到枝椏之間，牠們肆意捉弄他，模仿他每個動作，何況猴子生性就是如此。小販對著牠們指指點點，猴群也朝他指指點點。他對牠們揮舞拳頭，猴群也揮拳回敬。他跺腳，牠們也跟著跺腳。最後那小販實在氣不過，一把拿起頭上的帽子往地上甩。當然，猴子也照做不誤——危機隨之解除。全書的圖畫印刷是早年均一套色的棕褐色、紅色與白色，顯示本故事永遠不會過時，也經得起一說再說。有時小而含意豐富的肢體語言（只要不會傷到任何人或任何人的東西），就足以發洩挫折感，得到想要的結果。

參見 憤怒 48、諸事不順 421

挑食
being a **FUSSY EATER**

CB《五小的金銀島冒險》（*Five on a Treasure Island*） 伊妮・布萊頓（Enid Blyton）
CB《族類》（*The Kin*） Peter Dickinson

大人最氣不過的就是費心料理的食物被孩子挑三撿四，戳來戳去後剩下大半在盤子裡沒吃。這時請快快拿出幾本輕鬆的繪本上桌（參見列在後面的書單）。它們不僅有助於轉移一場你和挑食子女的大戰（參見：吵架 56），幸運的話，甚且能誘使孩子當著你的面吃掉盤子裡的豌豆和胡蘿蔔。你若不介意使出脅迫手段的話，也不妨用用看……（參見：不停討價還價 64）。

不幸的是，正當你以為最糟的狀況已經過去，等你的子女開始上學以後，又多出一大堆挑剔的東西。假如真的發生這種事，請參考伊妮．布萊頓的老派作風[15]。布萊頓的作品當中三餐的描述甚多：三餐總在家裡做，往往由一位叫「廚娘」的人準備，多半是吃來津津有味的食物。我們偏好的菜單在《五小冒險系列》中都找得到，故事裡的朱利安、迪克、喬治、安和狗兒提米發現他們來到英國各地的鄉間，展開一連串精采刺激的冒險，而且每次都碰到用餐時間。這四個小孩和一隻狗似乎每過不到幾小時就能大吃一頓，現代人聽見他們如吟誦史詩般稱讚一片手工鹹派或剛採的蘋果有多麼可口時，眼睛絕對睜得既大又圓。他們掉進黃金搶匪在吉林島（喬治繼承自父母的小島）山洞設的陷阱時，居然還能從背包裡挖出豐盛的野餐，自己醃製的火腿三明治，多汁的番茄，然後痛快大吃大嚼起來。飽餐一頓後，他們很快想到一個聰明的逃脫計畫，把愚蠢的大人關進自己架設的陷阱裡。

要是五小冒險系列沒有說服你，那就試試變成化石的四個人。《族類》設於人類的黎明時分，最後的月鷹族蘇斯、諾里、可兒、曼納四人的家人慘遭陌生人殺光。原本就是游牧民族的他們走遍沙漠，尋找一個有食物有水又安全的「好地方」（這個責任多半壓在蘇斯的肩膀上，哪怕他也還沒有長大成人）。找到飲水是每天的重要大事，任何東西只要似乎能吃，就被他們吞下肚子，管它是白蟻、蛆或毛毛蟲（當然得先摘掉會苦的頭部）。想吃點心的話，他們就嚼草籽，或用棍子在乾硬的地底下挖出的塊根。夠幸運的話，能找到一隻晒乾的、硬梆梆的狐狸腿。享用完《族類》系列扣人心弦的四本書之後，孩子的盤子裡要是沒有扭來扭去的蟲，肯定會失望透頂。

15 過去二十多年來，布萊頓對女孩、非白人和讀不起寄宿學校的學童抱持不正確的觀念而遭到摒棄，不過近幾年她的作品經過重新編輯後，捲土重來的力道十分強勁。但是如果你大聲朗讀她的作品，還是會對某些用字或內容感到尷尬，其實許多一九九〇年以前的童書都有差不多的問題。朗讀之前不妨先瀏覽一遍，然後邊讀邊改。亦可利用這樣的故事來引導孩童討論現今人們的態度已改變多少。例如：請討論「我只是個女孩」這樣的句子有什麼問題。

給大人的療癒書

PB《把豆子吃掉》(*Eat Your Peas*) 文/凱斯・葛瑞(Kes Gray)、圖/尼克・夏洛特(Nick Sharratt)

老實說,《把豆子吃掉》中的媽媽為了讓女兒黛西把「綠色的小豆子」吃下肚使出的渾身解數,看了真叫人難為情。一開始她就說可以吃冰淇淋,到最後拋出兩輛自行車、一頭大象,最丟臉的是,她再也無權要求黛西洗澡和按時上床睡覺。賄賂的下場絕對慘烈無比。但若你希望孩子天天吃得盤底朝天,我們建議以這本荒謬到極點的繪本當作戰術。只要能逗孩子笑得開心,任何東西他們幾乎都願意往嘴裡塞,只要多多練習,你甚至可以趁孩子哄然大笑之際往他們嘴裡多塞幾口青菜呢。

十本給挑食小孩的最佳繪本

PB《逃跑的晚餐》(*The Runaway Dinner*) 文/Allan Ahlberg、圖/Bruce Ingman

PB《蔬菜糊》(*Vegetable Glue*) 文/Susan Chandler、圖/Elena Odriozola

PB《誰來吃午餐》(*Lunchtime*) 蕾貝卡・蔻柏(Rebecca Cobb)

PB《我真的很想吃個小孩》(*I Really Want to Eat a Child*) 文/Sylviane Donnio、圖/Dorothée De Monfreid

PB《怪物才不吃花椰菜》(*Monsters Don't Eat Broccoli*) 文/Barbara Jean Hicks、圖/Sue Hendra

PB《挑食的弗萊婭》(*Fussy Freya*) 文/Katharine Quarmby、圖/Piet Grobler

PB《小豌豆》(*Little Pea*) Amy Krouse Rosenthal

ER《裘蒂的豆豆》(*Jody's Beans*) 文/Malachy Doyle、圖/Judith Allibone

ER《弗朗西絲的麵包和果醬》(*Bread and Jam for Frances*) 文/Russell Hoban、圖/Lillian Hoban

ER《綠色的蛋和火腿》(*Green Eggs and Ham*) 蘇斯博士(Dr. Seuss)

參見 愛唱反調109、不想學烹飪110、受不了日常作息有所改變316、討厭喝湯358、不聽話386

電動打太多
excessive **GAMING**

YA《真實人生》(*In Real Life*) 文／Cory Doctorow、圖／Jen Wang

冀望孩子「有所節制的打電動」或許根本超出一般人類小孩的能力。然而圖像小說《真實人生》說的是電玩遊戲令人欲罷不能的特性，見解深入，孩子讀後至少會停下來想一想。

少女安妲在電玩世界找到立足之地。她在新轉入的學校裡和其他電玩同好個個熱切地想加入「華氏」——一個純女生的電玩團體，介紹人是駐校老師麗莎。她們要玩的遊戲叫做「荒金之島」，是一款成長人數最快速的虛擬線上遊戲，用戶超過一千萬。安妲給自己創造一個虛擬化身（一個較苗條、較穩重的自己），然後就準備「大開殺戒」。

起初安妲只殺神獸，也樂於當個戰士，後來受到鼓勵，開始為賺錢殺死「淘金人」。等到錢真的匯入她的銀行戶頭，她變得有點害怕；然而經不起麗莎的不斷慫恿，她繼續為之。一天，安妲和一個本來要殺掉的「淘金人」聊天起來，發現他也是靠電玩遊戲賺錢（真實的他就靠這些收入在中國生活吃飯穿衣）。於是她明白要是在遊戲中殺了他，等於扼殺了他的生計。

你不必是個遊戲玩家，也能充分感受到這本小說的衝擊，對於我們以娛樂之名所做的事（以及忽略的事），也會提出各種倫理上的質疑。這是遊戲成癮者必讀的一本重要作品。電玩遊戲如何影響真實世界中的我們？它們又如何影響他人？這個故事迫使遊戲玩家退一步從外界看看自己，確保今後遊戲玩得更有分寸，也多幾分審慎。

參見 眼睛黏著螢幕 328

加入幫派
being in a **GANG**

YA《小教父》(*The Outsiders*) 蘇珊・艾洛絲・辛登（S. E. Hinton）

成為一伙死黨當中的一分子，可能是孩子夢寐以求的，得到一個除了家庭以外的獨特認同，人多勢眾，負有共同的使命，或許還有個通關密語。童書中的結夥一開始總是天真無邪，譬如埃里希・凱斯特納的《小偵探愛彌兒》中臨時聚集的一幫街頭小孩、桑貝的《小淘氣尼古拉的故事》，甚或是健康的，比方說伊妮・布萊頓《五小冒險》系列中的四人一狗，以及《神祕小偵探》(*Secret Seven*) 系列中愛好戶外活動的七人伙伴，或是亞瑟・藍森的《燕子與鸚鵡》(*Swallows and Amazons*) 系列。可是隨著書中人物的年齡增長，身為幫派分子平添幾分邪惡的味道，如大衛・韋克遜的《虎穴之魂》(*The Cross and Switchblade*)，和年代相近的梅樂莉・布萊克曼的《零和十字》(*Noughts and Crosses*)，史蒂芬・凱爾曼的《都嘛是怪腔男孩》(*Pigeon English*) 和西蒙・艾克利斯的《完美化學》(*Perfect Chemistry*)。為都市幫派文化發聲、最傑出的小說家之一就是蘇珊・艾洛絲・辛登了。給青少年閱讀這本篇幅不長的《小教父》(她在年僅十五歲時完成)，當作打一劑預防針，粉碎他們對加入幫派懷有不切實際的憧憬。

開卷不到二十頁，死亡已然降臨。小子是「油頭」幫的一分子，因故捲入死對頭「襪子幫」的一場爭鬥。襪子幫的一個混混被人捅一刀時，小子和死黨強尼開始逃命。他倆拿了一本愛不釋手的《亂世佳人》躲藏在廢棄的教堂裡。原來小子其實是個十分敏感的男孩，極度崇拜他英俊瀟灑的大哥蘇打，而且只要一有機會，他就愛讀詩和經典文學。

此時兩個幫派之間的緊張情勢逐漸升高，街頭決鬥於是難以避免，雙方宣布以刀子為武器的時候，我們知道有更多年輕小子即將喪命（參見：暴力 406）。辛登高明的地方在於兩個幫派的分子儘管暴力相向，我們仍然忍不住同情他們。故事到了尾聲，總算見到一線希望，小子從教堂的熊熊大火中勇敢救出班級中所有的學童（並且變得成熟體貼，最後寫出了這個故事）。不過，我們知道他很幸運。《小教父》的讀者，也會希望自己很幸運。

參見 誤入歧途 58、遭到霸凌 90、你是惡霸 92、想要掌控 200、不信任外人 261、同儕壓力 278、暴力 406

不確定自己是不是同志
not sure if you are **GAY**

有些孩童自小就知道自己是同志，有些則花了較久時間才弄清楚。還有一些仍然感到困惑、害怕或著迷，想要探索這個問題。這份書單符合上述所有需求。

十本探索性傾向的書單

PB《兩個國王》（*King & King*） 文／Linda De Haan、圖／Stern Nijland

YA《歡樂之家》（*Fun Home*） 艾利森・貝克德爾（Alison Bechdel）

YA《紅寶果叢林》（*Rubyfruit Jungle*） 麗塔・梅・布朗（Rita Mae Brown）

YA《矯正卡麥蓉》（*The Miseducation of Cameron Post*） Emily M. Danforth

YA《讀我》（*Read Me Like a Book*） Liz Kessler

YA《飛機上的乘客》（*Ask the Passengers*） A. S. King

YA《男孩遇見男孩》（*Boy Meets Boy*） David Levithan

YA《阿基里斯之歌》（*The Song of Achilles*） 瑪德琳・米勒（Madeline Miller）

YA《搞笑男孩》(*Funny Boy*) Shyam Selvadurai

YA《男孩故事》(*A Boy's Own Story*) 艾德蒙・懷特（Edmund White）

參見 約會115、對性感到好奇333、覺得自己是跨性別者392

身為天才
being a **GENIUS**

參見 早熟292

怕鬼
fear of **GHOST**

無意間提到鬼，脊背頓時竄起一陣涼意，讓孩童害怕又開心地擠在一起，尤其是到朋友家過夜的時候，其中有些小朋友壓根就不想治好怕鬼的毛病。請從我們列於下方的書單中任選最精采的鬼怪故事（有的極盡恐怖之能事，有的中規中矩），只要身邊有一群經得起驚嚇的兒童，不妨說幾個恐怖故事，嚇得他們渾身起雞皮疙瘩吧。

十本鬼怪書單[16]

友善的鬼

PB《瑪德琳與巴黎老宅》(*Madeline and the Old House in Paris*) 約翰・白蒙・瑪西諾（John Bemelmans Marciano）

16 自從因為篇幅有限，不得不剔掉Antonia Barber的《那些鬼》(*The Ghosts*) 及Diana Wynne Jones的《鬼出沒之時》(*The Time of the Ghost*) 之後，我們就一直遭到糾纏。在此補充說明，希望他們可別再來煩我們了。

PB《什麼都不怕的老太太》(*The Little Old Lady Who Was Not Afraid of Anything*) 文/Linda Williams、圖/Megan Lloyd

CB《綠色莊園裡的孩子》(*The Children of Green Knowe*) Lucy M. Boston

CB《墓園裡的男孩》(*The Graveyard Book*) 文/尼爾・蓋曼(Neil Gaiman)、圖/Chris Riddell

YA《恩雅的鬼魂》(*Anya's Ghost*) 文/Vera Brosgol

不友善的鬼

CB《貓頭鷹恩仇錄》(*The Owl Service*) 艾倫・加納(Alan Garner)

CB《雞皮疙瘩1:我的新家是鬼屋》(*Goosebumps: Welcome to Dead House*) R. L.史坦恩(R. L. Stine)

YA《見鬼的方法》(*Ways to See a Ghost*) Emily Diamand

YA《黑》(*Dark Matter*) Michelle Paver

YA《稻草人》(*The Scarecrows*) Robert Westall

參見 害怕床底下有怪物69、怕黑113、不再相信魔法224、害怕322、在朋友家過夜352、睡不著349

總是想要放棄
tendency to **GIVE UP**

ER《紙片男孩史丹利》(*Flat Stanley*) Jeff Brown

YA《手斧男孩》(*Hatchet*) 蓋瑞・伯森(Gary Paulsen)

無論是試圖完成全國路跑,還是用鉤針編織一條被子,或是吹低音大號,學到難處時,心中難免湧起想要徹底放棄的欲望。這時就需要一些足智多謀、不屈不撓的故事主人翁作為他們的榜樣,幫助他們成功熬過艱難的時刻,這些角色不僅提供一個奮戰不懈的標準,也讓孩子看到完成目標的長期回報，其實要比一時放棄的快感更令人滿足。

《紙片男孩史丹利》中的史丹利，縱使理由充分，但他從不放棄[17]。一天早上醒來，史丹利發現自己被羊排夫婦送給他和哥哥用來張貼照片、地圖的廣告板壓扁。所幸儘管變成「身高一百二十公分，體寬三十公分，厚一公分多」，史丹利一點也不覺得疼；他不但沒有感到絕望，反而充分利用新的紙片體型。他開心地發現這會兒不必開門，也可以從門縫底下滑進去。他媽媽的戒指掉進格柵時，他只需要卡進格板中間，就能取出戒指。為了防止「世上最昂貴的一幅畫遭竊」，他甚至偽裝成一幅畫，透過皇家郵政把自己寄到美國加州。其實紙片男孩史丹利至今已遊歷世界五十年，老師及熱心人士把紙片男孩史丹利寄來寄去，就是為了鼓勵他與孩子書信往返。謠傳史丹利現在也能以電子郵件的形式四處旅行了⋯⋯這麼一來，面對未來一連串已露出跡象的災難，紙片男孩史丹利將繼續以無窮無盡的機智，激勵世界各地的兒童。

想要放棄的衝動其實就是決意要失敗的衝動——有時失敗似乎比較容易（參見：覺得像個輸家218）。放棄的欲望顯而易見，哪怕它代表放棄了生命，《手斧男孩》中十三歲的布萊恩就是如此，他發現自己陷身於加拿大的廣袤荒野，除了一把斧頭之外身無長物。小飛機駕駛載布萊恩從紐約飛到加拿大去看望爸爸的途中（他父母最近才離婚；請參見：父母即將離異276），忽然心臟病發而死，飛機摔落在湖上時，驚駭的他仍極力保持鎮靜。之後的兩天當中，他幾乎被蚊子生吞活剝，絕望中猛往嘴裡塞的酸莓果害他嘔吐不止，他明白根本無法發出求救訊號，於是爬到洞穴的黑暗角落哭泣：「這一切實在太過分、太過分了，真的難以承受。」

不過之後回想起來，他把這一刻視為轉捩點。這會兒他了解哭泣或許會覺得好過一些，但沒有絲毫幫助。哭泣無法增加存活的機會，幫得了他的是他的手斧，並且運用他的頭腦和身體（例如看得真切、聽得清晰和思

---

17 本來的插畫家是溫米．溫格爾（Tomi Ungerer），他巧妙捕捉到紙片男孩如何荒謬地堅持保持樂觀的精神，非常討人喜愛。之後的系列作品因考量現代市場，改由Jon Mitchell繪圖，更渾圓的線條稍稍淡化緊張不安之感，但效果依然迷人。

慮周詳的能力），如此種種讓他感覺活得更為刺激有勁。這個了不起的故事啟發孩子把總想放棄的習性化為堅持到底、保持韌性和懷抱希望的習慣。

參見 缺乏自信107、覺得一無是處180、不得不學樂器235、需要好榜樣315、諸事不順421

不得不戴眼鏡
having to wear **GLASSES**

PB《巫婆阿妮又起飛了》（*Winnie Flies Again*） 文／韋樂莉．湯瑪士（Valerie Thomas）、圖／柯奇．保羅（Korky Paul）

CB《哈利波特1：神祕的魔法石》（*Harry Potter and the Philosopher's Stone*） J. K. 羅琳（J. K. Rowling）

YA《戴著牙套和眼鏡去搖滾》（*How to Rock Braces and Glasses*） Meg Haston

曾幾何時只要小孩戴上眼鏡，立刻就被歸為和「怪咖教授」[18]同類（他是一個丟三落四的天才，時空旅行機的發明人，額頭之高足以架上五副眼鏡，一副讀書，一副寫字，一副外出用，一副用來看你，另一副用來找其他沒有歸位的眼鏡）。多虧最近許多童書中出現了近視的主人翁，一些新的好範例總算上了檯面。

對小朋友來說，《巫婆阿妮又起飛了》證明只要你看得真確，人生就能大為改善。我們從柯奇．保羅活力十足的連續跨頁插畫中看見騎著掃帚的阿妮撞上直升機和滑翔翼，也見到她嘗試好幾種不同交通方式（自行車、滑板、騎馬），最後她終於明白問題不在於工具。你家的近視孩童或許沒有空中撞機的危險，不過他們眼睛看不清楚的時候，不妨指出插圖中

18 諾曼．杭特（Norman Hunter）的《怪咖教授的驚奇歷險》（*The Incredible Adventures of Professor Branestawm*）。

他們錯失的精采細節。

較大的孩童若是看見《哈利波特》系列，就用不著繼續尋尋覓覓了（尤其視線很模糊的話），因為對戴眼鏡的小朋友而言，他絕對是最了不起的作品。哈利的出現熟悉得彷彿我們認識他本人：他那直立的頭髮，「用層層膠帶黏住的」小小圓圓的眼鏡，當然，還有額頭上那閃電的疤痕。哈利住在德思禮家的時候，阿姨一見到他的疤痕就生氣，他的眼鏡更老是遭表哥達力飽以老拳。可是哈利在霍格華茲魔法與巫術學校就讀之後，才開始了解自己不僅是巫師，而且還非常出名，他的出現於是引發新的風潮。忽然間人人都想與額頭有疤、戴眼鏡的瘦小男生為伍。

哈利波特在霍格華茲過的生活並非盡是魔法與奉承。因為被「麻瓜」撫養長大，他要學的巫術比同學多。他在學校需要走過一百四十二座樓梯（其中有些每週五通往「不同的地方」），還得記住複雜的通關密語，夜裡才能順利回到自己的寢室，又須避開鬼魂，去上嚴厲的麥米奈娃教授教的變形術，說真的，他覺得那些課上起來好難。而且他只要一瞥見魔藥學石內卜老師冷冷的、輕蔑的眼光，他的疤痕就像尖刀刺入一般劇痛。然而哈利頭一次玩起魁地奇，他的掃帚直接跳進他手中，他發覺他已找到自己的拿手絕招。有一次他為了接球陡降十五公尺，只差三十公分就觸地（了不起的是他的眼鏡始終好端端黏著他的臉），驚嘆得說不出話來的麥米奈娃教授匆匆送他去找葛來分多隊長，非叫他當場報名擔任「找球手」不可。故事將近結束時，全校都在談哈利波特和他天不怕地不怕的運動。哈利波特不僅再度陷「不能說出名字的人」（佛地魔）於困境，他也讓過去戴眼鏡超級不酷的印象徹底改觀。

戴眼鏡的女孩和她們的朋友讀過大膽的《戴著牙套和眼鏡去搖滾》之後，將會以全新的眼光看待眼鏡。凱西・賽門絕對是中學裡的社交女王，穿對的衣服，又是學校電視頻道的頭號人物。雖然聰慧的她說話帶刺，大家仍然與她為友。可惜她一隻眼睛受到感染，牙齒也需要矯正，於是不得不戴厚如可樂瓶的眼鏡，外加滿嘴大鋼牙，她的地位頓時掉落谷底。所幸她在谷底期間問了自己許多問題，從此變得更富同情心，同時學著一路戴著牙套和眼鏡去搖滾。

參見 身體形象80、遭到霸凌90、缺乏自信107、覺得與眾不同127、尷尬60、視覺障礙411

懷疑有沒有神
wondering if there is a **GOD**

PB《老烏龜》（*Old Turtle*） 文／道格拉斯·伍德（Douglas Wood）、圖／徐靖沂（Cheng-Khee Chee）

CB《上帝是什麼？》（*What Is God?*） 文／伊森·柏力澤（Etan Boritzer）、圖／Robbie Marantz

YA《狗不存在》（*There Is No Dog*） 梅格·羅索夫（Meg Rosoff）

人們自幼就開始問這個問題——許多人窮其一生仍不斷的問。書籍提供孩子探究這個問題的絕佳方式，不過答案是什麼，還是交給孩子自己去決定吧。

在《老烏龜》的故事中，大自然的所有事物都說上帝是以它們的形象創造出來的。清風說上帝是「從不止息的風」，山巒說上帝是「白雪籠罩的山頭」，羚羊說上帝是「快速隨意的跑者」。樹呢——嗯，樹說上帝是個她。這種泛神論在老烏龜宣布即將出現一個新品種之後出現有趣的扭轉，它將提醒大家「上帝到底是什麼」。忽然，不同膚色的人們湧入跨頁的華麗水彩風景畫中。起初他們還安分守己，但很快就忘了與生俱來的神聖。過不久，靠著動物、山巒與樹，總算找到一致的作法，再一次把上帝封裝起來。書中的插圖和文字同樣振奮人心，除了字裡行間善待地球的生態訊息值得細讀之外，也鼓勵我們於大自然的世界尋找上帝。

《上帝是什麼？》以偏重人類學的手法綜觀世界各地人們對上帝的看法。有人認為上帝蓄著長長的白鬍子，也有人認為我們抬起頭來看星星的時候，就是在跟上帝溝通。伊森·柏力澤在這部簡直是「比較宗教速成班」的作品中描寫世界上的幾種主要信仰、典籍和宗師，以及一種宗教的信徒習於和另一種宗教的信徒爭鬥的傾向（他也趁此機會指出此舉多麼缺乏理性，尤其大多數宗教支持相似的基本信念，那就是善待他人，如同你希望他人如何善待你）。針對各種信仰諸多令人困惑的問題，本書也一一提出解答，為接納與擁抱一切的態度奠下良好的基礎。

青少年若是常常懷疑上帝（如果真有上帝的話，怎能讓世間發生那麼多不幸的事），那麼他們肯定會喜歡梅格．羅索夫這個大不敬的諷刺作品。故事中的上帝是個名叫巴柏的青少年，他花六天時間創造世界之後實在太過辛勞，第七天乾脆躺下休息再說（參見：總是想要放棄174）。他的母親女神孟娜和不同銀河系玩撲克牌戲時贏得地球，就這麼把上帝的工作交給她粗魯無禮又驕縱的兒子。巴柏偶有聰明之舉（例如創造蝴蝶的時候），不過他的行為和一般青少年差不多，每次一發火就引起地震或海嘯。幸虧巴柏有個能幹無比的助手B先生，總是風塵僕僕地四處奔走，收拾巴柏惹出的一個又一個爛攤子（接著再收拾人類捅的婁子），同時也得顧好他回覆人類禱告的正職。B先生非常認真看待這份差事，也常擔憂救了此地的冰山，卻可能引發他處的飢荒，因而夜不成眠，對於幫不了的人，他總是哭得死去活來。

此時巴柏愛上一個凡間女孩，這種事常常發生（天鵝與黃金雨的不幸典故即是一例），造成了巨大颱風、洪水和漫天浪潮。之後巴柏忠誠的朋友艾克（一個「企鵝模樣的動物」），也被他那不負責任的母親在另一次撲克牌戲中給輸掉了。可憐的艾克不禁懷疑為何巴柏狠得下心創造能預知自己死亡的動物（又一個青少年可能很想問的問題）。好在上帝的左右手B先生早已想好一個救回艾克的絕妙好計——圓滿的結局令人對奇蹟充滿希望與信心。青少年讀後會覺得，人類或許會有慷慨又高貴之舉，就連超凡入聖也不無可能呢。

參見 生命是怎麼回事？33

金魚死了
death of a **GOLDFISH**

參見 寵物死了 281

覺得一無是處
feeling like you're no **GOOD** at anything

PB《點》(*The Dot*) 彼得．雷諾(Peter H. Reynolds)

CB《平凡的傑克》(*Ordinary Jack*) Helen Cresswell

YA《明日戰爭 1：破曉開戰》(*Tomorrow, When the War Began*) 約翰．馬斯坦(John Marsden)

值此追求高成就時代，對自己過度苛求似乎在所難免。如果你身邊有個小孩覺得自己凡事都做不好，然後兩手一攤，一副很討厭自己的模樣，那時《點》就該出場了。葳葳上完美術課時畫紙上還是一片空白，她好氣自己。幸好她的老師蘭心慧質，了解孩童必須先對自己感覺良好，然後才會展現創意。她請小女孩隨便畫個怎麼都畫得好的記號：一個點點，再把它裱上外框。當然，看見自己畫的點點裱上漂亮的金色畫框，她的心情受到莫大的鼓舞，然後她高興的畫起大大小小、各形各狀與不同顏色的點點，讓人看了興奮不已。她的點點畫掛滿整面牆壁，任誰看了都覺得漂亮極了。請把這個故事念給愛挑剔自己的孩童聽，下回就想個相當於點點畫的活動，讓他們盡情揮灑吧。

年齡較大的兒童倘若還不曉得自己的天分在哪裡，應該很能體會《平凡的傑克》中傑克的感覺，本書也是《白索普一家》(*Bagthorpes*)系列故事首部作品。白索普家四個孩子當中，只有傑克還看不出自己的天賦，無論是打網球，畫家人的肖像，或是用法語讀伏爾泰的書。有的手足還擁有第二天賦，甚或是第三、第四天賦，根本就是「才華洋溢」。妹妹蘿絲和他在泳池游十個來回一較快慢，結果妹妹贏了，他更是憤恨難消。好在派克叔叔（長輩中的叛逆分子）看見侄子的痛苦，於是答應幫忙找出他的「特殊天分」。

他的點子頗出人意料，他認為傑克應該當個「先知」——這也是派克叔叔特有的頑皮幽默感。「從現在開始，」派克叔叔斬釘截鐵的告訴他：「你常常會有預感。」傑克漸漸養成一個令人發窘的習慣，他的視線越過每個人的左耳，呆望著前方某個只有他看得見的東西，然後說出奇怪的預言，加上派克叔叔一點及時的協助，預言似乎是成真了。傑克（暫時）沐浴在眾人目光之下的同時，我們看出真正促成他改變的，其實是叔叔對他的關心。假如你周遭也有一位平凡的傑克，因為其他才華洋溢的手足而相形見絀，這本書說不定可以促使他們找個有同情心的親戚或家族的朋友傾吐心事，由他們扮演類似的角色（若能適時給那位親戚或朋友一本《平凡的傑克》尤其理想）。如果那位朋友或親戚也像派克叔叔一樣幽默或富有想像力，那麼大家可就有段歡樂時光了。

大多表現不如人的孩童其實不過是比較晚熟。《明日戰爭 1：破曉開戰》（扣人心弦的《明日戰爭》系列首部作品）的敘事者艾莉邀何莫和她與幾個朋友參加一場野營活動，她叫他「烏合之眾的鼓動者」。從小與何莫是鄰居的艾莉喜歡他。不過他最近因為放火燃燒路上的溶劑，然後在一旁等待車子經過而惹上麻煩，弄得學校的女生都不太把他當一回事。

她、何莫與其他人健行到一個既偏遠又燠熱的地方，當地人稱之為「地獄」。他們在那裡逗留幾天，經歷青少年都有的爭吵和爾虞我詐。等他們返回家中，發現家人行蹤不明，才明白某夜有幾架不亮燈的神祕飛機越過天空，其實就是一次祕密的入侵行動。他們不得不在一夕之間變為叛亂者——既沒有武器，也沒有成年人協助。

他們第一次發動恐怖突襲侵入敵方領域，同時也盡可能打探家人遭拘禁的營地，何莫自然而然成為帶頭的首領。除了反應總是快人一步之外，他始終保持冷靜，不讓伙伴陷入絕望，而且以戰略方式思考。「這個腦筋動得好快的傢伙，」艾莉在她的日記上寫著：「他剛才花了十五分鐘逗得我們有說有笑，心情又好了起來，幾乎忘了以前在學校的時候，大家連一本書都不敢交到他手上。」有時表現不佳的人並非能力不夠，而是聰明才智無從發揮。對於仍然在尋覓發揮空間的孩子來說，何莫就是個出色的榜樣。

參見 失望133、挫折164、怕犯錯230、需要好榜樣315、手足之爭343、擔心戰爭414、諸事不順421

和爺爺奶奶一起住
living with **GRANDPARENTS**

爺爺奶奶或許會把假牙放在洗手台邊的杯子裡，不過他們仍然可能貢獻良多——就讓小說中這些孩子告訴你吧。

十本和爺爺奶奶一起住書單

PB《小藍》(*Little Blue*) Gaye Chapman

PB《美好旅程》(*The Wonderful Journey*) Paul Geraghty

PB《凱蒂和她的兩個奶奶》(*Katie Morag and the Two Grandmothers*) Mairi Hedderwick

ER《棚車少年》(*The Boxcar Children*) 葛楚・錢德勒・沃納(Gertrude Chandler Warner)

CB《半個吉普賽女孩》(*The Diddakoi*) Rumer Godden

CB《小勛爵》(*Little Lord Fauntleroy*) 法蘭西斯・勃內特(Frances Hodgson Burnett)

CB《親愛的奧布雷》(*Love, Aubrey*) Suzanne Lafleur

CB《奇幻王國柏哈溫》(*Fablehaven*) 布蘭登・穆爾(Brandon Mull)

CB《我那特異的奶奶》(*A Long Way from Chicago*) 瑞奇・派克(Richard Peck)

CB《海蒂》(*Heidi*) 約翰娜・施皮里(Jonanna Spyri)

參見 覺得與眾不同127

不得不親一下阿婆
having to kiss **GRANNIES**

《喬治的神奇魔藥》(*George's Marvellous Medicine*) 文／羅德・達爾（Roald Dahl）、圖／昆丁・布雷克（Quentin Blake）

沒有人喜歡親吻既不平滑又扎人的臉頰。小喬治的外婆不但長了鬍子，還有一口黃板牙，一張嘟起來活像是「狗屁股」的小嘴。更糟的是，她是個脾氣暴躁的老怪物，整天坐在窗邊她的椅子上大發牢騷。小喬治決定蒐羅各種材料調配一種威力強大的可怕魔藥，替換外婆平常吃的藥方時，每個小孩都興奮極了。材料包括：洗髮精一瓶、除毛劑一罐、除臭噴霧一罐、石蠟油、洗衣粉、地板蠟、貓狗除蚤粉、鞋油、芥末粉一罐、辣根醬一瓶、機油兩百三十六毫升、綿羊藥浴劑、獸醫開給罹患「腸絞痛、跛腳、疥癬、瘟疫、乳房疼痛」的「雞、馬、牛」服用之複方藥丸）。當那邪惡的老太太牛飲一口，立即全身拔高衝破屋頂（如此奇觀精采呈現於昆丁・布雷克精采的圖畫中）時，大家歡聲慶祝。請向孩子說明他們身邊的奶奶或外婆也許暴躁易怒，但和這一位有個非常重要的差別：這個外婆吃神奇魔藥是罪有應得，他們的奶奶和外婆卻不然。

參見 害怕鬍子 67、覺得親戚很無趣 85

視父母為理所當然
taking your parents for **GRANTED**

每個孩子都是這樣，也理當如此。但你若是因此心情低落，那麼他們可能太把你視為應該的——果真如此的話，請繼續往下讀。

給大人的療癒書

PB《朱家故事》（*Piggybook*） 安東尼・布朗（Anthony Browne）

我們或許已經走出五〇年代家庭主婦的完美典範，然而實際上許多家庭仍有一個人（可能是個女人，也可能是個男人），像奴才似的默默做著無趣的家事，填飽大家的肚子，打掃，洗衣，燒水泡茶，卻無人感激。《朱家故事》以清晰到令人有點心寒的手法呈現此種狀況，它的封面是兩個笑咪咪的學童和笑得闔不攏嘴的爸爸疊羅漢似的騎在笑不出來的媽媽背上。內頁中，身穿羊毛衫的媽媽彎腰駝背站在廚房水槽前，或是熨衣板前，她也是插畫中唯一看不出明顯五官的人；顯然揹著全家人的辛勞，累得她早已喪失自我。同時兩個兒子和當爸爸的坐在餐桌前，呼來喚去，要東要西，三人渾身胖嘟嘟的歪在沙發上看電視。後來媽媽終於崩潰，留下憤怒字條的那一刻，想必會在和她一樣自覺像個無臉長工的讀者心中激起不少怨氣。故事最後討喜的情勢逆轉，我們看出性別平等的現代人，在分擔家事方面需要雙向進行，這個故事也因此超脫了自怨自憐的嚷嚷之作。

參見 寵壞了 361

迫不及待要長大
impatient to **GROW UP**

PB《茉莉上街買東西》（*Molly Goes Shopping*） 伊娃・艾瑞克森（Eva Eriksson）

CB《小狗吉克》（*A Dog Called Grk*） 喬許・雷西（Josh Lacey）

YA《消失》（*Gone*） Michael Grant

這個童年非常普遍的毛病聽在大人耳裡尤其痛苦，因為我們了解青春歲月的美好。我們所能做的，頂多就是讓等不及要長大的孩童做些他們心目中的大事，並且善加利用自己珍貴的童年。同時也不妨讀些熱切想為這個世界出一分心力的小朋友的故事，告訴他們其實自己並不孤單，也讓孩子從中感受到各種刺激。

《茉莉上街買東西》是你夢寐以求最富有同情心的故事。小豬茉莉從外婆手中拿到的購物單上只列出一樣東西（一袋豆子），隨即出發前往店裡採購。手裡緊抓錢包的她開心沿著街道走，好讓大家看見她在做什麼。如此自豪的時刻，感受當然非常深刻，因此茉莉犯下第一個錯誤時，瑞典作家兼插畫家伊娃．艾瑞克森柔和的粉彩鉛筆插圖滿溢著溫暖與體諒。這個故事對於獨力跨出第一步的孩童而言，既是慰藉，也是啟發。

孩童到了讀章節書的年齡，企圖獨立的衝動可以獲得大大的滿足，有些作品中，身邊的成年人統統死於非命（或流放到世界各個偏遠的角落），任憑孩子自生自滅，這個年齡的兒童漸漸不再那麼關注眼前事物，轉而開始在意遙遠世界。若是第一次閱讀本國以外的故事，我們最愛推薦喬許．雷西精采的小狗吉克系列第一部作品《小狗吉克》。十二歲的提姆是家中獨子，父母不是忙碌（參見：父母太忙碌274），就是惱怒，或是忙碌又惱怒，提姆沒事就坐在電腦前面玩直升機模擬飛行遊戲。一天他在放學回家的路上，不小心被一隻黑斑點小白狗絆倒，他好想把牠帶回家養（參見：想養寵物283），可是他父母不希望髒兮兮的狗爪子弄髒車子的皮座椅。為了搜尋小狗的主人，他們來到肯辛頓一棟外交官宅邸，原來住在裡面的是娜塔莎和麥斯．拉非非，他們是斯坦尼斯拉夫駐倫敦大使的子女。忽然間我們發現自己和一個「多山的東歐小國」扯上關係，蓄意謀殺的陸軍總司令辛凡登上校在該國發動軍事政變之後，把拉非非全家監禁起來。說時遲那時快，提姆早已用他老爸的電腦買好一張飛到斯坦尼斯拉夫的機票，還留下一張字條建議先提用他未來一百八十三週的零用錢來支付這筆機票錢。

提姆和忠心耿耿的小狗吉克救出娜塔莎和麥斯的經過，和你讀過的任何一本約翰．勒卡雷（John le Carré）諜報小說一樣驚魂懾魄，暴虐的獨裁者與殘酷的追隨者個個逍遙法外，孩子將隨故事頭一次進入需要勇氣的真實世界。不過敘事者的口氣透著無比的輕鬆與幽默，外加提姆和吉克人狗之間神似的個性（斯坦尼斯拉夫語中「吉克」的意思就是「勇敢、慷慨和愚蠢兼而有之」）。出人意料的可愛轉折是提姆為了救人，必須駕駛一架真的直升機。任何一個讀章節書歲數的孩子，只要夠勇敢偶爾也傻呼呼的，又渴望能夠更獨立的話，一定會喜愛隨著提姆和吉克一起冒險犯難一番。

年紀較大、希望青春期快點過去的青少年讀過《消失》後，可能會重新考慮吧。這個故事發生在一個十五歲以上的人統統莫名其妙遭到消滅的世界，起初大批人突然無故失蹤，倖存的人才發覺許多性命就此離奇中斷了。故事裡十四歲的主人翁山姆在阿拉巴馬州一所學校上課，他親眼目睹老師和他鄰座的喬許在他眼前消失。接著天才艾絲崔得從數學教室衝進來，說教室裡除了她以外，其他人都消失了。大家很快明白十五歲就是年齡上限，一活到這個歲數，你就完蛋了。

一開始這些青少年尚且為突如其來的自由感到興奮——不必上學，沒有規則，沒有大人。可是他們一旦冒險走出學校，看見街頭撞毀的汽車殘骸（都是空車，而且都從車內上鎖），他們這才頓悟自己已經失去了父母，興奮之情不再，更嚴重的是還得照顧稚齡的弟妹，尋找食物，炊煮食物，制止任性的行為。其中一名男孩提名自己為麥當勞的老闆，並且一字一句完全遵循員工手冊生產漢堡與薯條。之後有些青少年漸漸生出特異功能，例如用念頭就能移動重物，用眼睛就能讓東西燃燒起來……更可怕的是，他們似乎被一道隱形的牆限制在小鎮裡。不多久，他們便開始希望時鐘不再滴答響。對於那些認為長大不過就是抓起汽車鑰匙和上酒吧點一杯酒的青少年來說，這個故事提供他們一個清醒思考的機會。

參見 父母討厭你的朋友163、加入幫派170

不想長大
not wanting to **GROW UP**

CB《小飛俠彼得潘》(*Peter Pan*) 詹姆斯・馬修・貝瑞(J. M. Barrie)

如果恰恰相反，你家小朋友顯現出不想長大的跡象，那就介紹他們認識一個同樣不想長大的人。當渾身只穿樹葉的小飛俠彼得潘從育嬰室窗戶飛入達林家的屋子時，他嘴裡還是滿口乳牙——而且兇猛地對達林太太咬著他那編貝似的小牙齒。後來溫蒂得知，彼得是在無意間聽見父母聊起他長大以後打算做什麼，一嚇之下才離家出走。他在「永無島」和「遺失男孩」一起生活，決心從此拒絕長大。

溫蒂和兩個弟弟飛到「永無島」時，他們發現沒有大人的世界有哪些缺失。遺失男孩思念他們的母親，溫蒂於是勉強充當許多遺失男孩的母親，也漸漸了解長大成熟自有其禮讚。多年之後，她自己也成為人母，女兒問她為什麼不再飛了。「因為……人長大以後就忘了怎麼飛了。」她回答：「只有歡樂、天真和冷酷無情的人才飛得起來。」的確，我們長大以後會失落某些東西，但也會得到一些別的東西。你的孩子曾否遇見希望自己沒學過愛與關懷的大人？

給大人的療癒書

PB《阿文的小毯子》(*Owen*) 凱文・漢克斯(Kevin Henkes)

孩子若已過了無憂無慮的嬰兒時期，卻說什麼也不肯放開小寶寶的隨身物品，大人於是陷入兩難。儘管不想拒絕孩子吸吮大拇指／毯子／柔軟的玩具，但又不希望孩子遭人取笑(或到頭來長出難看的暴牙)。小老鼠阿文拒絕跟他毛茸茸的黃色小毯子分開，小毯子一天天變得好髒好髒。一位愛管閒事的鄰居老阿姨終於看不慣了(「你們沒聽說過毛毯小精靈嗎？」她口氣尖銳的責問阿文的父母)。他們開始擔心是否應該做點什麼。幸好阿文對鄰居老阿姨終結小毯子的招數非常內行，所以總是能夠保住他的小毯子。後來阿文他媽想到一個兩全其美的法子，讓即將入學的阿文既能帶著小毯子上學，又不會讓人看了大驚小怪。知道父母站在自己這邊的孩子才會有安全感，想個聰明的折衷辦法，讓規則反而有利於孩子，如此一來，當大人的也高興總算找到孩子未來獨自跨入大千世界時自我安慰的方法。

參見 不肯自己穿衣服135、挑食165、不敢承認有想像朋友199

在沒有書的家裡長大

GROWING up in a house with no books

藥方：充分利用附近的圖書館

你要是認識哪個孩子在沒有書的家裡長大，請介紹他們羅德．達爾的《瑪蒂達》，以及一位親切友善的圖書館員。瑪蒂達是個小天才，她十八個月大就說得出完整的句子，三歲能讀懂報紙（參見：早熟292）。四歲的她開始渴望讀書，可是屋裡唯一的書是《簡單料理食譜》。她父母不懂女兒為啥想讀書，幹麼不像他們一樣歪在沙發上看電視或玩賓果。不過令人開心的是，附近就有一間公立圖書館，以及和藹可親的圖書館員菲爾普絲太太。瑪蒂達四歲三個月大時已如飢似渴的讀完兒童書架上的每一本書，且繼續朝狄更斯、珍．奧斯汀、海明威邁進。有時孩子需要家人以外的良師引導他們閱讀適合的書籍，學校及圖書館都是能夠找到良師的好地方。或者你自己也是良師，不妨利用你身邊的書籍找尋靈感。

倉鼠死了
death of **HAMSTER**

參見 寵物死了 281

想養倉鼠
wanting a **HAMSTER**

參見 想養寵物 283

手眼不協調
lack of **HAND-EYE** co-ordination

參見 笨手笨腳 106

不想洗手
not wanting to wash your **HANDS**

PB《大狗醫生》(*Dr. Dog*) 芭貝・柯爾(Babette Cole)

他們不聽你的，或許會聽狗狗的，尤其是一隻渾身白毛、脖子上掛著聽診器的大狗，牠的主人是不可救藥的甘家人，在畫風滑稽的芭貝．柯爾畫筆之下，表現出面目可憎的模樣。甘家一家大小若是生病，完全是咎由自取。他們往屁股上搔完癢，隨即吸吮大拇指，下雨出門不戴帽子，甚至在自行車棚後面吸菸。大狗醫生不得不中斷一次遠赴巴西的華麗演講行程，急急趕回家照顧牠倒楣的人類朋友，向他們一個個解釋為什麼生病或受到傳染，不管是共用髮刷（參見：頭蝨244），還是沒洗手。帶這本書回家吧，牠肯定舔得你乖乖聽話。

參見 不想洗澡66、挖鼻孔244、不聽話386

受夠了幸福快樂的結局
had enough of **HAPPY EVER AFTER**

藥方：翻轉童話故事

預料中的結局已不再令人滿意。參見下列書單中耳熟能詳的故事，讀一讀其中有什麼好玩又機智的意外轉折。

十本最佳顛覆童話書單

PB《注意，熊來啦！》（*Beware of the Bears!*） 文／Alan Macdonald、圖／Gwyneth Williamson

CB《花衣魔笛手》（*The Pied Piper of Hamelin*） 文／Russell Brand、圖／Chris Riddell

CB《善惡魔法學院》（*The School for Good and Evil*） Soman Chainani

CB《睡美人與紡錘》（*The Sleeper and the Spindle*） 文／尼爾．蓋曼（Neil Gaiman）、圖／Chris Riddell

CB《暗黑格林童話》（*A Tale Dark and Grimm*） Adam Gidwitz

CB《牧鵝姑娘》(*The Goose Girl*) Shannon Hale

CB《聰明的波麗和大野狼》(*Clever Polly and the Stupid Wolf*) 文/凱薩琳．史都(Catherine Storr)、圖/Marjorie-Ann Watts

CB《麵包屑》(*Breadcrumbs*) Anne Ursu

YA《野獸情人》(*Beastly*) 艾力克斯．弗林(Alex Flinn)

YA《美女》(*Beauty*) Robin Mckinley

說話沒人聽
not feeling **HEARD**

CB《虎躍》(*The Tiger Rising*) 凱特．狄卡密歐(Kate DiCamillo)

無論是因為沒人在聽，沒人理解，還是打一開始就說不出心裡的話，覺得沒人聽見自己說話的孩子可能感到挫折、憤怒與孤絕。《虎躍》中的男孩羅伯自從媽媽過世之後，一直把所有的心思與感受埋在心底(參見：親愛的人去世了121)。他父親認為談她沒有任何意義，她死了，任何人都無力回天(參見：家有無法談論感受的父母277)。羅伯在「不哭」和「不想」兩件事方面倒成了專家。在學校飽受欺凌的他腿上長滿又紅又癢的疹子。校長建議羅伯待在家裡等紅疹消了之後再回學校上課，他才感覺如釋重負。他知道疹子永遠不會消退(如同他的感情統統被塞進他腦中想像的手提箱裡，這會兒早已裝得太滿)。但起碼他不再需要面對學校那些惡霸。

然後，他發現老遠的樹林裡面有一頭真正的、活的老虎在籠子裡來回踱步。老虎的祕密似乎為他注入一些力量，幫助他壓住行李箱中的感情，彷彿那頭老虎真的坐在上面。但他沒料到爭強好勝、名字稀奇古怪的轉學生西斯汀竟不由著他悶著心事「不說」。羅伯暫住的汽車旅館的管家威力美一瞧見他的疹子就說：「這個我知道該怎麼治。」他聽了一樣無比驚訝。突然之間，他迫切想要把老虎的事告訴別人——一個真正聽他傾訴、「願意相信老虎」的人。

這個情節緊湊、文字優美的故事每一處描寫都扣人心弦，籠中的老虎也漸漸成為情感需要釋放的強烈象徵。讀到羅伯的父親終於聽見兒子想說的話時，沒有人不感動落淚。覺得沒人聽自己說話的孩子讀過之後，情感或可得到深切的宣洩。

參見 家暴 34、憤怒 48、焦慮 53、無法表達感受 148、挫折 164、寂寞 213、不敢為自己據理力爭 363、卡住了 368、心事無人知 401、過度擔心 418

聽覺障礙
HEARING difficulties

參見 失聰 117

怕高
fear of **HEIGHTS**

《屋頂上的孩子》（*Rooftoppers*） 凱瑟琳・朗黛兒（Katherine Rundell）

害怕從高處往下看的孩童讀過《屋頂上的孩子》之後，將會有個全新的視角。當政府機構判定個性古怪又未婚的查爾斯不再適合擔任十二歲蘇菲的唯一監護人時，兩人決定查明蘇菲的母親是否依然健在。當年瑪麗皇后號遭擊沉沒之後，查爾斯在英吉利海峽發現還是嬰兒的蘇菲躺在大提琴盒裡載沉載浮，於是將她從海中撈起收留，此後便在他那搖搖欲墜、堆滿書籍的倫敦小屋裡把她撫養至今。載著她漂流的大提琴盒上注有巴黎樂器製造商的名號，在她被人帶走之前，他倆遂一起逃往巴黎。

一天夜裡，蘇菲一腳跨出頂樓的窗子，發現自己置身於短租公寓的屋頂，而且認識了一個法國男孩馬提歐，除他以外，還有一群和他一樣逃避政府機構的孩子。這些孩童的策略是住在屋頂上，根本不到底下的路面走動。個兒小、光腳丫、衣服破爛的馬提歐從一個屋頂跳到下個屋頂的動作敏捷得令人驚嘆（平屋頂快步跑過，斜屋頂就得保持平衡，碰到間隙時則如青蛙般一躍而過），蘇菲看得目瞪口呆。過不久，她已尾隨他的腳步；巴黎在底下沉睡時，馬提歐與蘇菲兩人合力尋找她的母親。

馬提歐教蘇菲如何在屋頂上安全移動：如何發現鬆脫、易碎的磚瓦，發出太大噪音的磚瓦可能洩漏他們的行跡。有一回他教她克服恐懼的方法，就是叫她閉上眼睛跳過「豬的身體」那麼寬的空隙。她騰空一跳時想著：「豬的身體到底有多寬？」請你家小朋友讀一讀這個故事，看她有沒有跳到另一邊，帶他們去找一棵好爬的樹（把巴黎的屋頂留到他們第一次拜訪法國的時候）。受到馬提歐的鼓勵之後，他們爬起樹來會更有信心。

參見 害怕 322、想吐 345

假期
HOLIDAYS

參見 暑假 373

在家自學
HOME-SCHOOLING

CB《我的名字叫米娜》（*My Name Is Mina*） 大衛．艾蒙（David Almond）

九歲的米娜在大衛．艾蒙奇妙的《史凱力》一書中初次贏得我們的心，後來作者因她得到靈感，創作出這本以她為主角的前傳，也是一部力推在家自學的作品。米娜對這世界充滿了興趣，媽媽覺得女兒天生的好奇

心和創意在學校裡受到壓抑，於是不再去學校上學。米娜最痛恨人家叫她事先做好故事計畫（本書以她的日記呈現，當然支持她天馬行空式地隨性遊走，稀奇古怪無妨，巧取掠奪也罷）。書中內文以手寫字跡印製，外加她零星的塗塗寫寫，和對她熱愛的一些字詞的想法（「沒道理！超棒的形容詞啊！哇！」還有「根本矛盾！帥！」），及描述她喜愛的非凡活動，如用手指與大拇指彎成一個圓圈，再從圓圈中思量巨大空曠的天空。偶爾她會一再寫同一個字，直到字面完全失去意義為止。她知道以前學校的同學都覺得她是個怪胎，但她毫不在意。「我不在乎他們，我連看也不看他們一眼。他們！呵！呵！什麼也不是！」所以芸芸眾生睡著的時候，獨醒的米娜坐在她的樹上畫她的黑鳥寶寶，一邊納悶天堂到底有多大，裝得下世界形成以來所有活過又死去的人們（其中之一是她的父親），而且她覺得自己一定能夠成就非凡之事。在家自學的孩童，只要和如此異想天開的主角消磨一段時間，就會覺得父母跳脫傳統教育的決定有多麼正確。

參見 覺得與眾不同 127

想家
HOMESICKNESS

PB《小浣熊的魔法親親》（*A Kissing Hand for Chester Raccoon*） 文／奧黛莉．潘恩（Audrey Penn）、圖／Barbara L. Gibson

CB《島王》（*Kensuke's Kingdom*） 麥克．莫波格（Michael Morpurgo）

我們最愛推薦這本《小浣熊的魔法親親》給和大人難分難捨的稚齡幼童。小浣熊奇奇一想到要開始到貓頭鷹的夜校上學就哭，因為他不想離開媽媽。浣熊媽媽保證他上學一定會很開心，又可以交到許多朋友。再說她還想到一個聰明的點子，就算她不在身邊，小浣熊也能感覺到媽媽溫暖的關懷。把這本書介紹給孩子，即使他們長大了，也能借用浣熊媽媽的神奇療法，一張張可愛的圖畫讓人看了更感到安心適意。

不停想家的孩子可能也是因為身邊缺少熟悉的東西——家裡的氣味、聲音和日常大小事。提醒孩子分離只是一時，不過這話就不能拿來安慰令人難忘的《島王》中的麥克了。這個十二歲的男孩和雙親坐帆船環遊世界時，遇大浪不慎落海，沒有人聽見他呼救。接著他只曉得自己和狗兒史特拉躺在沙灘上，此外就是一群吼猴和百萬隻蚊子。

麥克知道自己能活著已屬萬幸，但他也清楚父母的佩姬蘇號此時早已航行遙遠，況且他父母睡醒時根本無從得知他是否還活著。等他發覺原來自己和一位神祕的恩人（只會說幾句英文的日本老先生健介）一起住在島上，害他覺得更寂寞了。此人為麥克留下一日分量的新鮮漁獲、水果與清水，卻明白地說不想跟麥克有任何瓜葛——甚至在沙地上用線畫出兩人各別的領域。飽受想家之苦的麥克幾乎不想活下去。

一天，麥克遭水母螫昏後，人在健介的洞穴裡醒來，無法動彈的他嗅到醋的酸味，一時之間他誤以為已經回到家裡，聞到的味道是以前父親週五總會買回家吃的炸魚薯條。其實這也代表了麥克總算在島上找到一個像樣的家。他的勇氣可以鼓勵思念家人的孩子，振作起精神來開心冒險，同時觀察一下新環境裡的有趣事物，說不定到了必須離開的時候，還會覺得捨不得咧。

參見 寄宿學校 79、覺得親戚很無趣 85

不想寫功課

reluctance to do HOMEWORK

《阿特米斯奇幻歷險》（*Artemis Fowl*） 艾歐因．寇弗（Eoin Colfer）

不愛寫功課的孩子需要一個勤奮、專注的榜樣，他們在《阿特米斯奇幻歷險》中就找得到。十二歲的阿特米斯的父親一年前不幸失蹤，家族的財產也不知去向，於是他給自己一個了不起的使命，就是讀懂古代精靈的語言。阿特米斯相信自己從一個小妖精那兒騙來的精靈之書中，有出名的「精靈黃金」去向的線索，他決意把黃金偷到手，並且找到父親。精靈之書的文字看來有幾分酷似埃及象形文，想要讀懂比登天還難，面對如此幾乎不可能的任務，多數孩子一、兩天就會放棄，不過阿特米斯可不是普通小孩。為了達成這兩個毫無把握的目標，未來的犯罪首腦阿特米斯苦讀好幾個星期的精靈之書，除了最信任的伙伴巴特勒之外，他戒掉電腦遊戲、陽光和所有玩伴。逃避用功的孩童讀過此書後，便能親眼見識到完成目標的創新手段。儘管各種小妖精、魔法、科技與密碼令人頭昏腦脹，也可能暫時讓他們做功課時更不專心，不過這個閱讀經驗會讓他們對用功另有一番體會。

參見 考試141、懶惰209、父母太嚴格273、不想上學325

狂奔亂竄的荷爾蒙
raging **HORMONES**

YA《蚱蜢叢林》（*Grasshopper Jungle*） 安德魯・史密斯（Andrew Smith）

隔著朦朧的荷爾蒙看世界的青少年，會覺得世界看起來有點……嗯，異樣。但他們若是知道自己並不孤單，會覺得放心不少。性方面描寫露骨的《蚱蜢叢林》讀來超現實卻動人，故事說的是十六歲的奧斯汀和朋友羅比發現他們可以把小鎮上的居民統統變成巨大的螳螂，兩人驚愕不已的看著一起長大的同伴褪下人皮，接著一點一點變作貪婪、下顎來回揮舞的昆蟲。

一百八十三公分狀似祈禱中的螳螂只對兩件事感興趣：盡量吃和盡量交配，對此男生當然可以感同身受。故事好玩的地方，在於奧斯汀儘管明白自己與羅比捅出宛如噩夢的大災難，他心心念念的卻是自己最想跟誰做愛——跟他女朋友珊儂還是跟羅比（參見：不確定自己是不是同志171）。渾身睪固酮和雌激素亂竄的青少年，會樂於隨著這個欲望如海嘯般扣人心弦的故事衝上浪頭。想想黑色幽默文學代表馮內果吧，或許再加一點恐怖大師史蒂芬金的況味。

參見 體毛80、體臭82、初吻150、初戀151、失去天真203、失去童貞409、夢遺416

個人衛生
personal **HYGIENE**

參見 體臭82、不想洗手189、身上有異味355

I

裝病
pretending to be **ILL**

參見 說謊222、不想上學325

不敢承認有想像朋友
embarrassed about having an **IMAGINARY FRIEND**

PB《查理和蘿拉系列：看不見的怪物》（*Charlie and Lola: Slightly Invisible*） 蘿倫．柴爾德（Lauren Child）

PB《大點點》（*Dotty*） 文／Erica S. Perl、圖／Julia Denos

想像朋友是真實朋友的完美替身——他們永遠陪在你身邊，絕對配合你的時間表。不過有些孩童不好意思承認自己有個全憑幻想的朋友，只怕自己（或幻想的朋友）遭到取笑（參見：遭到霸凌90）。若能讀到一本認真看待想像朋友的故事，那會非常有幫助。在蘿倫．柴爾德的慧心和巧手之下，蘿拉幻想的朋友索倫．羅林生是個半透明的灰色人影，而且只有她（和讀者）才看得見，讀起來一定滿意極了——如同他特別的瑞典名字，和對蘑菇的強烈反感。他的出現或消失端看蘿拉的心思是否放在別人身上，這點也讓他變得更為完整。他在《看不見的怪物》中之所以特別受歡迎，是因為查理忙著跟他的朋友馬文玩耍，所以不希望蘿拉搗亂或妨礙他們。

想像朋友往往個子很小且戒慎恐懼——但也不盡如此。《大點點》中艾妲的想像朋友就是頭上有兩隻角的大塊頭，渾身紅色點點，還長了一根向上翹起的逗趣尾巴。艾妲第一天上學（參見：轉學生324）就用一條長長的藍線牽著它一起到學校，看見幾個同學也一樣用線牽著想像的朋友時，她覺得好高興。在茱莉亞．丹諾的畫筆之下，一個個幻想的動物顯得生氣勃勃、興高采烈。然而隨著學期一天天過去，其他同學的想像朋友開始一個個消失，春季來臨的某一天，她的朋友卡蒂亞驚見艾妲的口袋裡吊著一根藍線。「她怎麼還在啊？」卡蒂亞愕然問道。為了保護艾妲，大點點得意洋洋走了起來，於是艾妲更加深信，有個想像朋友永遠不嫌年紀太大。這個生動活潑的故事不但人物角色種族多樣，幻想中的動物也是各有不同，孩童讀後肯定受到鼓舞，覺得交個想像朋友也不賴，而且留的比其他小朋友更長久也沒關係呢。

參見　尷尬60、很難交到朋友161、不想長大187、身為獨生子女257

想要掌控
wanting to be **IN CHARGE**

YA《蒼蠅王》（*Lord of the Flies*）　威廉．高汀（William Golding）

許多孩子喜歡追隨一個帶頭的人，有自信的小孩則樂於當那位領導者。可要是當得太過分，堅持任何事都得按自己的意思去做，有人不聽話就發火，領導者就此搖身一變成了獨裁者。在威廉．高汀不凡且永不過時的荒島求生故事《蒼蠅王》中，拉爾夫和傑克兩個男孩現身說法，道出領袖、以及危險專制的暴君之間微妙的差別。

載著一群男學童的飛機在太平洋上空遭擊落，幸運生還的男孩發現他們置身於屬於自己的世外桃源時，真是太興奮了。他們很快就明白需要一個「首領」。十二歲的拉爾夫一頭金髮，長相瀟灑，而且渾身散發出一種沉靜的氣質，在人群中立刻顯得出類拔萃。等到分散四處的男孩全體在叢林中的空地會合時，拉爾夫已經搞定老是犯錯的小豬，每當小豬援引他那不牢靠的阿姨為權威時，他就用一句「去你的阿姨！」輕鬆打發掉。小豬儘管受到羞辱，卻緊緊跟隨在拉爾夫左右，這也讓年紀較小的學童看清誰是強者。當拉爾夫把嘴唇湊上海螺，吹出低沉、刺耳、「穿透廣闊森林」的隆隆聲響，驚起棲在樹梢的鳥兒如雲霧般布滿天空，且讓散在四方的最後一批學童聞聲而至，他的力量徹底顯現出來。

緊跟著出場的是薑黃色頭髮的傑克，他帶領一群學校合唱團的男生列隊走過海灘，他們身穿黑色斗篷，上方有白色褶邊，乍看之下活像是一隻多腳昆蟲。相較於拉爾夫，傑克對團員則是喝令與要求服從。他與拉爾夫立刻形成競爭，且提名自己為首領，因為他在學校就當隊長，而且「唱得出升C音」。大家於是決定投票，除了合唱團的男生之外（團員受到傑克的威嚇，不敢有自己的意見），大家都選擇拉爾夫。

拉爾夫也表現出果決與辯才無礙的領袖特質，同時更是個天生的外交家，他馬上委任傑克擔任合唱團員組成的「狩獵隊」隊長。可是傑克沒那麼容易收服，民主或恐怖軍事統治之戰的舞台於是很快架設起來。盡快給邁入青春期的霸道孩童照照這面鏡子，看看把人民利益時時放在心裡的領導人，相較於強迫每個人乖乖聽話的獨裁者有多麼不同。

參見 自以為了不起83、專橫跋扈86、萬事通小孩206、早熟292、同儕壓力278

想更獨立自主

wanting more **INDEPENDENCE**

參見 迫不及待要長大184

太宅
spending too much time **INDOORS**

《祕密花園》(*The Secret Garden*) 法蘭西絲・霍森・柏內特(Frances Hodgson Burnett)

若說文學作品中有個宅在屋裡太久的男孩,此人想必就是《祕密花園》裡的柯林。他以為自己遺傳到父親的駝背(其實只是受到家中大人共謀的誤導),他從小多半臥病在床,身上總是綁著很不舒服的背支架。十歲的他已長成一個煩躁不安、驕縱蠻橫的小孩,除了生活小圈圈裡的醫生與僕人,和他那遊歷世界、難得回家看他幾眼的父親以外,他誰也不肯見,而且早已認命自己即將早早離開人世,直到堂姊瑪麗搬來和他一起住在約克夏這間大宅。瑪麗的父母罹患霍亂死於印度,而她也跟柯林一樣驕縱倔強。

瑪麗初來乍到時,和他一樣體弱多病,臉龐瘦削且泛黃,她原本不想在寒冬中走入屋外的花園,不過無聊逼得她開始走動。她發現在外面蹦蹦跳跳很開心,也認識了滿臉雀斑的少年迪克森,他白天待在荒原,能夠從鳥叫聲中辨別鳥的種類。最重要的是,瑪麗找到一把大門鑰匙,那扇蔓草覆蓋的大門即通往高牆圍繞的祕密花園。

一天夜裡,啜泣的聲音引導她來到柯林床邊。聽見瑪麗描述美麗花園裡的水仙花與雪花蓮(柯林的母親生下他不久後,不幸死在裡面,從此花園就被封鎖與遺忘了),柯林為之著迷不已。他倆計畫要一起讓花園恢復生機。瑪麗和迪克森清除雜草與栽種玫瑰,柯林最後也加入他們的行列。隨著柯林在花園裡消磨的時間愈來愈多,他蒼白的身軀也漸漸開展。快帶你身邊怕晒太陽的孩子走進這座花園,因為按照迪克森的說法,「天空看起來好高,嗡嗡的蜜蜂和雲雀的歌聲聽著多麼悅耳」。讓祕密花園也在他們身上施展魔法吧。

參見 懶惰 209、不想出門散步 412

失去天真
lose of **INNOCENCE**

CB《記憶傳承人》（*The Giver*） 露薏絲．勞瑞（Lois Lowry）

現代人揮別無邪童年的年紀早得嚇人，然而從進入成年期到完全成熟卻又晚得出奇。這些年來世界變得愈趨複雜，充滿新的樂趣與欣喜，但也不乏許多令人不安與痛苦的現實。令人一讀難忘的《記憶傳承人》即是直搗難題的一部作品，也是孩子成長中的必備良伴。

十一歲的喬納思為即將來臨的「十二歲大慶典」感到緊張，因為他和他這個封閉社區的朋友到時都會知道自己未來將獲派任什麼工作。到目前為止，除了一年前飛過天空的一架不明噴射機之外，喬納思一直沒遇到任何出乎意料或害怕的事。在此沒有色彩、枯燥乏味的世界裡，一切大小事務都鉅細靡遺的受到長老控制，每天過得一樣平靜又規律，人人謹守規定。每個家庭撫養兩個小孩；每個家庭於晚餐後情感交流；任何人違規三次將遭到「解放」（和老人與體重過輕的新生兒一起），解放到一個說得不清不楚的「他方」，也從來沒有人打那兒回來過。

喬納思得知自己獲派為下一任「記憶傳承人」時，他對這份工作毫無概念，只曉得這是莫大的殊榮，而且會帶給他痛苦。他與現任記憶傳承人初次見面時，並沒有理由害怕。當那位老人（現任記憶傳承人）第一次把雙手放在喬納思的背上，傳授「雪的記憶」時，喬納思倒吸一口寒冷的空氣，頭一回體驗到駕乘雪橇衝下山坡的快感。過不久，他眼見色彩繽紛的世界，也了解「愛」的意義。如此豐富的集體記憶卻促成他的早熟（喬納思也很快了解其中緣故）。

內涵深遠且令人難忘的《記憶傳承人》，說的是快樂與痛苦如同銅板的正反兩面，只感受其一而略去其二根本不可能。青少年若是覺得無法承受排山倒海的豐沛感覺，本書就是絕佳的同伴。

參見 青春期38、受夠了幸福快樂的結局190

週末想打工

wanting a saterday **JOB**

賺錢永遠不嫌太早。不過在孩子簽下賣身契之前，不妨建議他們讀讀故事中的就業故事。初嘗掙錢滋味究竟為他們開展一份完美的賺錢大計，還是慘遭殘酷的剝削？

十本最佳打工書單

- PB《灰姑娘》（*Cinderella*） 文／Charles Perrault、圖／Arthur Rackham
- CB《威廉在此》（*Just William*） 文／Richmal Crompton、圖／Chris Riddell
- CB《長頸鹿、小鵜兒和我》（*The Giraffe and the Pelly and Me*） 文／羅德．達爾（Roald Dahl）、圖／昆丁．布雷克（Quentin Blake）
- CB《史密斯》（*Smith*） 文／Leon Garfield、圖／Kenny Mckendry
- CB《無尾巷的一家人》（*The Family from One End Street*） 伊芙．葛涅特（Eve Garnett）
- CB《水孩兒》（*The Water-Babies*） 文／查爾斯．金斯萊（Charles Kingsley）、圖／Jessie Willcox Smith
- CB《逆風飛翔：一個少女勇者的畫像》（*Lyddie*） 凱瑟琳．培德森（Katherine Paterson）
- CB《草地男孩》（*Lawn Boy*） 蓋瑞．柏森（Gary Paulsen）
- CB《貓鼠奇譚》（*Discworld Series: The Amazing Maurice and His Educated Rodents*）[19] 泰瑞．普萊契（Terry Pratchett）

19 你不必把碟形系列（Discworld Series）之前出版的二十七本書統統讀完，一樣能夠愉悅的讀這本書。

《垃圾男孩》(*Trash*) 安迪·穆里根(Andy Mulligan)

參見 缺零用錢288、不得不做家事104、懶惰209、不想上學325

萬事通小孩
being a **KNOW-IT-ALL**

PB《愛打岔的小雞》(*Interrupting Chicken*) 大衛・艾哲拉・史坦(David Ezra Stein)

CB《我們叫它粉靈豆》(*Frindle*) 文/安德魯・克萊門斯(Andrew Clements)、圖/布萊恩・塞茲尼克(Brian Selznick)

萬事通小孩忍不住一有機會就炫耀自己剛剛學到的知識——或許也是因為他們不久以前才對一切事物毫無所知吧。只要給孩子讀過《愛打岔的小雞》,他們就能清楚了解這個習慣多麼惹人生氣。小紅雞的爸爸想給兒子讀個睡前故事,可是他「很久很久以前」還沒念完,小紅雞用一句牛頭不對馬嘴的話,就把故事大意講完了。聰明的作家兼插畫家大衛・艾哲拉・史坦讓爸爸讀的是一本童話故事集,所以我們也都熟悉故事的情節,但我們仍想聽完故事。因此當爸爸感到徹底絕望之際,我們也頗有同感。從生動的淡彩插圖中,我們看見小紅雞一蹦跳進了(是真的跳進去了)他最愛的童話故事裡,本書是效果高超的工具,一定可以讓家裡的小嘴乖乖閉上。

當然,教室為萬事通小孩提供一個盡情表現的理想劇場,既有當作智取對象的老師,也有見證鬥智過程的群眾。《我們叫它粉靈豆》中十一歲的尼克・艾倫在同學中相當出名,因為他總是在下課前三分鐘拋出一個讓老師慌亂又困惑的問題,巧妙占去交代回家作業的時間(參見:不想寫功課 196)。他也想把這招用在新來的葛蘭潔老師身上,而且她對字典的狂熱名聲響亮無比。「這些字都是從哪裡來的？」他問。不過葛蘭潔老師的腦筋動得比他更快。「你何不自己去查個清楚？」她反問道，規定他當晚多做一份家庭作業。

尼克也照吩咐做了，次日他花了四十分鐘說明字的來龍去脈，字典如何使用，第一部字典是誰編寫的（一七七五年英國的約翰遜博士），及「take」一字有多少不同用法（一百一十三種）。葛蘭潔老師很高興，直到尼克故意繼續大聲朗讀字典中一段非常冗長又乏味的序文，師生之戰於是從此開始。

尼克的高招是發明「粉靈豆」這個名詞（它就是「筆」的意思），並且讓它廣為流傳，他先在學校的福利社說要買個粉靈豆，接著再慫恿學校每個同學照說不誤。不久，這個名詞便成為廣大社區的日常用語，也因此造成改變一生的意外結果。這個發人深思、頌揚文字的故事（加上布萊恩．塞茲尼克漂亮的鉛筆插畫）會讓世界各地的萬事通小朋友咯咯笑個不停。不過故事的最後卻帶了些警告意味。下回你家的萬事通小孩以為自己知道答案的時候，可別哇啦哇啦大聲說出來，或許還是把它寫下來比較好——可別用筆，要用粉靈豆喔。

參見 自以為了不起83、專橫跋扈86、想要掌控200、早熟292、同儕壓力278

不得不學另一種語言
having to learn another **LANGUAGE**

PB《希特勒偷走我的粉紅兔》(*When Hitler Stole Pink Rabbit*) 朱迪絲・克爾(Judith Kerr)

管它是法語、西班牙語、華語,還是因紐特語,不得不學一種新語言難免令人望而生畏。其實兒童大多都是天生的語言學家,只要沉浸其中,通常都能在耳濡目染之下學會新的語言,而且學得比大人更快。《希特勒偷走我的粉紅兔》這本書最適合介紹給即將搬家到外國的兒童,他們讀了就知道初學另一種語言或許不簡單,但會比他們想像中更快也更容易說得流利。

九歲安娜的人生即將改變。那是一九三八年,柏林的大街小巷處處張貼著希特勒的海報。安娜的父親是個敢於批評的猶太知識分子,他著作的反納粹書籍遭公開焚毀,這時他明白家人的安全已愈來愈受到威脅,於是著手安排家人逃命。來到巴黎之後,安娜和哥哥麥可努力適應(參見:轉學生 324)。原本懶惰的麥可奮發向上,在數學和足球方面盡量跟上同學,而過去只需稍微用功成績就名列前茅的安娜則變得愈來愈退縮。她得先把想法從德語翻譯成法語,然後再說給老師聽,實在太累人了!聽寫課本上,幾乎每一個字底下都畫了紅線,她感到絕望,覺得自己的法語永遠好不到足以交朋友的程度。她在練習本上胡亂塗鴉,認定自己就是那種語言天分「欠佳」的人。

可是有一天,她已在巴黎住了一年,一切為之改觀。她和朋友柯蕾特一起走向學校時，柯蕾特問，「這星期天你做了什麼？」她想也沒想就聽見自己直接以法語回答，沒有先把問題譯成德語，用德語默默回答後，再譯成法語說出來。之後她又這麼做了一次（然後再一次），整天都是如此。從此以後，她好比突然發現自己會飛一樣，原本病懨懨的臉色也因為開心而變得容光煥發。

學會說另一種語言通常需要兩個條件：沉浸其中，以及相信自己做得到。這個故事可以鼓勵你家躊躇不決的語言學家堅持下去。有一天他們就會聽見自己不知不覺把外語說得和母語一樣流利。

參見 缺乏自信 107、覺得與眾不同 127、覺得沒有朋友 159、總是想要放棄 174、覺得一無是處 180、搬家 232

懶惰
LAZINESS

PB《太陽的禮物》（*Gift of the Sun*） 文／Dianne Stewart、圖 Jude Daly

孩子在學校用功或運動一天，回家後若是懶洋洋閒晃一下無妨。可是如果孩子既沒有拚命地玩耍或冒險，也沒有幫忙做家事，卻依然幹啥都不起勁，搞不好就需要讀一讀療癒的故事書了。《太陽的禮物》這個南非的民間故事描繪的就是付出些許努力的價值。

蘇拉尼最愛在太陽底下消磨一整天。他唯一的工作就是給乳牛擠奶，但哪怕是區區這個，他也覺得工作太多了，於是決定賣掉乳牛，改買一頭山羊。山羊把他太太撒在土裡的種子統統吃掉之後，他又換了一隻綿羊。綿羊剃毛太麻煩，蘇拉尼再換回三隻鵝。這時蘇拉尼的太太（對了，她一直忙著種莊稼、收成、烹調食物，照看他們的生活家計）說他們需要種子，明年才會有收成，蘇拉尼終於抬起屁股，拿三隻鵝換了些種子，而且親自把種子種在土裡。

那些種子長成壯觀美麗的向日葵，接著長出更多種子，蘇拉尼拿去餵母雞，母雞愈生愈多，蘇拉尼拿小雞交換更多牲畜。不久他開始忙著賣牲畜，甚至給乳牛擠奶，這時他才感到一種全新的快樂。「擠牛奶的時候，我總想著最開心的事。」蘇拉尼說，他和太太笑得開懷，彷彿從來沒受到任何創傷。撒在前後扉頁空白書頁上的種子，象徵只要我們努力，任何事都可能成功——親自動手做，也會從工作中得到快樂（請立刻參閱：不得不做家事104）。

給大人的療癒書

PB《田鼠阿佛》（*Frederick*） 李歐・李奧尼（Leo Lionni）

不過也得留意看似懶骨頭的小孩，其實可能是在照顧另類的種子。小田鼠阿佛在作者李奧尼招牌的拼貼畫中活了過來，在其他小田鼠眼中，阿佛好像總是無所事事，不肯幹活。大家為了過冬忙著蒐集玉米、堅果、麥粒和乾草時，阿佛只是坐在那裡享受溫暖的陽光，欣賞美麗的風景，莫怪大夥惱怒不已。可是當嚴冬來臨，儲備糧食吃光殆盡的時候，大家拚命擠在一起取暖，此時阿佛喚起溫暖人心的夏日美景，以及對春天的氣味與繽紛色彩的幻想。責備你家逃避工作的孩子之前請三思，他們搞不好是未來的詩人。

參見 人家說你愛做夢116、不想寫功課196、太宅202、不想出門散步412

想當領導人
wanting to be the **LEADER**

參見 想要掌控200

揮別朋友
LEAVING frineds behind

參見 搬家232

落單
being **LEFT OUT**

參見 很難交到朋友161、不敢為自己據理力爭363

罹患重病
LIFE-THREATING ILLNESS

PB《吉姆的獅子》（*Jim's Lion*） 文／羅素・何本（Russell Hoban）、圖／Alexis Deacon

面對危及性命的重病或危險手術的孩童需要一本非常特別的書——提供他們能夠緊緊抓住的強壯意志，及終究會平安度過的願景，《吉姆的獅子》這本探討療癒心理的傑出作品，就是以文字與生動如幻覺的插圖說出一個這樣的故事。

故事一開始即富含隱喻意味，除了一連串令人難忘的夢境之外，吉姆的病床被一頭獅子一口吞下，他變成一堆拼圖碎片。吉姆醒來之後，我們發現他即將動個大手術，很怕自己會永遠迷失在噩夢中（參見：噩夢242）。雖然書中一直沒有明說他身患什麼重病，我們清楚得了這種病的人並非個個都能復原。

在吉姆最迫切需要的時刻，有個親切又實際的護士在他身邊。巴米護士說他必須找到自己的「發現者」。為了找到發現者，他必須在腦中想像一個記憶中心情很愉快的地方。他在那裡才找得到發現者，而且萬一他需要被找到的時候，發現者才找得著他。吉姆覺得特別的地方是他曾經和父母去過的海邊。他在想像中第二次「造訪」海灘時，一頭獅子從海浪中出現，和醫院中攻擊他病床的那頭獅子一樣兇猛、強壯又嚇人。我們和他一樣驚訝與感動。身邊有個這樣的猛獸多棒！

到了吉姆動手術的時候，插圖代替了文字——眼看一個鮮血顏色的無形怪獸和他的發現者決鬥，我們便明白吉姆多麼接近死亡。強壯的獅子終於戰勝，但也經過一場苦鬥。故事結束時，吉姆在聖誕節清早下樓來和父母打招呼，真是給他們的「最棒的禮物」。

這是一本寓意深遠、直接和潛意識（恐懼隱藏的地方，以強烈的原型意象顯示與侵入夢境）對話的書，也是必須親子共讀與共同討論的一本書。你家孩子覺得什麼地方最棒？他們的「發現者」會以什麼樣貌出現？

參見 生命是怎麼回事？33、臥病在床 69、怕死 118、無法表達感受 148、懷疑有沒有神 178、悲傷 320、害怕 322

熄燈時刻仍然不肯闔上書本

refusing to stop reading when it's time for **LIGHTS OUT**

藥方：有技巧的討論故事

若沒有偶爾躲在被子裡看書的時刻（一手握手電筒，一手拿書，腦袋頂著被子），童年就說不上完整。老實說，我們還真不想剝奪孩童這種偷偷熬夜的樂趣。但如果家長把睡眠看得比故事來得重要，不如問些故事裡的問題，把孩子從故事裡拉出來。故事人物是否身處危險邊緣？猜猜接下來會發生什麼事？他們最希望自己是其中哪一個角色？倘若作者此刻坐在孩子的床頭，他們會請教他／她什麼問題？

要是家長問了這些企圖把孩子從書中引開的問題，孩子的眼睛依然盯著書本不放，那麼他們顯然牢牢受到這本書的控制，那就不得不使出雙方心照不宣的策略。離開之前，為孩子留一支明亮的手電筒吧。

寂寞
LONELINESS

📖《黑暗元素首部曲：黃金羅盤》（*Northern Lights*） 菲力普．普曼（Philip Pullman）

你若覺得有個你認識的小朋友挺寂寞的，不妨拿本《黃金羅盤》給他們讀一讀（《黑暗元素三部曲》的第一本）。背景設於另一個時空，其中一名十二歲女孩萊拉發現兒童一個個失蹤，於是動身前往遙遠的北地尋人，本書不僅會完全吸住他們的目光，也讓他們認識個人專屬「守護精靈」的概念。

守護精靈是與你終生相伴的一個動物靈魂，是你的另一半，沒有它你就不夠完整。守護精靈不能離開它所守護的人，人與其專屬的守護精靈分開時只能相隔一段距離，否則雙方都會開始感到痛苦。精靈會說話，而且往往說的是主人試圖聽而不聞的話。隨著孩童漸漸長大，精靈也會多次變身（一點一點從蝴蝶變成狗，變成貓頭鷹，變成老鼠等等），唯獨等到孩童進入青春期，精靈才成為最後固定不變的模樣。精靈是真真實實摸得到的，可以抱在懷裡，一起玩耍，隱藏起來。最神奇的可能莫過於精靈能感覺到主人的痛楚，正如人類感到疼痛一樣。因此，當萊拉的守護精靈潘拉蒙（雖想繼續變身，卻漸漸成為一隻固定不變的松貂）遇見考爾特夫人（有權有勢的女人，不知為何總想把萊拉帶進她家裡）的金絲猴時，那隻猴子跳到潘拉蒙的身上，痛得萊拉弓起身子。

為了尋找失蹤兒童的去向，萊拉展開北地的危險旅程，她遇見的每個精靈，都讓我們更清楚他們歸屬哪個主人。李．史柯比（坐熱氣球的探險家）的精靈是一隻名叫赫斯特的長耳野兔，生氣勃勃、溫文爾雅的氣質一如史柯比。夢想早已超越整個星球的艾塞列公爵有權力又有野心，他的精靈則是一隻雄偉美麗的雪豹。我們也遇見許多人的守護精靈，有蛇、老鼠、蜥蜴，以及從海鳥到紅隼等各種鳥類。每個人的潛在威脅是「分割」，也就是主人被迫切除守護精靈——這是比死還慘的命運。趁你家孩子閱讀這本書的時候，不妨問問他們的守護精靈會是什麼。若能擁有一個守護精靈，你將永不孤單，你的力量也會愈來愈強大。

參見 覺得與眾不同127、很難交到朋友161、身為獨生子女257、轉學生324

獨來獨往
being a **LONER**

PB《萬能的刺蝟》(*The Very Helpful Hedgehog*) 蘿西·衛斯理 (Rosie Wellesley)

獨來獨往沒什麼不對。不過太喜歡獨處的兒童可能不了解朋友的好處，尤其是需要有人出手幫忙的時候。本書可以讓你把這點說到孩子的心坎上。

小刺蝟以撒蜷曲在秋天的葉子裡面做著自己的事，忽然一顆蘋果掉在他的背上，然後插在他的刺上。他身子一滾，磨蹭著籬笆，為了甩掉蘋果，他幾乎把身體捲成一個結。當他絕望的以為自己永遠也無法自由走動時，一頭驢子正好走過，看見滾進牧場的東西，高興的把香甜的蘋果一口一口吃光了。起初以撒完全沒理會那頭驢子，繼續過他的孤單日子。可是又見一顆蘋果掉落身邊時，他漸漸生出一個想法。倘若他和驢子願意互相照應而非只顧自己死活的話，他倆便能一起過著更美滿的生活。

給大人的療癒書

CB《山居歲月》(*My Side of the Mountain*) 珍·克雷賀德·喬治 (Jean Craighead George)

總是避免與他人接觸，甚且拒絕真誠又親切的友誼，可能意味著大有問題了；倘若你身邊有如此獨來獨往的人，除了上學、進食和上廁所之外，不踏出房間一步，我們建議求助於專業人員。但有時正如《山居歲月》中的主人翁一樣，寧可獨處的小朋友不過是一種吃苦耐勞的個性特徵，需要慢慢引導，而非對抗。山姆討厭他在紐約和父母及七個兄弟姊妹同住的狹小公寓。十二歲那年，他向家人宣布離家計畫，父母知道勸阻也枉然。靠著博覽當地圖書館的相關書籍，他學到荒野求生之道，於是在一個五月天，他帶著一把小刀、一捆繩索、一把斧頭、生火的打火石和鋼片，獨自前往紐約州的卡茲奇山。

餐風露宿的頭一夜是場災難，但他學得很快，九月未到，他已在一株鐵杉樹裡打造一個舒適的小窩，日子過得逍遙極了。他炊煮魚、洋蔥湯和橡實鬆餅當三餐，黃鼠狼拜倫、浣熊傑西是他的朋友，最重要的是經他訓練幫忙狩獵的獵鷹「怕怕」。讀著他和三個動物朋友的詼諧對話令人開心，看著山姆從傲慢的小孩轉變為真正成熟、獨立的年輕人，我們知道他逃家的天性發揮了不錯的結果。

不過最終讓我們對山姆充滿信心的是，他其實仍然需要與人相處。他與一位迷路的教師成為朋友，他管他叫「班多」，那教師則稱他為「梭羅」。對山姆難以忘懷的班多曾回來和他一起過聖誕節，山姆的父親也出現過。我們從這些短暫的時刻得知山姆絕非反社會分子；他只是樂於與動物及大自然為伍，與人相處也無妨。獨來獨往不代表哪裡有缺陷，也不意味你一定過得很寂寞。

參見 生命是怎麼回事？33、想要獨處46、憂鬱症124、太宅202、懶惰209、眼睛黏著螢幕328

總是丟三落四

tendency to LOSE THINGS

CB《借物少女艾莉緹》（*The Borrowers*） 瑪麗．諾頓（Mary Norton）

常常弄丟重要東西（如家庭作業，或是年幼的弟妹）的孩子或許是另有某種截然不同的毛病，丟三落四只是不幸的副作用罷了（參見：人家說你愛做夢116、不想寫功課196、不得不照顧年幼弟妹341）。倘若不知去向的僅是些小東西（背包、削鉛筆機、家裡的鑰匙），讓他們讀一讀《借物少女艾莉緹》好處多多。

帕德和妻子侯蜜莉及女兒艾莉緹住在一棟鄉間大宅的地板底下，每夜他都會跑出來「借東西」：用推車把許多小物載到「地板下」的家裡再利用。郵票變成掛在牆上的維多利亞女王肖像，丟掉的信件成為條紋壁紙，一只打開的珠寶盒充當艾莉緹的床，一枚騎士西洋棋子變成馬頭雕像（可以想見借走這枚棋子之後，給地板上的人「造成多少不便」）。遺失東西實在惱人——但想像東西要是給小矮人借走會怎麼使用，孩子一定會很高興把東西搞丟了。

參見 挫折164、遺失心愛的玩具390

輸不起
being a bad **LOSER**

PB《輸不起的莎莉》（*Sally Sore Loser*） 文／Frank J. Sileo、圖／Cary Pillo

PB《小公主系列：我想要贏！》（*Little Princess: I Want to Win!*） 東尼·羅斯（Tony Ross）

CB《007前傳：銀鰭》（*Silver Fin*） Charlie Higson

沒有人喜歡和輸不起的人一起玩遊戲。倘若你家孩子也有這個傾向，一定要讀《輸不起的莎莉》，趁早讓孩子學習如何面對輸贏。故事主人翁莎莉是個每當事情不如意就大發脾氣的小女孩，最後幫她改掉這個毛病的是她的朋友，她們微妙的讓她體會到玩耍是為了開心，不是為了贏。在家必贏不輸的孩子（拜過度溺愛、故意裝輸的父母之賜），一旦玩輸即大感

MATCHE

詫異，請這些太習慣要贏的孩童讀讀看《我想要贏！》。哪怕是貴為小公主，也得給人家贏的機會。

除了少年版的007詹姆斯．龐德，還有誰更適合教導年紀稍長的孩子像樣的英國作風呢？在《銀鰭》中，我們見到第一年就讀伊頓學院的詹姆斯，十二歲的他剛剛喪失父母，和其他第一天入學的新生一樣感到忐忑不安。想不到他為賀柏盃（名字取自老賀柏，他總渴望在英國菁英機構留下自己的戳記）接受訓練時，幾乎立刻與喬治．賀柏（美國軍火商的兒子）成為競爭者。當時詹姆斯尚未練就一身絕技（社交、運動或間諜），當小賀柏在校園裡四處追趕詹姆斯，想把他浸入冰冷的海水，滿足自己殘酷成性的快感時，詹姆斯才了解對手是何種人物。賀柏泳技高超，射擊技巧也是全校第一，但若論及長程賽跑，詹姆斯更勝一籌。如果公平競爭，他知道自己可以擊敗賀柏。

難就難在這裡。為了贏得比賽，賀柏不擇手段，包括作弊在內，詹姆斯則全然不屑任何有欠紳士的行為，更不願玷汙自己的良心和名譽。等兩人的對決轉移陣地到蘇格蘭，且變得跟詹姆斯即將繼承的奧士頓．馬丁豪華跑車一樣敏捷快速時，賀柏家族及優化小賀柏整體表現的血清仍然不敵詹姆斯高人一等的道德操守。希格森筆下這位少年英雄不但忠於007作者伊恩．佛萊明原著的精神，也足以擔當孩童的良師，甚至絲毫看不到龐德愛用的欺瞞詐騙招數（這會兒還看不到）。

參見 不公平143、想博得讚美291、生悶氣372

覺得像個輸家

feeling like a **LOSER**

CB《塗鴉男孩》（*Scribbleboy*） 文／Philip Ridley、圖／Chris Riddell

YA《狂牛》（*Going Bovine*） 黎芭．布瑞（Libba Bray）

身處崇尚成功的文化，很容易感覺像個輸家——一旦孩子開始責怪自己缺乏成就，那就很可能預言成真。《塗鴉男孩》中年輕的貝利有充分的理由覺得自己像個遜咖。打從媽媽拋家棄子以來（整整六十四天十小時又二十二分鐘之前），一切逐漸走下坡。他和哥哥蒙地與爸爸史基普遷入的國宅是一片無情的灰色：灰色水泥牆壁，灰色水泥小路。史基普自以為住在戰區，他以「騎兵二」稱呼貝利，哪怕是放假的日子，照樣叫兒子穿上學校的制服；蒙地也擱置了讀大學的雄心壯志，在一家披薩店打工。這時貝利接到一封神祕信件，力促他加入「塗鴉男孩粉絲社團」。過不久，他偶然看見一面塗鴉的牆壁，色彩之濃烈害他失去知覺，之後一切才漸有起色。他雖有所不知，但這是他發現自己其實絕非輸家的開始，他是連結「塗鴉男孩」非常重要的一環。

他很快就常常和蒂芬妮一起晃蕩，她會根據本日心情告訴你該吃什麼口味的冰淇淋（好個隨心隨性的另類療癒從業人員）；奇基的輪椅上不了樓梯時，也需要貝利幫忙推一把（參見：面對身心障礙131）；馬搖滾堅持有問題的時候，跳布吉舞就是了；還有出色的李維和他那些在月光下跳舞的朋友——貝利的生活變得充滿色彩、音樂與舞蹈。我們眼看他慢慢找出塗鴉男孩的真正身分（或者是否可能是個塗鴉女孩？），任何自覺黯淡無光的孩子都會從中得到鼓舞，開始閃耀內在的光輝。

超現實的《狂牛》中，十六歲的主人翁卡麥隆是個相當典型的青少年，除了態度很差，又在廁所偷吸大麻之外，他認為用功讀書就是買一本「考前大猜題」罷了。他那「主修完美」的雙胞妹妹潔娜似乎讓他更顯得不堪，父母也幾乎放棄他了（也許彼此互相放棄），家人之間的溝通都靠黏在冰箱上的字條。

之後他不慎弄翻一托盤飲料，慘遭打工的漢堡快餐店開除，起初的感覺像是他又多了一項敗績，連工作也保不住。緊跟著他因為行為不檢遭留校查看，爸媽於是送他去看藥物顧問兼治療師。可是等他們發現他痛得在地上打滾，無法控制抽搐的四肢時，便趕緊送他到醫院做電腦斷層掃描。診斷結果震驚了每一個人：庫賈氏症（或稱狂牛症），正慢慢把卡麥隆的頭腦變成海綿。

接下來是青少年小說中最超現實的一次公路旅行，原來卡麥隆受到一位粉紅頭髮名叫朵西的龐克搖滾天使鼓勵（可能是或不是出自幻覺），於是出發去找個名叫X大夫的醫生，他是蟲洞與「黑暗物質」的專家（此人可能知道或不知道如何治癒他）。無論事情是否真的發生了，或只是他「海綿腦子虛構出來」的幻覺，讀者也只能邊讀邊猜。不過卡麥隆漸漸明瞭一件重要的事：無論你剩下多少時日，人生是你創造的。對於在故事一開頭的卡麥隆身上認出自己的那些散漫青少年來說，本書是極好的起床號。

參見 總是想要放棄 174、覺得一無是處 180、需要好榜樣 315、諸事不順 421

失去好朋友
LOSING a best friend

參見 與最好的朋友鬧翻 73

迷路
being **LOST**

PB《莎莎摘漿果》（*Blueberries for Sal*） 羅勃．麥羅斯基（Robert McCloskey）
CB《大逃亡》（*The Silver Sword*） 伊安．塞拉利爾（Ian Serraillier）

孩童可能遭遇的種種不幸，迷路絕對是最令人提心吊膽的一種，而且對孩子和必須尋回孩子的父母來說都是一大創傷。《莎莎摘漿果》有另一代的氛圍，緩慢的步調，注重細節的美麗插圖，想必能給讀者留下深刻持久的印象——震撼力不多不少，恰恰足以讓讀者採取有效的防範措施。不妨利用本書督促小朋友絕不可以擅自走出家人的視線。

小莎莎和媽媽一起出門摘漿果，她愈走愈遠，不覺已經走到山丘的另一邊，這裡有一位熊媽媽也必須餵飽小熊，準備過冬。小莎莎誤以為熊媽媽吸鼻子和樹枝折斷的聲音是自己媽媽發出來的，所以不假思索就跟著那頭熊走，巧的是另一邊的小熊也犯了同樣的錯誤。首先察覺的是兩位媽媽。沒有出什麼真正嚇人的事，但光是知道小莎莎差點碰到的危險，已經讓小朋友和大朋友一樣心驚膽戰。最後兩位媽媽和孩子終於重聚，代表這個故事也可在走失（與尋回）之後用來鎮定人心。

在家附近走失是一回事——在國家陷入混亂之際與家人失散則又截然不同，《大逃亡》中三位兄弟姊妹就發生這種慘事。當納粹帶走他們的父親貝約瑟時，母親瑪麗也同時遭到逮捕，丟下十三歲的露絲、十一歲的艾迪和三歲的朗妮與一群骯髒、飢餓的「失散兒童」為伍，大家都是在戰火摧殘之下的華沙與父母離散的兒童。不得不獨立生活的他們暫住在一棟炸毀建築物的地下室，足智多謀的露絲在那兒經營一間臨時學校。夏天一到，這個小家庭便搬到華沙市郊的樹林，那兒找得到更多食物。可是等到艾迪也遭逮捕之後，露絲與朗妮決定逃往瑞士——戰前父親曾叮嚀她們，倘若失散的話，就一定要去瑞士。

途中，乖僻但忠誠的失散兒童伊安加入她們的行列，他隨身攜帶一把小小的銀劍，那是他從貝約瑟家的瓦礫堆中撿到的。那把銀劍代表他們深信父母依然活著，而且在另一頭等著他們。預先安排重聚的地點是個很棒的計畫（不管是在當地還是世界上任何角落），有孩子要撫養的大人不妨借用這個概念。不過故事中真正啟發人心的，卻是富於機智的孩童。他們不但找到實際有效的存活之道（偷帶食物，說服一名俄國士兵給他們可以長途跋涉的鞋子），他們也從未因驚慌失措而壞事。當然，悲哀的是並非所有失散的兒童都能找到親人，貝約瑟家三個小孩在路途中多次交到好運，也遇到不少好心人。不過萬一孩子真的迷路的話，鼓勵他們保持冷靜，勢必可以提高他們找到回家之路的機會。

參見 總是想要放棄 174、害怕 322

說謊
LYING

PB《謊話飛走了》(*Doug-Dennis and the Flyaway Fib*) Darren Farrell

CB《謊言》(*The Fib*) George Layton

YA《謊言樹》(*The Lie Tree*) 法蘭西絲・哈汀吉(Frances Hardinge)

孩子摸不清說謊和假裝之間的差別。為什麼說謊不應該，假裝卻很棒？能把兩者之間的差異解釋得最為清楚的繪本莫過於《謊話飛走了》，故事中的兩個要好朋友綿羊道格和大象巴比結伴去看馬戲團表演。他們盯著空中飛人正看得入神，道格問也沒問便把巴比整盒爆米花吃得一粒不剩，謊稱是「怪物」吃掉的。突然他開始飄上空中。隨著他對爆米花失蹤的解釋愈趨離奇，他的謊言也像熱氣球般讓他愈飄愈高。最後他總算明白回到地上(及馬戲團)的唯一方法，就是用真相戳破謊言的泡泡。本書插圖蘊含強而有力的視覺隱喻，讀者從中學到了難忘的一課。

年紀大些的孩童能夠從精采的短篇故事《謊言》中看到，一開始彷彿無傷大雅的謊言，卻可能愈滾愈大，難以收拾。故事背景設於五〇年代的英國，年輕的戈登一早醒來就感到心情沉重：今天是他害怕的練足球的日子。不僅是他總被派去守門，也因為不得不穿上叔叔鬆垮的舊球衣，害他慘遭隊員(尤其是巴拉克勞)訕笑。可是忽然靈機一動的他對每個人說，他叔叔的舊球衣曾經穿在偉大的英國足球國腳博比・查爾頓身上。

當然，戈登的謊話也像綿羊道格一樣長了翅膀，而且他被拆穿的方式也令人滿意地超乎想像(拆穿他的正是博比・查爾頓本人)。算他走運的是，查爾頓十分了解在其他男生面前丟臉的痛苦，然而讀者仍從中學到了教訓。

讀者從《謊言樹》的故事中將可學到更為刻骨銘心的一課。費絲自小的夢想就是步父親(一位頗受尊崇的自然科學家)的後塵。無奈生在人們以為女性不如男性聰明的時代(參見：需要好榜樣 315)，她不時受到阻撓。費絲和家人從肯特郡搬到蘇格蘭一個偏僻的島上時，父親的科學家同僚對待她的方式愈發使她感到氣憤難耐；等到她那沉默寡言的父親不明不白的橫死時，能幹的她決定接掌一切。父親曾在最近一次考察中帶回一種植物樣本，一種奇特的樹，她後來發現它只要聽見謊言，就會茂盛生長——而她父親一直在餵養它。樹的主人不僅需要對它撒謊，還得把謊言散布於整個社區。謊話愈是深植人心，樹愈是長得欣欣向榮，最後將結出果實。撒謊的人吃下果實之後，和原本謊言有關的真相也將隨之揭露。

費絲決定利用這棵樹揭發殺死父親的凶手——但這麼一來，她就必須用謊言餵養它。沒想到她還挺擅長說謊的，於是她只挑家中適當的僕人洩漏適當的消息。不久，大家都相信她父親的鬼魂在島上四處出沒，其中一名僕人甚至怕得夜裡非在教堂裡才睡得著覺。那棵樹愈趨茁壯的同時，費絲也開始懷疑自己的計畫是否明智。青少年讀者讀到令人震撼且心痛的結局之後，下回想編造謊言之前，應該會三思片刻。

參見 遭到責怪78、萬事通小孩206、調皮搗蛋240、受罰299

不再相信魔法
loss of belief in **MAGIC**

CB《最後的幻獸》(*The Last of the Really Great Whangdoodles*) 茱麗・安德魯絲(Julie Andrews Edwards)

YA《薇姬・貝特》(*Weetzie Bat*) 法蘭契絲卡・莉亞・布洛克(Francesca Lia Block)

孩子到一定年齡，就會開始懷疑幼兒時期信以為真的魔法。天真無邪、易受矇騙的童年走到盡頭，不免感到有些黯然神傷，而且不只孩子有此感覺。縱使人類在科技上進步神速，現今憤世嫉俗的時代已喪失許多彌足珍貴的東西，說到這個，有誰能比曾扮演瑪麗・包萍、手拿一把雨傘從天而降的茱麗・安德魯絲更有說服力呢？

在《最後的幻獸》中，班、湯姆和琳蒂三兄妹遇見眼睛閃亮、戴紫黃點點圍巾的瘋狂教授時，並不曉得他就是剛剛獲頒諾貝爾獎的著名複製學科學家賽文教授。不過他非凡的科學本領確實為他的建議增加不少分量，於是三兄妹跟隨他來到幻獸的世界，見到了最後的幻獸。這種睿智的生物幾乎已滅絕（模樣有點像麋鹿，但是有角），因為再也沒有人相信他們存在，就像獨角獸和駿鷹（一種西方神話中的生物）。不過其實還剩下最後一位——只要經過適當的心智訓練，人類仍有希望來到魔法世界，一睹他的廬山真面目。

為了抵達幻獸的世界，三個孩子學習以全新的方式運用五感知覺——不光是看見草就以為它是綠的，而是趴在地上仔仔細細的看。在螞蟻或一隻蟲的眼裡，大地看起來是什麼樣子？教授說：「一團泥土好像山丘，一根根草有如森林，」他再問：「難道不是全新的野地？」他們一到怪物世界，真的就像找到全新的野地——一個生動活潑、多采多姿的野地，五顏六色的神奇動物走動其間，有的面容比較慈祥。哪怕是最多疑的小朋友（他的長輩就更不用說了）讀後就會明白，若是能夠重新訓練自己的五感知覺，相信生活也會更加精采。

背景設於八〇年代美國加州的《薇姬・貝特》系列五本小說把荒誕不經的妄想和日常事物巧妙混搭在一起，外加一點魔法。薇姬是個瘦削骨感的女孩，頂著「金色小平頭」，臉上戴一副粉色太陽眼鏡，塗糖霜似的眼影，痛恨高中和學校裡的每一個人，因為「好像沒有人是活著的」。後來她認識了墨黑色頭髮、莫霍克髮型的德克和他的五五年龐蒂亞克紅色汽車，兩人一見如故，形影不離。原來德克是男同志，兩人於是結伴尋覓男友——或者按照德克的說法，一同去「獵鴨」。

德克的祖母菲菲感覺薇姬在傷心的時候，送她一個需要磨亮的銅製古董甕，沒想到摩擦一會兒，甕裡冒出一陣煙霧，一個戴了纏頭巾的身影出現了……精靈答應了薇姬幾個願望，願望實現時完全按字面的意思，卻意義深遠，如德克得到一位名叫達克（Duck，亦即鴨子）的男朋友，薇姬的男朋友就叫做「我的祕密情報員愛人」，完全按照他們的要求，一字不差，這是滑稽突梯故事中好玩的地方。生活的現實也隨時湧現：愛滋病迫使德克離開，生怕自己愛得太多，我的祕密情報員愛人不肯和薇姬生小孩，因為世界有太多苦難。不過閱讀這個快節奏系列小說的同時，青少年得以見識到一個迷人的觀點，那就是他們周遭的世界仍不乏神奇魔法，有機會的話，不妨好好把握。

給大人的療癒書

PB《泥孩兒》（*The Bog Baby*） 文／珍妮・威利斯（Jeanne Willis）、圖／關・米勒（Gwen Millward）

認為魔法已死的大人不妨讀一讀兩姊妹在長滿羊齒蕨和昆蟲的樹林

裡發現「泥孩兒」的迷人故事，看看米勒那神奇畫筆變出來的美麗地方。她們帶他回家，把他偷偷藏在水桶裡。後來泥孩兒變得病懨懨，也不再吃東西時，姊妹倆才把泥孩兒的事告訴媽媽——她的回答令每個人大吃一驚。若要孩子繼續相信魔法，或許大人也得打心裡相信魔法吧。

參見 受夠了幸福快樂的結局190、失去天真203、想博得讚美291、牙仙沒有來389

沒禮貌
bad **MANNERS**

PB《大象和壞寶寶》(*The Elephant and the Bad Baby*) 文／艾佛莉妲・維龐(Elfrida Vipont)、圖／雷蒙・布瑞格(Raymond Briggs)

PB《瑪德琳說謝謝》(*Madeline Says Merci*) 約翰・白蒙・瑪西安諾(John Bemelmans Marciano)

CB《一隻叫派丁頓的熊》(*A Bear Called Paddington*) 文／麥可・龐德(Michael Bond)、圖／派姬・佛南(Peggy Fortnum)

PB《恐龍怎麼變健康？》(*How Do Dinosaurs Eat Their Food?*) 文／珍・尤倫(Jane Yolen)、圖／馬克・提格(Mark Teague)

一開始，我們從《大象和壞寶寶》中看到什麼叫做沒禮貌，故事說一頭大象遇見一個小嬰兒，於是帶著他快樂進城。「要不要騎在我背上？」大象問。「要！」「要不要吃冰淇淋？」「要！」寶寶開心坐在大象巨大的耳朵之間，笑得闔不攏嘴，他們「砰踏砰踏砰踏」穿過街道，大象把灰色的長長鼻子（雷蒙・布瑞格的漂亮淡彩圖畫）彎進蛋糕鋪、肉販櫥櫃、糖果展示架及水果攤，想拿什麼拿什麼，好像吃自助餐似的，更甭提付錢了。不久，他們便遭到幾個手拿切肉刀的攤商追趕，口中吆喝著：「你們連個請都沒說！」他們來到壞寶寶家裡時，壞寶寶的媽媽邀請大家進屋吃鬆餅。「好啊，謝謝！」他們喊道，原來別人對你沒禮貌的時候，並不表示你也要沒禮貌。

如果孩子是瑪德琳迷（其實不是也行），《瑪德琳說謝謝》就收服得了他們。瑪德琳（住在巴黎一間「蔓藤覆蓋」的老宅，和其他孤兒成「兩條直行隊伍」出門）的原創作者路德威．白蒙於一九六二年過世，但他的精神與圖畫都在從未謀面的孫子這本著作中復活。約翰．白蒙溫柔卻明確的教導這類微妙的社交禮節，讓孩子學習如何得體的和街上碰到的熟人打招呼（如果對方是一個人可以揮揮手，但若是一群人，那就得逐個說「哈囉」，眼睛看著對方，微笑，或一一握手）；女王蒞臨喝茶時怎麼做（當然是行屈膝禮）；別人送你不想要的禮物時怎麼辦（答案是表現出和收到想要的禮物時完全一樣的態度。若有疑慮，請參見：禮物296）。是的，倘若你對這些答案有任何懷疑，請禮貌的問一下家裡的孩子，他們把書看完以後可不可以借你看。要是你不明白幹麼要問得有禮貌，那就別期望你家小孩禮貌周到了。十二個排成兩條筆直隊伍的小女孩忽然精神奕奕的打起枕頭戰時，我們看出有禮貌不見得就是無趣——更要緊的是，有禮貌的孩子這輩子會過得比較順遂。

若要找證據的話，請翻開這本《一隻叫派丁頓的熊》。派丁頓從「黑森森祕魯」來到倫敦時，他向遇見的頭一批陌生人（布朗夫婦）打招呼，禮貌的拿起頭上的帽子，得體的說聲「午安。」夫婦倆站在那裡瞠目結舌望著小熊時，他又說：「需要幫忙嗎？」後來布朗夫婦帶他上車站咖啡店吃糕點，他絕對不敢頭一個進門。「布朗先生，您先請。」他說。對任何一個卑微的小人物來說，如此的彬彬有禮都令人印象深刻，何況是頭來自叢林的熊。派丁頓喝茶的時候，因為從來沒用過杯碟，看見蛋糕又過於興奮，造成不小的混亂，不過他仍然受邀和布朗夫婦一起回到溫莎花園路三十二號，最後總算有了家。「我猜是因為他舉起了帽子，」茱蒂告訴弟弟：「給人留下很好的印象。」我們並非建議年輕一代開始戴上（和舉起）帽子（那該多麼迷人），不過這個故事告訴我們的是，無懈可擊的禮貌確實令人難以抗拒。

現在談餐桌禮儀似嫌過時，但沒有人想跟愛打嗝、大驚小怪、坐不住、亂戳食物、把食物往地上丟、亂玩食物、只看食物不吃食物、吐出吃了一半的食物（然後放在盤子旁邊叫大家看），或是把食物往鼻孔塞的人同桌吃飯。在《恐龍怎麼變健康》一書中，我們看到好幾隻恐龍詳細示範這些及其他行為，令人爆笑不已。書的後半部，同一批恐龍再度現身，可是他們現在會說「請」和「謝謝」，盤子裡的食物統統吃光，撿起掉地上的食物——甚至在滿口食物下肚時豎起小拇指，然後再開口說話。這些有禮貌的恐龍其實比粗魯的恐龍更滑稽，因此孩子說不定更愛模仿有禮貌的恐龍。幸運的話，就此養成禮貌的習慣了。

參見 不得不親一下阿婆183、禮物296、不得不寫封感謝信381

難為情的自慰

embarrassment about **MASTURBATION**

YA《如何打造一個女孩》（*How to Build a Girl*） 凱特琳．莫蘭（Caitlin Moran）

YA《做吧》（*Doing It*） 馬文．柏吉斯（Melvin Burgess）

有幸擁有身體的人當然有權探索自己身體的每個縫縫角角——對於急速成長、希望未來能有滿意性生活的青少年來說，更是非常必要。為了達到這個目的，我們極力主張好奇的青春期男女應該讀幾本大剌剌的有色小說。

《如何打造一個女孩》中受挫的十四歲女孩喬安娜表現得最為出色，她在我們眼前搖身變為成熟的十七歲「狂野桃莉」——自封「性冒險女士」的音樂新聞人。除了花許多時間自慰之外，桃莉也身體力行，性行為頻繁，書中不乏生動的描述（家長們，請確定你家的青少年準備好了）。她把自己的學習曲線喻為水電工操作U形彎管，桃莉坦白且熱誠的開疆拓土既具教育性，也給人無比自由的快感。最後她發誓「絕不與大於八吋的陰莖性交」、「絕不對新事物說不」，以及「絕不做不想做的事」（當然，這些誓言其實互相抵消，但她並不擔心）。我們期待新一代女孩受桃莉啟發，希望她們能夠毫不害臊的分享自慰的故事。

男孩自慰達到性高潮時較不會有羞恥感，但是讀過《做吧》後，手淫頻繁的男孩可能會覺得自在許多。強納森、班和迪諾三人都十七歲；書中有好幾個敘事者，述說他們對女孩、性、父母、性、他們很辣的老師、性、學校——喔，還有性的想法。英俊的迪諾（可能是全校最俊俏的男生——這是他的自我感覺，但也廣受認同）不急著交女朋友，直到賈姬（全校最俊俏的女生）確定他並不是個一無是處的笨蛋，才成為他的女朋友。強納森喜歡黛柏拉，黛柏拉也有意於他，可是他擔心「有點胖乎乎」的她有損他的地位（開心的是他很快就不在意了）。班和年輕又狂放不羈的戲劇老師有固定、火熱且愈來愈難以消受的性關係，早在他才十四歲時，這位老師就曾開玩笑的亮內褲給他看，害他從此痴心幻想，兩年之後，他發現自己被她誘進了道具間。

強納森最熱心分享「手淫人生」的細節。和黛柏拉在花園熱吻之後，他的陰莖硬得很不舒服，唯一的辦法就是衝回家去好好款待「命根子」，他也感激不盡的做了，並且連續三次達到高潮。令人耳目一新的直率情節，有助於少男明確說出自己的感受、欲望和習慣（如果不對別人，至少是對自己），少女也能因此更加了解受到荷爾蒙衝擊的青春期男孩。正如迪諾班上一名比較理性的女同學蘇所說，許多女生「以為男生跟女生一樣，只是兩腿間多了一團肉——其實不然」。

參見 尷尬 60、狂奔亂竄的荷爾蒙 197、心懷祕密 329、對性感到好奇 333、失去童貞 409

拜金主義
MATERIALISM

參見 物質欲太強 383

怕數學
horror of **MATHS**

參見 不想上學 325

情緒崩潰
having a **MELTDOWN**

參見 耍脾氣 379

怕老鼠
fear of **MICE**

參見 害怕動物 52

夾在中間
being the **MIDDLE ONE**

參見 手足之爭 343

怕犯錯
frightened about making a **MISTAKE**

PB《美麗的錯誤》（*Beautiful Oops!*） Barney Saltzberg

孩子若以為錯誤是弱者或失敗的記號，好玩的活動（從畫畫到烘烤巧克力布朗尼）都會變得令人憂心忡忡，因為隨時都有搞砸的機會。犯錯沒有一點關係（錯誤說不定是開心的意外，開啟各種難以想見的可能），正是《美麗的錯誤》傳達的訊息。在這本小小的翻翻書中，厚實的書頁上有互動的蓋口、摺角及穿孔，我們看見紙上一道裂口可能變成鱷魚的微笑，灑在紙上的一抹油彩可能變成一頭大象，一杯熱可可沾上的汙漬可能畫成一隻青蛙。下回你身邊有小孩說「糟糕！」時，趁機給它畫上幾條腿吧。

參見 覺得一無是處 180、父母太強勢 270、父母太嚴格 273、需要好榜樣 315

受到誤解
feeling **MISUNDERSTOOD**

參見 心事無人知 401

床底下有怪物
MONSTERS under the bed

參見 害怕床底下有怪物 69

喜怒無常
MOODINESS

PB《我多采多姿的日子》（*My Many Coloured Days*） 文／蘇斯博士（Dr. Seuss）、圖／強森與范契（Steve Johnson and Lou Fancher）

情緒之因（與果）不勝枚舉，有時我們也只能接受，別無他法。《我多采多姿的日子》說的大概就是如此，這本童詩是蘇斯博士過世之後在他的檔案夾裡找到的，下回你身邊若有既驚又怕的小孩，就非常適合讀這本書。「當然，有些日子覺得有點褐色。／然後我覺得有些遲鈍／而且非常、非常消沉。／接著來了黃色的一天／太棒啦！／我是一隻好忙、好忙的小蜜蜂。」加上夫妻檔插畫家強森與范契色彩輕柔的插圖，一隻貓頭鷹表達出愁苦的灰色日子，一頭熊表達的是悲傷的褐色，一隻鳥傳遞的是歡樂的亮藍色日子，同時和成年人分享的訊息就是有情緒也無妨。不過重拾喜悅的黃色日子之後，我們看見情緒也可能為之改變，而且變得很快。雖然本書的對象從還不會說話的嬰兒，直到低年級兒童，不過它其實也非常適合自閉症兒童，及正在經歷情緒激動時刻的大孩子。（若想了解更多青少年情緒問題，請參見：青春期38、覺得受傷146、說話沒人聽191、狂奔亂竄的荷爾蒙197、過度擔心418、暴力406）

參見 憤怒48、悲傷320、生悶氣372、耍脾氣379、易怒400、心事無人知401

搬家
MOVING HOUSE

PB《相隔半個世界》（*Half a World Away*） 文／Libby Gleeson、圖／Freya Blackwood
CB《史凱力》（*Skellig*） 大衛．艾蒙（David Almond）

搬家可能造成孩子的不安，尤其是即將離開他們自小熟悉的家。如果這也表示不得不跟住家附近的朋友「道別」，那就難上加難。在《相隔半個世界》故事中，我們認識了艾咪和路易兩個好朋友——之前只要喊一聲「酷咿，艾咪」或「酷咿，路易」，另一人就會三步併兩步穿過籬笆的洞跑過來。他們一起在沙地上玩，喬裝打扮，或躺在地上看雲變換形狀。可是後來艾咪全家搬到海邊一個滿是高樓大廈的城市，相隔半個世界，剩下路易一個人住在充滿綠意的市郊。倒是路易的奶奶給了他希望，她說如果他走到外頭去大喊一聲的話，說不定艾咪還能聽見呢；當他抬頭見到酷似龍或海馬的雲朵，也同樣映照在艾咪住的城市高樓窗玻璃上時，我們便知道她真的聽見了。書中色調輕柔的圖畫總是從細節清晰的特寫轉換到大大的天空全景，布萊克伍借此捕捉到兩個孩子心中深切的渴望，卻又暗示他們仍緊緊相連。

讀過分隔兩地的傷感之後，不妨看看搬家可能帶來的刺激。在《史凱力》一書中，你能找到一種神祕、奇妙和令人毛骨悚然的刺激。故事說的是一個名叫麥可的男孩搬到小鎮彼端的新家，新家「應該很棒」才對，可它其實是一間搖搖欲墜的破房子，他多麼希望能夠搬回原來的家，離他的朋友和學校近些。更糟的是，他父母正為他在生死之間拔河的早產兒妹妹焦頭爛額，無暇他顧。然後就在他們搬來的次日，麥克往老舊、荒廢的車庫張望時，發現裡面除了滿布灰塵的舊家具和捲起來的地毯之外，更驚駭地見到一個奇怪的生物靠牆坐著。那面色蒼白、髒兮兮的人身上覆滿蜘蛛網，看來一副快要死掉的模樣，可是他不時從身上穿的外套上撿起一隻綠頭蒼蠅放進嘴裡。「你想幹麼？」他問，聲音之低沉沙啞，彷彿好幾年沒開口說話了。

後來，麥可認識了住在同一條街的米娜（參見：在家自學193），這個反傳統的女孩可以把英國詩人威廉．布雷克的詩倒背如流，還告訴他布雷克能看見家中花園裡的「天使」，於是他明白米娜懂得該怎麼辦。他倆一起照顧這個粗暴的傢伙，把這個逐漸鈣化的生物從破敗的車庫搬移到一個可以讓他找回生存欲望的地方，他們的友誼漸漸萌發。讀過這個精采故事之後的孩子，即使離開了自己深愛的舊家和朋友，依然會好奇搬到新家後會有什麼新發現與新朋友。

參見 覺得沒有朋友159、轉學生324

不想逛博物館
not wanting to visit **MUSEUMS**

CB《奇光下的祕密》(*Wonderstruck*) 布萊恩·賽茲尼克(Brian Selznick)

博物館可能是魔法、神祕、發現與驚奇之地,但它也極其龐大,似乎怎麼也看不完,令人筋疲力竭。雖然少數博物館為了吸引兒童進門煞費苦心,但多半仍須仰賴大人威脅利誘,設法激起孩子的興奮感。下回若是打算帶孩子逛博物館的話,可先請他們讀過《奇光下的祕密》做好行前的準備。

那是一九七七年,班擔任圖書館員的母親過世了。他在母親的筆記本裡發現從未謀面的父親可能的線索,決定動身尋父,並且藏身在紐約市自然科學博物館裡(如同柯尼斯伯格精采萬分的作品《天使雕像》中,柯勞蒂雅和弟弟傑米躲藏在大都會博物館裡,顯然賽茲尼克的作品是在向此書致敬)。他在自然科學博物館裡碰巧看見來自明尼蘇達州岡弗林特湖的仿真狼群模型——他就在這個湖邊長大,感覺好像回到家裡。其實他自己也像個博物館長,他家裡的收藏品包括一隻鳥的頭骨,一塊層疊石化石,以及幾塊隕石。

時間拉回到一九二七年,我們見到另一個逃家小孩羅絲,這個女孩可以用紙打造模型城市。兩條故事線交織進行,當一九七七年的班在皇后區藝術博物館(現在的皇后區博物館)找到占據整個房間的紐約市微型模型,既壯觀又精巧,我們立刻明白是誰做的。班和如今已經年老的羅絲彷彿巨人似的穿過這個迷你都會的街道——他們發現兩人共同的熱情可能根植於比巧合更深刻的原因。賽茲尼克以他混合文字和細緻鉛筆插圖的典型手法述說這個錯綜複雜的故事,其震撼之強勁不單足以讓孩子愛上博物館,更會愛上博物館代表的一切——不只是藝術品本身,而是藝術品背後、製作及發現藝術品那些人的故事。拿本書給孩子讀讀看,看看你家未來的博物館長,能不能在附近博物館裡找到讓他感覺特別的寶藏。

參見 無聊 84、懶惰 209

不得不學樂器
having to practice a **MUSICAL INSTRUMENT**

ER《葛斯、爺爺和鋼琴課》（*Gus and Grandpa and the Piano Lesson*） 文／克勞蒂亞・米爾斯（Claudia Mills）、圖／Catherine Stock

PB《一隻向後開槍的獅子：拉夫卡迪歐》（*Lafcadio, the Lion Who Shot Back*） 謝爾・希爾弗斯坦（Shel Silverstein）

不管是小號還是鋼琴，任何人初學一種樂器都可能感到痛苦。不但需要操表練習，倘若沒有按時練習，每週還得羞愧地面對老師，況且不知要製造多久可怕的噪音之後，才開始吹奏出像樣的音樂。這些代表了往往必須耗上好幾年才覺得一切辛苦的確值得，也才樂在其中。可愛的《葛斯、爺爺和鋼琴課》就是為有此困擾的幼童而寫，但其涵蓋的範圍更廣。葛斯的運氣很好，有個懂他的爺爺，不但在他搞砸第一次獨奏會時讓他好過許多，也幫忙找出讓音樂「流入葛斯的手指頭」的方法，的確發人深省。

當然，關鍵在於練習，只要竭盡心力去做，成就未可限量，這貼心示範可在調皮的謝爾・希爾弗斯坦第一本出版著作《一隻向後開槍的獅子：拉夫卡迪歐》中找到。這本適合大聲朗讀、篇幅不短的繪本說的是一頭獅子的故事。一群獅子看見頭戴帽子、手拿一根模樣滑稽的長棍子的男人時統統跑光了，只剩一隻獅子禮貌地上前自我介紹。對獵人來說，這次會面並不順利。他先承認自己打算把牠製成地毯，他好躺在壁爐前烤棉花糖吃，獅子一聽之下難遏怒火。接著他又充耳不聞獅子拉夫卡迪歐的建議，讓牠活著去到獵人家裡，和他一起烤棉花糖吃。之後拉夫卡迪歐別無他法，只好吃掉那獵人，然後試圖發射獵人的「長棍子」。

起初牠發射不出去，可牠不放棄。過了一會兒，牠好不容易用尾巴拉著板機，之後每天下午都在練習，趁其他獅子睡覺時，牠溜走勤加練習，這回用的是牠的爪子。下回獵人們再來時，拉夫卡迪歐就先扣下板機——牠和其他獅子享受一段快樂自在的時光，如今牠們的領土上散置不少迷人的「獵人地毯」。大家都明白其中的教訓：只要勤加練習，學什麼都不成問題。

參見 總是想要放棄174、懶惰209

愛咬指甲
biting your **NAILS**

在孩子的指甲塗上味道難聞的指甲油，逼他們戴上可拋式塑膠手套，還有，必要時誘之以利，若想知道成效最佳之賄賂方式，參見貝倫斯坦夫婦（Stan and Jan）創作的繪本《貝貝熊的壞習慣》（*The Berenstain Bears and the Bad Habit*）。之後再給他們讀一本咬指甲書，看他們能不能抵擋誘惑。做得到的話，那麼咬指甲的毛病就痊癒了（要是擔心這個藥方適得其反，記得「咬指甲」就是「渾然忘我」的意思）。

十本咬指甲書單

- CB《給國王的信》（*The Letter for the King*） Tonke Dragt
- CB《奪夢者》（*The Dreamsnatcher*） Abi Elphinstone
- CB《小狗吉克》（*A Dog Called Grk*） 喬許・雷西（Josh Lacey）
- CB《哈利波特3：阿茲卡班的逃犯》（*Harry Potter and the Prisoner of Azkaban*） J. K. 羅琳（J. K. Rowling）
- CB《謀殺手記》（*The Murder Notebooks: Dead Time*） Anne Cassidy
- YA《手斧男孩》（*Hatchet*） 蓋瑞・伯森（Gary Paulsen）
- YA《偷》（*Stolen*） Lucy Christopher
- YA《塗鴉》（*Twisted*） Laurie Halse Anderson
- YA《新兵史考特》（*Liam Scott: The New Recruit*） Andy McNab
- YA《分解人》（*Unwind*） Neal Shusterman

參見 焦慮53、考試141、過度擔心418

討厭自己的名字
hating your **NAME**

PB《我的名字Chrysanthemum》(*Chrysanthemum*) 凱文・漢克斯(Kevin Henkes)
CB《貓戰士首部曲之一：荒野新生》(*Into the Wild*) 艾琳・杭特(Erin Hunter)

不管是什麼原因，孩子開始討厭自己名字的時候，不僅揹著名字的孩子難熬，當初為孩子精挑細選別緻名字的大人可能也會覺得傷心。《我的名字Chrysanthemum》裡小老鼠的父母給她取名叫小雛菊，因為覺得這個名字表達出她的完美，小雛菊以前也很喜愛自己的名字。可是開始上學之後(參見：轉學生324)，好幾個名字比較傳統的同學維多利亞、喬和莉塔都說：「你的名字太長了啦，連名牌都快裝不下了。」當然，還有人說：「你取的是花的名字。」於是小雛菊變得垂頭喪氣，哪怕爸媽絞盡腦汁想說服她說她的名字比別人更迷人，也更與眾不同，小雛菊仍然無動於衷。但是學校新來一位魅力十足的音樂老師立刻讓她覺得以花取名神氣極了，老師還告訴大家早已為腹中即將誕生的小老鼠取的名字，於是一切為之改觀。我們從這個可愛的故事中領悟到的是：一旦接納自己的名字，壓根不必在意其他搞笑的名號。

孩子漸漸長大之際，若是覺得名字和自己並不相配，或許他們會非常喜歡《貓戰士》系列首部作品《荒野新生》。羅斯提是一隻年輕的橘色虎斑貓，舒舒服服的和人類主人過著養尊處優的生活。可是他發覺自己莫名其妙受到花園盡頭樹林裡陌生、涼爽的氣味吸引，一天夜裡他壯起膽子踏進樹林。不一會兒，他根本還沒看真切，一頭動物已經粗野地跳上他的背，利爪抓破了他的毛皮。羅斯提身子一滾掙脫了，攻擊他的動物猛摔一下差點喘不過氣來，他和灰爪(樹林裡另一隻自由自在的野貓練習生)的友誼於焉開始。

原來這場角力是個考驗。「以身為兩條腿的人類寵物來說，你滿會打架的。」樹叢裡鑽出一隻長相體面的大塊頭母貓說道，且用她那犀利的藍眼睛盯著他看。不久以後，羅斯提甩了他的主人，勇敢跟隨這夥野貓來到樹林深處的陣營。他在這裡見到雷族所有的成員，每隻貓按其特有的個性命名（獅心，黃牙，小李爾，及美麗的「巫醫貓」斑葉），也得知為了捍衛狩獵範圍必須對抗哪些貓族。接著他再度捲入一場打鬥，最後贏得勝利時渾身沐浴在一線陽光下，橘色的斑紋彷彿著火一般，從此他得到新的名號：火掌。當然，羅斯提不再是羅斯提。假如你的名字跟你個性不配，不妨交幾個看得見你真實性情的朋友，他們絕對可以幫你取個恰如其分的外號。

遭到謾罵

being called **NAMES**

參見 遭到霸凌 90

調皮搗蛋

NAUGHTINESS

PB《野獸國》（*Where the Wild Things Are*） 莫里斯・桑達克（Maurice Sendak）

ER《內褲超人》（*The Adventures of Captain Underpants*） 戴夫・皮爾奇（Dav Pilkey）

小孩生來就是野蠻的，不過有些小孩更野蠻一些。若是有個孩子的野蠻指數超過家裡容忍的限度，就很容易冠上「調皮搗蛋」的稱號，此後也更加名符其實。為了避免發生這種事，不妨讓孩子認識一下《野獸國》的阿奇。

阿奇喜歡穿上耳朵尖尖的野狼服裝，然後手拿叉子火速衝下樓梯追逐小狗。這番撒野讓阿奇受罰回到房間，一臉不高興。可是接下來翻不到兩頁，阿奇的怒氣早已變為淘氣的咯咯笑。不久，阿奇搭著自己的船在海上航行，一副心滿意足的模樣。阿奇成為一大群毛乎乎、大眼睛、有角、有尖牙、有利爪、挺著凸肚的野獸（在桑達克網狀線條的畫筆之下，個個栩栩如生）之王，他也相當自豪能夠當老大（參見：想要掌控200）。接著就是每個大人都想沉迷其中卻不敢承認的熱鬧喧囂場面：眾野獸使勁跺腳，對著月亮呼嘯，等到撒野蠻纏的需要得到滿足後，阿奇和任何疲倦的小孩一樣累翻了，一心一意只要爸媽、食物和床。阿奇不怕心裡和外面的野獸。桑達克的書是個令人欣喜的明證，儘管孩子偶爾的野蠻行為可能讓成年人不知所措，但那並不表示他們是壞孩子。即便是撒野也有結束的時候。

換個想法或許會有幫助。每個頑皮孩子的內心都藏著一個聰明、有趣且有創意的小人兒，他們不懂日子幹麼過得那麼嚴肅……至少這也是一種看法。戴夫．皮爾奇驚人的《內褲超人》系列作品中喜歡在學校惡作劇的喬治與哈洛就是如此。喬治與哈洛（名字取自作者小時最愛童書中的兩個角色，一是《好奇猴喬治》，一是《阿羅有枝彩色筆》）時時刻刻都想搗蛋——如更動標示牌上的字：「自行挑選玫瑰」（Pick Your Own Roses）變成「挖鼻孔」（Pick Our Noses），把泡泡浴劑倒進軍樂隊的銅管樂器裡，氣得他們的克魯普校長大發雷霆。他倆也創作一套漫畫書，故事中的主角是個穿內褲飛越天空的超級英雄，嘴裡唱著「特啦啦啦！」（其實戴夫．皮爾奇小時候常常因為搗蛋行為遭逐出教室，一個人罰坐在走廊，當年才八歲的他就在那兒發明了內褲超人，所以這些漫畫讀來如此真實）。《內褲超人》有一票名字貼切的老師（刻薄老師、雷波老師），孩子最愛的壞蛋（吃人馬桶、殭屍書蟲），還有一些可愛的低科技手動動畫，這套漫畫書可能正是鼓勵你家頑皮小孩挖掘自己天分的入場券，彌補他們無法盡情搗蛋的黃金時光。

給大人的療癒書

PB《永遠愛你》（*Love You Forever*） 文／羅伯特．曼斯基（Robert Munsch）、圖／Sheila McGraw

如果你家小孩頑皮到令你耐心盡失，這本書絕對能幫你恢復耐性。白天當媽媽的差點被兒子的調皮搗蛋逼瘋，夜裡她輕手輕腳溜進兒子臥房裡看他睡得香甜，她的臉上滿溢著愛意。特殊的視角（例如爬上樓梯時俯看兒子的頭）使得這本書更為動人，而非流於自憐，也提醒我們不管孩子如何沒大沒小，父母對子女的愛極其深切又複雜，同時不妨利用本書測試一下我們耐性的極限。孩子最調皮搗蛋的時候你有多少耐性，等你有朝一日成了壞脾氣的老怪物時，他們就有多少耐性。

參見 需要冒險 42、虐待動物 50、不想洗澡 66、惡形惡狀 68、不聽話 386

想吐
NAUSEA

參見 想吐 345

噩夢
NIGHTMARES

PB《睡前說些開心事》（*Tell Me Something Happy Before I Go to Sleep*） 文／Joyce Dunbar、圖／Debi Gliori

PB《凱特、貓和月亮》（*Kate, the Cat and the Moon*） 文／大衛．艾蒙（David Almond）、圖／Stephen Lambert

CB《輕如蛛絲》(*Gossamer*) 露薏絲．勞瑞（Lois Lowry）

孩子頭一次說怕睡著會做噩夢的時候，不妨介紹他們認識《睡前說些開心事》中可愛的兔子威拉。就寢時間一到，威拉的大哥威樂比就把她扛在肩膀上繞著屋子走一圈，邊走邊讓她看看每樣開心的東西，從她床底下等著她的腳穿上的小雞拖鞋，到等她醒來的早晨，每張插圖都是用安撫人心的粉紅、藍色、黃色畫的。因此她腦中充滿了正面且令人放心的念頭，隨即開心墜入夢鄉。不妨每天晚上也依樣畫個葫蘆吧。

稍微年長的孩童一定喜歡往腦子裡塞滿想像力豐富的《凱特、貓和月亮》。在一個月色明亮的夜裡，有一雙褐色大眼睛、短馬尾、稍嫌骯髒的凱特（史蒂芬．蘭勃特的繪畫功力令人無法抗拒），被一隻貓的喵嗚聲吵醒時，她找到了內心的貓性。她用她「粗糙的小舌頭」舔她「小小的尖牙」，隨即和她新交的朋友一起躍入夜色。她倆一起爬上山頂，世界突然間驚人地展現於敞開的拉頁上，她看見天上滿滿的夢境，而且都是她的家人夢到的。這裡是爸媽坐船划過心形湖泊、那裡是哥哥彼得追著狗兒跑、再那邊還有跳著舞的爺爺和奶奶。如果有哪本書暗示睡眠不僅安全，也充滿了奇妙和愛，那肯定就是這本了。

年紀大一點的孩子若是常做噩夢，或可從《輕如蛛絲》中得到安慰。「小小」是個小仙子，她的工作就是夜訪人類，為人們腦袋裡裝滿快樂的美夢。一直以來，小小輕輕鬆鬆蒐集到許多片段回憶，把歸她負責的老婦人腦中塞得滿滿的，例如輕觸一下床頭几上那張身穿制服的男人照片，她遂墜入嘴角含笑的美夢。那隻狗也很容易打發（小小通常都會讓牠夢到食物）。但自從老婦人收養心靈受創的約翰（參見：住在寄養家庭158）之後，小小知道自己的職責變得困難起來。這個男孩受到編織噩夢的「惡馬群」攻擊而脆弱不堪，所以小小需要全力對抗它們。

男孩幾乎一無所有，開心的念頭更是少之又少。後來她發現這個憤怒的男孩漸漸愛上老婦人的狗，全新的夢境於焉展開。本書再次提醒我們，若要遠離惡馬的攻擊，每天晚上上床睡覺前都要開開心心的。

參見 害怕322、睡不著349

頭蝨
NITS

PB《好癢好癢》(*Scritch Scratch*) 文/Miriam Moss、圖/Delphine Durand

家長最怕孩童從教室帶回家的心腹大患就是頭蝨,因為染上頭蝨容易,根除其害卻難上加難。對柯老師班上一隻幸運的小頭蝨來說,多的是長了濃密髮絲的小腦袋瓜可以到處為家——不過它選的那顆腦袋瓜尤其讓讀者感到興奮(老師的頭)。本書介紹這種恐怖小惡魔有多麼陰險,即使只有一個人不認真治療,頭蝨大軍都可能重整旗鼓,捲土重來。此外故事本身也很好看,結尾更是充滿愛,足以照亮你的心靈。

挖鼻孔
picking your **NOSE**

PB《不要挖鼻孔》(*Don't Do That!*) 東尼・羅斯(Tony Ross)

大多警世故事反而讓孩子更想做故事中警告他們千萬別做的事。本書絕對不會。一個叫妮莉的小女孩把手指頭伸進鼻孔後再也拿不出來,因而引發不多不少令人嫌惡的反應,真真實實、確確切切的噁心透了(同時也讓我們想要搞清楚到底是怎麼回事)。每個人都試圖拉出妮莉的手指頭,可惜一一敗下陣來,包括一名把妮莉的手臂綁著火箭、一條腿綁著公園長椅的科學家,火箭轟然噴發後升上太空(帶著妮莉、整張長椅和坐在長椅上打盹的老先生)。沒有人聽妮莉哥哥亨利說的話,他一再說他知道如何把她的手指拉出來(多少是因為他每次說話的時候,手裡都拿著某種嚇人的工具,包括鋸子和乾草叉)。最後挽救一切的還是亨利,而且方法一點也不恐怖。然而經過如此大費周章,我們覺得妮莉的鼻子似乎不像故事開頭小鈕釦似的小巧了。

著迷到無法自拔
OBSESSIONS

就用以下書單餵養你的熱血吧。

十本芭蕾書單

PB《芭蕾小精靈》(*Angelina Ballerina*) 文／Katharine Holabird、圖／Helen Craig

PB《小狗比飛跳芭蕾》(*Dogs Don't Do Ballet*) 文／安娜・坎普(Anna Kemp)、圖／Sara Ogilvie

PB《舞蹈老師》(*The Dance Teacher*) 文／Simon Milne、圖／Chantal Stewart

ER《芭蕾奇緣》系列(*Ella Bella Ballerina and the Nutcracker*) James Mayhew

CB《夏天的夢想》(*The Chocolate Box Girls: Summer's Dream*) Cathy Cassidy

CB《我想跳舞》(*To Dance*) 文／Siena Cherson Siegel、圖／Mark Siegel

CB《芭蕾舞鞋》(*Ballet Shoes*) Noel Streatfeild

CB《芭蕾傳奇》(*Tales from the Ballet*) 文／Louis Untermeyer、圖／Alice and Martin Provensen

YA《舞動人生》(*Billy Elliot*) Melvin Burgess(根據Lee Hall的電影劇本而寫)

YA《旋轉吧!芭蕾女孩》(*Bunheads*) Sophie Flack

十本恐龍書單

PB《斐連船長大戰恐龍海盜》(*Captain Flinn and the Pirate Dinosaurs*) 文／Giles Andreae、圖／Russell Ayto

PB《恐龍島冒險》（*Tom and the Island of Dinosaurs*） Ian Beck

PB《加勒比海男孩》（*Yohance and the Dinosaurs*） 文／Alexis Obi、圖／Lynne Willey

PB《亨利和他的恐龍朋友》（*Harry and the Bucketful of Dinosaurs*） 文／Ian Whybrow、圖／Adrian Reynolds

CB《院子裡的怪蛋》（*The Enormous Egg*） 文／奧利佛・巴特渥斯（Oliver Butterworth）、圖／Louis Darling

CB《恐龍夢幻國》（*Dinotopia: A Land Apart from Time*） 詹姆士・葛爾尼（James Gurney）

YA《失落的世界》（*The Lost World*） 亞瑟・柯南・道爾爵士（Sir Arthur Conan Doyle）

YA《侏羅紀公園》（*Jurassic Park*） 麥克・克萊頓（Michael Crichton）

YA《迷失恐龍島》（*The Land that Time Forgot*） Edgar Rice Burroughs

YA《地心歷險記》（*Journey to the Center of the Earth*） 朱爾・凡爾納（Jules Verne）

十本狗狗書單

PB《馬利與我》（*Bad Dog, Marley!*） 文／約翰・葛羅根（John Grogan）、圖／Richard Cowdrey

PB《好髒的哈利》（*Harry the Dirty Dog*） 文／金・紀歐（Gene Zion）、圖／瑪格麗特・布羅伊・葛雷漢（Margaret Bloy Graham）

ER《百狗爭鳴》（*Go, Dog. Go!*） 伊斯特曼（P. D. Eastman）

ER《看不見的小狗》（*The Invisible Dog*） Dick King-Smith

ER《亨利和大狗麥基》（*Henry and Mudge*） Cynthia Rylant and Sucie Stevenson

CB《傻狗溫迪克》（*Because of Winn-Dixie*） 凱特・狄卡密歐（Kate DiCamillo）

CB《野性的呼喚》（*The Call of the Wild*） 傑克・倫敦（Jack London）

CB《牠不重，牠是我寶貝》（*Shiloh*） Phyllis Reynolds Naylor

CB《紅色羊齒草的故鄉》（*Where the Red Fern Grows*） 威爾森・羅斯（Wilson Rawls）

YA《神與狗的賭注》（*Fifteen Dogs*） 安德列・亞歷克斯（André Alexis）

十本精靈書單

PB《花精靈圖鑑》(*The Complete Book of the Flower Fairies*) Cicely Mary Barker

PB《院子裡的小小人》(*The Teeny-Weeny Walking Stick*) 文/Karen Hodgson、圖/Sally Anne Lambert

CB《奇幻精靈事件簿》(*The Spiderwick Chronicles: The Field Guide*) 文/Holly Black、圖/Toni DiTerlizzi

CB《小妖魔市》(*Goblin Market*) 文/克里斯提娜・羅賽蒂(Christina Rossetti)、圖/Arthur Rackham

CB《夜精靈》(*The Night Fairy*) 文/Laura Amy Schlitz、圖/Angela Barrett

CB《環遊精靈國度的女孩》(*The Girl Who Circumnavigated Fairyland in a Ship of Her Own Making*) 凱瑟琳・M・瓦倫特(Catherynne M. Valente)

YA《看見精靈》(*Faeriewalker: Glimmerglass*) Jenna Black

YA《森之迷影》(*The Mystery of the Fool and the Vanisher*) David and Ruth Ellwand

YA《星塵》(*Stardust*) 尼爾・蓋曼(Neil Gaiman)

YA《奇幻王國法柏哈溫》(*Fablehaven*) 文/布蘭登・穆爾(Brandon Mull)、圖/Brandon Dorman

十本足球書單

ER《最佳救援》(*Great Save!*) 文/Rob Childs、圖/Michael Reid

ER《男孩聯盟》(*Football Academy: Boys United*) Tom Palmer

CB《實境連線》(*The Transfer*) Terence Blacker

CB《漢娜,好球!》(*Hannah's Secret*) Narinder Dhami

CB《足球天龍》(*Leah and the Football Dragons*) Paul Mullins

CB《嚴重犯規》(*Foul Play*) Tom Palmer

CB《守門員》(*Keeper*) Mal Peet

CB《守門員的后冠》(*Do Goalkeepers Wear Tiaras?*) Helena Pielichaty

YA《預定》(*Booked*) Kwame Alexander

YA《我愛貝克漢》(*Bend it Like Beckham*) Narinder Dhami

十本希臘神話書單

ER《奧德賽傳奇》(*Tales from the Odyssey*) 文/Mary Pope Osborne、圖/Troy Howell

CB《一百個希臘神話故事》(*Atticus the Storyteller's 100 Greek Myths*) 文/Lucy Coats、圖/Anthony Lewis

CB《神話》(*The God Beneath the Sea*) 文/Leon Garfield、Edward Blishen、圖/Charles Keeping

CB《希臘神話故事集》(*The Orchard Book of Greek Myths*) 文/Geraldine McCaughrean、圖/Emma Chichester Clark

CB《波西傑克森系列：神火之賊》(*Percy Jackson and the Olympians: The Lightning Thief*) 雷克・萊爾頓(Rick Riordan)

CB《混血營英雄1：迷路英雄》(*Heroes of Olympus: The Lost Hero*) 雷克・萊爾頓(Rick Riordan)

CB《黑船》(*Black Ships Before Troy*) Rosemary Sutcliff

YA《艾拉之歌》(*A Song for Ella Grey*) David Almond

YA《特洛伊》(*Troy*) Adèle Geras

YA《國王必須死去》(*The King Must Die*) 瑪麗・瑞瑙特(Mary Renault)

十本亞瑟王與圓桌武士書單

CB《傳奇魔法師梅林：消逝的歲月》(*The Lost Years of Merlin*) 湯馬斯・阿爾契鮑德・貝倫(T. A. Barron)

CB《樹中劍》(*The Sword in the Tree*) Clyde Robert Bulla

CB《光明追捕手》(*The Dark Is Rising: Over Sea, Under Stone*) 蘇珊・古柏(Susan Cooper)

CB《亞瑟王和他的圓桌武士》(*King Arthur and His Knights of the Round Table*) Roger Lancelyn Green

CB《石中劍》(*The Sword in the Stone*) T. H. White

CB《亞瑟王和圓桌武士》(*King Arthur and the Knights of the Round Table*) Marcia Williams

YA《亞瑟王傳奇：能見石》（*Arthur: The Seeing Stone*） Kevin Crossley-Holland

YA《戈比尼克城堡》（*Corbenic*） Catherine Fisher

YA《亞瑟王》（*King Arthur: The Sword and the Circle*） Rosemary Sutcliff

YA《成王之劍》（*Sword of the Rightful King*） Jane Yolen

十本武術書單

PB《女俠傳奇》（*Beautiful Warrior: The Legend of the Nun's Kung Fu*） Emily Arnold Mccully

PB《忍者》（*Ninja!*） Arree Chung

PB《喬喬飛踢》（*JoJo's Flying Sidekick*） Brian Pinkney

CB《忍者少年：武術之道》（*Young Samurai: The Way of the Warrior*） Chris Bradford

CB《白鶴傳》（*Samurai Kids: White Crane*） 文／Sandy Fussell、圖／Rhian Nest James

CB《月之影》（*Moonshadow*） Simon Higgins

YA《女孩大反擊》（*An Emily Kane Adventure: Girl Fights Back*） Jacques Antoine

YA《鳳凰傳說：午夜之樓》（*Tales of the Otori: Across the Nightingale Floor*） Lian Hearn

YA《忍者風》（*Jet Black and the Ninja Wind*） Leza Lowitz and Shogo Oketani

YA《虎》（*The Five Ancestors: Tiger*） Jeff Stone

十本太空書單

PB《包伯上月亮》（*Man on the Moon*） Simon Bartram

PB《道格的火箭》（*Dougal and the Space Rocket*） Jane Carruth、Serge Danot

PB《如果你要去月球》（*If You Decide to Go to the Moon*） 文／Faith McNulty、圖／Steven Kellogg

PB《小熊的火箭》（*Whatever Next*） Jill Murphy

ER《幸好有牛奶》（*Fortunately, the Milk*） 文／尼爾・蓋曼（Neil Gaiman）、圖／Chris Riddell

CB《葛洛莉雅上太空》(*Gloria Rising*) Ann Cameron

CB《神奇的玻璃升降機》(*Charlie and the Great Glass Elevator*) 文／羅德·達爾(Roald Dahl)、圖／昆丁·布雷克(Quentin Blake)

CB《時間的皺摺》(*A Wrinkle in Time*) 麥德琳·蘭歌(Madeleine L'Engle)

YA《火星紀事》(*The Martian Chronicles*) Ray Bradbury

YA《172小時》(*172 Hours on the Moon*) Johan Harstad

十本吸血鬼書單

CB《驚魂街：吸血鬼男孩》(*Scream Street: Fang of the Vampire*) Tommy Donbavand

CB《吸血鬼之島》(*Vampire Island*) Adele Griffin

CB《血之試煉》(*A Taste for Red*) Lewis Harris

CB《吸血兔》(*Bunnicula*) Deborah and James Howe

YA《血色童話》(*Let the Right One In*) 約翰·傑維德·倫德維斯特(John Ajvide Lindqvist)

YA《吸血鬼冏日記》(*Notes from a Totally Lame Vampire*) 文／Tim Collins、圖／Andrew Pinder

YA《雷德利一族》(*The Radleys*) 麥特·海格(Matt Haig)

YA《吸血鬼學院》(*Vampire Academy*) 蕾夏爾·米德(Richelle Mead)

YA《暮光之城》(*Twilight*) 史蒂芬妮·梅爾(Stephenie Meyer)

YA《卓九勒伯爵》(*Dracula*) 布蘭姆·史托克(Bram Stoker)

十本狼人書單

CB《小狼麥特》(*Young Werewolf*) Cornelia Funke

CB《哈利波特－阿茲卡班的逃犯》(*Harry Potter and the Prisoner of Azkaban*) J. K.羅琳(J. K. Rowling)

CB《雞皮疙瘩系列：狼人皮》(*Goosebumps: Werewolf Skin*) R. L.史坦恩(R. L. Stine)

YA《銀狼》(*The Silver Wolf*) Alice Borchardt

YA《巴黎狼人》(*The Werewolf of Paris*) Guy Endore

YA《銀色子彈》(*Cycle of the Werewolf*) 史蒂芬・金(Stephen King)

YA《狼之時》(*The Wolf's Hour*) Robert R. McCammon

YA《暮光之城:破曉》(*Twilight: Breaking Dawn*) 史蒂芬妮・梅爾(Stephenie Meyer)

YA《狼嚎再起》(*The Wolfman*) Nicholas Pekearo

YA《甜美狩獵》(*The Wolf Gift*) 安・萊絲(Anne Rice)

十本歷史故事書單

ER《神奇樹屋:恐龍谷大冒險》(*The Magic Treehouse: Dinosaurs Before Dark*) 瑪麗・奧斯本(Mary Pope Osborne)

CB《糟糕歷史:恐怖的都鐸王朝》(*Horrible Histories: The Terrible Tudors*) 文/泰瑞・狄利(Terry Deary)、Neil Tonge、圖/Martin Brown

CB《征服者1:瀚海滄狼》(*Conquerer: Wolf of the Plains*) 康恩・伊古爾登(Conn Iggulden)

CB《羅馬少年偵探團:奧斯提亞的竊賊》(*Roman Mysteries: The Thieves of Ostia*) 卡洛琳・勞倫斯(Caroline Lawrence)

CB《韓德森少年團:逃離納粹》(*Henderson's Boys Series: The Escape*) Robert Muchamore

CB《遠古幽暗的紀年系列:狼兄弟》(*Chronicles of Ancient Darkness: Wolf Brother*) 米雪兒・佩弗(Michelle Paver)

CB《倖存者:1912鐵達尼號》(*I Survived Series: I Survived the Sinking of the Titanic, 1912*) 文/Lauren Tarshis、圖/Scott Dawson

CB《洛蒂的歷史作業》(*The Lottie Project*) 文/賈桂琳・威爾森(Jacqueline Wilson)、圖/尼克・夏洛特(Nick Sharratt)

YA《史杰比死了》(*Skippy Dies*) 保羅・默瑞(Paul Murray)

YA《帝國戰記》(*The Eagle of the Ninth*) Rosemary Sutcliff

十本偵探故事書單

PB《偵探小鼠》(*Hermelin, the Detective Mouse*) Mini Grey

CB《少女偵探露比》(*Ruby Redfort: Look into My Eyes*) 蘿倫・柴爾德(Lauren Child)

CB《巴斯克維爾的獵犬》(*The Hound of the Baskervilles*) 亞瑟・柯南・道爾爵士(Sir Arthur Conan Doyle)

CB《魔法偵探社:粉紅兔》(*The Fairy Detective Agency: Operation Bunny*) Sally Gardner

CB《骷髏偵探:復活男爵》(*Skulduggery Pleasant*) 德瑞克・藍迪(Derek Landy)

CB《少年福爾摩斯:死亡之雲》(*Death Cloud*) 安德魯・藍恩(Andrew Lane)

CB《野男孩》(*Wild Boy*) Rob Lloyd Jones

CB《堅強淑女偵探社前傳:蘭馬翠姊的第一個案件》(*Precious and the Monkeys: Precious Ramotswe's Very First Case*) 亞歷山大・梅可・史密斯(Alexander McCall Smith)

CB《偵探男孩》(*Encyclopaedia Brown*) 唐納・索伯(Donald J. Sobol)

CB《假面淑女:威王偵探社》(*Murder Most Unladylike*) 羅蘋・史蒂文絲(Robin Stevens)

十本奇幻書單

CB《愛麗絲夢遊仙境》(*Alice's Adventures in Wonderland*) 路易斯・卡羅(Lewis Carroll)

CB《獵魔師:嗜血女巫的復仇》(*The Wardstone Chronicles: The Spook's Apprentice*) 喬瑟夫・德蘭尼(Joseph Delaney)

CB《石頭心》(*Stoneheart*) Charlie Fletcher

CB《冰符國的哭泣》(*The Cry of the Icemark*) Stuart Hill

CB《十三號月臺的祕密》(*The Secret of Platform 13*) 艾娃・伊寶森(Eva Ibbotson)

CB《森林奇樹》(*The Tree that Sat Down*) Beverley Nichols

CB《龍騎士三部曲:降龍火劍》(*Inheritance Cycle: Eragon*) 克里斯多夫・鮑里

尼（Christopher Paolini）

CB《碟形世界特警隊》（*Discworld: The Colour of Magic*） 泰瑞・普萊契爵士（Sir Terry Pratchett）

CB《奎師塔門西的眾世界》（*Chrestomanci: Charmed Life*） 黛安娜・韋恩・瓊斯（Diana Wynne Jones）

YA《玻璃王座》（*Throne of Glass*） 莎菈・J・瑪斯（Sarah J. Maas）

十本圖像小說書單

ER《太空女孩麗塔》（*Zita the Spacegirl*） Ben Hatke

CB《大耳朵超人》（*El Deafo*） 希希・貝爾（Cece Bell）

CB《牙套日記》（*Smile*） Raina Telgemeier

CB《美生中國人》（*American Born Chinese*） 楊謹倫（Gene Luen Yang）、圖／Lark Pien

YA《地球物語》（*The Encyclopedia of Early Earth*） Isabel Greenberg

YA《雷的華氏451度》（*Ray Bradbury's Fahrenheit 451*） Tim Hamilton

YA《雕刻200日》（*The Sculptor*） Scott McCloud

YA《愛達與巴貝奇：世界第一台電腦的發明史》（*The Thrilling Adventures of Lovelace and Babbage*） Sydney Padua

YA《失蹤男孩》（*The Lost Boy*） Greg Ruth

YA《這個夏天》（*This One Summer*） 文／玉城真理子（Mariko Tamaki）、圖／玉城吉莉安（Jillian Tamaki）

十本馬兒書單

ER《小木馬歷險記》（*Adventures of the Little Wooden Horse*） Ursula Moray Williams

CB《玉女神駒》（*National Velvet*） Enid Bagnold

CB《黑駿馬》（*The Black Stallion*） Walter Farley

CB《哈雅公主的小馬》（*The Princess and the Foal*） Stacy Gregg

CB《銀駒》（*The Silver Brumby*） Elyne Mitchell

CB《戰馬喬伊》(*War Horse*) 麥克・莫波格(Michael Morpurgo)

CB《我的朋友弗利卡》(*My Friend Flicka*) Mary O'Hara

CB《飛馬帕加索斯》(*Pegasus: The Flame of Olympus*) Kate O'Hearn

CB《黑神駒》(*Black Beauty*) 安娜・史威爾(Anna Sewell)

YA《天蠍騎士》(*The Scorpio Races*) Maggie Stiefvater

十本間諜故事書單

CB《間諜犬GM451》(*Spy Dog*) Andrew Cope

CB《超級偵探海莉》(*Harriet the Spy*) 露薏絲・菲茲修(Louise Fitzhugh)

CB《007前傳:銀鰭》(*Young Bond: SilverFin*) Charlie Higsont

CB《少年間諜艾列克——風暴剋星》(*Alex Rider Series: Stormbreaker*) 安東尼・赫洛維茲(Anthony Horowitz)

CB《古鐘之謎》(*The Secret of the Old Clock*) Carolyn Keene

CB《智天使間諜團》(*Cherub Series: The Recruit*) Robert Muchamore

CB《誰是X先生?》(*Liar and Spy*) Rebecca Stead

YA《說愛你就要殺死你》(*Gallagher Girls Series: I'd Tell You I Love You, But Then I'd Have to Kill You*) 艾莉・卡特(Ally Carter)

YA《梅杜莎計畫》(*The Medusa Project: The Set-Up*) Sophie Mckenzie

YA《英倫懸疑四部曲:紅寶石迷霧》(*The Ruby in the Smoke*) 菲力普・普曼(Philip Pullman)

太倔強

being **OBSTINATE**

PB《死心眼的蓋波》(*The Very Persistent Gappers of Frip*) 文/喬治・桑德斯(George Saunders)、圖/藍・史密斯(Lane Smith)

孩子一頭栽進什麼事物的時候，意志之堅定往往令大人折服，不過夠聰明的大人總會想盡辦法隱藏這種感覺。家裡若有性情特別固執的孩子，適合各年齡閱讀的仙子故事《死心眼的蓋波》（但可能最適合青少年讀），或可為提供孩子一面鏡子，和一些難忘而觸動人心的圖畫。

只有三間歪歪破木屋的小鎮飽受蓋波侵擾——蓋波是一種長了好幾隻眼睛的亮橘色小怪物，那些眼睛看似馬鈴薯表面的疙瘩。蓋波非常喜愛山羊，一看見山羊，就會發出開心的尖叫。可惜山羊對此難以消受，刺耳的尖叫不但聽得牠們渾身癱軟無力，更嚇得牠們睡不著，且生不出羊奶。這對依賴羊奶維生的小鎮來說是一大麻煩，於是小鎮兒童必須把蓋波趕得老遠，用特製的刷子刷掉山羊身上的蓋波，把它們裝進布袋，再倒進海裡。蓋波沉到海底，可是三小時後又一個個回到小鎮，繼續騷擾可憐的山羊。

最靠近海邊的破木屋裡住了一個能幹的女孩，她打算解決這個僵持不下的局面。但她不但得對付那些死心眼的小怪物，還必須說動她爸爸。她建議搬家遠離小怪物，或另尋謀生之道，可是爸爸根本不予考慮。他們的鄰居也一樣固執。最後她總算想到的驚人好點子，讓爸爸、鄰居、山羊，甚至是蓋波都滿意極了。我們不會在此宣布答案，只透露關鍵即在於處事的彈性——一種受到低估、無人讚頌的特質。且讓此念頭潛移默化你家的孩子吧。

參見 專橫跋扈 86、萬事通小孩 206、受不了日常作息有所改變 316、卡住了 368

格格不入

feeling like the **ODD** one out

參見 覺得與眾不同 127

不喜歡老人家

not appreciating **OLD PEOPLE**

PB《愛之湯》(*Zen Ties*) 弘穆司(Jon J. Muth)

CB《奶奶當過工廠女工》(*Granny was a Buffer Girl*) Berlie Doherty

按理說幼童和年邁的老人家堪稱最佳良伴。幼童有無比的活力，老人家有無比的沉靜與智慧——藉由交換與交流，老的小的皆感到自在與閒適，互蒙其利。無奈有時難免事與願違。尚未嘗到人生苦味的孩童和身邊那些枯萎、無牙且心懷怨懟的老者相處起來感到不安，腳步不穩的老人家可能又覺得幼兒太吵，太難以駕馭，此時不如以《愛之湯》緩衝一下。卡爾、艾蒂和麥可三兄妹是我們在弘穆司其他靜水師父作品中常見的人物，他們聽見熊貓師父靜水說要去拜訪魏婆婆時並不了解。「是那個魏婆婆嗎？」麥可問，他的意思是難道是那個邊說話邊吐口水、每次經過她家就對他們破口大罵的魏婆婆。靜水師父用他那「你終將明白」的禪意眼光注視他們，孩子們於是同意結伴前往——如同我們一樣，捨不得拒絕和這位寧靜沉穩的熊貓大師共度一個下午。

起初脾氣暴躁的魏婆婆表現得名符其實。「你帶這些小孩過來幹麼？」她粗聲抱怨道。可是靜水大師用熊貓掌愛憐的擁著她那瘦伶伶的肩膀，幫著她煮湯，又叫孩子們打掃屋裡上上下下，在她身邊畫畫，三兄妹這才發現老潑婦心中其實隱藏了一個友善的靈魂，以及有趣的人生歷練。一如穆司其他精采作品，禪意無限的漣漪直觸心靈，卻不含一點說教的意味。

青少年一定要認識一下《奶奶當過工廠女工》中的潔絲。這是潔絲即將出國一年的前一天晚上，關係緊密的家人在她位於謝菲爾德的家裡共度晚餐，為她餞行，包括不斷聊起外婆的外公傑克，彷彿外婆仍然活著，此外還有爺爺艾伯特和奶奶桃樂絲。聽長輩談起過去的故事，潔絲百感交集，像海綿似的一概吸進腦海裡。我們隨著不同人物變換視角，聽著已故的天主教少女當年如何愛上信奉新教的傑克外公——和他的摩托車，然後不顧雙方父母的反對毅然決然嫁給他。接著是年輕的桃樂絲，也就是書名所說的「女工」，在當地的鋼鐵餐具工廠裡操作拋光機器，以為可以贏得老闆兒子的青睞，到頭來還是認命嫁給隔壁的男孩艾伯特。潔絲記得自己十幾歲時必須單獨應付外婆的妹夫，也就是「難纏」的姨姥爺，當時垂死的他已經無法講話，她是家中唯一聽懂他想說什麼的人。眼看長輩的過往和她的人生融合在一起，我們看出她打算離開兩起醞釀中的情緣多麼受到他們的影響。最重要的是，這個故事提醒年輕人家裡的長輩也年輕過，也曾前途未可限量。

參見 覺得親戚很無趣85、不得不親一下阿婆183、不友善403

身為長子（女）
being the **OLDEST**

參見 不得不照顧年幼弟妹341

身為獨生子女
being an **ONLY CHILD**

CB《及時的一針》（*A Stitch in Time*） 賴芙麗（Penelope Lively）

CB《姆米一家與魔法帽》（*Finn Family Moomintroll*） 朵貝・楊笙（Tove Jansson）

不僅獨占家長的關注，身為獨生子女能享受許多歡樂。不過身為獨生子女偶爾也只能一切靠自己（參見：無聊84、覺得沒有朋友159），家長和孩子都盼望多幾個玩伴換換口味。《及時的一針》中十一歲的瑪利亞是個獨生女，她大半時間喜歡獨處，跟不認識的孩子相處時覺得羞澀又尷尬，何況她又愛看書（參見：只想當個小書蟲82），不擅於臨時起意和活潑的遊戲。因此當她和父母來到海濱城市附近一間小木屋過暑假時，爸爸媽媽期望她自己找樂子，一開始她很開心，不久又覺得無聊起來。

她總是習慣和沒生命的東西說話，路途中，瑪利亞跟加油泵聊了半天。抵達目的地後，她和同住小木屋的一隻壞脾氣貓咪聊得更久。貓咪問她為何不肯和隔壁幾個吵鬧不休的小孩玩耍。「你是怕他們不想跟你玩。」牠說。當然，她覺得那隻貓比隔壁的孩子容易親近，不過她仍然注意到比弟妹文靜許多又愛沉思的大哥馬丁。之後瑪利亞不知不覺受到馬丁吸引，但她也對住在維多利亞風小木屋、一個名叫哈麗葉的女孩無比好奇。她在小木屋下方的海灘碰巧看見一個菊石的刺繡樣（繡在上面的字說明此物由十歲的哈麗葉・波斯提開始，並於一八六五年九月三十日由蘇珊・波斯提接續完成），她想知道哈麗葉為什麼沒繡完就中斷了。是否和不牢靠的白色懸崖，或是她偶爾聽見卻無人聞問的狗吠有關？

這是一個發人深省的故事，表達出獨生子女才有的憂慮：他們適合待在世界上什麼地方？他們在哪裡才能受到歡迎？瑪利亞覺得自己和哈麗葉十分親近，她擁抱那女孩的回聲，然而更重要的是，她開始和馬丁成為真正的朋友，甚至覺得自己屬於他那熱鬧家庭的一分子。瑪利亞有了自信之後不再保持沉默，她相信自己能在對的時候說出對的話，讀過瑪利亞的故事，躲在硬殼裡不敢交朋友的孩子一定也會受到鼓舞。

至於年紀較小的孩子，我們推薦《姆米一家與魔法帽》（姆米適合所有年齡閱讀）——朵貝・楊笙的姆米系列第二集，說的是來自芬蘭森林那些害羞、可愛、模樣如河馬的姆米一族，姆米托魯享有一切獨子的好處，卻沒養成任何壞習慣。身為姆米媽媽（絕對是文學作品中最可靠、最公正也最懂得體諒孩子的母親）和姆米爸爸（雖然相較之下遜色許多，但也因此暗藏笑點）的獨子，姆米托魯完全相信自己受到無微不至的呵護。他倒是從不缺少玩伴——多半是因為姆米媽媽的敞開大門策略。任何人只要提了行李箱來到姆米家門口，姆米家人一定張開雙臂歡迎。

姆米托魯所有的朋友都是這麼收容來的，包括司那夫金、司諾克、司諾克小姐、米妮和姊姊美寶、亨姆廉、托夫斯藍和碧芙斯藍。哪怕那隻個性陰鬱、總愛窩在吊床上讀《萬物皆無用》的麝香鼠，也受到姆米一族的包容與殷殷款待。或許這也解釋了姆米托魯為何一點不像刻板印象中的獨生子，他從不為所欲為（參見：想要掌控200），從不只說不聽，也知道與人分享（參見：無法分享335）。朋友傷心的時候，姆米托魯會恭敬的等著聆聽他們吐露心事。當姆米托魯最要好的朋友司那夫金決定離開再度單獨去冒險時，難過得要命的他還是為好友辯護（「有時候我們就是需要獨處。」他說，雖然語氣稍嫌高傲了些）。霍伯魔王准他許一個願望時，他毫不猶疑的說，他希望姆米媽媽堆了滿桌可口食物的餐桌能飛向司那夫金，「剛好降落在他面前！」

簡單的說，姆米托魯是最令人稱羨的人物，獨生子女（及家長）若以他（和他母親）為師一點不為過。

參見 寂寞213、早熟292、受不了日常作息有所改變316、寵壞了361

希望自己是孤兒

wishing you were an **ORPHAN**

CB《波特萊爾大遇險：悲慘的開始》（*The Bad Beginning*） 雷蒙尼・史尼奇（Lemony Snicket）

當個孤兒其實不如童書中寫的那麼好玩。假如你家小孩有這種錯誤印象，且希望他們的家長（就是你啦）適時翹辮子，丟下他們自生自滅，那你最好介紹他們讀一讀雷蒙尼・史尼奇險惡刺激的《波特萊爾大遇險》系列小說。打從一開始，波特萊爾家倒楣的姊弟三人——紫兒、克勞斯、桑妮在《悲慘的開始》中因家裡一場大火失去雙親，接著又遭遇一連串不幸，而且是那種即使死對頭碰到也覺得不忍的慘事。如同敘事者自始以來的警告，如果我們喜歡快樂結局的話，還是讀別的書好了（本書推薦的其他書幾乎都行）。

波特萊爾三姊弟成為孤兒的消息是波先生透露的，這位乾瘦的銀行家受託照顧他們，和他們家可觀的財富。四年之後，紫兒（未來可能成為發明家，每當她在想點子的時候，總會用髮帶把頭髮束起來）長到十八歲時，將可繼承父母的遺產。不過眼前，紫兒、愛讀書的克勞斯和還是嬰兒的桑妮（她喜歡用四顆尖尖的乳牙咬東西），即將動身與一位遠親歐拉夫伯爵同住。三姊弟覺得奇怪的是，此人既然跟他們同住一個城鎮，為什麼從沒聽父母提起過他；不過他們仍然保持樂觀。但等他們來到歐拉夫伯爵陰暗、破敗的屋子，窗簾拉得密不透風，三人的希望隨之破滅。只消看一眼歐拉夫伯爵（一字眉底下閃著兇光的眼睛，和腳踝上悚然的刺青），他們便知自己的命運開始急轉直下。不久，他們不知不覺的捲入伯爵的陰險計畫，他為了霸占遺產，強迫紫兒嫁給他。

本書不但沒有快樂的結局，沒有快樂的開頭，讀到一半也沒多少快樂的事。說真的，身為孤兒，在本系列任何一本書中都碰不到半點好事。倘若你家小孩讀到第十三本仍然希望你人間蒸發的話，或許怪不得他們，那麼為了孩子，或許你應該立刻送他們到寄宿學校就讀才是。

參見 父母令人難堪 267、父母太強勢 270、父母太嚴格 273

嚮往外太空
obsessed by **OUTER SPACE**

參見 十本太空書單 249

像個外人
feeling like an **OUTSIDER**

參見 覺得與眾不同 127

不信任外人
distrust of **OUTSIDERS**

PB《島》(*The Island*) Armin Greder

CB《難忘的外套》(*The Unforgotten Coat*) Frank Cottrell Boyce

要輕輕鬆鬆、全心全意擁抱初來乍到的人，對孩子來說並不容易——尤其陌生人若來自前所未聞的地方，說著聽不懂的語言，衣著打扮又看不習慣。不妨利用《島》這本圖畫書鼓勵孩子敞開心胸去接納外來者，這個使人冷靜的故事探討無知與缺乏信任可能轉變為恐懼，恐懼再演化為殘酷。雖是八歲以上兒童適讀的繪本，我們仍然不建議幼童或膽小的孩子閱讀。

故事開始於一個不知名的小島，一名陌生人遭「命運與洋流」沖上海灘。全身赤裸、毫無毛髮的他完全不比高頭大馬的島民更具威脅，何況他們個個手中還揮舞著乾草叉。然而島民立刻對陌生人滿心懷疑，其中一人建議把陌生人送回海上，說他搞不好「離自己人太遠，根本就不喜歡待在這裡。」一個懂海的漁夫說，要是把陌生人送回海上，他只有死路一條。這時我們會翻到無字的跨頁，只見煤炭般令人生畏的灰黑色天空底下，那同樣令人生畏的一片灰黑色大海。於是大夥決定把他當牲畜似的關在圍欄裡，扔給他一些稻草，繼續過著他們骯髒、貪婪的生活。

但那陌生人也需要食物、衣服和溫暖，後來他出現在小鎮，早已飢餓又絕望。島民相當不滿。他們自己都快吃不飽了，幹麼還得餵飽他？那位再次感到良心不安的漁夫說，既然他們收容他了，他就是大家的責任：不能無視於他的需求。可是島民此時逐漸開始驚慌害怕起來，我們從一連串的漫畫框中看到島民腦中一幅比一幅更為駭人的畫面，他們想像赤裸的他蹲著的模樣，然後是晚上他睡在他們的床上，或是手拿刀子躲在黑暗的角落意圖不軌⋯⋯謠言散播的同時，恐懼也愈升愈高，陌生人終究難逃一死。人人都了解本書想要傳達的訊息，那就是偏見可能加劇加深到全然失控的地步，若是不予制止，任其發展的話，說不定會把你變成你最害怕的人。如此意義深長的傑作，家中絕對要備上一本。

《難忘的外套》是另一個稍微輕鬆但一樣深刻的移民故事，相信可以培養出年輕讀者的同理心。故事中生動刻畫一對來自蒙古的難民兄弟，來到英國默西塞德郡的布特爾鎮生活。身穿厚重毛皮外套的兄弟倆，暑期就學時完全不知所措，不過他們對別人對待自己的方式卻很有想法，因此同學們也變得小心翼翼。好在敘事者茱莉自願擔任他們的「好嚮導」。兩兄弟漸漸對茱莉敞開心胸，說起荒涼、陌生的蒙古大草原發生的種種故事，那兒有戴著頭罩被馴服的老鷹，那兒人人有一匹馬，那兒有竹子搭建的行動王宮。於是茱莉以為他們現在住的屋子想必有如忽必烈的避暑行宮一樣宏偉壯觀，她決定非親眼看看才行。當然，等她終於見到時，發現他們不過是住在靠近天橋的一棟令人沮喪的國宅十樓，他們淚流滿面的母親生怕非法移民身分因此暴露，硬是當著她的面使勁把門關上。

《難忘的外套》書頁的線條與拍立得相片刻意模仿學校的作業本，既象徵茱莉的天真，希望自己能夠幫助兄弟倆順利適應新生活，但也象徵移民光明前途的夢想難尋。讀到最後，我們發現故事相當寫實，因此若要探討當今社會的重大議題，本書尤其適合當作討論的起點。

參見 跟陌生人交談 367、過於信任 396、不友善 403

太過疲倦

being OVER-TIRED

孩子一旦到達臨界點，哭鬧當然難以避免。這時不如喝杯琴湯尼，讓孩子發洩個夠，一邊從以下的好讀書單中挑出一本來，等孩子恢復平靜後遞給他。

十本撫慰人心的書單

PB《雪人》（*The Snowman*） 雷蒙・布力格（Raymond Briggs）

PB《穿背心的野鴨寶兒》（*Borka*） 約翰・伯寧罕（John Burningham）

ER《小熊看世界》（*Little Bear*） 文／艾爾斯・敏納立克（Else Holmelund Minarik）、

圖／莫里斯・桑達克（Maurice Sendak）

ER《青蛙和蟾蜍——好朋友》（*Frog and Toad Are Friends*） 艾諾・洛貝爾（Arnold Lobel）

ER《祕密島》（*The Secret Island*） Enid Blyton

CB《奧伯利的任務》（*Aubrey and the Terrible Yoot*） 文／Horatio Clare、圖／Jane Matthews

CB《納尼亞傳奇4：銀椅》（*The Silver Chair*） C. S.路易斯（C. S. Lewis）

CB《海狸的記號》（*The Sign of the Beaver*） 伊麗莎白・喬治・斯皮爾（Elizabeth George Speare）

YA《我永遠不會……》（*Never Always Sometimes*） Adi Alsaid

YA《東方快車謀殺案》（*Murder on the Orient Express*） 阿嘉莎・克莉絲蒂（Agagha Christie）

給大人的療癒書

PB《寶貝老闆》（*The Boss Baby*） 瑪拉・弗雷齊（Marla Frazee）

這本圖畫書讀來也不賴，尤其是你被家中寶寶累得脾氣暴躁的時候。這個無情諷刺現代育兒經的作品，說的是一個坐著豪華轎車降臨世間的嬰兒，手拿公事包，一副標準商業大亨的模樣（包括禿頭在內），接著他立刻給爸媽安排整天的工作——沒有半點休息時間。等你家小孩停止哭鬧，寶貝老闆的鐵腕統治早已逗得你呵呵笑，待會兒讀睡前故事給孩子聽，你的心情也會好多了。

體重過重
being **OVERWEIGHT**

CB《凍結》（*Frozen in Time*） Ali Sparkes

現代孩童若是體重過重，就是一種危險，現今英國兒童有四分之一體重過重，其中一半是肥胖兒童。大家熱烈辯論其中的原因，不過大多承認孩子應多做運動，少吃加工食品。為了戰勝子女生命中的兩大禍害，請讀振奮人心的《凍結》一書。

十二歲的班和姊姊瑞秋一放假就被父母丟給傑若米叔叔（參見：暑假373），兩人不得不忍受潮溼的無聊暑假。無奈太陽才出來不到十分鐘，電視的天線同時故障，兩姊弟只好走到屋外的花園，這還是他們幾星期以來頭一遭走出大門。沒想到姊弟倆竟找到一間密室，裡面有兩個沉睡的孩子和一隻狗，後來才發現早在一九五六年，這兩人一狗即被「人體冷凍技術」凍結起來。

波麗和佛萊迪醒來時，四個小孩才明白他們其實是表親，波麗和佛萊迪以前住的就是這間屋子，現在他們必須找到父親，如果他仍健在，肯定已經很老了。不過他們也很快發現儘管四人相處融洽，態度倒是大不相同，譬如女性扮演的角色，四處走動的最佳方式，還有食物。兩位爽朗的表親在鄉下騎三十幾公里自行車完全不當一回事，危急時分輕鬆游泳過河，或是兩三下變出豐盛的火鍋，班和瑞秋不得不反省自己久坐不動的生活型態——年輕的讀者亦然。或許他們耳濡目染，也漸漸說起五〇年代的口頭禪呢。

參見 身體形象 80、憂鬱症 124、卡住了 368

為所欲為

wanting your OWN WAY

參見 專橫跋扈 86、想要掌控 200

令人痛苦
being a **PAIN**

參見 自以為了不起 83

好痛
being in **PAIN**

《往事》(*Once*) 莫里斯・葛雷茲曼(Morris Gleitzman)

痛苦最好的療法就是分心，而最理想的分心方式當然就是讀個好故事。本書介紹的任何一個故事都可能緩解身上的疼痛，但沒有一本比得上《往事》，書中的主角也善加利用故事的麻醉力量。

菲利克斯這輩子都在說故事給自己聽，不過最近他覺得愈來愈迫切需要聽故事。納粹在波蘭四處圍捕和他一樣的猶太人時，他藏身於一間天主教孤兒院裡，不斷告訴自己總有一天爸媽會來接他，以保住心中一線希望。他習慣從周遭環境中讀出意義，一天他難得在湯裡找到紅蘿蔔，於是告訴自己這是來自父母的暗號，盼望他去找他們。因此他離開了安全的孤兒院徒步走回故鄉，卻發現另一家人住在他家。聽見身邊槍聲響起時，他給自己說個農夫獵兔子的故事。唯獨在他眼見堆滿屍體的一個恐怖深坑時，他才暫時說不出話來。

可是層層屍體中竟夾雜著一個還活著的小女孩塞爾達，菲利克斯帶領她離開危險（及她父母慘遭謀殺的真相）的同時，他又開始編故事了，看著途中經過他們身邊的卡車，他解釋車上一個個憔悴削瘦的男男女女：「他們要去鄉下度週末呢！」他說。等到他們自己也險些被趕上卡車，一位好心的猶太牙醫巴尼及時救下他們。巴尼靠著為納粹拔牙保住自己（和擠滿地下室的一群猶太兒童）的性命。那牙醫看見菲利克斯如何利用故事保護自己遠離心中的痛苦，既然手邊沒有麻醉藥，便說服他如法用在他的病患身上。菲利克斯奇妙且樂觀的故事大獲成功，故事裡既有適時送達的可口蛋糕，波蘭叢林裡也有四處走動的野生動物。

從故事開始到結尾，菲利克斯都被另一個說書人高高舉起，那人就是現實人生中《威廉在此》（各位若想讀她的書，參見：週末想打工 204）系列作品的作者里琪茉．柯羅姆頓（Richmal Crompton）。他每晚向她禱告，彷彿她是女神。沒有她的支持，菲利克斯說不出那麼多故事，每個編故事的人都需要一位榜樣。下回你若是認識一個痛苦的孩子——無論是心痛還是身體的疼痛，就給他們讀這本具有麻醉、分心及撫慰力量的書吧。

參見 卡住了 368

父母令人難堪
embarrassing **PARENTS**

YA《只穿襪子怎麼夠？》（*Socks Are Not Enough*） Mark Lowery

父母做出的難堪事實在族繁不及備載，在此僅列出短短幾項：穿著太過講究，或是刻意裝酷；拿舔過的手指頭抹掉子女臉上的汙漬；瞧見孩子和同學在對街，立刻大聲打招呼：「嘿！嘿！」（有些父母更可怕，竟想跟孩子的同學一起廝混）；還有舞跳得遜透了。倘若你認識的小孩當中有這種難堪的困擾，趁他們父母沒注意的時候，快把這本書從他們門縫底下塞進去。

十四歲的麥可有天回家，撞見正在喝茶的父母，可是他們除了襪子之外，渾身一絲不掛，他的世界從此開始崩解。「那絕對是我這輩子最糟糕的一刻」，他在日記裡如此描述這件事，日記是他在學校每天一次情緒管理課的心理輔導老師要求他寫的。麥可的問題不僅在於父母決定赤身露體過生活，他對驢子、卡士達醬和裸體也非常不以為然。而且不知怎的，這一切都跟「學校最美麗的女生」露西有關係。我們眼看他一一解決所有的問題，過程中也很享受他逗趣的說話方式。他告訴我們，那心理輔導老師的大手可以「捏死一隻小貓」，相較之下，她滿口輕快的愛爾蘭腔，「有如從門底下穿透的風一樣溫柔」。我們於是了解其實一切都從幾年前德文郡一次逐漸成形的海灘假日開始。最後麥可成為一個更願意接納的人，和父母的關係大有改善，足以讓他原諒他們的怪癖，他和露西的關係也發生振奮人心的逆轉。讀了這個故事，你家小孩就會明白，好在他們的家長沒那麼糟。

參見 尷尬 60

父母
having **PARENTS**

《父母代辦處》(*The Parent Agency*) 文／David Baddiel、圖／Jim Field

父母在通常是個福氣，但也不盡如此（參見：父母令人難堪 267、父母太強勢 270、父母太嚴格 273）。若有當子女的開始懷疑自己是否抽到下下籤，那就非讀本書不可，這個故事先徹底搗毀為人父母之道，再以正向能量重新建立起來。

巴瑞痛恨父母的事不勝枚舉，所以他不斷更新列出的清單，包括：無趣（老爸在IKEA上班；老媽一輩子過著堆滿及清空洗碗機的日子）、決定給他取名為巴瑞（他所有朋友的名字都很酷，如傑克、路卡斯和塔吉）、對他的雙胞妹妹比較偏心、總是累得半死、嚴格、不准他玩電動。但他最痛恨的，莫過於他們負擔不起他想要的生日派對——他朋友都有的那種，例如玩小型賽車，或是坐豪華轎車兜風一下午。許多孩子會同情他。不過，有一天他大聲高喊：「我想要更好的爸媽」時，接著發生的事讓他大吃一驚。先是房間震動起來，然後他發現自己來到陌生的城市，閃亮的霓虹燈宣告這裡是孩子國——一個子女可以挑選父母的城市。

偌大的市政大樓裡，兩名手拿文件夾的女孩問他想要什麼樣的父母。原來他可以試用每一對父母一天再做決定，不過巴瑞決定判斷的最佳方式就是要求他們給他開派對。第一對父母是洛德勛爵與夫人，他們名符其實的富有，住的是豪宅，巴瑞可以在那裡射擊綁了鏈子的漂亮松雞。然後是艾略特和酷媽媽，他們住帳篷，隨便巴瑞想做什麼就做什麼。接著是一對網紅叫做佛拉斯歐林娜，他倆把兩人的名字連成一個字，並且在「鳥噪音」（等同於推特）上分享他們所做的一切。最後是超級健美的德瑞克和艾蜜莉，他倆沒完沒了的運動管理把巴瑞累得半死。在試用的混亂過程中，巴瑞禁不住回想起以前的日子，我們也不免發現孩子國許多人物似乎跟家裡有些人怪相似的……等他嘗過成為父母最疼的小孩、吃到第一片生日蛋糕、選擇看哪部電影的滋味後，他開始為新手足感到難過。他的潛意識中總有一種感覺呼之欲出，其實外頭有兩個人最適合當他的父母，雖然看得模模糊糊，不過偶爾他們的身形好像會變得比較清楚……

好，看出故事怎麼發展了吧——但讀起來挺愉快的。孩子若對自己的長輩一樣不滿意的話，一定會喜歡這個挑選完美父母的幻想作品，同時不免疑心自己沒去過孩子國，會不會錯過了完美的父母。

給大人的療癒書

PB《杏仁蛋白糖豬》（*The Marzipan Pig*） Russell Hoban

如果你家小孩表示對父母失望的話，把鞋脫了，拿起《杏仁蛋白糖豬》，蜷曲成腹中胎兒姿勢讀一讀吧。本書看似童書，其實是存在主義的佳作，老一點、悲傷一點的靈魂最能體會個中的心碎與失落。一頭杏仁蛋白糖豬掉到長沙發後面，「一點法子也沒有」。他知道，讀者知道，要是你敢讀這個故事給孩子聽，他們也會知道。「救命哪！」他無力地呼喊，可是沒人聽見，過了一段時間，他變硬也變苦了，真是浪費了一身的糖！他想，接著就被一隻老鼠吃掉了。是的，沒錯，更糟的還在後面。豬的悲痛與渴望進入那隻老鼠的心裡，牠不曉得該拿這些料不到的情緒怎麼辦——只覺得忽然之間莫名其妙地需要得到老爺鐘的愛。這份感情又轉移到一隻貓頭鷹身上……如此這般繼續下去。有時偉大的情感無從解釋，既一廂情願，也毫無道理可言。你永遠無法同子女說清楚人們為了愛受到多少折磨——他們對你失望又令你多麼心痛。不過沒關係。再來一杯琴湯尼，任淚水灑在書頁上，不如讓你的杏仁蛋白霜外皮稍稍變硬一點。

父母太強勢
PUSHY PARENTS

PB《OK啦》（*The OK Book*） 文／愛美・羅森戴爾（Amy Krouse Rosenthal）、圖／湯姆・立特德（Tom Lichtenheld）

大人站在邊線給孩子加油打氣是一回事，可是一看見孩子洩氣⊛，就緊跟在後罵罵咧咧，猛掐他們的屁股的話，那又完全不同了。強勢父母可能毀了能幹的小孩，好玩的活動也變得樂趣盡失，更會使得孩子過於自責。假如你身邊的小孩被逼成這樣的話，不妨以《OK啦》這本書鼓勵他們其實已經夠好了。小小棍子人的頭是字母「O」，身體是側躺的K，它知道自己許多事做得OK（像是爬樹，游泳，分享），但都沒有很出色。但誰在乎呢？「有一天，我會長大，到時我就會非常擅長某件事。」它說著想像自己坐在畫架前、在花園裡挖土，或是坐上火箭飛向太空。直到最後我們才發覺棍子人就是直著寫OK。每當完美主義快要占上風的時候，不如拿粉筆在人行道上畫個OK棍子人吧。

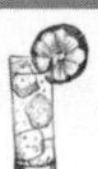

給大人的療癒書

CB《爸媽太超過！》（*How to Train Your Parents*） Pete Johnson

假如這一行文字看得你坐立難安，我們建議你讀讀看爆笑的《爸媽太超過！》。故事描述十二歲路易斯的困境，立志當搞笑藝人的他愈來愈擔心家裡兩個「歷史遺跡」的奇怪行為，比方說為他選讀的新學校。他們幹麼送他來這個小班制的學校就讀？同學們又幹麼對考試結果那麼感興趣？他的新朋友麥蒂倒是統統搞定了。若想鼓勵老爸老媽多多參加自己的活動（例如去學騷莎舞），他們就會少點時間逼你做這做那。但也可能適得其反。麥蒂已經把父母訓練得十分像樣，所以就算蹺課一天陪路易斯去倫敦參加喜劇比賽，他們也沒發現。的確，他們根本忘了家裡有個女兒……這個讀來輕鬆熱鬧的故事足以讓你重新考慮，別像老鷹似的監視子女的一舉一動（或許這就是他們幫你報名學騷莎舞的原因吧）。

參見 焦慮53、考試141、不想寫功課196、不得不學樂器235、想博得讚美291

多元家庭

same sex **PARENTS**

PB《一家三口》（*And Tango Makes Three*） 文／賈斯汀．理察森、彼得．帕內爾（Justin Richardson and Peter Parnell）、圖／亨利．柯爾（Henry Cole）

YA《暖氣管的好處》（*The Benefit of Ductwork*） Kira Harp

YA《顛倒生活》（*Living Upside Down*） Kate Tym

不管你是想認真思考自家的同性伴侶，或企圖打開孩子的心胸，認識家庭可能的樣貌，都請從紐約中央公園裡兩隻企鵝為主角的溫馨故事《一家三口》讀起。羅伊與史力歐渴望孵養自己的寶寶，可是身為企鵝夫妻中唯一的同性伴侶，他們似乎怎麼也生不了蛋。眼看著身邊一個個胖嘟嘟的可愛寶寶愈孵愈多，他們愈來愈感到絕望，甚且妄想坐在蛋形石頭上。幸好保育員古先生把他們的困境看在眼裡，眼見另一對企鵝生了兩顆蛋，便偷偷把一顆蛋塞進羅伊與史力歐的窩裡。沒有哪個企鵝寶寶盼得到比他倆更盡心盡力——或描繪得更討喜的爸爸。《一家三口》根據真實故事改編，不過故事的重要性仍然超過其爭議。

稍大一點的孩子若想找兩個爸爸的榜樣跟自家兩個爸爸比較一下，應該會喜歡書名怪有趣的《暖氣管的好處》。從小到十七歲，被領養的安迪多半跟阿爹和阿爸一起過著平靜無事的生活。可是當他們把因同性戀遭攆出家門的十三歲凱爾帶回家時，他的世界也開始地動山搖。安迪的兩個爸爸希望敏感的凱爾知道這個家不會以性傾向妄加評斷一個人，安迪卻覺得受到威脅，以為阿爹和阿爸最後一定會偏愛比較可愛的弟弟。因此凱爾穿了粉紅T恤上學，被同學取笑是「嬌嬌男」時，安迪沒有挺身捍衛他。他想這是他的錯，並且記起自己小時候也曾被人取笑有兩個爸爸。

當然，阿爹和阿爸為安迪沒盡到大哥責任而深感失望，然而就在當天夜裡，安迪無意間透過暖風管聽到兩個爸爸的談話，他總算明白他們最重視的是什麼，他若能夠幫助凱爾度過人生中這段艱難時刻，又會是多麼開心。這個令人振奮的故事不但發人深省，也讓我們看到同性父母面對的問題一如異性父母，他們一樣也得設法解決。

若要兩個媽媽的故事，請讀《顛倒生活》。十六歲克蘿伊的媽媽離開爸爸，跑去跟個女人「同居」時，她心目中的「正常」標準為之瓦解。起初她盡量保密，不給人知道媽媽的最新狀況，生怕自己成為別人「背後說三道四」的對象。私底下，她假裝是電視紀錄片裡的人物。「喔，蘇，我對整件事情看得很開。老爸還是老爸，老媽還是老媽。我真的不認為性傾向代表一個人。」但是偶爾她想像自己去上毒舌脫口秀，沒完沒了的罵媽媽的伴侶葛麗絲如何「毀了她的生活」（媽媽在一旁哭得傷心欲絕）。在真實生活中，接近媽媽變得愈來愈難，葛麗絲似乎很跋扈又討厭她，媽媽又一副很怕她的模樣。等到幻想的情景從電視節目換成精神醫生的辦公室、法院及少年監獄——這個高明又細膩的布局讓讀者得以探討克蘿伊的情感，我們於是了解問題並非媽媽的性傾向，而是她身處的特殊關係。不管當父母的能否跳脫刻板印象，相信青少年讀者懂得克蘿伊在學校需要得到接納，也了解重要的是父母與伴侶過得幸福又愛得堅定，而非伴侶的性別。一旦想通這一點，任何人都能從中受惠。

參見 覺得與眾不同127

父母太嚴格
strict PARENTS

CB《我的糟糕媽咪》（*Crummy Mummy and Me*） Anne Fine

倘若你家小孩抱怨你比別的父母嚴格，不妨把《我的糟糕媽咪》這本書擱在家裡某個地方。如果有什麼可以證明不聞不問的父母更糟的話，絕對就是這本書。

米娜她媽並不堅持米娜非上學不可。其實米娜不要那麼緊張非得上學的話，她反而高興——尤其外頭正下著滂沱大雨。每天早上都是米娜扯著喉嚨喊媽媽動作快點，等到媽媽終於出現時，卻總是一身完全不得體的打扮，好比說大冷天穿上無袖洋裝與網襪，米娜不得不請她回房間換件羊毛衣。問題當然是糟糕媽咪無所謂的態度，迫使米娜成為負責任的人，冰箱裡沒有配下午茶的茶點時，她就必須上店家採買。任何孩子一旦看到有個「糟糕媽咪」的真實下場肯定鬆一口氣，幸好他們在家可以當叛逆小子。

參見 不得不做家事104、父母討厭你的朋友163、怕犯錯230、父母令人難堪267、受不了日常作息有所改變316

父母太忙碌
too busy **PARENTS**

《冬冬，等一下》（*Not Now, Bernard*） 大衛．麥基（David McKee）
《第十四道門》（*Coraline*） 文／尼爾．蓋曼（Neil Gaiman）、圖／Chris Riddell

我們並不想讓大人有罪惡感。當家長的既要養家活口、持家、保持身體健康，又不能錯過最新的電視節目（嗯哼），時間真的有點軋不過來。但重要的是，不能讓子女覺得他們被列在待辦事項清單的最底下——或因為太忙，乾脆被剔除了。那麼就讓《冬冬，等一下》陳述真相吧。

冬冬的父母要煩心許多事，沒有一點時間留給冬冬。僅僅是走進爸媽房間，和氣的對爸爸說聲「哈囉，爸」，老爸已經受不了。「冬冬，等一下。」老爸暴躁的應道。不愛抱怨的冬冬（他已習慣了）雖然失望，下巴仍抬得高高的，也想同樣問候媽媽一聲。可是媽媽也受不了「哈囉，媽」。他本想放棄算了，可是情況有了新的進展。花園裡出現一頭怪獸，想要吃掉他，他把事情告訴媽媽時，卻得到一樣的回答，於是他從後門晃到花園，心不甘情不願的向命運投降。麥基以極簡的筆調描繪出冬冬不以為意的和氣，對比父母那令人氣憤的漫不經心，令人十分佩服。每個聽過大人叫他們「等一下」的小孩都會喜歡這本書——其實他們似乎喜歡得讓家長覺得有點受不了了……

大一點的孩童可能跟《第十四道門》中的寇洛琳感覺心有戚戚焉吧。寇洛琳的父母都在家上班，可是他們總是「坐在電腦前面工作」。他們剛剛才搬進這棟與人合住的偌大老宅（參見：搬家232），寇洛琳覺得無所事事。「好好探索這間屋子，」她老爸建議道，連身體也沒轉過來。「數數一共多少道門窗，列出有多少藍色的東西……我得專心工作。」她乖乖照辦，細數每道門每扇窗，因而發現客廳對角那道褐色大門。

穿過這道門，她發現另一間幾乎跟她家一模一樣卻仍不同的屋子，那裡有個跟她媽媽長得一模一樣卻仍不同的女人。「這個媽媽」較瘦，也比較蒼白，眼睛是大大的黑鈕子，她有時間烤隻讓人流口水的黃金烤雞，和她同住的「這個父親」在寇洛琳進房間時，會從電腦前轉過身子看她一眼。「我們準備愛你，跟你一起玩，餵飽你，讓你的日子過得有趣，」這個媽媽說。「這才像話嘛。」寇洛琳禁不住想道。

可是他們變得愈來愈令人不寒而慄，而且好像太想要得到她了。她決定該回自己家的時候，才發現她真正的父母竟然不見了……這個令人心中發冷的故事很容易觸動父母太愛工作的孩子心靈；然而寇洛琳干冒危險解救她的父母，可見儘管他們可望而不可即，她對父母的愛依然深切。最後她開心地和她「真實、美妙、惱人、愉快」的媽媽重聚。這回走進父親的書房時，他會轉身過來，用他那雙「親切的灰色眼睛」笑望著她，然後讓電腦睡覺。把這本書給孩子看完，然後自己也讀一遍。只要真的願意同孩子相處，他們馬上就會原諒你的。

給大人的療癒書

PB《如果你想看鯨魚》（*If You Want to See a Whale*） 文／茱莉．福萊諾（Julie Fogliano）、圖／艾琳．史戴（Erin E. Stead）

小小孩的生活步調似乎跟忙碌不堪的你極不合拍。你有成千上萬的待辦事項，很難管它三七二十一，先躲在沙發後面跟孩子玩躲貓貓，或是為孩子挑出頭髮裡的黏土。為了幫你放慢腳步，請讀這本可愛的圖畫書，書中說的是假如你看見一隻鯨魚該怎麼辦——哪怕是住在海邊，看見鯨魚都是值得大書特書的稀罕事。書頁上稀稀落落的幾樣東西突顯心靈的沉靜，在有織紋的水彩書頁上，膠版版畫的拓印插圖巧妙捕捉到那耐心等候的小男孩、他的狗，以及後來才加入的一隻友善小鳥。這個故事給我們上了關於從容的一課，就讓這本書，把你的身體時鐘調得跟家中小孩同步吧。

參見 無聊 84、寂寞 213、眼睛黏著螢幕 328

父母即將離異
having **PARENTS** who are splitting up

- PB《兩個家》(*Two Homes*) 文/Claire Masurel、圖/凱蒂・麥唐納・丹頓(Kady MacDonald Denton)
- PB《爸媽家輪流住》(*Living with Mum and Living with Dad*) Melanie Walsh
- PB《兩個窩》(*Two Nests*) 文/Laurence Anholt、圖/Jim Coplestone
- PB《可可熊,不是你的錯》(*It's Not Your Fault, Koko Bear*) 文/Vicky Lansky、圖/Jane Prince
- PB《爸媽黏膠》(*Mum and Dad Glue*) 文/Kes Gray、圖/Lee Wildish
- PB《好事成雙》(*The Un-Wedding*) 芭貝・柯爾(Babette Cole)
- CB《不是世界末日》(*It's Not the End of the World*) 茱蒂・布倫(Judy Blume)

父母分居或離婚令孩子感到非常煎熬。對幼兒來說,或可讀些充分反映相關事實的故事幫助他們了解狀況,也能讓孩子放心。《兩個家》中的小男孩和《爸媽家輪流住》中的小女孩儘管都畫了兩個家中兩個房間可能的模樣,就算父母還是跟以前一樣愛他們,孩子仍然覺得傷心。性別不拘的《兩個窩》也是優秀的作品。另外,《可可熊,不是你的錯》及精采的《爸媽黏膠》更適合讀給認為父母離異好像該怪自己的孩子聽(即使他們不這麼想,家長還是把話說清楚的好。沒有人想灌輸他們這種念頭,可是老實說,許多小孩雖然沒有大聲說出來,心裡還是會責怪自己)。若想換個心情,讀個開心正向的作品,我們推薦芭貝・柯爾的《好事成雙》,在此議題中是難以取代的好作品。故事中的兩兄妹厭倦父母老是意見不合,於是建議他們舉行「不結婚典禮」。這種作法稍具爭議性(兄妹倆要求當初宣布爸媽結為夫妻的牧師解除兩人的婚姻),不過任何人看見兩人喜孜孜坐上飛機(一個飛往熱帶島嶼,一個飛向陡峭的滑雪斜坡)分別度蜜月的畫面,或是故事結尾兩兄妹把家裡每樣東西準備兩套(雖說有點痴心妄想)時,都會覺得逗趣極了。

茱蒂・布倫的《不是世界末日》以寫實手法描繪走到盡頭的婚姻,及其對不同年齡的手足有何不同影響，較大的孩子或可從中得到些許安慰。作者於一九七〇年代早期因自己的婚姻觸礁而創作此書，也是當時第一本直接探討離婚的童書。十二歲的凱倫決定此生不結婚，結婚的人顯然只有苦頭吃。她爸媽之間哪怕是小小的爭執，也可能演變成摔盤子、灑牛奶和鋪天蓋地的哭叫與哀號。她壓根不記得哪天有過「美好的一天」。她哥哥的反應是逃避到朋友圈，整天跟女朋友甜言蜜語講電話，她妹妹則是胡說亂撞，似乎啥也沒留意，所以凱倫認為只剩下她試著解決這個問題。只要她能讓父母待在同一個房間幾分鐘，一切就可以恢復原狀。

凱倫的努力遭到挫敗，父親搬離家中，由此可見作者慣用的寫實風格。可是她也發現新局面也有好處。她在父親的新家認識了同齡女孩薇兒，她的父母也分居，而她成了這方面的權威。藉由一本名為《男生女生離婚指南》的分居聖經，薇兒堅定的拉著凱倫的手，走過這塊未知的領域，提醒她務必好好照顧自己，且時時要務實一點。最後凱倫逐漸明白離婚並非世界末日，爸爸媽媽顯然深深愛著對方，只是愛得不一樣了。如果她的好朋友能逗她發笑，她的妹妹又開始玩起猜謎，誰知道？搞不好她又可以過起「美好的一天」呢。這個鼓舞人心的故事正是陪伴孩子度過震撼過渡期的傑作。

參見　焦慮 53、吵架 56、失望 133、全家出遊 145、覺得受傷 146、寂寞 213、搬家 232、噩夢 242、悲傷 320、單親 345、睡不著 349、家有繼父母 364

家有無法談論感受的父母

having **PARENTS** who can't talk about emotions

PB《抱抱我》（*Hug Me*）　西蒙娜・希洛羅（Simona Ciraolo）

CB《穿裙子的男孩》（*The Boy in the Dress*）　大衛・威廉斯（David Walliams）

如果你向來就有點沉默寡言[20]，你家小孩或許可體會這兩本書中某個人物的心情。《抱抱我》中，小菲的家人一點也不溫柔親熱（一旦得知他們是渾身是刺的仙人掌家庭，或許你馬上就能諒解）。本書以蠟筆與水彩描畫出沙漠色調，述說小菲尋求抱抱的旅程，他想找的是懂得他需要抱抱的人。可惜和氣球的擁抱並不順利，但那塊石頭（和他的父母一樣難以接近）倒是非常了解狀況。不妨利用這個故事討論你家有誰渾身是刺，誰柔軟又好捏，搞不好還會發現你家小孩想擁抱誰呢。

絕妙佳作《穿裙子的男孩》中，丹尼斯的家裡嚴格禁止擁抱——雖然丹尼斯當卡車司機的爸爸和哥哥約翰並沒有明說得這麼明白。丹尼斯只曉得自從媽媽離家出走之後（對了，也禁止提到媽媽），家裡便進入情感的冰河期。爸爸心灰意冷，有空時總是窩在電視機前面喝啤酒、吃洋芋片。約翰多半取笑丹尼斯不像他一樣陽剛。只有足球，以及他最好的朋友德維許（他母親的情感表達方式露骨到令人難堪）陪著他度過每一天。

一天，丹尼斯的爸爸發現他在看《時尚》雜誌。「真是不太對勁。」他說。過不久，丹尼斯穿上連身亮片裙與高跟鞋給爸爸看，讓他知道很會踢足球的男生也可以喜歡穿裙子。那一瞬間的情緒爆發，足以讓最最矜持的家庭成員淚如泉湧。和家人共讀這個故事（也有作者威廉斯親自錄製的有聲書版本），準備跟家人來個抱抱，先把心事放在一邊吧。

參見 家有憂鬱症的父母 122、說話沒人聽 191、寂寞 213、心事無人知 401

同儕壓力
PEER PRESSURE

ER《貝貝熊和小圈子》（*The Berenstain Bears and the In-Crowd*） 伯恩斯坦夫妻（Stan and Jan Berenstain）

20 要是你覺得自己並非沉默寡言，只是喜歡緊閉嘴巴，且認為小孩也應該如此的話——請讀《小說藥方》：上唇緊繃。

YA《叫我星星女孩》(*Stargirl*) 杰瑞・史賓納利(Jerry Spinelli)

穿著要夠潮,手機要夠酷,說話要有哏,走路姿態要狂,如此這般都是孩童及青少年面臨的種種壓力。若由一小群人決定你是否受歡迎,想看清同儕壓力(心態如膽小鬼,規則武斷且隨意)變得相當困難;此時閱讀一、兩本切題的故事倒是有所幫助。《貝貝熊和小圈子》就是一個很好的開始。

熊姊姊和她一票朋友覺得新來的昆妮熊是她們見過最最「犀利」的小熊:不但身穿紫色的彈性褲,戴黃色頭帶(當時畢竟是八〇年代),她甚至有輛十段變速自行車,又穿了耳洞。熊姊姊一點時間也不浪費,馬上跟這位小熊自我介紹,卻受到刺人的羞辱,令她徹底大吃一驚。「熊姊姊?多怪的名字啊?你的衣服是在開玩笑嗎?粉紅色花邊毛衣,頭髮上還綁個蝴蝶結?」我們難免覺得受傷。熊媽媽趕緊衝出家門,給姊姊買了一條酷酷牛仔褲和一件名牌上衣,但我們知道這種手段並不妥當(熊姊姊也很明白)。我們為此毫不赧於頌揚八〇年代時尚的作品——也相信它能激勵忠於自己的孩子。

可愛的《叫我星星女孩》一書呼籲大家拒絕同儕壓力,做自己的事。亞利桑那州一所高中剛剛轉來一位女生(參見:轉學生324),人人都搞不清楚她是怎麼回事。一天她身穿華麗的二〇年代時裝來到學校,次日又換了一身和服,接著是拓荒者的鹿皮衣,星星女孩似乎絲毫不在意他人對她的想法。她還有個迷人的習慣,哪天有人過生日的話,她就會在午餐時間彈奏烏克麗麗,並且把多出的零錢丟在地上,讓別人有機會體驗找到錢的樂趣。

大部分的人認為星星女孩很怪異,不過書中的敘事者,十六歲的里歐卻受到她的吸引,哪怕跟她走在一起會遭人質疑。他好意嘗試把星星女孩變回一般的女生,起初他為自己的成功而高興,但星星女孩無法繼續假裝「正常」下去——里歐也因為與她成為朋友而徹底改變。這個故事鼓勵孩子欣賞敢於不隨俗且表達出自己本質的人。

參見 誤入歧途58、嗑藥135、父母討厭你的朋友163

完美主義者
being a **PERFECTIONIST**

參見 怕犯錯 230

生理期
PERIODS

CB《青梅之夏》(*The Greengage Summer*) Rumer Godden

對即將進入青春期的少女來說，可怕又令人熱烈期待的生理期是學校操場上廣為流傳的話題；她們不清楚失血與經痛是怎麼回事，也不曉得它「來」的時候該做什麼，又不該做什麼。媽媽、姊姊和其他女性長輩都有助於澄清相關事實，一些不錯的非小說書籍也有詳細的說明[21]。但若要充分探討隨「大姨媽」而來的情緒變化，那就非讀小說不可。

《青梅之夏》中，十三歲的自敘者希賽兒在小說設定的漫長暑假期間「成為女人」，不過此書出版於五〇年代，事事都講得十分含蓄模糊。第一次世界大戰剛剛結束，希賽兒的母親決定帶五名子女看看法國北部多人喪生的戰場。途中，媽媽遭馬蠅咬傷（之後她再也不曾出現，何其方便哪），於是旅行的責任便落到十六歲的姊姊喬絲身上，由她帶領弟妹投宿一間亂七八糟的旅館。

美麗果園圍繞的旅館不但有名不符實的青梅「噗拉」掉進手裡，也發展出各種陰謀詭計。旅館的女老闆季季和謎似的英國人艾略特先生玩複雜的愛情遊戲，而艾略特先生似乎也太欣賞在大家眼前突然成熟的喬絲了。在那命中注定的夜晚舉行的宴會上，希賽兒頭一次喝香檳，然後轉瞬之

21 請讀讀琳達．馬達拉斯（Lynda Madaras）寫給女生的《我的身體怎麼了？》(*What's Happening to My Body?*)，她同樣也給男生寫了一本。

間，一切開始出錯，她肚子痛得要命，同時還感到無比淒涼。退到櫥櫃後方的她發現如此感覺的原因——她問過喬絲該怎麼做[22]、也知道如何處理，於是跑去姊姊的抽屜裡找出適當的配備。聽見樓下人聲嘈雜，她覺得好寂寞。就在這個節骨眼，艾略特先生出現了，而且親吻在她的嘴上。她覺得他有如天使，雖然清楚他心懷不軌。

年輕讀者或許可以體會此時希賽兒心中酸甜苦辣的複雜感受——既得意又失落，既寂寞又充滿愛意。就以這個故事為你家月經即將來潮的少女做好事先的準備，等它來的時候，她們將感到浪漫又陶醉。

參見 體毛 80、體臭 82、迫不及待要長大 184、不想長大 187、失去天真 203、身上有異味 355

寵物死了

death of a **PET**

PB《再見莫可》（*Goodbye Mog*） 朱迪絲・克爾（Judith Kerr）

CB《名貓佛萊德》（*Fred*） 波希・西蒙斯（Posy Simmonds）

倍受寵愛的寵物一旦死了，可能會讓兒童感到無比震撼。和孩子共讀幾個寵物離世的故事，他人類似的遭遇或許有助於孩童認清事實，也給他們一個談論死去寵物和哀悼的機會。作者兼插畫家朱迪絲・克爾在我們心愛的《再見莫可》中勇敢的讓她那隻萬人迷虎斑貓死去——此舉引發粉絲一波又一波傷心的共鳴。莫可接受自己的死亡，但也不免好奇死後主人一家子會發生什麼事，死後「一小部分的她」自身上升起，並且留下來觀看。

22 若想了解生理期的生物學解說，請上網讀《月經百科》（*Menstrupedia Comic*）兩位作者 Aditi Gupta 與 Tuhin Paulsee 為印度女孩創作的漫畫書。

原來全家人都哭了（甚至連湯馬斯先生和太太也是），他們把她埋在花園裡，一邊聊她有多麼可愛。接著過了好久也沒發生什麼事，黛比和尼基偶爾談起她，回憶她以前總愛把尾巴掛在電視機前面，夜裡爬上他們的床；莫可的靈魂滿足地在他們上方飄，也回憶著生前種種。一天，湯馬斯太太帶回一隻小貓，一隻緊張得要死、到處亂抓的貓咪，一點也不討人喜歡——尤其是不討莫可喜歡。可是莫可又覺得或許自己幫得上忙，即使她已經輕如空氣……寵物的靈魂為了幫助家人度過哀痛時刻而徘徊不去，不但充滿了愛，也予人深切的慰藉。

大一點的孩子不妨讀一讀頗為特別的漫畫書《名貓佛萊德》，故事探討另一隻貓咪的死亡，哀悼之中偶有出人意料的詼諧。佛萊德是隻慵懶的胖貓，也是個隨遇而安的大師（從熨衣板到冰箱頂上都能安然入睡），以主人的眼光看來，佛萊德和普通的貓咪沒什麼兩樣。然而在他死去的那個夜晚，蘇菲和尼克兩個孩子被外面奇怪的噪音和貓的腳步聲吵醒。跑到屋外的兩人愕然發現隔壁鄰居太太的大黃貓頭戴大禮帽，身穿燕尾服。「剛過世的親愛貓咪是你們的朋友？」他嗅著說。原來佛萊德根本不是普通的貓，他以歌舞表演娛樂附近的貓族，在街坊鄰居之間名聲響亮。「他唱歌，唱得多好啊！」貓群在開心的喵喵叫聲中回憶著。舉行葬禮時，數百隻貓咪齊聲哀號，唱著他在世時的名曲月亮歌——唱完才紛紛奔向垃圾桶旁的葬禮盛宴大吃特吃起來。

次日孩子們醒來，懷疑自己是不是在做夢。不過後來他們看見家裡到處都有泥濘的小腳印，起碼好幾百個……波希・西蒙絲古怪的畫風帶著幾分淘氣，相信可以激起孩子的回憶，想著他們思念不已的寵物會不會也有不為人知的一面。

參見 需要加油打氣100、寂寞213、悲傷320

想養寵物
wanting a **PET**

[PB]《梅蘭卡的狗》(*Madlenka's Dog*) 彼德・席斯(Peter Sís)

[CB]《原來如此的故事:獨來獨往的貓》(*The Cat That Walked by Himself*) 拉雅德・吉卜林(Rudyard Kipling)

大多數的孩子經常會受到動物的吸引,到了某個年齡,幾乎都會要求養個寵物。先以《梅蘭卡的狗》一書武裝自己,至少可以幫你拖延一段時間。鏡頭從外太空向紐約市拉近,再繼續拉近到梅蘭卡住的公寓(這已經是彼得・席斯的招牌風格)。我們從鏡頭中見到一個盼望有狗兒陪伴的小女孩,殷切到她在房間牆壁上貼滿了不同顏色與形狀的狗兒圖片。一天,她聽見狗的叫聲——忽然出現一隻想像的狗。梅蘭卡用鮮豔的紅色牽繩拉著隱形狗狗去散步,和她同住一條街的親切鄰居(席斯的讀者早已認識其中幾位)都開心以對,絲毫不曾懷疑狗兒是真是假。等她回家時,身後吸引了好人一群不同形形色色的狗兒,牠們緊緊跟隨著她,彷彿她是童話中的吹笛手。問問你家小孩想像的狗兒想養多少有多少,何苦限制自己只養一隻真狗?

萬一你家小孩想養蜜袋鼯、鬃獅蜥或是玉米錦蛇的話,或許就得採取不同的策略。拉雅德・吉卜林在《原來如此的故事》中以《獨來獨往的貓》解釋為何有些動物成為家畜,有些動物卻沒有。吉卜林以他吟誦般的敘事口吻,帶我們回到過去的野蠻洪荒時期:「狗是野狗,馬是野馬,牛是野牛,羊是野羊,豬是野豬。」即使第一個男人也是野蠻的,說真的,而且是「野蠻得可怕」,後來一直等到他遇見了第一個女人,才漸漸被馴服了,她叫他搬進一個舒服又乾淨的山洞,進洞之前還得在洞口擦擦腳。一開始,「潮溼、蠻荒森林裡的每個物種都獨自各走各的」。後來女人想到一個巧妙的主意:利用洞穴裡的火光引誘野獸過來,再一一跟牠們談條件。她先同野狗打商量,為換取食物與火,牠必須伴隨男人狩獵。接著她和野馬交易,為換取溫暖、新鮮的乾草,牠必須為男人幹活。接下來的野牛也一樣。最後貓也來了。女人知道貓的天性不適合當朋友與僕人，而且永遠都是隨心所欲。何況這會兒洞穴裡已擠滿各種牲畜，再也沒有多餘的空間了。所以她請牠打包上路，但是與貓之間仍然講好一個與眾不同的有趣條件。吉卜林的故事解釋了寵物的選擇範圍為何有所局限[23]——但你也可能因此得在家裡養隻好照顧的貓兒哩！

想要一支手機
wanting a **PHONE**

參見 眼睛黏著螢幕 328、物質欲太強 383

飽受作弄
being **PICKED ON**

參見 遭到霸凌 90、不敢為自己據理力爭 363

等待家人接送
waiting to be **PICKED UP**

PB《小貓頭鷹》（*Owl Babies*） 文／馬丁·韋德爾（Martin Waddell）、圖／派克·賓森（Patrick Benson）

PB《等媽媽》（*Waiting for Mama*） 文／Lee Tae-Jun、圖／Kim Dong-Seong

23 為確保此藥方有效，孩子必須避開傑洛德·杜瑞爾（Gerald Durrell）的《我的家庭和其他動物》（*My Family and Other Animals*），並參見（或許別看的好）：害怕動物 52。

生養子女有個令人遺憾的副作用，就是發現自己成了免費的司機——乏味且吃力不討好，而且要是你晚到的話，又會神經緊繃。可是對枯等你來接的孩子來說更是難熬，尤其如果他們想到各種可能的恐怖情景，不曉得拖拖拉拉的大人究竟去了哪裡（參見：過度擔心418）。不如給孩子閱讀這兩本圖畫書，撫慰孩子可能因此留下的心靈創傷。

《小貓頭鷹》中貓頭鷹媽媽終於返家那一刻，跨頁大圖帶給人強烈感受，恐怕在文學作品中少之又少。樹洞裡三隻小貓頭鷹半夜醒來發現媽媽不見了，他們知道她可能是出外打獵。可是他們等啊……等啊……等啊仍然忍不住焦急。不久，他們腦袋瓜裡便充滿了小貓頭鷹才有的可怕念頭（她迷路了、她被狐狸抓走了），他們緊閉雙眼，盼望媽媽趕快回來。當「她回來了」的一刻來到時（夜色中那一對大大的、令人安心的、開展的一對翅膀引人注目的俯衝飛越跨頁），讀到這裡時，你發現自己好想讓聲音充塞整個房間。那時，你和孩子都會喜歡掠過心頭的一股安全感。

如果你實在耽擱太久，《等媽媽》或可救你脫困。在這本祥和、安靜的書中，只見一個身穿韓國傳統外套的幼童，他凸著肚子煞是可愛的站在火車站的月台上等人。比所有乘客個子都小的他，眼巴巴望著幾班火車到站，卻沒見到他盼望的人。他沒有放棄——雖然他問過話的大人並非每個都很和氣，雖然他已久等到開始下雪，鼻子也凍得紅統統了。這本書說等待沒有關係：等待是一種藝術。請務必細看最後的跨頁，免得你和孩子一輩子心有懸念。

參見 寂寞213、害怕322

粉紅控
passion for **PINK**

參見 想當公主297

憂心地球的未來
fearing for the future of the **PLANET**

大多數孩子聽說生態相關訊息時，都聽得用心又明確。以下救地球的書單想必可以啟發且充實兒童的知識，並且讓他們相信盡己之力能夠促成些許的改變。

十本愛地球書單

- PB《喂！下車》（*Oi! Get Off Our Train*） 約翰．伯寧罕（John Burningham）
- PB《一個地球》（*One World*） Michael Foreman
- PB《僅僅是個夢》（*Just a Dream*） 大衛．威斯納（Chris Van Allsburg）
- PB《羅雷司》（*The Lorax*） 蘇斯博士（Dr. Seuss）
- ER《早晨遇見鯨魚》（*This Morning I Met a Whale*） 文／Michael Morpurgo、圖／Christian Birmingham
- CB《愛心樹》（*The Giving Tree*） 謝爾．希爾弗斯坦（Shel Silverstein）
- CB《藍色星球的故事》（*The Story of the Blue Planet*） 文／Andri Snaer Magnason、圖／Aslaug Jonsdottir
- CB《銀色海豚》（*Silver Dolphins*） Summer Waters
- CB《猴子歪幫》（*The Monkey Wrench Gang*） Edward Abbey
- CB《出埃及記》（*Exodus*） Julie Bertagna

參見 害怕世界末日 55

只想自己玩
preferring to **PLAY** by yourself

想要獨處 46、獨來獨往 214

要東要西
PLEADING

參見 不停討價還價64

缺零用錢
lack of **POCKET MOMEY**

《一個叫米莉茉莉曼蒂的女孩》(*The Milly-Molly-Mandy Storybook*) Joyce Lankester Brisley

面對現實吧：不管給孩子多少零用錢，他們永遠嫌不夠花。所以與其爭論到底該給多少，不如幫助你家小孩學會如何聰明花錢。善用每一分錢的方法很多，故事背景設於一九二〇年代的《一個叫米莉茉莉曼蒂的女孩》系列的《米莉茉莉曼蒂花一分錢》是其中最高明的。MMM（我們就這麼叫她吧）意外在舊外套口袋裡找到一分錢，她先請教一缸子親戚（爺爺、奶奶、爸爸、媽媽、叔叔、阿姨）該怎麼花。他們給的建議也各有不同：存到銀行、買一球毛線然後學織毛線、買個烤盤學烤蛋糕、買些芥菜和水芹種籽、買糖果吃。叔叔的點子最棒——存到三分錢後買隻小鴨子。MMM來到花園一角仔細考慮所有的建議，然後她決定了。

首先，她買了芥菜和水芹種籽，再賣掉種出來的芥菜和水芹，原本的投資因此加倍。兩分錢當中，她花掉一分錢買了一球毛線，織了一塊茶壺墊賣給媽媽，又賺到一分錢，於是她還有兩分錢。她用一分錢買個烤盤，烤了蛋糕後一分錢賣給一位騎自行車經過的女士。這會兒她又有兩分錢了，她花一分錢買糖果（分量不但足夠請家裡每個大人，還留下不少給自己吃）。接著她把剩下的一分錢存起來，等存夠了就要買隻小鴨子。

好吧，那個年代的一分錢很經用（但原則是一樣的）。MMM用一分錢做了許多精采的事（而且都是她想做的事），只消用點心思，別一下子花光光。我們合理懷疑，如今世上那些富可敵國的投資銀行家說不定就是讀這故事長大的哩！

參見 週末想打工 204、父母太嚴格 273、寵壞了 361、物質欲太強 383

想要一匹小馬
wanting a **PONY**

參見 十本馬兒書單 253、想養寵物 283

太喜歡噓噓和便便的話題
fascination with **POO AND PEE**

PB《是誰嗯嗯在我的頭上？》（*The Story of the Little Mole*） 文／維爾納．霍爾茨瓦爾斯（Werner Holzwarth）、圖／沃爾夫．埃爾布魯赫（Wolf Erlbruch）

我們長大成人以後，喜歡假裝膀胱和腸子用不著我們操心，也能順暢發揮應有的功能（多半也是如此，直到我們年老）。可是孩子覺得自己的排泄物（那氣味、感覺、形狀與伴隨而來的聲音）是每天的大事（他們身邊的人也有同感）。不妨以《是誰嗯嗯在我的頭上？》滿足孩子，看看裡面呈現多少多樣有趣的便便。一天，小鼴鼠把頭鑽出地面時，發現自己頭上多出一坨狀似皇冠、不知來自何方的便便，他想找出是誰幹的好事，於是開始學習不同的動物便便長啥模樣。他那得罪人的高傲（和因此引發的報復）想必可以大大滿足你家的小孩。

參見 小嬰兒 61、如廁訓練 290

色情刊物
PORNOGRAPHY

保護青少年遠離網路色情已愈趨困難，不當內容可能會徹底影響性觀念。若想平衡已然扭曲的想法，或可鼓勵青少年閱讀下方書單，書中描繪出兩性相互尊重的性行為。

十本給青少年探索愛與性的書單

- YA《愛情無線譜》（*Nick and Norah's Infinite Playlist*） Rachel Cohn and David Levithan
- YA《愛的過去進行式》（*To All the Boys I've Loved Before*） 韓珍妮（Jenny Han）
- YA《16歲爸爸》（*The First Part Last*） 安潔拉・強森（Angela Johnson）
- YA《每，一天》（*Every Day*） 大衛・李維森（David Levithan）
- YA《首席情人——達令日記》（*Sloppy Firsts*） 梅根・麥克凱菲爾提（Megan McCafferty）
- YA《捷立柯之路》（*Jellicoe Road*） Melina Marchetta
- YA《這不是告別》（*Eleanor and Park*） 蘭波・羅威（Rainbow Rowell）
- YA《火的顏色》（*Fire Colour One*） Jenny Valentine
- YA《如果你慢慢來》（*If You Come Softly*） Jacqueline Woodson
- YA《你是我一切的一切》（*Everything, Everything*） 妮可拉・詠（Nicola Yoon）

參見 狂奔亂竄的荷爾蒙 197、對性感到好奇 333、眼睛黏著螢幕 328

如廁訓練
training POTTY

碰到各種「來不及去上廁所」的意外，不如冷靜下來，泰然處之吧。下列繪本提供孩童需要的一切身體功能知識，以及從包尿布過渡到會自己上廁所最好的方法。

十本最佳如廁訓練繪本

PB《聖誕老公公尿急了！》（*Father Christmas Needs a Wee!*） Nicholas Allan

PB《王子和他的便便盆》（*The Prince and the Potty*） Nicholas Allan

PB《公主和她的便便盆》（*The Princess and the Potty*） 文／Wendy Cheyette Lewison、圖／Rick Brown

PB《我的小馬桶》（*Once Upon a Potty*） 愛羅娜・法蘭蔻（Alona Frankel）

PB《大家來大便》五味太郎

PB《山姆的小馬桶》（*Sam's Potty*） 文／Barbro Lindgren、圖／Eva Eriksson

PB《跳著去噗噗囉，我的小寶貝》（*Skip to the Loo, My Darling!*） 文／莎莉・里歐瓊斯（Sally Lloyd-Jones）、圖／安妮塔・婕朗（Anita Jeram）

PB《我要小馬桶》（*Little Princess Series: I Want My Potty*） 東尼・羅斯（Tony Ross）

PB《小男生上廁所》、《小女生上廁所》（*The Potty Book for Boys and The Potty Book for Girls*） 文／Alyssa Satin Capucilli、圖／Dorothy Stott

PB《誰在廁所裡？》（*Who's in the Loo?*） 文／珍妮・威利斯（Jeanne Willis）、圖／阿德蘭・雷諾（Adrian Reynolds）

參見 不想長大187、太喜歡噓噓和便便的話題289

想博得讚美

seeking **PRAISE**

PB《說不完的故事》（*The Neverending Story*） 麥克・安迪（Michael Ende）

兒童天生就想博得他人的讚美，一開始希望得到家人的肯定，接著則是同儕、老師和生活中的不同旁觀者（當然，有人也想博得全知神明的肯定。參見：懷疑有沒有神178）。倘若得不到的話（或者剛好相反，小時候得到太多讚美），窮此一生都可能如飢若渴的尋求他人的認可。這樣的例子可以在《說不完的故事》中名叫巴斯提安的主人翁身上找到，他一直得不到他人的讚美，所以總是巴望嘗嘗受到讚賞的滋味，而且胃口愈來愈大。這個警示性的故事述說他差點因此喪命的經過。

寂寞的巴斯提安和他那心不在焉又疏忽的父親同住，一天，巴斯提安偶然在古董書店發現一本美麗的古書。它向他發出激烈呼喊，趁著店主轉身之際，巴斯提安偷了古書逃之夭夭。接著他只知道自己竟然活在書中，和少年戰士奧特里歐企圖合力拯救漸漸遭「虛無」（隱喻對權力的貪念與欲望）一點一點吞沒的幻想國。起初巴斯提安不知道自己能否幫助奧特里歐，他並沒有指望自己說故事的天賦。想不到靠著天生的創意，他發現自己終能借助一個又一個故事重建幻想國，很快的成為大家的英雄。

他的英雄主義也讓他付出代價。每當他用許願救回幻想國一塊土地，他就遺忘一點真實生活的記憶。幻想國的人民愈來愈愛他所做的一切，大大讚揚他的豐功偉蹟。日經月累，他開始渴求說故事帶給他的財富與尊寵，我們逐漸發現他很可能變得妄自尊大與權力欲強，正是他企圖對抗的兩種特質。他能否保有足夠的記憶回家——記得他曾經有個爸爸？本書深入探討說故事心理學，以及為何作家和讀者都渴望故事，這個發人深省的奇幻小說探究才華與自負的差別在哪裡，需要他人關注的眼光又將在何時掌控一切。讓孩子看看巴斯提安的困境，並學習如何享受讚美，卻不因此得意忘形。

參見 父母太強勢 270、父母太嚴格 273

早熟
PRECOCIOUSNESS

PB《一個愛建築的男孩》（*Iggy Peck, Architect*） 文／安德麗雅・碧蒂（Andrea Beaty）、圖／大衛・羅柏茲（David Roberts）

YA《戰爭遊戲》(*Ender's Game*) 歐森・史考特・卡德(Orson Scott Card)

派對上,如果發現你家的五歲小孩手握一杯假的雞尾酒,和比他年長六倍的成年人討論天體物理學的微妙細節,你會怎麼做?可能會驚慌失措吧,或者乾脆把他介紹給伊基・佩克認識。阿基僅僅兩歲就展現建築的眼光和結構的天分。他幼年時期的作品包括臭尿布做成的高塔,以及仿造真人大小的獅身人面像。他世故的父母看見聰明兒子的創作立刻開心的鼓掌,可是他二年級的莉拉老師不如他父母那麼熱心。阿基用粉筆搭起一座城堡時,她命令他拆掉,還說二年級「不需要」學建築(原來老師對建築的反感源自個人的創傷。她七歲時曾在九十五層大樓中走失,兩天之後才被人發現和一個法國馬戲班擠在一台電梯裡)。當然,阿基從此不再喜歡上學(參見:不想上學325)。這本聰明的圖畫書就這樣指向真正的問題:問題不在早熟的小孩,而是不曉得該如何對待早熟小孩的大人。盡早讓你家的早熟小孩知道早慧雖值得慶幸,不過他們(和你)可能需要幫忙身邊的人調適才行。

早熟的兒童年紀愈大,愈覺得和同儕格格不入,如果又遭霸凌的話,更會感到孤立無援(參見:遭到霸凌90)。在探究這個主題的眾多童書當中,少有如《戰爭遊戲》一樣感人肺腑的作品。這個扣人心弦的故事說的是獲選為抵抗外星蟲族攻擊、拯救人類的天才小男孩。安德僅僅六歲那年,國際艦隊出現在他家門口,告訴他父母說他們是為了徵召安德而來。自從他出生以後,他們藉由植入他脖子的裝置監測他的一舉一動,發現他不但智謀兼具,情緒控制亦佳,正是未來星艦艦長的完美組合。「我們需要一個拿破崙,一個亞歷山大大帝……一個凱撒。」戰鬥學校的校長如是說,安德必須在這間軍事學校待到十六歲。

我們跟隨安德經歷戰鬥學校各種訓練(心理和身體上都備極艱辛),因而漸漸了解他為何特別。夜晚時分,為了不讓自己哭出來,他不斷用心算加倍數字,一直加倍到67108864才算錯。其他菜鳥新兵玩的二度空間電玩,他很快就玩膩了,反而比較喜歡大男生玩的那種影像飄浮在空中的全像投影,可是沒過多久,他的優異表現照樣讓比他年長的大男生無地自容。他成為國際艦隊迫切需要的英雄[24]（因此成為青少年小說中讀來非常刺激的作品），但也寂寞得要死（參見：寂寞213），而且開始痛恨自己的天分。我們希望沒有任何一個孩子像安德一樣，為了發揮潛力而不得不犧牲童年。不過聰明、早熟或才氣過人的兒童一定會喜歡這本書陪伴與提點，因為有人懂他們的感受。

給大人的療癒書

PB《天才寶寶》（*Baby Brains*） 賽門．詹姆斯（Simon James）

假如你生出一個智商超高的小孩，肯定錯出在你身上。假如你聽不懂的話，那就請你家一歲的寶寶讀《天才寶寶》給你聽吧。不用說你每天晚上一定大聲讀書給胎兒聽，又戴耳機聽音樂和各國語言，電視播報新聞的時候，你馬上調大音量。書中的天才老媽也是一樣，那天早上，她把剛剛出生的天才寶寶從醫院抱回家，後來她發現他坐在沙發上看報紙。他還在穿嬰幼兒兔子裝時，已經去上學；兩週之後，他開始在當地的醫院裡為人看診。直到他被送上太空，成為太空人時，他、還有他茫然的父母終於明白孩子的發育可能稍嫌太早熟了，畢竟情感的發展也須跟上才是。詹姆斯樸拙可愛的圖畫（充滿熱切的態度，且經常伸出保護寶寶的手臂），既暖心也令人感到謙卑。

參見 只想當個小書蟲82、專橫跋扈86、想要掌控200、萬事通小孩206

24 該系列第二本書《亡靈代言人》（*Speaker for the Dead*）走向截然不同的發展。繼續讀下去吧！

未成年懷孕
teenage **PREGNANCY**

YA《梅根》(*Megan*) 瑪麗・胡波 (Mary Hooper)

YA《男孩不哭》(*Boys Don't Cry*) 馬洛瑞・布萊克曼 (Malorie Blackman)

未成年懷孕可不是開玩笑的，男女雙方家庭都有責任幫助兩個孩子決定該怎麼辦。對懷孕的少女來說，瑪麗・胡波的《梅根》三部曲以敏銳、詼諧又明智的手法探討此項議題——打從發現懷孕開始，到撫養寶寶的生活樣貌，有助於讀者真切了解懷孕的事實。

梅根以為她和路克之間的性行為安全無虞（路克是學校的同學，也是她暫時的男友），畢竟他每次都會「抽出來」。可是有一天，她在課堂上聽見一句讓她挺直坐正的話。「當然，懷孕後月經還是可能照來不誤……」她的老師說道。心慌意亂中她算了算日子，不久她的驗孕結果證實她所害怕的事。

她最要好的朋友克麗兒儘管同情，仍按捺不住把如此勁爆的祕密告訴其它朋友（此人當然把消息往外傳了）。梅根媽媽的反應完全不如人意（「你竟敢做出這種荒唐事？」接著她又威脅要把梅根送到澳洲去跟她爸爸住），惶惑的梅根受到不同意見的包圍，自己卻沒有一點主意。面對一連串決定之際（要不要生下孩子、生下來要不要自己撫養、她和寶寶要住哪裡），顯然沒有簡單的答案。在這段混亂時期，梅根的愛情和人際關係經歷翻天覆地的變化，青少年讀者肯定會受到吸引，讀罷之後，小媽媽實際的生活樣貌也會牢牢烙印在他們心底。

小爸爸往往扮演被動的角色，無論是做決定的過程或是事後種種，他們也不見得有選擇的餘地。例如《男孩不哭》這個令人眼睛一亮的故事，故事中的少男無法參與決定，事後卻勇於承擔人父的挑戰。用功的高中生丹帝正在等待英國大學高考的成績結果，前女友卻在此時拖著一個嬰兒前來敲門。不久他得知自己不但是嬰兒的爸爸，之後也只剩他獨自一人照顧嬰兒。丹帝驚駭不已。他原本打算以最優秀的成績進入大學，然後當一名新聞記者。最後是他有風骨、作風又強硬的父親堅持要丹帝負起責任。

丹帝的人生一夕之間丕變，他的生活主軸成為公園溜小孩、準備蔬菜泥和換尿片（作者布萊克曼把每天照顧嬰兒的沉悶單調描繪得生動又逼真）。同時我們也看見感人的蛻變正在發生，少年的心中逐漸生出父愛。積極且實際的丹帝和父親與弟弟亞當之間的關係和諧，這些關係也是他最後成為稱職爸爸的基礎。明瞭避孕有多麼重要的青少年讀過《男孩不哭》之後，使用保險套時將更加留意，和丹帝同病相憐的少年也可從故事中得到鼓勵與啟發。

參見 無法表達感受148、生理期280、害怕322、對性感到好奇333、失去童貞409

禮物
PRESENTS

《小公主》（*The Little Princess*） 法蘭西絲・霍森・柏納（Frances Hodgson Burnett）

不管禮物是不夠、太多，一個禮物也沒有，或收到不想要的禮物，送禮與收禮都是繁雜又煩人的事。小孩收到親戚朋友的禮物時，若是碰到這些狀況該怎麼辦？例如：他們不喜歡（請勿參閱：說謊）、他們已經有了（參見：寵壞了361）、要是他們知道那是什麼說不定就會喜歡（抱歉，我們也不知道那是什麼）、他們很喜歡禮物可是非常討厭送禮的人（參見：物質欲太強383），或是他們非常討厭禮物，但非常喜歡送禮的人（參見：傷了別人的感情147）。如果收禮表示非寫謝函不可的話，那誰還想要禮物啊（參見：不得不寫封感謝信381）？孩子若想知道如何得體處理這些問題，文學作品中有個例子足堪借鏡，此人就是《小公主》中的主人翁莎拉・克瑞維。

莎拉她爹克瑞維船長把女兒送到明晴小姐的學校寄宿就讀，自己駕船出海企圖大賺一筆（或者是讓自己富上加富），行前他曾交代一切「隨她高興就好」。可是他一轉身離開，明晴小姐立刻把話挑明，說她不贊成「高興就好」，包括莎拉衣箱裡昂貴的花邊內衣，和她那有錢也買不到的洋娃娃艾蜜莉。不久學校裡人人都在竊竊私語莎拉的事，羨慕和嘲弄她的人一樣多。

別人刻薄待你的話，一般人都會還以顏色，莎拉卻不然。不管明晴小姐和其他女生對她多麼惡劣，莎拉始終對她們非常謙虛有禮。她父親破產之後，明晴小姐叫她搬到閣樓跟洗盤子的女僕同睡，莎拉的同學則幸災樂禍。這下子小公主再不會彬彬有禮了吧！可是莎拉的舉止依然像個十足的公主。「穿上黃金布料做的衣服，比較容易當個公主，不過當沒人知道我是公主的時候，那才叫得意呢。」她自言自語道。詆毀她的人眼看她怎麼也不肯低聲下氣而氣憤不已——哪怕餓著肚子、光著腳丫、凍得半死也是一樣。的確，有些讀者看到這裡也是氣急敗壞。不過等到她再次遇上好運，她還是跟以前一模一樣，讓人很難不佩服她。把莎拉介紹給你家小孩認識，下回他們送禮或收禮時，讓他們問問自己，換作是莎拉的話，她會怎麼做或怎麼說。

參見 失望 133、沒禮貌 226、不得不寫封感謝信 381

想當公主

wanting to be a **PRINCESS**

PB《小公主》（*The Little Princess*） 東尼・羅斯（Tony Ross）

YA《麻雀變公主》（*The Princess Diaries*） 梅格・卡波（Meg Cabot）

小女生對公主的狂熱約莫從三歲左右開始，然後一直持續到青春期，不過那時的重點在於態度，而非穿著打扮。而小公主頭飾恐怕很難摘得下來，許多家長被層層花邊的蛋糕紗裙、縐摺和亮晶晶的服裝搞得差點想要向皇家示威抗議，無奈家裡的小女生就愛打扮成小公主。所幸不少作家為此創作許多故事，他們告訴孩童「真正的」公主看來可能就跟普通人一樣，根本不像他們想的那樣金光閃閃。

東尼・羅斯五十幾本小公主系列套書中的小公主卻髒得迷死人。光腳、臉皮又厚的小公主通常身穿白色睡袍，頭戴看不出性別的皇冠，怎麼看都跟少女雜誌中全身粉紅色小公主的模樣恰恰相反。她父母除了頭上的皇冠以外，也跟走在街上的任何夫妻沒什麼兩樣——噢，他們還有城堡、御廚、女傭，以及從不缺席的海軍上將（不知為了什麼，他總在腰部套個橡皮圈）。羅斯說公主也是跟你我一樣的人，他巧妙地敲掉填裝公主的餡料，述說小公主常常惹上的麻煩，因為她也像其他成長中的小孩一樣需要幫助。

至於患有公主病的少女（只對外表和漂亮東西感興趣，習慣把家人當隨侍的女僕使喚），我們開出的藥方是《麻雀變公主》。十四歲的蜜亞是個家住曼哈頓的高中女生，你絕對看不出她是公主。「我一點也不像個公主，」她告訴我們：「你從沒見過比我更不像公主的人。你看，我的頭髮真的糟透了……還有……嘴巴好大，胸部太平，兩隻大腳丫活像滑雪板。」但她真的是如假包換的公主，而且年紀已經大到必須接受訓練繼承吉諾瓦王位（吉諾瓦是一個「介於法國與義大利之間」虛構的國家）。這就表示她得拋開馬汀大夫鞋、動物權利保護，以及少數民族權利的興趣——因為皇太后奶奶擔心蜜亞說不定會因為拒絕吃肉而引發國際事件。幸好蜜亞的腦筋相當靈活，也多虧她母親以正宗的紐約波西米亞作風將她撫養長大，她明白人生當中最重要的莫過於朋友、綠色和平與拯救鯨魚。這個系列讀來輕鬆，不過毫不了解政治的女生可能會稍感吃力。不妨利用這本書，把你家少女的興趣從擔心指甲該留多長，轉移到如何堅持原則上。

參見 想要當名人98、需要好榜樣315

受罰
being **PUNISHED**

PB《跳跳貓》(*Skippyjon Jones*) Judy Schachner

CB《洞》(*Holes*) 路易斯·薩奇爾(Louis Sachar)

YA《灰燼之路》(*Ash Road*) Ivan Southall

不管孩子是否受到面壁思過、修剪草坪,還是一星期不准用網路的處罰,要是有個也在受罰的虛構角色作伴,有助於孩子從另一個角度反省自己的缺失。

《跳跳貓》中那隻過動的暹羅貓被媽媽處罰回到房間「好好想想」時,其實根本算不上什麼處罰。他在房間裡發現許多有趣的事可做——不只是在床上蹦蹦跳跳而已。然後他打扮成蒙面劍客,假裝跑到浩瀚沙漠去加入一個墨西哥奇娃娃強盜集團。他甚至找到藏在衣櫃裡、生日那天才要玩的皮那塔(一種拉丁美洲特有的節慶玩偶。通常是用色彩鮮豔的紙張紮成的),然後用劍把它刺穿,五顏六色的糖果掉了滿地,因此當然又惹上麻煩,害媽媽氣急敗壞。你家調皮搗蛋的小孩看了跳跳貓一定頗有同感,暫且不把他們充沛的精力用在類似的滑稽舉動上。

在家或花園做家事做得背快斷掉的孩童,或可從《洞》中史丹利·葉納慈那兒學到沉思及忍耐的藝術。每週七天,他和其他綠湖營的少年犯天天得在乾硬的沙漠上挖個直徑與深度一百五十公分的洞,不但天氣悶熱難耐,飲水也受限制。但這麼一來,至少史丹利有許多時間可以思考,他很快就明白長官先生強迫這些少年犯挖洞其實別有用心。史丹利一邊忍受「培養品格」的勞力工作,一邊拼湊自己(以及綠湖營)難以理解的過去。他在掘出的一個洞裡發現一管刻有「KB」字母的脣膏時,決定接受虐待狂典獄長提出的獎勵,最後和朋友「零蛋」一起逃離綠湖營。希望你家辛勤做家事的小孩讀過之後另有一番想法,覺得自家的沙漠還挺不賴的。

最有效的懲罰,莫過於讓犯錯者認為所有的災禍皆肇因於他們的不守規矩。你家的少男少女讀過扣人心弦的《灰燼之路》之後，不免感染到一絲恐怖的罪惡感，有如打了一劑藥效強大的預防針。格蘭、華勒斯和哈利三名澳洲青少年前往灌木叢露營的路上覺得開心極了，實在難以相信竟然騙得過家長允許他們出門。因此當開車經過的駕駛瞧見他們在路邊烤香腸，然後老實不客氣地命令他們「把火滅掉！」時，冒犯到三個少年高傲的自尊。當天夜裡，為了反抗，格蘭故意把甲基化酒精灌入小瓦斯爐裡煮水泡咖啡。只消一陣炎熱乾燥的強風，爐子的火焰立刻燒著枯乾如火種的草。幾分鐘不到，三個男孩叫著跳起來試圖用光腳踩熄一團火焰。火勢一發不可收拾，從草地延燒到樹叢，燒得樹葉亮晃晃的，還發出甩鞭子般劈里啪啦的聲響，不多久，空氣已然灼熱得難以呼吸。驚駭莫名的他們於是抓起自己的物品拔腿就逃。

對於附近住在灰燼之路死巷裡的人家來說，灌木叢火災一開始並不值得憂心。這個社區的大人把子女托給爺爺奶奶照顧之後，紛紛開車進城幫忙滅火。然而這場火災蔓延速度之快出乎大家的意料，我們眼看三名惹禍的少年渾身是傷、腳步踉蹌地逃到灰燼之路的一棟民宅，暗忖到底要不要承認過錯。等到熊熊大火漸漸燒向受困的孩童，三個男生坐立難安，終於明白自己闖了大禍。讀者看見他們那麼愧疚想必會痛下決心，絕對不犯同樣的錯誤。

參見 遭到責怪 78、不公平 143

縱火狂
PYROMANIA

ER《螢火蟲法蘭西絲》（*Frances the Firefly*） 英國社區及地方政府（Department For Communities and Local Government）

YA《騙徒》（*We Were Liars*） E・蘿哈特（Emily Lockhart）

火的誘惑可能教人難以抗拒。幸虧孩童多半能夠及早養成對火適度的恐懼感，但再怎麼強調火的危險性都不為過。英國社區及地方政府部出版的警世故事《螢火蟲法蘭西絲》，就把這個警告表達得非常出色。在田園詩般的昆蟲王國中，每一分子為社會貢獻其特殊技能，年長的螢火蟲用尾燈照亮街道。法蘭西絲等不及要用她的尾燈，可惜亮度仍然不足。於是蟑螂開始慫恿她。「假如你點燃一根火柴，那就是你的尾燈，你就和成年螢火蟲的一樣了。」他說。法蘭西絲受不了誘惑，不久，她拿了火柴高高飛上天空，火柴愈燒愈亮——然後燒到她的翅膀，整片美麗的森林也很快燒得精光。好在國王又讓森林恢復舊觀，法蘭西絲也獲派任一份新的工作，就是教導小昆蟲絕對不能玩火；讀到這個故事的小朋友將會了解：與其親身遭受難以磨滅的創傷，不如從法蘭西絲的經驗中學到教訓。

較大的孩子若想體驗更震撼的感覺，不妨讀讀看《騙徒》，讀到尾聲將至時滿心衝擊，多半讀者會想就已知的內容回頭重讀一遍。十七歲的凱登絲在前年夏天出了件可怕的事，害她這兩年既受偏頭痛之苦，記憶力也減退。現在她終於不需要服用抗憂鬱藥物，也回到祖父在鱈魚角某處的美麗島嶼，那裡是她和幾個表親這群得天獨厚、自由自在的小孩從小度假的地方。

他們在陽光下閒逛、打情罵俏、追憶過去時，我們漸漸由倒敘中建構出一幅畫面，有凱登絲和家中朋友蓋特之間剛剛萌發的愛情；有為了祖父死後誰該繼承島上最雄偉、最重要的大宅而爭吵的大人。凱登絲忽然開始懷疑那件無法原諒的事，也是她記憶中一片空白的事，或許得怪她和那幾個暱稱為「騙徒」的表親。任何玩過火或是幻想玩火的人，將永難忘記這個陰暗故事揭露的離奇真相——此後也會盡力迴避大火的低語。

參見 受罰 299、暴力 406

問太多問題
asking too many **QUESTIONS**

PB《莉莉愛問為什麼？》（*Why?*） 文／林西．坎普（Lindsay Camp）、圖／東尼．羅斯（Tony Ross）

孩子一旦冒出感興趣的問題，任何事都不是問題——只需張嘴問「為什麼……？」起初會感到很興奮。可是等你解答他們第一個「為什麼」之後，跟著再冒出更多的「為什麼」，那些答覆又引發更進一步的「為什麼」，哪怕是再有耐性的成年人，也經不起這番打破砂鍋問到底。㊉這時就該拿出（先在此致歉囉）一本名叫《莉莉愛問為什麼？》的圖畫書，其中驚人的轉折讓提問和解答的人讀過都覺得愉快。故事裡的爸爸快被一頭紅髮的小女兒莉莉沒完沒了的問題逼瘋了，才不過幾頁的篇幅，原本溫柔，這會兒卻神智恍惚的爸爸只能端出最殺的那句「因為所以」。東尼．羅斯以色鉛筆畫出的交叉線條插圖，讓我們看到一個熟悉得令人安心的世界——直到有一天全家到公園去玩，看見一個並不熟悉的東西。若是說出那是什麼，恐怕毀了繪本中的大大驚奇。不過它倒是讓莉莉閉上嘴巴好一會兒。等她再度開口，當然是問「為什麼？」時，大家都感激不盡。把這本書介紹給你家問個不停的小孩，保證逗得你們笑呵呵。

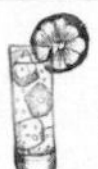

給大人的療癒書

📖《小王子》(*The Little Prince*) 安東尼．聖修伯里（Antoine De Saint-Exupéry）

大人很容易掉入一個陷阱，就是以為與其浪費時間回答孩子沒完沒了的問題，不如處理其他更重要的事。再讀《小王子》，或可提醒你，可能搞錯了優先順序。飛行員迫降在沙漠時，遇見一個前所未見「最最奇特的小孩」。他很快就弄清楚小傢伙來自另一個星球——他過著寂寞的生活，天天拔著猴麵包樹的幼苗，看著重複的夕陽。可是飛行員忙著修飛機，小王子卻問他一大堆似乎毫無頭緒的問題，像是花為什麼長刺，羊兒還不是照吃不誤，飛行員說話的口氣難免兇巴巴。花長刺是為了洩憤，他暴躁的回答。

當然，飛行員並不真的以為花長刺為了洩憤。他這麼說只是因為需要處理「更重要的大事」。可是這會兒小王子想要知道，天底下還有什麼比花為什麼長刺更重要的事。因為，小王子繼續說道，他剛巧認識、也愛上一朵特別的花，一朵世上獨一無二的花。要是有一天早晨，一隻羊可能根本沒注意，就一口咬下毀了它，那該怎麼辦？他覺得那不重要嗎？說著說著，飛行員終於放下手邊的工作，把小王子擁入懷裡，他了解此刻受損的飛機、他的口渴，甚至他的性命，都比不上立刻回答這個問題來得更重要。

參見 就愛嘮叨 99

種族偏見
RACISM

PB《了不起的你》（*Amazing Grace*） 文／瑪莉·霍夫曼（Mary Hoffman）、圖／卡洛琳·賓區（Caroline Binch）

CB《黑色棉花田》（*Roll of Thunder, Hear My Cry*） 密爾德瑞·泰勒（Mildred D. Taylor）

YA《黑與白》（*Noughts and Crosses*） Malorie Blackman

人類根本上是相同的，無論我們來自何方，或是什麼膚色，說什麼語言，這個放之四海皆準的信息，不妨打從一開始就透過書籍、身教與言教傳遞給孩子。倘若孩子從小就有這種信念，那就永遠不會改變。然而一旦發覺外界的歧視入侵，不妨共讀《了不起的你》。葛莉絲是個很有自信的女孩，她有張開朗的臉龐，大大的棕色眼睛，喜歡打扮和表演。我們看見她在家裡扮演各式各樣的角色，從聖女貞德演到木馬屠城記的海倫，再演到戴一隻眼罩和有一條木頭假腿的海盜。因此葛莉絲的學校宣布下一次公演需要找人扮演小飛俠時，她立刻舉手。「你演不了小飛俠，」另一個女生小聲說道。「他不是黑人。」葛莉絲解釋她為什麼感到氣餒時，她母親和奶奶默默不語。「只要你努力，葛莉絲，你想做什麼都行。」奶奶說。當然，她繼續努力，終於贏得小飛俠的角色，而且搶盡鋒頭。媽媽和奶奶得意的互看一眼，已道盡了她的轉變。卡洛琳·賓區無比寫實的水彩畫讓我們看到一個熱情洋溢、充滿魅力的葛莉絲，而她筆下的母親和奶奶，就是「明知他人總愛潑你冷水，但其實你行」的模樣。這個讀來感人的故事，顯現出人們往往耳濡目染長輩灌輸的種族偏見而不自知，我們都有責任不讓偏見阻礙了孩子的發展。

針對已經在讀章節故事的孩子，我們推薦以九歲黑人女孩凱西的視角述說的《黑色棉花田》，故事中一個天真的孩子歷經種族歧視的方方面面，手法高明且發人深省。凱西生長於美國經濟大蕭條最慘澹時期的一個貧苦家庭，有幸的是她渾然不知母親和祖母天天必須面對的不利地位及威脅。凱西的爸爸大衛在建造鐵路，有空才能回家——只好撇下四個孩子給兩個女人撫養，靠著家裡的土地種植棉花維生。當一名黑人慘遭「烈火焚身」的可怕消息漸漸傳開時，大衛派弟弟漢莫和一位溫和的大塊頭墨先生保護他的家人。可是漢莫的脾氣和凱西一樣容易發怒，害得全家因此陷入更大的危險。

凱西頭一次進城時，不小心在街上撞到一個白人小女孩，她發現自己必須卑躬屈膝、低聲下氣的道歉，這時她才恍然大悟黑人受到的待遇有多麼不公平。之後，凱西的媽媽帶著四個子女去探視其中一個燒傷的受害者，凱西更是滿心怒火。不過她也感到愈來愈害怕，因為她明白存活和保住家裡土地的唯一方法，就是按捺住心中的怒火，其實也就是自我壓抑。這是一部扣人心弦的必讀之作，說的是一個充滿愛的家庭，雖然活在正式廢止奴隸制度之後的美國，各種極端的不公平卻依然處處可見，相信可以趁此機會和孩子討論現代社會仍然存在的種族歧視，同時讓孩子體認到評斷一個人的標準在於其作為，而非膚色、種族或信仰。

至於青少年讀者，我們推薦的作品也是同樣非讀不可的《黑與白》。十三歲的賽菲和青梅竹馬的朋友卡倫漸漸察覺兩人之間或許不僅是友情而已，不過他倆之間似乎橫亙著另一種難以名狀的東西。卡倫和他的家人生活艱苦——自從他母親替賽菲媽媽工作長達十四年忽遭辭退之後尤其如此。雖然他順利進入賽菲的學校就學（他是四個幸運的白人小孩其中之一），他很清楚這即代表他們天真無邪的友誼就此結束：賽菲是黑人，也是富裕及得天獨厚的統治階級；卡倫是沒有權力的白人，曾是黑人的奴隸，社會的下層階級。

作者布萊克曼設定的這個背景看來熟悉，卻巧妙顛覆了歷史和讀者的假想，得天獨厚的是包括賽菲在內的黑人，低下階層則是卡倫在內的白人。於是我們發現自己來到的世界，住在七個房間豪宅裡的是個黑人家庭（其實就是賽菲和父母的家），在首次開放收白人學生的黑人學校受到嘲弄的新生則是卡倫。在《黑與白》的世界裡，你只買得到深褐色的石膏。

比卡倫年輕的賽菲無法了解，她的少數民族白人朋友上她的學校到底複雜在哪裡，她也不懂他說「多虧了他們的友誼」時幹麼那麼含怒帶怨。等到學校外面的抗議人群引發一波暴力衝突，我們心裡清楚他倆的未來將更為艱難。這是一系列作品中的第一個故事，不僅打開讀者的眼界與心靈，也讓我們看到偏見的根深柢固，已經到了難以察覺的地步。

參見 加入幫派170、沒禮貌226、不友善403

下雨天
RAINY DAY

下雨、下雨、到處都在下雨……也就是關起門來，舒舒服服窩在家裡讀本好書的時候。列於下方的書單，會讓大家覺得能夠待在溫暖又乾燥的家裡，真是幸福哪。

十本雨天書單

PB《大雷雨》（*Rainstorm*） Barbara Lehman

PB《錫森林》（*The Tin Forest*） 文／Helen Ward、圖／Wayne Anderson

ER《爺爺的傷痕》（*Half a Man*） 文／Michael Morpurgo、圖／Gemma O'Callaghan

ER《古特一家在海上》（*The Grunts All at Sea*） 文／Philip Ardagh、圖／Axel Scheffler

CB《101忠狗》（*One Hundred and One Dalmatians*） 多迪・史密斯（Dodie Smith）

CB《藍色海豚島》（*Island of the Blue Dolphins*） 司卡特・歐德爾（Scott O'Dell）

CB《牙買加颶風》（*A High Wind in Jamaica*） 李察・休斯（Richard Hughes）

CB《鯨武士》（*Heart of a Samurai*） 瑪姬・佩魯絲（Margi Preus）

CB《意外出航》（*We Didn't Mean to Go to Sea*） Arthur Ransome

YA《暴風雨之書》（*The Book of Storms*） Ruth Hatfield

參見 需要冒險42、無聊84、失望133、太宅202、暑假373

強暴
RAPE

YA《我不再沉默》（*Speak*） 洛莉・荷茲・安德森（Laurie Halse Anderson）

孩子若是受到性侵，絕對是無比嚴重的大事，受害的小孩往往不敢把事情告訴任何人（因羞愧、困惑，或生怕加害人有所反應），可能使得傷害變得更為複雜。《我不再沉默》就是如此，故事中十四歲的米蘭達第一天到紐約雪城的高中上學，沒想到卻受到同學的排擠，包括以前最要好的朋友瑞秋。原來是暑假期間，她在一次狂歡派對上打電話報警，犯下社交大忌，害她一個同儕從打工的地方遭到開除。唯有她自己知道，當晚為什麼她哭著用唯一想得到的方式求助——大家卻恨她毀了好玩的派對。

儘管米蘭達很想說出真相，卻發現自己仍然有口難言。「電視上那些教人溝通與表達感受的節目全都是胡說八道，」她用她特有的機智口吻諷刺道：「根本沒有人真心想聽你說話。」所以她咬嘴脣咬到流血，尋找可以結交的新朋友，眼看自己的成績一落千丈。只有她的美術老師費曼先生懷疑她另有隱情。等她終於說出真相，立刻感到宣洩之後的徹底放鬆，也得到周遭親朋好友的同情與支持。強暴和其他受虐者或可從這個故事得到鼓舞而不再沉默，需要幫助但不敢說出來的青少年也會覺得感同身受。

參見 家暴34、無法表達感受148、說話沒人聽191

總是想聽人朗讀故事

always wanting to be **READ** to

藥方：親子一起安安靜靜的讀書

有些孩子以為一旦學會了自己看書，大人就不會讀故事書給他們聽了（有些家長也這麼想）。於是兒童在潛意識上盡量拖延學習，生怕這種寧靜、親密的時刻即將在他們學會自己讀書時宣告結束。除了共讀故事書，他們何時能夠得到大人全副的注意力？因此家長必須安撫子女，就算學會自己讀書了，並不表示他們已經大到不用聽床邊故事，這點至關重要。的確，倘若一切如我們所願的話，每個孩子都能聽床邊故事到中年。當然，鼓勵孩子自己看書也是需要的，為達此目的，我們建議讀者把為孩子朗讀這種身體與情感的親密時刻，轉換為親子一起安安靜靜的讀書。你看你的書，他們看他們的——同一個房間，同一時間，手腳若能搭在對方身上最是理想（或許再擠一、兩隻貓也不賴）。讀書沒理由非得孤單一個人，親子甚至可以同時各自讀同一本書呢。

不再想聽人朗讀故事

no longer wanting to be **READ** to

藥方：全家共讀時間

有些兒童恰好相反，覺得自己已經長大，不再適合聽故事了，希望家長讓他們自己讀就好，那麼家長就得重新點燃孩子的興趣。這時不妨把朗讀提升為家庭儀式，由每個成員輪流朗讀一本精挑細選的書——年長一點的孩子讀幾頁，年紀小一點的讀幾行。若想知道選什麼書較好，參見十本適合不同年齡層一起讀的最佳童書（342頁）。每週選一個晚上、週末或假日為全家讀故事時間，共讀一本書將使全家關係緊密，累積全家共處時光的記憶。說到底，聖誕節那天若不全家共讀《聖誕夜》

（*The Night Before Christmas*）或狄更斯的《聖誕頌歌》（*A Christmas Carol*）哪像在過聖誕節？塞在高速公路上三小時，還有什麼比朗讀《馴龍高手》更好殺時間？不過得挑個最不可能暈車的人來讀才行（而且那人不是司機）。如果你家不習慣自己出聲，那就請專家幫忙。請參考我們列於下方的十本適合全家一起聽的有聲書單。

十本適合全家一起聽的有聲書單

- CB《印地安人的麂皮靴》（*Walk Two Moons*） 莎朗．克里奇（Sharon Creech）、錄音／Hope Davis
- CB《傻狗溫迪克》（*Because of Winn-Dixie*） 凱特．狄卡密歐（Kate DiCamillo）、錄音／Cherry Jones
- CB《萊緹的遺忘之海》（*The Ocean at the End of the Lane*） 文／尼爾．蓋曼（Neil Gaiman），作者本人錄音
- CB《柳林中的風聲》（*The Wind in the Willows*） 文／肯尼斯．格蘭姆（Kenneth Grahame）、錄音／Alan Bennett
- CB《勇闖宇宙首部曲：卡斯摩的祕密》（*George's Secret Key to the Universe*） 文／史蒂芬．霍金、露西．霍金（Stephen and Lucy Hawking）、錄音／Hugh Dancy
- CB《鐵路邊的小孩》（*The Railway Children*） 文／意．奈思比特（E. Nesbit）、錄音／Johanna Ward
- CB《碎瓷片》（*A Single Shard*） 文／琳達．蘇．帕克（Linda Sue Park）、錄音／Graeme Malcolm
- CB《金銀島》（*Treasure Island*） 文／史帝文森（Robert Louis Stevenson）、錄音／Alfred Molina
- CB《夏綠蒂的網》（*Charlotte's Web*） 文／E. B.懷特（E. B. White）、作者本人錄音
- YA《基度山恩仇記》（*The Count of Monte Cristo*） 文／大仲馬（Alexandre Dumas）、錄音／Bill Homewood

閱讀障礙
READING DIFFICULTIES

CB《一隻叫福羅的狗》(*A Dog Called Flow*) 文／琵琶・古哈(Pippa Goodhart)、圖／Anthony Lewis

CB《波西傑克森1：神火之賊》(*Percy Jackson and the Lightning Thief*) 雷克・萊爾頓(Rick Riordan)

PB《謝謝您，福柯老師》(*Thank you, Mr. Falker*) 派翠西亞・波拉蔻(Patricia Polacco)

YA《愛做夢的棕色少女》(*Brown Girl Dreaming*) 賈桂琳・伍德森(Jacqueline Woodson)

現今教師的首要之務，即是留意學童中有無讀寫障礙或其他閱讀障礙的早期徵兆，若能及早介紹確診的孩童認識也在讀寫方面努力掙扎的小說人物，將對他們大有助益。《一隻叫福羅的狗》就是一個很好的開始。十歲的奧利佛在讀寫方面有困難，所以痛恨上學（參見：不想上學325），他不曉得自己這個毛病其實有個名字。奧利佛的老師並不同情他的處境，老是留他在教室寫字，奧利佛簡直等不及放暑假。鄰居一位農夫生了一窩小狗要送他，他領養了福羅——一隻走路時無法保持平衡的黑白狗（後來發現是因為一隻耳朵聽不見，一隻眼睛瞎了），他倆一起在高地奔跑，消磨時間。同時在喜愛捏陶的爸爸協助之下，奧利佛練習用黏土寫字。

一天，六隻嚇壞的綿羊跑過他們身邊，奧利佛早已聽見謠傳，說有個塊頭如野狼的大狗在附近，懷疑狼是不是真的來了。福羅變得愈來愈激動，硬要他隨牠走入霧中——他們在那兒發現一個男孩墜下峭壁，跌斷一條腿。那天福羅證明了自己的本事，奧利佛找人求助時留下的字條（寫著「到山下去找人棒忙」），也證明他克服了讀寫困難。這個深刻感人的故事說到一人一狗另類的頭腦運作方式（參見：覺得與眾不同127），我們不但因而更懂得接納他人，也願意尋求協助，有讀寫障礙的讀者絕對比別人早些想通狗兒為什麼取名為福羅（Flow）[25]。

年紀稍大的孩童就能體會波西．傑克森的感覺，儘管十二歲的他是個「混血人」，有一半神的血統，在校成績卻從來好不過C。原來波西傑克森不但有閱讀障礙，還是個過動兒。每當他試圖讀書時，一字一句「活像是在溜快速滑板似的」，要不就是他的腦袋彷彿「漏掉一拍」，有如「缺少一片的宇宙拼圖，害他只能茫然愣望那一片空白」。一天，他在博物館裡注視一段奇怪的刻文時，竟然發現自己很快就讀懂了，是他這輩子的頭一遭。當他最要好的朋友格羅佛透露自己是個說古希臘語的森林之神時，波西聽得懂每一個字。最後他總算如實看見自己有「缺陷」的理由：他的頭腦是為解讀古希臘文而打造，所以不懂二十一世紀的英文，他的身體則完美適應神話中獲勝者不可或缺的「打或逃」反應機制，而非二十一世紀的中學生。讀者若有類似困難需要克服的話，或可從這名英雄的故事中得到鼓勵，也不再覺得內疚——從此大可放遠眼光，期望成功的人生[26]。

有時需要一、兩個真實的榜樣，才能說服有閱讀障礙的孩童，讓他們相信自己仍可充分發揮潛能。不妨和幼童共讀《謝謝您，福柯老師》一書，這個自傳式故事述說派翠西亞．波拉蔻小時候如何勉力學習讀書寫字。書中的小派翠西亞和她自己小時候一樣，渴望學會讀書寫字——書籍在她家裡非常受到尊崇。可是等她終於長到入學年齡，她在書頁上看到的卻是「一個個歪來扭去的形狀」。她試著念出字音時，又遭其他學童取笑，很快就落後同學了。之後幾年為求安全，小派翠西亞專心於繪畫。這時福柯先生走入她的生命。這本動人的書和風格多變的水彩插畫，就是波拉蔻感謝恩師之作，感謝他為她付出的時間與心力——也證明她如今不但讀寫無礙，還能以文字和圖畫創作呢。

大一點的孩子可以把賈桂琳．伍德森視為榜樣，她在《愛做夢的棕色少女》這本自傳小說中稍稍觸及自己奮力克服閱讀障礙的經過。故事中以清晰易懂的韻文敘述一個成長於六〇、七〇年代的非裔美國女孩，她和母

25 flow（心流）：是一種心理學理論，意指全神專心投入在某件事物上的神馳狀態。

26 建議搜尋由Jesse Bernstein錄音的有聲書版本。

親、外公外婆先住在南卡羅萊納州——門口有秋千和螢火蟲的地方，然後搬到紐約的布魯克林。剛搬家的時候，她覺得紐約是個「沒有樹、有如噩夢般」的城市，不過一旦開始上學，賈桂琳就對故事很感興趣，她知道故事有朝一日將「成為她的人生」。拿到第一本「作文簿」，看見裡面的空白頁，聞著它的氣味，她為之驚嘆「彷彿某種東西，我能墜入其中，住在裡面」。因此一開始學認字，發現書頁上「字字七扭八轉」，而且「等它們不動了已嫌太晚。老師都講到下面了」，她真的好吃驚。伍德森沒有明講她有何種閱讀障礙，無論是什麼，這本令人難忘的書，以及她豐富的創作都具體證明它並沒有阻礙她成為作家的美夢。

參見 遭到霸凌90、挫折164、覺得一無是處180、心事無人知401

親戚
RELATIVES

參見 覺得親戚很無趣85

被動的讀者
RELUCTANT READER

藥方：讓年輕人愛上閱讀的七種手段

為了讓孩子愛上閱讀，不惜玷汙書籍（和你自己）使出賄賂或付錢的招數之前，先試試以下創意無限的手段吧。

1. 打造一個吸引人的閱讀場所——一個舒適的角落，沙發豆袋椅、檯燈和擺了水果切盤的架子等等應有盡有。或是一個帳篷，備有毛茸茸的毯子、拖鞋、彩色小燈，或是一張吊床，有枕頭，再在樹枝上放一杯飲料。誰會不想跳上床呢？

2. 所有鐘錶停擺、關掉電話、拔掉Wi-Fi，然後宣布半小時閱讀時間開始。屋裡每一個人無論本來在做什麼，都得拿一本實體書坐下來安靜閱讀。半小時的閱讀時間很適合安排於週間的晚餐前或週日的下午，這會兒每人已精力耗盡，準備癱在椅子上休息。我們的經驗是只要養成半小時的習慣，閱讀時間就會成為全家期待的事。不知不覺中，半小時延長為四十五分鐘，而且沒有人會問晚餐要吃什麼。
3. 下載一本有聲書，讓你家不情願讀書的小孩插上耳機聆聽。如果是本好書又讀得精采（讀來不疾不徐，嗓音你也喜歡——先放一段情節摘要）的話，孩子會覺得融入故事，好像進入書中世界的感覺，讓他們欲罷不能，同時訓練他們安靜且聚精會神一段時間。一開始先在坐車的時候放有聲書給孩子聽，反正沒別的事可做。接著固定天天介紹一本有聲書——在點心時間，或孩子整理房間的時候。你可以在www.audible.co.uk下載愈來愈多類型廣泛的作品，或到你家附近的圖書館裡借CD回家聆聽也行（參見：十本適合全家一起聽的有聲書單309、十本適合長途開車聆聽的有聲書96）。
4. 已經有電影版的書附帶一個誘因：只要把書看完，就可以看電影[27]。但決不可以打破「先看書、後看電影」的規則（參見：吵著要先看電影版415）。
5. 在樹上、在乾草堆上、在跳跳床底下，在意想不到的地方看書平添格外新奇的感覺。我們最愛的閱讀地點是在樓梯間，戴個頭燈躲到樓梯底下的櫃子裡也不錯。
6. 看無字繪本吧。從我們列於下方的十本最佳無字書中任選幾本。僅以圖畫說故事（有些還是挺複雜的圖畫），孩童可以鬆口氣，雖不用讀懂字的意思，仍然能夠理解書中的人物、故事和一景一物。整體來說，圖像小說對充滿創意的說故事方式也是很棒的鼓勵。誰說只有作者可以決定人物的名字——或對話該怎麼進行？
7. 書頁須保持乾淨。相較於米黃色或有色的書頁，被動的讀者閱讀清晰

27 當然，有app的書籍也適用，如《聖獸戰士》系列（*Beast Quest*）。

的字體最不吃力，而且紙張要夠厚，字跡才不會透到反面。有插圖、章節短是優點。故事本身必須從第一行起即引起興趣，主要情節中不可夾雜太多次要情節，也不要有太多瑣碎的描述，或太多角色。當然，書仍然必須讀來夠挑戰，夠刺激，且適合孩子的年齡與程度。請參考我們列於下方的十本適合被動讀者的最佳童書。

十本無字書單

PB《狐狸的花園》（*Fox's Garden*） Princesse Camcam

PB《拉拉跳芭蕾》（*Flora and the Flamingo*） 茉莉・艾德爾（Molly Idle）

PB《男孩、小狗和青蛙》（*A Boy, a Dog, and a Frog*） Mercer Mayer

PB《夢裡的大海》（*Sea of Dreams*） Dennis Nolan

PB《神奇小白熊》（*Wonder Bear*） Tao Nyeu

PB《獅子與老鼠》（*The Lion and the Mouse*） 傑瑞・平克尼（Jerry Pinkney）

PB《腳踏車》（*The Girl and the Bicycle*） Mark Pett

PB《小狗的紅雨傘》（*The Umbrella*） Ingrid and Dieter Schubert

PB《樹屋》（*The Tree House*） Marije and Ronald Tolman

PB《海底來的祕密》（*Flotsam*） 大衛・威斯納（David Wiesner）

十本適合被動讀者的書單（哈利波特當然在這份書單之中）

PB《我討厭書》（*The Girl Who Hated Books*） 文／曼殊夏・帕瓦基（Manjusha Pawagi）、圖／琳妮・法蘭森（Leanne Franson）

ER《聖獸戰士1：噴火巨龍費諾》（*Beast Quest: Ferno the Fire Dragon*） 亞當・布萊德（Adam Blade）

ER《泰德要統治世界》（*Ted Rules the World*） 文／Frank Cottrell Boyce、圖／Cate James and Chris Riddell

ER《馬來貘不是豬》（*Mango & Bambang: The Not-a-Pig*） 文／Polly Faber、圖／Clare Vulliamy

ER《小紅精靈》（*Rainbow Magic Series: Ruby the Red Fairy*） Daisy Meadows

ER《老爸養了一隻鱷魚！》（*My Dad's Got an Alligator!*） Jeremy Strong

CB《救那隻小獾》（*Brock*） Anthony McGowan

CB《等待安雅》（*Waiting for Anya*） Michael Morpurgo

YA《智天使間諜團》（*Cherub Series: The Recruit*） Robert Muchamore

YA《別的國家都沒有》（*Tales from Outer Suburbia*） 陳志勇（Shaun Tan）

需要好榜樣

in need of a positive **ROLE MODEL**

就讓這些活潑有勁、有事業心的女生，以及情緒智商高強的男生抬腳踢掉平常的刻板印象吧。

十本好榜樣女孩書單

PB《頑皮公主不出嫁》（*Princess Smartypants*） 芭貝·柯爾（Babette Cole）

PB《公主騎士奈拉》（*The Princess Knight*） 文／Cornelia Funke、圖／Kerstin Meyer

PB《紙袋公主》（*The Paper Bag Princess*） 文／Robert Munsch、圖／Michael Martchenko

PB《龍阿蠻》（*Zog*） 文／茱莉亞·唐娜森（Julia Donaldson）、圖／薛弗勒（Axel Scheffler）

PB《星際灰姑娘》（*Interstellar Cinderella*） 文／Deborah Underwood、圖／Meg Hunt

CB《達爾文女孩的心航線》（*The Curious World of Calpurnia Tate*） 賈桂琳·凱利（Jacqueline Kelly）

CB《長襪皮皮》（*Pippi Longstocking*） 文／阿思緹·林格倫（Astrid Lindgren）、圖／蘿倫·柴爾德（Lauren Child）

CB《大黃貓的祕密》（*Ottoline and the Yellow Cat*） Chris Riddell

CB《別叫我公主俱樂部》（*The Anti-Princess Club: Emily's Tiara Trouble*） 文／Samantha Turnbull、圖／Sarah Davis

YA《逐日女孩》（*Sun Catcher*） Sheila Rance

十本好榜樣男孩書單

PB《害羞男孩傑克森》(*Halibut Jackson*) David Lucas

PB《愛織毛線的男孩》(*Made by Raffi*) 文／克雷格．波莫朗(Craig Pomranz)、圖／瑪格麗特．坎柏藍(Margaret Chamberlain)

ER《惡作文，我很會》(*How to Write Really Badly*) Anne Fine

CB《愛那隻狗》(*Love That Dog*) 莎朗．克里奇(Sharon Creech)

CB《狂奔》(*Running Wild*) 麥克．莫波格(Michael Morpurgo)

YA《鬼鷹》(*Ghost Hawk*) Susan Cooper

YA《兩個威爾》(*Will Grayson, Will Grayson*) 約翰．格林、大衛．賴維森(John Green and David Levithan)

YA《地下》(*Scat*) 卡爾．希亞森(Carl Hiaasen)

YA《奇蹟男孩》(*Wonder*) R. J. 帕拉秋(R. J. Palacio)

YA《那又怎樣的一年》(*Okay for Now*) 蓋瑞．施密特(Gary D. Schmidt)

受不了日常作息有所改變

unable to cope with a change in the **ROUTINE**

PB《來喝下午茶的老虎》(*The Tiger Who Came to Tea*) 朱迪絲．克爾(Judith Kerr)

大多數的孩子都喜歡生活中有些慣例；不過有些孩子的日常作息太固定了，任何更動都可能引起焦慮或是大聲哭鬧(這時參見：耍脾氣379、焦慮53、易怒400)；同時，且讓《來喝下午茶的老虎》中溫柔的建議予以治療，效法故事裡的一對母女如何從容應付日常生活中出乎意料的事。

一頭渾身條紋的大老虎出現在門口，詢問可不可以進來喝下午茶的時候，蘇菲媽媽的心臟也沒少跳一下。「當然，請進。」她說。不過大老虎一口不只吞下一份三明治，而是一整盤三明治，倒是讓人揚起一道眉毛——

令人驚訝牠的沒禮貌（參見：沒禮貌226），不為別的。而當大老虎不僅喝一杯茶，而是把整壺茶統統倒入嘴裡時，媽媽的臉頰更是脹得通紅。等到蘇菲爸爸回家，聽說沒有晚餐可吃時，他不過聳聳肩，乾脆全家上館子。這一家人的鎮定令人佩服，他們因應打亂日常作息的意外時無比沉著的表現，可以在孩子心中播下一粒種子。

參見 自閉症59

逃家衝動
urge to **RUN AWAY**

每個孩子都有過逃家的幻想。不如鼓勵你身邊的孩子以下列書籍取代這種刺激的經驗，磨損孩子離家出走的需要。

十本逃家書單

- PB《媽媽，你愛我嗎？》(*Mama, Do You Love Me?*) 文／Barbara M. Joosse、圖／Barbara Lavallee
- PB《我們住膩房子了》(*We Were Tired of Living in a House*) 文／Liesel Moak Skorpen、圖／Joe Cepeda
- PB《逃家小兔》(*The Runaway Bunny*) 文／瑪格莉特・懷茲・布朗（Margaret Wise Brown）、圖／克雷門・赫德（Clement Hurd）
- CB《布瑞登森林大逃亡》(*Brendon Chase*) B. B.
- CB《我叫巴德，不叫巴弟》(*Bud, Not Buddy*) 克里斯多福・保羅・克提斯（Christopher Paul Curtis）
- CB《為了遇見你》(*One Dog and His Boy*) Eva Ibbotson
- CB《天使雕像》(*From the Mixed-up Files of Mrs. Basil E. Frankweiler*) 柯尼斯伯格（E. L. Konigsburg）

📖《實驗鼠的祕密基地》（*Mrs. Frisby and the Rats of NIMH*） 羅伯特．歐布萊恩（Robert C. O'Brien）

📖《一起逃走》（*The Runaways*） Ruth Thomas

📖《紙上城市》（*Paper Towns*） 約翰．葛林（John Green）

參見 需要加油打氣 100、挫折 164、獨來獨往 214、不想上學 325、自殺念頭 371

TEA

悲傷
SADNESS

PB《傷心書》(*Michael Rosen's Sad Book*) 文/邁克・羅森(Michael Rosen)、圖/昆丁・布雷克(Quentin Blake)

YA《冰之宮》(*The Ice Palace*) Tarjei Vesaas

有時小孩傷心是為了有什麼事不如他們的意(果真如此的話,參見:失望133、需要加油打氣100),或想要有人幫他們想辦法。但有時小孩傷心,是因為真正出了讓人傷心的事,任誰都幫不上忙。

廣受歡迎的童書作家邁克・羅森非常了解這種感覺,他的兒子埃迪於十八歲不幸死亡,《傷心書》寫的就是他喪子之後的傷痛和思念。本書探究悲痛的狀態,它允許孩童宣洩,而非試圖趕走心中的傷痛。它透過昆丁・布雷克筆下邁克・羅森的人物速寫探索傷心的各種樣貌:鬍子沒刮,一雙醉眼,因絕望而下垂的肩膀,或是勉強擠出來的荒唐笑臉——昆丁・布雷克用他那活力充沛的畫筆,把傷心的神情畫得尤其傳神。它也探索我們悲傷時所做的一些瘋狂事,在洗澡間裡尖叫,拿湯匙莫名所以的敲桌子,及對所愛的人說些讓他們傷心的話。

悲痛的孩子看見,這個名叫邁克・羅森的大人,心情實在很壞時也會跟他們一樣表現出來(還做出根本不敢說的壞事,跟一隻可憐的貓有關),於是感覺輕鬆多了。幾張埃迪短暫、幸福的人生快照(從開心洗泡泡澡的小嬰兒,到父子倆快意的沙發接球遊戲),都是愛與失落的印記,然而其中也有希望與救贖。昆丁・布雷克彎曲的線條毫不費力地來回於情緒的兩端，暗指哪怕是最深切的悲痛也有幾許快樂的時刻——甚或也可能是悲喜交集。運用本書影響家人接納悲傷，一起承擔悲傷勝過把悲傷藏在心底。

青少年往往較善於讓情感順其自然，因此能夠感受到《冰之宮》裡的悲哀。故事設於作者的祖國挪威，十一歲的西絲是個人見人愛的女孩，她想要把新同學友恩拉進她的小團體。小孩交朋友多半憑直覺，兩個女生馬上知道她們互相喜歡。可是友恩最近失去母親，剛剛搬來這個偏僻的山村和阿姨同住（參見：轉學生324），所以有點畏縮。後來友恩總算鼓起勇氣邀西絲到家裡玩，然而在那一次短暫相聚中，她倆情感的交流如此深篤，使得友恩次日無心上學，反而單獨前往傳說中的「冰之宮」，一個年年結冰的瀑布。

結冰的瀑布形成一個個獨立空間，好奇的友恩愈走愈深入其中，後來甚至為了擠過狹窄的冰柱間隙脫去了外套。每一個空間都比前一個更美也更神祕，最後她終於找到一個喜歡的地方，並且把身體蜷縮成球，陽光也循路穿透緩緩滴水的冰壁晒得她渾身暖和。友恩沒去上學的次日，站在遊樂場邊緣、沒有加入遊戲的人變成西絲。這個哀傷且令人憂心的愛的故事映照且反射出讀者自己的傷痛，讓他們覺得有人看到也懂得自己的感受。這本書說悲傷需要時間癒合，讀者大可在此輓歌般的寧靜空間裡療傷止痛。

參見 需要加油打氣100

開口說不
SAYING NO

參見 遭到霸凌90、不敢為自己據理力爭363、不聽話386

代罪羔羊
being a **SCAPEGOAT**

參見 不公平 143

害怕
being **SCARED**

PB《小黑魚》(*Swimmy*) 李歐・李奧尼(Leo Lionni)

CB《靈貓瓦賈克》(*Varjak Paw*) 薩伊德(S. F. Said)

CB《少年間諜艾列克——風暴剋星》(*Stormbreaker*) 安東尼・赫洛維茲(Anthony Horowitz)

YA《改變遊戲規則的人》(*Game Changer*) Tim Bowler

孩童年紀幼小,不如別人能幹(參見:個子小 353),偶爾覺得害怕也是無可厚非。一種覺得自己比較勇敢的作法,就是學《小黑魚》中的小黑魚。李奧尼以他的招牌拼貼畫,為我們介紹單獨在深海世界裡游來游去的一條小黑魚,他遇見海裡各種色彩美麗的生物,包括一隻彩虹水母(紫色、綠色與紫紅色版畫)和奇異的海草森林,心中大為驚嘆。不多久,小黑魚遇見一大群小紅魚——可是他們一直怕得躲在礁石後面,不敢和他一起外出探索。後來小黑魚想到一個辦法:如果大家編隊一起游泳,就能游成一條大魚的形狀。如果你家小孩不敢單獨出外冒險,不妨和孩子共讀此書:有一幫朋友壯膽,誰都覺得自己聲勢浩大。

年紀稍大的孩童若是對家門外的世界感到緊張,一定會喜歡以瓦賈克為師,因為這隻俄羅斯藍貓不但精通從武功中領悟出來的戰技,也具有貓的智慧。瓦賈克一輩子都住在屋裡,每過一段時間,牛奶與食物就會出現,因此不難理解他為何不想冒險走出家門。可是當一群眼神冷漠的黑貓入侵主人康泰莎安全的家裡,貓家庭中最小的他決定出發去探個究竟。雖然不曉得狗長什麼模樣，他打算去找一隻回來（他心目中最可怕的動物），希望狗能趕走黑貓群。

幸好瓦賈克很有福氣，能夠跟年齡大好幾截的老祖宗賈拉爾溝通，他也是唯一去過外面的貓，現在由他面授「玄機」。瓦賈克從老祖宗那兒學到「敞開心胸」、「放慢時間」和「走影子」的技巧，它們幫助他克服恐懼，讓對手措手不及。讀者跟隨瓦賈克一路走來，也會發現屬於自己的一套「玄機」，他們也將讓同儕和自己大吃一驚。

少年間諜艾列克系列的首部作品《風暴剋星》中，讀者可以從這位並不情願的年輕間諜身上學到什麼叫無拘無束。叔叔死於可疑的車禍之後，十四歲的艾列克（從小由叔叔撫養）著手調查真相。他好不容易找到叔叔滿是彈孔的BMW轎車，卻險些被垃圾場的壓碎機壓扁，接著他受邀來到「銀行」，和叔叔的上司討論自己的未來。一有機會單獨停留在叔叔隔壁辦公室，艾列克決心取出叔叔的文件，於是他爬出窗子，攀上壁架，距離地面足足十五層高樓。

原來艾列克的叔叔是個間諜，而且一直都在準備讓艾列克步上他的後塵。艾列克有一身結實如運動員的體格，他會滑雪、登高，也能說好幾國語言；不過讓叔叔的上司另眼相看的是艾列克對恐懼的態度。艾列克攀爬壁架的時候，只准自己想兩件事。一、如果人已經在爬架上，他根本什麼都不想。二、他應該「先做再說」，甭花太多時間思考。

而他正是這麼做的。「我說吧，」隔壁房間透過監視攝影機看到一切的M16主管說道：「這孩子太不可思議了。」M16當場吸收他加入組織。故事將近結束時，艾列克已經好幾次差點送命，而且每次都很離奇，包括快速移動的乳酪絲刨刀——每次他都能在開始覺得害怕之前採取行動。孩子讀後就會了解，有時用想像的比做起來可怕多了，愈想就愈不敢做。

受困於恐懼的大孩子或可體會《改變遊戲規則的人》中十五歲麥可的處境。被同學稱為「地鼠」的他害怕到戶外，於是天天蜷曲起身子躲在衣櫥裡，讀他最愛的《金銀島》（參見：十本撫慰人心的書單262）逃避現實。他恨自己無法做任何正常的事，像是坐車旅行之類，而且在姊姊麥姬的鼓勵之下，一直嘗試走到外面亮一點的地方。直到地鼠必須保護姊姊，而非靠姊姊保護他時，他才不得不克服心中的恐懼。讀過本書後，沒有人不對地鼠深感同情，也在不知不覺中受到激勵。

給大人的療癒書

PB《大黑狗》（*Black Dog*） 李維・平弗德（Levi Pinfold）

大人害怕的理由較少，不過我們好像照害怕不誤。當一隻體型巨大（跟房子一樣大）流著口水的黑狗出現在霍普家門口時，《大黑狗》故事裡的父母嚇破了膽，他們馬上關燈，拉上窗簾，胡亂堆些東西擋著門口，然後躲了起來。可是家裡最小的孩子反應不一樣。她走到外面要親眼看看那隻狗，也很快發現恐懼似乎會讓東西看起來比原來大了許多。書中張力十足的圖畫（結合波希的畫風、格林童話及美國恐怖小說風格）大膽描繪隱喻著憂鬱的大黑狗，也藉此讓我們思考心目中恐怖的事物，是否正是我們的焦慮和抑鬱？不妨以這本書提醒自己，恐懼不過是一種習慣。就算你不覺得勇敢，也請裝出勇敢的樣子，你家小孩也會變得勇敢起來。

參見 害怕動物 52、焦慮 53、怕黑 113、個子小 353、自覺渺小 354、過度擔心 418

轉學生

being the new kid at **SCHOOL**

哪怕是最活潑外向的小孩，若在學期中間才轉學到新學校，也會是一項挑戰。只要讀幾個轉學生的故事，孩子就能了解緊張是自然反應——一開始可能諸事不順，到最後幾乎都適應得不錯。

十本轉學生書單

PB《你是我的新朋友》（*You Will Be My Friend!*） 彼得・布朗（Peter Brown）

PB《上學第一天》（*First Day Jitters*） 文／Julie Danneberg、圖／Judy Love

PB《轉學生馬歇爾》（*Marshall Armstrong is New to Our School*） David Mackintosh

PB《大象去上學》（*When an Elephant Comes to School*） Jan Ormerod

ER《波克特博士的放屁粉》（*Doctor Proctor's Fart Powder*） 文／Jo Nesbø、圖／Mike Lowery

CB《惡魔校長》（*The Demon Headmaster*） Gillian Cross

CB《再見木瓜樹》（*Inside Out & Back Again*） 賴曇荷（Thanhha Lai）

YA《男生女生變》（*Boy2Girl*） Terence Blacker

YA《尋找阿拉斯加》（*Looking for Alaska*） 約翰・葛林（John Green）

YA《我們都是物理分子》（*We Are All Made of Molecules*） Susin Nielsen

不上學

not going to **SCHOOL**

參見 在家自學 193

不想上學

not wanting to go to **SCHOOL**

上學是上天堂還是下地獄？大半取決於老師、朋友，或學習的態度。前兩個你無能為力，最後一個你絕對能自立自強。共讀一個主人翁也不想上學的故事，看看他們最後為什麼變得喜歡上學。

十本我不想上學的書單

PB《上學真討厭》(*I Hate School*) 文／珍妮・威利斯(Jeanne Willis)、圖／東尼・羅斯(Tony Ross)

ER《伯納多街小學校的魔法老師》(*Ms. Wiz Spells Trouble*) 文／Terence Blacker、圖／東尼・羅斯(Tony Ross)

CB《亞瑟的麻煩老師》(*Arthur's Teacher Trouble*) Marc Brown

CB《雷夢拉8歲》(*Ramona Quimby, Age 8*) 文／貝芙莉・克萊瑞(Beverly Cleary)、圖／Jacqueline Rogers

CB《葛瑞的囧日記》(*Diary of a Wimpy Kid*) 傑夫・肯尼(Jeff Kinney)

CB《飛碟》(*Aquila*) Andrew Norriss

CB《歪歪小學的荒誕故事》(*Sideways Stories from Wayside School*) 路易斯・薩奇爾(Louis Sachar)

YA《都是泰洛普老師》(*Because of Mr. Terupt*) 羅勃・布耶(Rob Buyea)

YA《聽見顏色的女孩》(*Out of My Mind*) Sharon M. Draper

YA《女生廁所裡有個男生》(*There's a Boy in the Girls' Bathroom*) 路易斯・薩奇爾(Louis Sachar)

參見 遭到責怪78、人家說你愛做夢116、覺得與眾不同127、考試141、覺得沒有朋友159、很難交到朋友161、不想寫功課196、獨來獨往214、受罰299

開始上學

starting **SCHOOL**

從外套被勾到、排成鱷魚隊形走路……快給你家小孩讀幾本上學到底是怎麼回事的故事書，讓他在就學之前做好準備。

十本上學書單

PB《提波和提姆一起去上學》(*Topsy and Tim Start School*) Jean and Gareth Adamson

PB《查理和蘿拉系列：我太小，我不要上學》(*Charlie and Lola: I Am Too Absolutely Small for School*) 蘿倫・柴爾德(Lauren Child)

PB《小鼠波波上幼稚園》(*Maisy Goes to Nursery*) 露西・卡森(Lucy Cousins)

PB《貓熊第一天去上學》(*Chu's First Day of School*) 文／尼爾・蓋曼(Neil Gaiman)、圖／Adam Rex

PB《星際幼兒園》(*Planet Kindergarten*) 文／Sue Ganz-Schmitt、圖／Shane Prigmore

PB《不去上學的小狼》(*Whiffy Wilson: The Wolf Who Wouldn't Go to School*) 文／Caryl Hart、圖／Leonie Lord

PB《我好擔心》(*Wemberly Worried*) 凱文・漢克斯(Kevin Henkes)

PB《阿飛和大哥哥》(*Alfie and the Big Boys*) Shirley Hughes

ER《討厭鬼雷夢拉》(*Ramona the Pest*) 貝芙莉・克萊瑞(Beverly Cleary)

CB《我是畢琪》(*Just Peachy*) Jean Ure

給大人的療癒書

PB《如果能讓你不長大》(*If I Could Keep You Little...*) Marianne Richmond

好吧，第一天上學的實際情形是這樣的。你家小孩說了再見，然後飛奔到教室裡跟大家開心地說聲「哈囉！」連回頭看你一眼也沒有。反倒是站在原處的你緊張得半死，喉嚨裡好似哽著一團什麼。對嗎？對家長而言，孩子第一天上學是主要的成長儀式，代表子女此後漸漸不再天天二十四小時都需要你了，你將重拾獨處時刻，看著鏡中自己的身影。此時讀一讀《如果能讓你不長大》，讓自己墮入多愁善感的一天。它將提醒你眼下只是暫時的分離，看著孩子長大或許不免感傷，但也不無好處。接著請拿起《小說藥方》，參見：家人不在身邊、身分認同危機、被冷落、寂寞、無回報的愛、人生無意義等章節。

參見 父母 268、害怕 322、轉學生 324、害羞 339

眼睛黏著螢幕

glued to the **SCREEN**

PB《小黃點》(*Press Here*) 赫威・托雷（Hervé Tullet）

ER《誰在看我們？》(*We Are in a Book!*) 莫威樂（Mo Willems）

YA《資料餵食》(*Feed*) M. T. Anderson

現今時代，若說有什麼東西擋在孩子和書之間，肯定非螢幕莫屬（需要了解如何對付此現代傳染病，參見：被動的讀者 312）。要不，就在家裡準備一、兩本大玩互動遊戲的圖畫書也不錯。先從《小黃點》開始，在這本運用觸控螢幕概念的精采繪本中，讀者應邀去壓不同顏色的「按鈕」（幾個原色圓圈），然後漸漸發現他們可以隨意改變書頁的樣貌。雖是專為三歲幼兒設計的繪本，讀得懂說明文字的孩子更能抓住其中的笑點。鼓勵孩童閱讀傳統紙本書的同時，不妨利用本書增加閱讀的樂趣。

接著交給莫威樂討人喜歡的《誰在看我們？》再接再厲。大吉象與小豬寶這兩個要好朋友忽然想到（而且覺得有點煩惱），只有在讀者看這本書的時候，他們才存在，我們不禁為他們感到難過起來。大吉象和小豬寶湊近過來注視著看書的怪物（難道他們就是「讀者」？）。他倆漫畫風的臉孔變得好大，我們感覺既不自在但又開心。小讀者若知道自己在故事中也軋上一角，一定會覺得挺刺激的。

你家的大孩子緊盯螢幕時，把《資料餵食》一書放在他們面前，包準嚇得他們遠離螢幕。那難以抵擋的第一句話就相當吸引人（「我們上月球是為了好玩，沒想到月球根本遜透了。」），青少年發現自己來到未來，然而許多事物卻無比熟悉：年輕人出門找樂子且大買特買。泰塔斯和他的朋友倒是在月球上玩得很亢奮（在低重力的跳彈之間），為了騰出空間給「空氣工廠」，地球上的森林悉數夷為平地，如果要去海灘的話，非得戴上特別的口罩才不會吸到腐臭味。電腦也不再置於體外，而是植入人體，資訊源源不斷串流載入，新聞與廣告直接灌入腦中。

讀者很快就看得出這種「資料餵食」有何缺點。泰塔斯和朋友經常突然變得眼神空茫，因為其中一人正忙著接收只有自己才聽得見的資料。他們慣於不斷受到刺激，所以很容易感到無聊，總想找超有趣的事做，或買超酷的產品吹噓。女生更是最新時尚的受害者，為了製造假的損傷或裂開的傷口，不惜傷害自己的身體，因為這樣才叫迷人。泰塔斯結識不隨波逐流的紫薇時，她穿的是天然毛料的衣服，而且是在家自學，由爸爸授課，她似乎能給他更真實、更符合人性的東西，我們也樂於見到泰塔斯受到她的吸引。可是他倆才認識不久，兩人的資料傳輸在一間俱樂部裡遭駭客入侵，紫薇的資料餵食系統開始發生故障。在脫離系統那段期間，紫薇痛苦意識到從未體驗過的感官知覺，她覺得那時自己才真正活著——飛越一座火山、發現世界上是否還有青苔、和泰塔斯在旅館裡共度一夜。然而泰塔斯因腦中收到減價大拍賣的消息而分神，根本不曉得該如何回應她此刻的百感交集，只能當個困惑不解的旁觀者。

這本青少年小說以傳統方式把未來和未來用語輸入我們腦中，它也如同任何螢幕一樣令人欲罷不能，一讀成癮。等你家的青少年翻到最後一頁時，對於仍然有幸擁有感知現實的能力，將另有一番全新的體認。

參見 電動打太多169、太宅202、體重過重264、注意力不足337

心懷祕密
having a **SECRET**

CB《魔櫃小奇兵》（*The Indian in the Cupboard*） 琳恩・瑞德・班克斯（Lynne Reid Banks）

YA《美麗人妻》（*Only Ever Yours*） Louise O'Neill

如果你難以抗拒吐露祕密的快感，想想這對孩童來說又將難上多少倍？為減輕痛苦，不妨和他們共讀這兩本小說，書中的主人翁也一樣心懷祕密，看看他們有些什麼心路歷程。

每個孩子都曾幻想過玩具變成活的。《魔櫃小奇兵》中九歲的歐姆里把他小小的塑膠印第安人公仔放在舊的醫藥櫃裡一個晚上，次日早晨打開櫃子，看見一個活生生、會呼吸、身高三吋的美國原住民勇士「小牛」時，他簡直無法相信自己的眼睛。歐姆里迫切想跟誰分享這個奇蹟，可是他很快了解要是能保住這個祕密，那將是他一生中最奇妙的事——如果祕密洩漏的話，「小牛」勢必給人關進籠子，成為科學家的研究對象。

一開始，歐姆里喜歡有祕密的感覺。小牛閃亮的黑色髮辮、鹿皮褲，以及肌肉結實的身軀，看來雄壯威武，一副兇狠、自豪又天不怕地不怕的樣子。可是不告訴父母和哥哥就罷了，不告訴好朋友派屈克則是另一回事。讀到歐姆里決定把祕密告訴朋友時，讀者會很高興看見隨之而至的各項優缺點一一浮現。

為了占上風忍不住洩漏祕密的青少年，一旦讀過令人不安的《美麗人妻》後，或許會三思而後行吧。書中主人翁芙烈妲（freida，沒錯，就是小寫，這個厭惡女人的社會認為女生名字不值得用大寫字母）是一個豆莢裡同一天「孵出」的三十名「夏娃」之一。其中十個夏娃將成為「伴侶」，十個成為「小妾」，十個成為剃光頭的「貞女」，負責教導未來新生的夏娃們。今年芙烈妲已經十六歲，也是爭取有幸獲選為伴侶的最後一年——這也代表她必須苗條又美麗。這些女孩為達此目的做什麼都心甘情願：吃盡可能的少，吐掉多吃的食物，服用消脂藥丸及瀉藥，在跑步機上跑得筋疲力竭，搞得渾身髒兮兮。

遴選典禮倒數開始，夏娃們一個個介紹給稱為「繼承者」的男孩們，芙烈妲深受法官兒子達文的吸引，他是其中位階最高的男孩。達文對她也有好感。兩人關係愈趨密切後，達文告訴芙烈妲一個祕密，她聽了也答應絕對保密。過不久，芙烈妲似乎一個朋友不剩，遂利用這個祕密充當討價還價的手段。不到二十四小時，祕密已傳遍社群網站，成為熱烈討論的話題。我們姑且不透露芙烈妲的下場，但絕對不太好看。這個令人心寒的故事剖析二十一世紀的性別歧視態度——儘管經過誇大及扭曲，讀來卻那麼熟悉，不啻是部振聾發聵的警世之作。一如這個有未來感的故事所述，經由現今的數位網絡，新聞與閒話一樣可能廣為流傳到徹底失控的地步。

參見 家暴 34、說謊 222

難為情
SELF-CONSCIOUSNESS

參見 尷尬 60

自殘
SELF-HARM

傷害自己的衝動（最常見的就是劃破皮膚）是嚴重又令人擔憂的行為，需要專業協助。自殘往往被稱作一種調適機制，在人們感到焦慮、憂鬱或自我厭惡時（參見：焦慮 53、憂鬱症 124、覺得一無是處 180），它能提供暫時的解脫。自殘如同飲食失調，可能因書籍和其他媒介（所以建議家長應盡可能留意正值脆弱年齡的子女在讀些什麼書）觸發而養成習慣。自殘之普遍或許超乎你的想像（研究顯示參與實驗的青少年中，十個中有一個有過自殘行為；尚未進入青春期的兒童也有自殘病例，不過比較少見）。成年人若想了解孩童如何及為何自殘，或如何察覺自殘的警告信號⊛，這些小說非常有幫助。

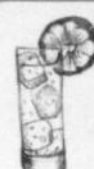

給大人的療癒書

YA《紅色眼淚》(*Red Tears*) Joanna Kenrick

眾多探討自殘青少年到底怎麼想的小說當中，有一本特別有幫助(因為那孩子看來如此普通)，就是激動人心的《紅色眼淚》。十五歲的艾蜜莉在校表現不錯，不過她對即將來臨的會考感到焦慮。每當情緒緊繃，割傷自己是她保持冷靜的方式。她在浴室裡偷偷用小心收藏的剃刀割傷自己，這個過程也漸漸讓她上癮，割到她的手臂、大腿和身上都已傷痕累累，無處可割。艾蜜莉從未受到心理或身體的虐待，因此她的行為找不到乾淨俐落的解釋，也看不見復原的路。直到艾蜜莉的哥哥發現她在身上找地方下刀時，她忽地瞥見哥哥的表情，才醒悟非停止自殘不可。本書及其他觸及自殘的圖書[28]，我們只推薦給曾經自殘，或能和大人一起討論此主題的讀者。

參見 家暴34、焦慮53、身體形象80、遭到霸凌90、考試141、覺得一無是處180、同儕壓力278、過度擔心418

分離
SEPARATION

參見 父母即將離異276

28 其他審慎處理自殘議題的小說包括：《去救戴西》(*Saving Daisy*, Philip Earle)、《紙片少女》(*Wintergirls*, 洛莉・荷茲・安德森〔Laurie Halse Anderson〕)、《女孩怎麼辦》(*How to Build a Girl*, Caitlin Moran)、《刀痕》(*Cut*, Patricia McCormick)。

對性說要或不要
saying yes or no to **SEX**

參見 不敢為自己據理力爭363、失去童貞409

對性感到好奇
having question about **SEX**

PB《媽媽生了一個蛋》（*Mommy Laid An Egg*） 巴貝．柯爾（Babette Cole）

YA《Forever》茱蒂．布倫（Judy Blume）

對於無法直接和子女談性的父母，或孩子認為你的說法太過離奇，需要支援的話——巴貝．柯爾就是你的救星。她先以五十對不同父母說的「無比美好的甜言蜜語」（她的現代版本包括：寶寶是牙膏裡擠出來的）逗得大家哈哈笑，然後她才一語道破：這是洞，這是根管子，有幾個方法可以把它們套在一起。她典型有趣的鋼筆結合水彩畫，順利讓尷尬的主題淡化為話家常般平易。我們建議一旦孩子問起性方面的問題，不妨讀這本書給他們聽。

對青少年來說，腦中想著抽象的性行為機制是一回事，自認已經做好翻雲覆雨的準備則是另一回事。論及性相關問題，茱蒂．布倫仍是青少年小說中名列前茅的必讀作家，尤其是女生（但不限於女生讀）。儘管以前的作家寫得比較含蓄[29]，而且多半聚焦在男女之間的浪漫愛情上，布倫直

29 婉轉地說，歷史上的小說家們繞過性的寫法，不曉得害了多少初次性體驗的少男少女摸不著邊際。還記得「躍起的鮭魚，衝向出生地產卵」？（出自*Dreams, Demons and Desire* by Wendy Perriam）；以及一隻手「沒頭沒腦地順著她的背部曲線往下輕輕撫摸，一直撫摸到她蹲著的臀部」？（出自D. H.勞倫斯的《查泰萊夫人的情人》）；戀人通常從事某種「不安的、肉欲的角力……」（出自伊恩．麥克尤恩的《贖罪》；嗯哼，這本書出版沒多久）。假如運氣好的話，「花粉或許會沾上蜂鳥的額頭」（出自*Maps for Lost Lovers* by

截了當的書寫風格非常適合揭開性的神祕面紗，探討諸如何時適合開始性行為、何時說不、可能會有的感覺、情感及身體方面可能出什麼錯之類的問題。布倫作品中最適合執行這項任務的就是《Forever》，故事中以相對溫順的語言探究一個女孩從喜歡男孩過渡到成熟男女關係的歷程。

凱瑟琳十八歲那年認識麥可之後，決定她已做好性探險的準備。她和幾個人開誠布公討論過此事，其中第一個就是麥可——他羞答答地把她介紹給「洛夫」，那是他給他的性器取的名字，一切從此開始。她母親給的建議十分中肯：「性是承諾……一旦有性行為，就回不到手牽手了。」她外婆寫信給予避孕建議，以她的世代來說非常開通明理，至於她最要好的朋友艾瑞卡認為性純粹是肉體之愛，所以鼓勵她大膽去做。「大學前開始性行為也挺好的。」她建議道。

凱瑟琳和麥可最終還是上床了（在他姊姊的臥房地板上），雙方都以為兩人就此展開浪漫永久不渝的愛情。可是工作迫使兩人暑假期間分隔兩地，凱瑟琳漸漸看出男女關係的極限，也發現自己受到他人吸引，或許她其實沒準備「愛到永遠」。《Forever》在文字描述上不如同代其他青少年小說一樣繪聲繪影，讀者自然而然融入故事，隨著主人翁一起探索少男少女理當關心的大事[30]。

參見 初吻 150、初戀 151、不確定自己是不是同志 171、難為情的自慰 228、覺得自己是跨性別者 392

Nadeem Aslam；這本書也沒出版多久。或許只有成長小說寫得這麼含蓄？），最後總算落得鐘樓怪人式的「縱身一跳」，懸在「套索上瘋狂擺盪」（出自 *Middlesex* by Jeffrey Eugenides；必然是的）。

30 家長應了解凱瑟琳確實服用了避孕藥，但她不太清楚現代青少年需要熟知的性傳染病風險，這個故事寫於發現愛滋病之前。如果你能取得本書較新的版本，布倫就在書中的序文中強調使用保險套的重要性，因為它既能預防性病，也能避孕。

不確定自己的性取向
unsure of your **SEXUALITY**

參見 不確定自己是不是同志 171

害怕影子
fear of **SHADOWS**

參見 怕黑 113

無法分享
inability to **SHARE**

PB《石頭湯》(*Stone Soup*) 瑪西亞・布朗(Marcia Brown)
CB《淘氣女孩》(*The Naughtiest Girl*) Enid Blyton

說起這麼重要的兒時毛病,最古老的故事往往是最棒的故事——瑪西亞・布朗出版於一九四七年的《石頭湯》把傳統的民間故事重說一遍,她用黑、白、磚紅色的圖像,把一個純樸的小村莊畫活了過來,是適合孩童重複聆聽的經典童話,讓他們知道分享的好處在哪裡。三名又累又餓的士兵從戰場返鄉途中來到一個村莊,希望有人施捨一些食物給他們充飢,再給他們張羅一個睡覺的地方。可是這些村民把少得可憐的食物藏著不讓外人知道。「我們的食物連自己都不夠吃了。」他們說著把牛奶桶慢慢放到井底,再胡亂把馬鈴薯塞到床底下。三名士兵把他們年輕的腦袋瓜湊在一起想出一個聰明的計策。「那我們就只好煮一鍋石頭湯吧。」他們告訴村民。這話勾起村民的好奇心——和貪念。士兵們先請村民拿一大鍋水升起火來,村民高高興興照辦了。接著他們需要一塊石頭。沒問題!之後他們要了幾樣能吃的東西——但一次只要一樣，所以村民壓根沒留意自己給了什麼。當然，不知不覺中，一大鍋香噴噴、熱騰騰的濃湯已經煮好，足夠每個人喝。最後大家紛紛供獻家裡的食材，終於擺出一桌豐盛美妙的宴席。與其拐騙他人乖乖就範，不如讓他們真切感受到其樂無窮的分享過程。

稍微年長的孩童讀過《淘氣女孩》後，想必會受到啟發。向來為所欲為的伊莉莎白徹底被慣壞了。她漂亮的藍眼睛和天使般的一頭鬈髮讓她占盡便宜。因此當媽媽告訴她必須離家就學（參見：寄宿學校79）時，伊莉莎白決定淘氣得天翻地覆，學校肯定會立刻趕她回家。

她盡力貫徹她的決心。可是惠特立夫學校在教學生守規矩方面有一套相當聰明的規則。其中之一就是所有學生返校時，必須把家裡帶來的食物和零用錢集中起來，之後才好平均分配給每個學童。「我才不要分給別人。我會自己吃光光。」伊莉莎白說的是她帶回來的糖果糕點；她也私藏她的錢。可是她的新室友白琳達把美味的巧克力蛋糕和大家分享，伊莉莎白卻沒吃到（她自己也沒分人家）。當她發現她的同學瓊恩有多麼不開心（因為父母從來不來學校看她，學期中也從不接她回家，更從不寫信或寄好吃的東西來），她頭一次有股衝動，好想為別人做點什麼，而非只想到自己。不妨也把惠特立夫學校的教學理念帶進你們家吧。

參見 身為獨生子女257、寵壞了361

想嚇人一跳
wanting to **SHOCK**

參見 想要刺青380、罵髒話374

不想等待大人購物
not wanting to go **SHOPPING**

PB《羊駝拉瑪好氣媽媽》(*Llama Llama Mad at Mama*) 安娜・杜妮(Anna Dewdney)

沒有哪個幼童喜歡上超級市場，其實就算大人也多半不喜歡，發生災難(參見：耍脾氣379)的可能性因此升高。從你家小孩用哀怨的眼神看你那刻開始，馬上拿出《羊駝拉瑪好氣媽媽》。看見羊駝寶寶和他們一樣受苦受難，他們一定喜歡，再說作者杜妮畫筆下的拉瑪寶寶被擠到書頁的邊緣，滿臉一讀就懂的人類表情。最重要的是，他們會非常喜歡拉瑪寶寶開始把乳酪泡芙丟出購物車那部分。在這個節骨眼，等你孩子想到可以如法炮製(還是別買乳酪泡芙比較安全)之前，你還有十分鐘可以趕到結帳櫃台。這本書包準讓你加倍快速完成購物。

參見 無聊84、受不了日常作息有所改變316

注意力不足
Short attention span

藥方：大書小書真好玩

用一本像玩具般好玩的書抓住孩子全副的注意力吧。小小的書抓在小小的手裡剛剛好，對幼童的吸引力其大無比；大得不像話的書光是打開來拿在手上就夠滑稽了。還有好摸又好看的翻翻書和立體書，讓小手和眼睛都舒服又忙碌得很呢。

十本最佳迷你書與大書

迷你書

PB《碧雅翠絲・波特的故事書》(*The Tales of Beatrix Potter*) 碧雅翠絲・波特(Beatrix Potter)

PB《迷你圖書館系列》(*Nutshell Library*) 莫里斯・桑達克(Maurice Sendak)

PB《樹根下的小孩》(*The Story of the Root Children*) Sibylle Von Olfers

ER《螞蟻與蜜蜂系列》(*Ant and Bee Series*) Angela Banner

ER《奇先生妙小姐系列》(*Mr. Men and Little Miss books*) 羅傑・哈格里夫斯(Roger Hargreaves)

大書

PB《巴黎的獅子》(*A Lion in Paris*) 阿雷馬娜(Beatrice Alemagna)

PB《365隻企鵝》(*365 Penguins*) 文/尚路克・佛羅門塔(Jean-Luc Fromental)、圖/喬艾勒・喬莉芙(Joëlle Jolivet)

PB《時間地圖:畫給每個人的世界與歷史》(*Timeline: An Illustrated History of the World*) 彼得・高斯(Peter Goes)(是的,這是一本知識類的書,放得下的話,每個孩子的書架上都該有一本。)

PB《橘貓奧蘭多系列:露營記》(*Orlando the Marmalade Cat: A Camping Holiday*) Kathleen Hale

PB《雪公主》(*The Snow Princess*) Emily Hawkins

十本最佳翻翻書與立體書

PB《樹懶的森林》(*In the Forest*) 文/蘇菲・史崔蒂(Sophie Strady)、圖/阿努克・博伊斯羅伯特、路易斯・里戈(Anouck Boisrobert、Louis Rigaud)

PB《親愛的動物園》(*Dear Zoo*) 羅德・坎貝爾(Rod Campbell)

PB《小紅點》(*One Red Dot*) David A. Carter

PB《小波在哪裡》(*Where's Spot?*) 艾瑞克・希爾(Eric Hill)

PB《寶寶的肚臍在哪裡?》(*Where Is Baby's Belly Button?*) 凱倫・卡茨(Karen Katz)

PB《巴士的輪子轉啊轉》(*The Wheels on the Bus*) Paul O. Zelinsky

CB《綠野仙蹤》立體書(*The Wizard of Oz*) 文/包姆(L. Frank Baum)、

圖／Paul Hess

CB《鬼屋》（*Haunted House*） Jan Pieńkowski

CB《糖果屋》（*Hansel and Gretel*） 文／格林兄弟、圖／Louise Rowe

CB《愛麗絲夢遊仙境》（*Alice's Adventures in Wonderland*） 文／路易斯·卡羅（Lewis Carroll）、圖／Robert Sabuda

太矮
being **SHORT**

參見 個子小 353

近視眼
being **SHORTSIGHTED**

參見 不得不戴眼鏡 176

愛炫耀
being a **SHOW-OFF**

參見 自以為了不起 83、萬事通小孩 206

害羞
SHYNESS

PB《地洞裡的毛毛兔》（*Fuzz McFlops*） Eva Furnari

總是躲在大人背後，隨便刺激兩下就滿臉通紅的兒童，若是認識國際知名、幾乎從不離開地洞的毛毛兔，或許可以獲益不少。著名的遁世作家毛毛兔花費心力創作許多傷感的詩作，包括〈枯萎的胡蘿蔔〉及〈公主本末倒置〉。他的詩常常有個悲哀結局，絕對是童年創傷造成的結果：他生來就是長短耳，一隻耳朵長得比較短，所以不得不在頭上戴個名為「完美兔耳拉長機」的笨重裝置，反倒害他更覺得左右不對稱。一天，他接到粉絲夏洛特的一封來信，她常鼓勵他寫有快樂結局的詩。「親愛的毛毛兔快來吞下鋼琴救命。」信中如此寫道。毛毛兔可沒考慮半刻。他連鬍鬚也沒修剪就匆忙趕往搭救，好不容易抵達夏洛特家中時，只見她滿頭染劑，正開心地邊吃巧克力球邊彈鋼琴呢。不過毛毛兔可不在乎，不久夏洛特也不在乎了。從今以後，這兩個害羞的傢伙可以一起面對恐懼。孩子讀後就會明白，沒自信其實不打緊。值得認識的人之所以愛你，正是因為你擁有的特質。

參見 覺得與眾不同 127、尷尬 60、很難交到朋友 161、身為獨生子女 257、自覺渺小 354

家有新生弟妹

having a new **SIBLING**

對大多已經懂事的兒童來說，弟弟或妹妹的到來都是情感上的一大震撼，一開始感到著迷與興奮，接著就是嫉妒、失望和氣憤了。讓他們知道自己並不孤單，只要習慣的話，到頭來手足可能相當有用呢。

十本家有新生兒的書單

PB《媽媽肚子裡有座房子》（*There's a House Inside My Mummy*） 文／Giles Andreae、圖／Vanessa Cabban

PB《兩個小麻煩》（*Double Trouble for Anna Hibiscus!*） 文／Atinuke、圖／Lauren Tobia

PB《小寶寶要來了》(*There's Going to Be a Baby*) 約翰·伯寧罕(John Burningham)、海倫·奧森柏莉(Helen Oxenbury)

PB《寶貝新任務》(*Mission: New Baby*) 文／Susan Hood、圖／Mary Lundquist

PB《彼得的椅子》(*Peter's Chair*) 艾茲拉·傑克·季茲(Ezra Jack Keats)

PB《為弟弟說故事》(*Lulu Reads to Zeki*) Anna McQuinn and Rosalind Beardshaw

PB《小塔的冰山》(*The Night Iceberg*) 海倫·史蒂芬(Helen Stephens)

ER《小弟弟笑了》(*The Smile*) 文／Michelle Magorian、圖／Sam Usher

CB《雷夢拉和姊姊》(*Beezus and Ramona*) 文／貝芙莉·克萊瑞(Beverly Cleary)

CB《安娜塔西亞》(*Anastasia Krupnik*) 露薏絲·勞瑞(Lois Lowry)

參見 不得不照顧年幼弟妹 341、手足之爭 343

不得不照顧年幼弟妹
having to look after a little **SIBLING**

CB《泥巴巨人》(*The Earth Giant*) Melvin Burgess

稱職的大哥大姊(負責、謹慎、明理)最大的挑戰之一，就是父母期望他們照顧典型老么個性(自私、衝動、直覺反應)的弟弟妹妹。《泥巴巨人》生動捕捉到哥哥姊姊那種又氣又急的心情，或可給相同處境的孩子莫大的安慰，總算有人懂得他們的感受了。

暴風吹倒一棵古老的橡樹時，彼得的妹妹艾咪有直覺告訴她，某個東西或某個人需要她幫忙。果然，艾咪親眼見到一個女巨人從橡樹露出的巨大球根底下冒出來，長相怪異卻美麗。艾咪叫她巨人，她不會說話，不過艾咪發現自己讀得出巨人的感覺。她倆在原野上一起玩樂，情誼日漸深篤。可是女巨人的事必須保密，為了不讓人發現，艾咪帶她來到廢棄的劇院棲身，每天夜晚趁家人都熟睡後，再帶食物過來給她吃。

有一回彼得跟蹤她，他終於和巨人面對面時，巨人被這個不速之客嚇得在暗朦朦的劇院裡翻來滾去，他也震驚妹妹竟做得出如此嚴重的事。等到巨人不得不帶著艾咪一起逃走，彼得只能獨自應付無比難熬的狀況，既要面對憤怒又傷心的父母責怪他坐視一個笨蛋巨人綁走妹妹，也懷疑妹妹到底知不知道自己在幹麼，唯有讀者了解他心裡的折磨。哥哥姊姊讀到必須照顧難搞弟妹的情節時，一定可以感同身受；家長讀過這個故事之後，也明白該適時另找負責又明理的孩子幫忙才是。

參見 不喜歡你的保母63、不公平143、想要掌控200

大朋友小朋友一起讀床邊故事

Sharing the bedtime read with **SIBLINGS**

藥方：欲罷不能的故事

如果能夠針對兒童的需要與品味，篩選一份床邊故事好讀書單，孩子就中大獎了。可是兄弟姊妹年齡不同，為了效率，大家必須一起聽故事，篩選過程於是困難許多。如何找到一本書能讓最大到最小的孩子都聽得津津有味，不至於艱深到老么聽不懂，或淺顯到老大聽不下去？我們建議不妨選讀章節書，故事裡不乏不同年齡的主人翁，每個孩子都能找到自己認同的角色；繪本也是不錯的選擇，每個看似簡單易讀的故事中其實處處玄機，引人深思。以下就是我們精挑細選的書單。

十本適合不同年齡層一起讀的最佳童書

- PB《野蠻遊戲》（*Jumanji*） 克利斯．凡．艾斯柏格（Chris Van Allsburg）
- PB《尼可萊的三個問題》（*The Three Questions*） 瓊．穆德（Jon J. Muth）
- CB《狐狸爸爸萬歲》（*Fantastic Mr. Fox*） 羅德．達爾（Roald Dahl）
- CB《叢林奇譚》（*The Jungle Book*） 吉卜林（Rudyard Kipling）
- CB《獅子、女巫與魔衣櫥》（*The Lion, the Witch and the Wardrobe*） C. S. 路易斯（C. S. Lewis）

CB《鐵路邊的小孩》(*The Railway Children*) 意・奈士比特(Edith Nesbit)

CB《哈利波特與魔法石》(*Harry Potter and the Philosopher's Stone*) J. K. 羅琳(J. K. Rowling)

CB《哈比人》(*The Hobbit*) 托爾金(J. R. R. Tolkien)

CB《曼茵尼一家》(*The Mennyms*) Sylvia Waugh

CB《夏綠蒂的網》(*Charlotte's Web*) E. B. 懷特(E. B. White)

手足之爭

rivalry **SIBLING**

PB《我的紅髮臭老哥》(*My Rotten Redheaded Older Brother*) 派翠西亞・波拉蔻(Patricia Polacco)

CB《1963年,華森一家去伯明罕》(*The Watsons Go To Birmingham – 1963*) Christopher Paul Curtis

YA《夏天和鳥兒》(*Summer and Bird*) Katherine Catmull

兄弟姊妹之間吵架或打架,甚或動口也動手的話,相處起來就很不愉快。他們爭取你關注的眼神時,千萬小心別火上加油。只要讀幾個原本互相討厭、後來發現其實手足情深的故事,一定可以幫助孩子了解手足之間就算充滿敵意,都可能從破裂邊緣拉回。

聽到《我的紅髮臭老哥》敘事者崔夏說她有多麼討厭哥哥李奇時好吃驚。她說他長得好像「戴眼鏡的黃鼠狼」,而且總想證明他比她厲害。在動作頻仍的圖畫中,我們看到一頭紅髮、滿臉雀斑的男孩伸出醜陋的手指頭對寒著臉的妹妹指指點點。兩兄妹在老奶奶的花園比賽生吃大黃莖的時候,更是擺出非贏不可的架勢。吃完肚子痛的妹妹尖叫著說:「我受不了你,李奇……我受不了你加三倍!」哥哥在一旁得意地大笑嘲弄,露出滿口「綠色牙齒」。沒想到一次出乎意料的危機,妹妹摔破了頭,被哥哥一路抱著回家,兩人從此拋開宿怨。「看來你總算做了一件特別的事!」他取笑她——但他不也是一樣。兄妹關係轉變之快，令人印象深刻，最後的畫面是兩兄妹擠在滿臉皺紋的老奶奶身邊，一個綁著髮辮的小女孩，一個身穿睡衣褲的小男孩，兩人都是一臉溫柔與祥和。

《1963年，華森一家去伯明罕》中，來自壞心大千世界的干預，終於改變了哥哥布萊恩和十歲的弟弟肯尼。布萊恩這個哥哥比黃鼠狼更難以忍受。他和朋友聯手欺負肯尼，兩個大男生對小弟毫不手下留情，可憐的肯尼每天都在擔心該說該做什麼，才不會又挨一頓修理。當全家人坐上糞黃色普利茅斯汽車前往大南方，打算把布萊恩留給強硬如靴的奶奶嚴加管教時，輪到布萊恩緊張起來。可是奶奶已經既老又衰弱，誰也嚇不了；直到布萊恩發現內心的英雄氣概，救起差點淹死的肯尼，一切才開始改變。之後種族主義者攻擊當地教會，妹妹險些遭到殺害，大受震懾的布萊恩一夕之間完全長大了。沒有人希望碰上如此悲慘的不幸，不過這個故事告訴我們，面對外來的大小威脅，手足之間終究會彼此照顧。

姊妹之間也有激烈競爭，在《夏天和鳥兒》的故事裡，姊妹倆因為需要知道她們各有特色且各自獨立而起衝突。一天早上，十二歲的夏天和九歲的鳥兒醒來時發現父母不見了，只有一張語焉不詳的字條，力促她們去森林裡找人。由於父母向來鼓勵她們能夠照顧自己，姊妹倆便出發了。任性的鳥兒靠著她強大的直覺帶路，並且借助她的笛子和鳥類溝通，姊姊夏天則盡力尋覓食物與飲水。隨著兩人愈來愈深入森林，鳥兒的魔法特質也愈趨明顯，姊妹之間漸漸出現隔閡。當神祕的「木偶女王」出現在鳥兒的夢裡，且以王位的幻覺誘惑她時，鳥兒丟下姊姊追隨妖女的呼喚。她經引導來到一個神祕的天鵝狀城堡，地牢裡有個遭五花大綁的巨大天鵝女。

原來天鵝女就是她們的母親——真正的天鵝女王，在撫養人類女兒十三年後返回家中，最後姊妹倆合力救了母親。鳥兒以為自己更像鳥類，有朝一日篤定是她繼承母親的王位，後來得知姊姊才是合法的繼承人時，妹妹不得不吞下心中的苦。姊妹倆努力發掘自我的緩慢過程令人大開眼界，看來手足關係也有複雜的一面。

參見 吵架56、遭到霸凌90、你是惡霸92、無法分享335

想吐
being **SICK**

PB《你吐了》(*Sometimes You Barf*) 南希・卡森(Nancy Carlson)

美國作家南希・卡森這本圖畫書跨入禁區，擁抱許多人視為禁忌的領域。嘔吐沒有哪裡不對，她說：我們都有想吐的時候——甚至非洲食蟻獸。本書幫助曾在他人面前嘔吐的人洗去尷尬(故事裡的小女生在學校時吐在數學考卷上，挺刺激的)，她只畫了適度噁心的畫面，但足以讓孩子看了樂不可支(奇蹟的是，一幅又一幅歡樂的圖畫竟讓嘔吐看來並不噁心)，而且不會更覺得想吐。所有熟悉的嘔吐階段都有：從面色稍微蒼白，到沒有食欲，再到面色非常蒼白，到非得統統吐出來不可——然後，臉色發青的你從地上爬起來，又開始覺得舒服多了。不妨以本書說明有些事(像粉刺、鼻屎、搖搖欲墜的牙齒、紅腫的盲腸、毛球、引發胃病的小小病菌)，待在體外還是比留在體內好些。

參見 臥病在床 69、卡在車陣中 94

單親
having a **SINGLE** parent

給大人的療癒書

CB《世界冠軍丹尼》(*Danny the Champion of the World*) 文／羅德・達爾(Roald Dahl)、圖／昆丁・布雷克(Quentin Blake)

在財務、現實與情感上獨自扛起撫養孩子責任的你，除了必須同時處理多項事物之外，也得創意無限，韌性十足，尤其凡事皆要量入為出，沒人幫忙帶小孩，親戚不住附近，自己全天工作——又沒烤箱。這些都是《世界冠軍丹尼》故事裡的父親所做的事，聽來有點煩人，而他似乎做得挺好。因為威廉和兒子的關係好得令人羨慕：尊重，風趣，受到孩子百分之百的愛戴。好吧，他是小說人物，沒聽到誰要付帳單……但這種小細節我們才不在乎。所以，他是怎麼做到的？

第一，為了把花費減至最低，丹尼和他老爸住在小小的吉普賽老篷車裡。夜晚看東西只點一盞煤油燈。餓了就在煤油爐上熱罐頭烤豆子，做一份三明治（尤其是半夜），或是摘樹上的蘋果。好吃！不過他們多半還是靠烤豆子充飢[31]。

第二，威廉在家裡工作，也教孩子邊學邊做。丹尼長到夠大的時候，由他操作加油站的幫浦，收錢，找零[32]。威廉也在工作室修車，那兒也是丹尼的遊戲間[33]。丹尼七歲就學會拆開小引擎再組裝回去[34]。

第三，他很有創意。丹尼從不邀同學回家玩，這話聽來不健康，可能也是，不過他並非沒朋友，只是覺得不需要。他老爸興奮起來就跟十歲小孩一樣，手又巧，他何必交朋友？丹尼最近一次過生日，威廉幫他用四個腳踏車輪胎、一個煞車踏板、一個駕駛盤、兩個板條箱、一張座椅和一塊堅固的前擋泥板[35]做了一輛小賽車。每當威廉在想什麼有趣的計畫時，他那明亮湛藍的眼睛總閃著「小小的金色光芒」。

第四，丹尼老爸總會花時間陪丹尼。他因為偷獵雉雞[36]掉入陷阱、

31 等他們存夠了錢，就要買個烤箱，然後他們打算做「蟾蜍在洞」（英國傳統菜餚，把香腸放在約克夏布丁裡面烤，烤好後看來就像蟾蜍躲在洞裡），約克夏布丁烤得酥酥脆脆，「聳起冒著泡泡的高山」。你會發現期望不高的時候，這一刻變得多麼重大。

32 這可以讓丹尼學習基礎算術、社交技巧及負責任，一舉三得。

33 想想有那麼多可愛的排氣管可看，螺栓和螺帽可以放進嘴裡！再想想，還是不要好了。

34 其實丹尼他老爸決定等他學會這個之後才送他入學，及早做好職業訓練，將來就未必需要送他進大學。

35 好吧，我們都不是汽車技工。不過在那之前，他已經自製了風箏、弓箭、高蹺、樹屋、迴力鏢。你有 YouTube，你可以學啊。

36 呃，是的，你沒看錯。或許我們應該承認，丹尼他老爸隨便拿人家養的雉雞太不應該。

跌斷腳踝之前，每天都會陪丹尼走到學校，下午再去接他，一天也不曾錯過。丹尼很愛和爸爸一天兩次的散步，因為不管路上看到灌木圍籬、小鳥，還是大自然，威廉總有好玩的事可說。

第五，他傾聽。其實，威廉不只會聽丹尼的想法，也把它當自己的想法一樣認真看待，甚至一一試驗——哪怕是需要切開兩百顆葡萄乾，填入安眠藥粉，再用針線縫合起來[37]。為此他也准丹尼一天不用上學。晚上睡在雙層床上鋪的丹尼感到幸福又安全，知道老爸不久也會睡在他的下鋪，講故事給他聽（美好的故事，故事裡一些角色後來也在羅德·達爾的作品裡出現）。

丹尼毫不懷疑他有個「全世界最神奇、最刺激的老爸。」他是單親父親中的模範，也是人父的榜樣，誰也比不上他[38]。

參見 家有憂鬱症的父母 122、物質欲太強 383

家有小妹

having a **SISTER**

參見 不得不照顧年幼弟妹 341、手足之爭 343

雉雞屬於當地的地主哈先生，他是個「大嗓門的勢利鬼」，每天開他那輛巨大的銀色勞斯萊斯到處晃蕩，還曾威脅丹尼要是膽敢把「骯髒的小手」擱在他的汽車烤漆上，他就用馬鞭痛打他一頓。威廉一聽非同小可。他火速衝出工作室，雙手放在搖下的車窗口，把頭伸進去，然後輕聲說道：「我不喜歡你跟我兒子說話的口氣。」不過我們離題了。

37 對了，這是丹尼的聰明計畫，他打算在哈先生每年狩獵宴會的前夕一舉偷光所有的雉雞。沒錯，威廉教給丹尼好幾個偷獵招數。

38 羅德·達爾也有同感。故事接近尾聲時，他寫下一句話敦促孩童一定要記住，等他們長大有了孩子之後，千萬不要變成「枯燥古板」的父母，這樣一點也不好玩。每個人都想要「活力充沛」的父母（如果你覺得自己缺乏這種特質，參見《小說藥方》，尤其要讀：筋疲力竭、天生掃興、興致索然等章節）。

睡不著
unable to get to **SLEEP**

PB《羊駝拉瑪穿紅睡衣》(*Llama Llama Red Pajama*) 安娜·杜尼(Anna Dewdney)
CB《湯姆的午夜花園》(*Tom's Midnight Garden*) 菲利帕·皮亞斯(Philippa Pearce)

床邊故事讀完了(參見我們的十本小寶寶晚安書單70),晚安吻也親過了,燈熄了,門也經過測量、討論後同意虛掩至一定寬度……儘管還有堆高如山的衣服待洗,次日一早九點的會議要準備,不用說還有你和另一半的晚餐及你們看上癮的電視連續劇要追(等等,怎麼大聲說出來啦?),至少當天需要父母親力親為的大事已經結束。但是且慢,朋友!小朋友還得入睡啊……只要聽見小小一聲懇求「馬麻/把拔/爺爺/奶奶?」飄出兒童房,你就知道這下可能得耗上整晚。

《羊駝拉螞穿紅睡衣》直搗這種緊張狀況的核心。羊駝寶寶拉瑪長長的睫毛瞌睡兮兮地垂下來,一臉的滿足和快樂,看來只要聽完床邊故事,就可以一夜安眠了。可是羊駝媽媽才走出房間,拉瑪的眼睛馬上睜得好大,原來拉瑪發現房間好暗(參見:怕黑113),媽媽不在身邊好可怕,她從不安變成生氣。媽媽若是沒有及時出現(太恐怖了!),她的生氣指數立刻衝高。沒多久,她怕得開始尖聲哭叫。這會兒嚇壞的媽媽當然飛奔上樓,心臟彷彿要跳出來,以為兒童房裡出現一頭尖牙利齒的大老虎(或任何拉瑪害怕的東西),卻發現——什麼事也沒有,只是羊駝寶寶嚇到自己了。小拉瑪承認自己的恐懼,媽媽的安撫使她了解其實不必害怕,這些都是培養親密關係的材料,有助於孩子迅速度過此階段,隨著緊緊的擁抱,孩子和你可能一起沉入夢鄉。❀只是要有心理準備,髒衣服又得擱下了。

大一點的孩子無法入睡的話,可能要用上對付大人失眠的辦法——聽個引人入勝、不過分刺激的故事,誘人進入昏沉的夢幻境界,然後在不知不覺中睡著了。故事情節有如夢境的《湯姆的午夜花園》讀來最是理想。為了把他和罹患痲疹的弟弟彼得隔離開來,湯姆被送到阿姨和姨父家過暑假。這件事令人震驚的理由很多。一、湯姆和彼得原本打算在花園裡搭造一個樹屋，盼望暑假天天可在樹屋裡玩耍。二、阿姨和姨父家沒有花園，住在不通風的公寓裡根本無事可做。

百般無聊且焦躁不安的湯姆想盡辦法要睡著，最後還是放棄，於是下床在屋裡到處走動，先瞧瞧食物儲藏室有啥東西好吃（做個樣子），接著又被樓下大廳裡一座老爺鐘吸引走出阿姨的公寓。湯姆發現老爺鐘似乎按照自己的時間在走，每逢整點隨它高興敲幾下，有一次甚至敲了十三下。於是開始了整個暑假的夜間冒險，湯姆打開大門，見到屋外有個廣闊無邊的花園，時而是風光明媚的夏天，時而又變成大雪紛飛的嚴冬。有時他走進花園是清晨，有時又是黃昏，有一回則是暴風雨中的午夜。花園也是神奇無比，喜出望外的湯姆不是爬樹，就是東躲西藏，或削樹枝玩。他還找到一個玩伴，一個名叫海蒂的小孤女，她也寄住在另一個高傲、討人厭的阿姨家裡。

來到花園裡的湯姆總是穿著睡衣，踏在雪地上不留腳印，穿門出入也從不覺得疼痛，所以故事給人如夢似幻的感覺。花園的魔力一點一點滲入他的白天。湯姆穿著白天在夾板裡找到的溜冰鞋，來到一八九五年的某個夜晚，在結冰的湖上從一個城市溜到另一個城市。後來我們慢慢明白原來是海蒂在晚上做夢，湯姆才能進到花園見她。湯姆進入了夢境裡的夢境——經由這個故事，你家小孩也進得去了。

給大人的療癒書

PB《快點滾去睡》（*Go the F$#k to Sleep*） 文／Adam Mansbach、圖／Ricardo Cortés

有時大人需要一頓狂笑才睡得著覺。初見此書時，我倆都為了照顧寶寶睡眠不足而累得脾氣暴躁，可是翻開第一頁，我們就咯咯笑個不停（各自在隔了一個大洋的家裡），然後很快一頁頁翻下去，看得欲罷不能，笑到（是哭是笑？搞不清了）淚水流下臉龐，沙發上還看得到淚痕。書的封面是個睡著的小朋友依偎著一個老虎家庭，說的就是：這會兒看似一片祥和，那金色的小腦袋瓜枕著老虎毛茸茸的大肚腩——但老虎一覺醒來，又將發生什麼事？

故事於焉開始，先是天真可愛的童言童語：「貓媽媽依偎著小貓咪，小綿羊也躺下睡了」，疲累到不行的大人漸漸忍不住惡狠狠地尖聲說道：「親愛的，你們舒舒服服躺在溫暖的床上，求求你們快點滾去睡吧。」再說個故事，再喝一口水，再上個廁所（這些熟悉的詭計），統統都別想得逞：「我知道你不渴。別胡說八道。你騙人。」這些大人曾經到處去玩、過著逍遙的日子、任意頂嘴、想睡就睡、要睡多久就睡多久（如今實在難以相信自己被寶寶綁在家裡），讀過這本天真與胡言亂語兼而有之的書，想必很痛快吧。

十本晚安書

PB《說晚安的心情》（*A Goodnight Kind of Feeling*） 文／Tony Bradman、圖／Clive Scruton

PB《睡前說些開心事》（*Tell Me Something Happy Before I Go to Sleep*） 文／Joyce Dunbar、圖／Debi Gliori

PB《小羊睡覺囉》（*Time for Bed*） 文／Mem Fox、圖／Jane Dyer

PB《你自己的床》（*A Bed of Your Own*） Mij Kelly、Mary Mcquillan

PB《你有看到小熊嗎》（*Can You See a Little Bear?*） 文／James Mayhew、圖／Jackie Morris

PB《睡覺書》（*A Book of Sleep*） Il Sung Na

PB《蘇斯博士的睡覺書》（*Dr. Seuss' Sleep Book*） 蘇斯博士（Dr. Seuss）

PB《好好睡吧，小小熊》（*Sleep Tight, Little Bear*） 文／馬丁・韋德爾（Martin Waddell、圖／芭芭拉・弗斯（Barbara Firth）

PB《大熊打呼》（*Bear Snores On*） 文／Karma Wilson、圖／Jane Chapman

PB《月亮，晚安》（*Goodnight Moon*） 文／瑪格麗特・懷茲・布朗（Margaret Wise Brown）、圖／克雷門・赫德（Clement Hurd）

參見 焦慮53、害怕床底下有怪物69、尿床72、怕黑113、噩夢242、過度擔心418

在朋友家過夜
SLEEPOVERS

PB《F5的睡衣派對》(*Sleepovers*) 文／賈桂琳・威爾森(Jacqueline Wilson)、圖／尼克・夏洛特(Nick Sharratt)

PB《老鼠小小》(*Small*) Clara Vulliamy

許多前青春期的孩子把在好友家過夜看作生命的高點，它確認且鞏固友誼，挑戰大人小孩之間的界線，也提供分享祕密的機會。然而負責張羅一切的父母卻苦不堪言，不但要訂定且執行宵禁，處理夜裡怕黑的小孩、好友的反目、天亮前的情緒爆發，就連要看哪部電影，哪怕是最處變不驚的父母，也可能視為一大考驗。不過有備則無患，為了替每個人做好準備，避免最糟糕的情況發生，我們推薦精采無比的《F5的睡衣派對》。

八歲的菊兒剛到新學校，卻碰巧因為名字的關係，和幾個以花朵為名的小女生組成F5，她感到喜出望外。睡衣派對在小女生之間像病毒一樣蔓延，於是F5的成員菊兒、茉莉、愛玫、貝蘭和薇薇也開始輪流隔週到一個女孩家中過夜。儘管菊兒非常希望好友們有一天來到她家過夜，但也擔心她十一歲的姊姊會出狀況(參見：焦慮53、過度擔心418)。菊兒的姊姊莉莉需要特殊照顧，口齒不清，而且她的呼嚕聲和流個不停的口水，對不習慣的人來說可能會感到不安。尤其讓她緊張的就是薇薇，她愈來愈覺得薇薇是個生性刻薄又自私的人。

果然，一到菊兒家，薇薇就像隻毒性十足的小蟾蜍，對大家頤指氣使(參見：想要掌控200)。她誇口說她爸媽如何由著她為所欲為，所以故意帶來一部極其恐怖的電影給大家觀賞，且刻意裝在看似無害的盒子裡，又譏笑她們不敢看就是沒有用，還抱怨菊兒精心設計的F5遊戲多麼無趣。好在菊兒的父親馬上看穿了薇薇的心機，菊兒才能按照計畫殺殺她的銳氣。

當莉莉發出「呃呃呃」聲被意外當成鬼時，她也在無意間幫了忙。故事有個快樂的結局：薇薇加入另一群女生，菊兒也因莉莉嚇走一個令人不愉快的朋友而更愛姊姊了。大人或可從小女生使出的睡衣派對詭計中，得到簡單的幸福與鼓舞，孩子則是能從中理解複雜的友誼習題。

對於要在親戚朋友家過夜的幼兒，不妨以《老鼠小小》預做準備。湯姆第一次到奶奶家過夜時，忘記帶一樣最重要的東西——他的玩具老鼠小小。但他沒料到小小也很想念他。失落的他鼓起勇氣一路經由排水管穿過城鎮，終於抵達奶奶家的郵筒底下，他已渾身溼透。呼！這個窩心的溫馨故事，加上紅褐色與藍色的懷舊風水彩，包準讓你家小孩讀後絕不會犯下相同的錯誤。

參見 與最好的朋友鬧翻73、太過疲倦262、同儕壓力278、受不了日常作息有所改變316、無法分享335

個子小
being **SMALL**

PB《古飛樂》（*The Gruffalo*） 文／茱莉亞．唐娜森（Julia Donaldson）、圖／薛弗勒（Axel Scheffler）

ER《三兄弟與巫婆》（*Teeny-Tiny and the Witch-Woman*） 文／芭芭拉．華克（Barbara Walker）、圖／麥可．佛爾曼（Michael Foreman）

個子小可能大大好玩，許多兒童懂得這項優勢，不但可以躲在桌子底下偷看大人，不必幫忙拿東西，玩一二三木頭人時也可以輕鬆爬過玩伴的腿間救活他們等等。然而等到孩子的同儕個個開始快速抽高，自己卻相對成長緩慢，尤其是運動團隊挑選隊員時，發現自己被晾在一邊（參見：不公平143），或已經到了不喜歡大人哄騙安撫的年齡（參見：不得不親一下阿婆183）。兒童文學中有諸多個子小的主人翁養成特殊人格特質的例子，矮小一點的小朋友照樣可以從中挑選到最適合自己的榜樣。

論及機智，《古飛樂》中那隻嬌小的老鼠絕對乏人能敵；再加上唐娜森魅力難擋、念來順口的韻文，小老鼠從獵物變身狩獵者的旅程，是文學作品中最戲劇性的角色突變軌跡。「老鼠阿斗走啊走，走到黑森林，亂石坡。狐狸看到阿斗，口水直流。」故事如此開始，此外還有薛弗勒筆下一根根讓人安心的筆直褐色樹幹，阿斗途中遇見一個又一個想要吃掉他的動物。這隻腦筋動得飛快的小老鼠，成功讓他們以為自己即將拜訪嚇死人的古飛樂，害怕被吃掉的他們一個個落荒而逃。這時我們不由得為老鼠的勝利感到高興，竟能逃脫如此重重難關——尤其是古飛樂真的出現在森林，伸出利爪，露出尖牙，還有恐怖的黑色舌頭的時候。無論家中小孩年齡幾歲，都要鼓勵他們鍛鍊急智，以應不時之需。

可怕的《三兄弟與巫婆》故事中，遭巫婆綁架的三兄弟，當然還是靠老么救了大家，又是一個以小搏大、智取制敵的故事。肚子餓的老大老二在巫婆家大吃大嚼時，老么納悶為何巫婆有個跟他們一樣大小的籠子，於是想出一個聰明的辦法讓她窮於應付，最後趁機逃脫。「我媽媽都會在睡前煮雞蛋給我吃！」他抱怨道。「我媽媽都會給我吃玉米和葡萄乾！」他最後要求巫婆從井裡打來過濾好的淨水給他喝……家中的孩子看見老么利用睡前習慣化解危難，肯定會愛上老么靈活的頭腦與手腳。較大的孩子也會喜歡這本書，不過我們還是奉勸你大聲為孩子朗讀出來，別讓他們獨自面對佛爾曼一幅幅陰森森的插圖。

參見 焦慮 53、覺得與眾不同 127、長太高 378

自覺渺小

feeling **SMALL**

PB《龐大先生》（*Mr. Big*） 艾德・維爾（E. D. Vere）

你覺得自己多大或多小，跟你最近標在門柱上的橫槓有多高一點關係也沒有，這點沒有人比《龐大先生》中體型龐大的大猩猩更清楚。龐大先生寬闊的肩膀把身上的深色條紋外套繃得死緊，相形之下，他那頂軟氈帽顯得好小，龐大先生大到上公車要低著頭（他在書封上也是低著頭），可是他心裡覺得自己非常渺小。一天，他獨自走在街上（光是這樣已經嚇得路人魂飛魄散），他看到一架鋼琴出售，於是扛了回家。當天晚上，他悲傷、憂鬱的琴音飄出敞開的窗口，飄到曼哈頓中城的屋頂。大家來到窗邊聆聽，納悶是誰彈出如此美妙的音樂，包括即將登台表演的樂團樂手。「嘿，那傢伙彈得真不賴！」一隻也戴軟氈帽的猴子說道。孩子喜歡由不同角色上演不同的對話段子，尤其看到了這隻可愛的大猩猩闖出名號、換上一件亮黃色條紋外套（「好帥的傢伙！」、「歡迎龐大先生出場表演！」），有眾多粉絲在化妝間外排隊等候的段子（「呃……真的是你嗎？」）。自覺渺小的孩子讀過故事後覺得安慰，原來連龐大先生都需要看重自己的朋友，才能感到雄壯又威武啊。

參見 焦慮 53、缺乏自信 107、害羞 339、過度擔心 418

身上有異味
being **SMELLY**

參見 不想洗澡 66

朋友身上有異味
having a **SMELLY FRIEND**

PB《比爾臭臭》（*Smelly Bill*） Daniel Postgate

CB《臭臭先生》（*Mr. Stink*） 文／大衛・威廉（David Walliams）、圖／昆丁・布雷克（Quentin Blake）

朋友身上的味道很難聞，你怎麼辦？冒得罪人的危險當面直說，還是掩住鼻子把話吞下去？在《比爾臭臭》故事中，臭薰薰的是一隻狗，所以坦白說不成問題，困難的是該怎麼做：「他的家人說，你好臭喔！想要抓他去洗澎澎。」幸好熱心的白阿姨這一整天跟比爾單獨在家，其他人都去海灘玩了。她痛痛快快洗洗刷刷，屋子和狗兒變得乾乾淨淨。等到大夥回來，只見比爾渾身一團蓬鬆，聞起來有如玫瑰——白阿姨自己則不然。本書以逗趣的韻文搭配活力無限的圖畫，不管朗讀還是聆聽起來都很好笑，也讓大家有機會討論人（或動物）身上為什麼發臭，以及因應的辦法。

好看的《臭臭先生》是另一個探討朋友身上有異味的故事，對象是年紀稍大一點的孩子。十二歲的蔻洛伊很同情她家附近一個流浪漢（他的身上奇臭無比，臭到每當需要安靜時，他就走進咖啡館把客人薰走），她請他在家中花園裡的園藝棚過冬，性格古怪的臭臭先生也欣然接受了。他搬進去之後把它打點得出奇美麗，甚且用鉛筆在牆壁上畫滿了諷刺肖像畫，好似一間小型古宅。蔻洛伊的父母毫不知情，或許這樣也好。蔻洛伊媽媽是地方政府的代表，她最主要的政策就是嚴厲打擊遊民。

一天，為了把流浪漢的外套偷偷拿去洗，蔻洛伊掏空他的口袋，發現臭臭先生的真實身分原來是當地的貴族達靈頓勛爵，當年他的妻子與襁褓中的嬰兒在勛爵府邸的一次火災中燒死，後來他就開始在街頭流浪。蔻洛伊明白導致他流落街頭的悲劇之後，更是熱心幫忙他，接著故事出現喜劇性的轉折，臭臭先生闖入蔻洛伊媽媽在家裡舉辦的記者招待會……就此臭臭先生意外地臭名遠播，甚至來到唐寧街十號的首相官邸，為無家可歸的遊民做許多有益的宣傳。坐在身上有異味的朋友身邊或許不太愉快，但在孩童拒絕跟他們玩之前，應先設法了解其中原因。

參見 體臭 82

沉迷於社群媒體
hooked on **SOCIAL MEDIA**

還記得現實世界嗎——一個能聞到嘗到味道、碰得著東西的地方。以下這些書提醒你虛擬世界的危險何在，而沒有螢幕擋在面前的人生又將多麼精采。

十本網路成癮者的書單

PB《小雞上線》（*Chicken Clicking*） 文／Jeanne Willis、圖／Tony Ross
PB《點小姐》（*Dot.*） 文／Randi Zuckerberg、圖／Joe Berger
CB《再見陌生人》（*Goodbye Stranger*） Rebecca Stead
YA《資料餵食》（*Feed*） M. T. Anderson
YA《我們的未來》（*The Future of Us*） Jay Asher、Carolyn Mackler
YA《索求》（*Need*） Joelle Charbonneau
YA《小老弟》（*Little Brother*） Cory Doctorow
YA《網紅皇后》（*Queen of Likes*） Hillary Homzie
YA《成癮》（*Unison Spark*） Andy Marino
YA《我死了，然後呢？》（*More Than This*） 派崔克・奈斯（Patrick Ness）

參見 與最好的朋友鬧翻 73、太宅 202、眼睛黏著螢幕 328

喉嚨痛
SORE THROAT

參見 臥病在床 69、好痛 266

討厭喝湯
hating **SOUP**

《雙鼠記》(*The Tale of Despereaux*) 文/凱特・狄卡密歐(Kate DiCamillo)、圖/提摩太・巴西爾・艾林(Timothy Basil Ering)

比湯更營養的食物少之又少，比湯更讓孩童興趣缺缺的食物也很少。當然，嬰兒無從選擇，只能靠它維生。然而幼童一滿兩歲，不知怎麼搞的，一見到綠色的蔬菜濃湯就翹起下巴。迷人的《雙鼠記》或可讓他們回心轉意。在童話故事的國度裡，國王禁止大家喝湯，因為他深愛的王后是在喝湯的時候死去的。為了預防萬一有人想要煮湯，他連湯匙與水壺也禁用了。一隻勇敢的小老鼠德佩羅愛上豌豆公主，並且決定把她救出秏子肆虐的地牢(身上只帶了一根針和一軸紅線充當武器)，剛好巧遇一名勇敢的廚師，他放下戒備的心防，燉了一鍋王后生前最愛喝的肉湯。「任何老鼠和任何人只要喝點湯，統統會覺得舒服多了。」廚師說著深吸一口氣，給德佩羅在小碟子上舀了一小杓救命湯。德佩羅一口喝下，立刻精力百倍——達成任務的信念與勇氣也大增。湯的神奇力量如此證據確鑿，哪個孩子抗拒得了？

參見 挑食 165

侵犯個人空間
invasion of your personal **SPACE**

參見 想要獨處 46

熱愛外太空
obsession with outer **SPACE**

參見 十本太空書單 249

言語障礙
SPEECH IMPEDIMENT

PB《誰誰誰在呼呼呼？》（*Who-who-who Goes Hoo-hoo-hoo?*） 文／彼得・史奈德（Peter Schneider）、圖／Gisela Schartmann

CB《送報生的夏天》（*Paperboy*） 凡斯・瓦特（Vince Vawter）

孩子光是學會怎麼說話、什麼時候說話、說哪個字已經夠難了，何況還得擔心能不能順利把話說出口。語言治療師強調耐心的重要性，盡可能給孩子充裕的時間說出想說的話，同時鼓勵他們別因他人的眼光和不自在而亂了分寸。故事裡若有說話結巴的角色不妨讀讀看，讓大人小孩都知道不止他們有障礙，別人說不出話時也經歷一樣的情緒，用對的方式真心傾聽時，確實有天壤之別。

在《誰誰誰在呼呼呼？》中我們遇見一隻小刺蝟，他和許多友善的動物和昆蟲一起住在森林裡。從大片水彩中，我們看見一群昆蟲正在玩牌，樹上掛著漂亮的中國燈籠，好個魅力十足的世界。到了三更半夜，小刺蝟被奇怪的聲響吵醒──「呼呼呼！」它這麼響著。「是誰誰誰啊？」他很好奇。小刺蝟的媽媽幫他把樹葉毯子捺緊了，不過一到清晨，小刺蝟便動身去探查到底是誰發出聲響，他才好提醒自己。他請教過好幾種動物，我們注意到他們都有個好玩的怪毛病──松鼠的尾巴沒長一根毛，而蛇的舌頭打了個結。儘管如此，大家仍然沒耐性容忍小刺蝟的怪毛病。「學會好好說話吧。」他們要求道，而且不肯回答他的問題。可是當小刺蝟發現有隻小老鼠也會結巴時，他倆結為盟友，在貓頭鷹的幫忙之下，他們給所有動物一個教訓。對有口吃卻堅持別人傾聽他們說話的人來說，本書是一大激勵。

《送報生的夏天》中的十一歲男孩可能會讓言語障礙的大孩子產生共鳴。「小男人」（保母這麼叫他）答應幫忙好友送報，騎在腳踏車上把報紙丟到人家門口很簡單，可是一想到每逢週末非得按門鈴收報費他就怕得反胃。小男人永遠不曉得嘴裡會吐出什麼話（更正確的說法是，吐不出什麼話），他也習慣別人一臉尷尬，或認定他「頭腦有毛病」。

故事背景設於一九五九年，當時語言治療剛剛萌芽，小男人使出各種技巧，設法「擠出」隻字片語：說出難講的字之前先發出嘶嘶嘶的聲音，或拋接鉛筆分散注意力，或換掉不好講的字（這些竅門不盡然管用）。讓他改變的其實是一位溫文、有耐性的顧客，史匹洛先生的用心傾聽。「我們的目標是對話，送報生，」他說，不肯看小男人寫在字條上的問題。「對話需要兩個人。我多的是時間，所以我想聽你親口說出來。」等到好友回來，小男人的心意愈發堅定，不只說他能說的，也說他想說的。讀者看完故事之後，將會深切了解重要的不是怎麼說話，而是說了什麼。

參見 焦慮53、缺乏自信107、覺得與眾不同127、尷尬60、無法表達感受148、害羞339、不敢為自己據理力爭363、過度擔心418

害怕蜘蛛
fear of **SPIDERS**

參見 害怕動物52

灑了東西
SPILLING things

參見 笨手笨腳106

畫壞了
SPOILING a picture

參見 怕犯錯 230

掃興鬼
being a **SPOILING**

參見 輸不起 216

寵壞了
being **SPOILT**

《巧克力冒險工廠》(*Charlie and the Chocolate Factory*) 文／羅德・達爾(Roald Dahl)、圖／昆丁・布雷克(Quentin Blake)

任何孩童讀過羅德・達爾這本名聲最響亮的小說之後，若仍不改驕縱任性，那是無法想像的事。面目可憎的奧古斯圖打從出生以來就是巧克力吃到飽沒人管，所以吃得渾身「層層肥肉」；頑劣的微露卡躺在地上又踢又喊，直到爸爸把要的東西給她；還有惡形惡狀、嚼口香糖的薇拉，為了好玩把嚼過的口香糖黏在電梯的按鈕上；或是身背手槍的麥克・提威從小盯著螢幕不放，誰敢打斷他看電視，他就大吼大叫；見到這幾個惹人厭的小孩，誰想跟他們一樣呢？他們的共通點當然是過度寵溺的父母，像口香糖似的黏在子女的手指頭上。下回拒絕給孩子買某個他們不需要、買不起或沒資格擁有的東西時，就讓羅德・達爾替你解釋原因吧。

參見 惡形惡狀 68、身為獨生子女 257、無法分享 335、物質欲太強 383

沒運動家風度
being a bad sport

參見 輸不起 216

運動細胞不發達
being no good at **SPORT**

參見 覺得一無是處 180、不想上學 325

臉上長痘痘
having **SPOTS**

參見 青春痘 37、痘痘 425

想當間諜
wanting to be a **SPY**

參見 著迷到無法自拔 245

說話結巴
STAMMER

參見 言語障礙 359

不敢為自己據理力爭

not feeling able to **STAND UP FOR YOURSELF**

PB《艾蜜莉・布朗的兔子》(*That Rabbit Belongs to Emily Brown*) 文/Cressida Cowell、圖/尼爾・雷頓(Neal Layton)

CB《小偵探愛彌兒》(*Emil and the Detectives*) 耶里希・凱斯特納(Erich Kästner)

YA《我的過去》(*What I Was*) 梅格・羅索夫(Meg Rosoff)

孩子不敢替自己據理力爭的原因很多——害臊、擔心別人不喜歡自己、擔心別人覺得自己沒禮貌、或擔心自己因此跟人吵架(參見:吵架56)。若對方比自己年長或重要,可能就更加不敢開口了。在女王面前為自己據理力爭,大概比面對任何人都困難吧,然而《艾蜜莉・布朗的兔子》中,有勇氣又有決心的艾蜜莉・布朗做到了。

原來女王似乎很喜歡艾蜜莉的布偶兔子史丹利(一個倍受喜愛的玩具),它的屁股上有塊補丁,臉上用線縫的一針則是微笑。可是當女王派她的僕役長用一隻嶄新的泰迪熊跟她交換兔子時,艾蜜莉往那渾身僵硬、神色愕然、眼睛又不會動的玩具熊看了一眼,隨即對僕役長禮貌地說不。女王當然不習慣遭到拒絕,接著局面愈搞愈僵,女王派來的手下塊頭愈來愈大,賄賂的價碼也逐次提高。

艾蜜莉不為所動,她重複說「不」的口氣愈來愈堅定,在插畫家尼爾素樸的漂亮圖畫中,頂著布丁碗髮型和一身花布衣裳的她請那自以為是的軍人離開的畫面,讓人看了真是滿意極了。她唯一一次發火,是女王派突擊隊員趁她熟睡偷走了史丹利,於是艾蜜莉怒氣沖沖地親自衝進皇宮,好好數落那「愚蠢的女王」一頓。老讓別人占便宜的孩子不妨讀讀這個故事,他們就會知道任何人(哪怕是女王),也沒有權力隨便擺布別人。

《小偵探愛彌兒》中的少年愛彌兒,或許可以為想在世上掌控更多權力的孩子提供很棒的建議。愛彌兒搭火車到柏林的表妹家住幾天(讓他的美髮師媽媽有機會加班賺錢),他攜帶一百六十馬克上路(相當於媽媽的月薪)。為安全起見,他把寶貝的錢釘在口袋裡,可是等他醒來,錢和同車廂的邪惡乘客全都不見了，結論似乎只有一個。

愛彌兒只允許自己吃虧片刻，隨即意識到睡著時身體空間受到侵犯，於是他著手策畫一次大規模獵捕行動，召集柏林眾多不到十二歲的孩子幫忙。從受害者變為法官繼而成為獵人，他說什麼也不讓竊賊得逞的那股自信，感染了他的小幫手，其中之一就是討人喜歡的古斯塔夫，他有支電動喇叭時而亂吹一氣，時而別有用心。他倆一起追逐那倒楣的竊賊，從電車上追進銀行，再追出旅館，一直追到市立監獄。孩子們讀到這裡肯定覺得自己無所不能，每當有事情需要幫忙爭取時，也懂得號召同伴，大吹喇叭。

經常被欺負的青少年需要一個幫助他們感到自豪的故事。《我的過去》中的敘事者剛轉到淒涼的諾福克海邊一所學校（參見：轉學生 324）就學，平常總低著頭，原來他在學校長年遭到霸凌，到頭來還得背黑鍋（參見：不公平 143）。可是當他遇見芬恩（一個獨居海灘附近的男孩），他為之著迷。芬恩完全自給自足，吃自己捕到的魚，過著符合季節時令的生活（參見：獨來獨往 214），連住的房子也是自己蓋的。原來芬恩離群索居而且變得如此能幹是有原因的。打從故事開始我們便知道遲早會有悲劇發生，然而芬恩的不肯隨俗與自我堅持仍是振奮人心的角色模範。

參見 缺乏自信 107、說話沒人聽 191、害羞 339、自覺渺小 354

家有繼父母

having a **STEPPARENT**

CB《又醜又高的莎拉》（*Sarah, Plain and Tall*） 佩特莉霞．麥拉克倫（Patricia Maclachlan）

CB《魔法二分之一》（*Half Magic*） 愛德華．伊格（Edward Eager）

對孩童來說，可能非常難以接納家中來一位新的父親或母親，因此在繼父（母）進門之前，不妨藉由故事介紹孩子幾個正面的例子。若說要找善良繼母的故事，那可真是知易行難，邪惡後母的印象早已因傳統童話故事深植人心，任何繼母大概都想把那些書掃地出門吧，比方說灰姑娘、白雪公主及糖果屋。好在有《又醜又高的莎拉》這本輕薄短小的書，故事說的是一名鰥夫在報上登了一則徵婚啟事（他的前妻在兩個孩子小時候就過世了），聽說可能的「新幫手」有了回音，姊姊安娜建議父親，「問她唱不唱歌！」莎拉來了，她不但會唱歌、編辮子、烤麵包，甚至頗有冒險精神，竟敢在暴風雨來臨前爬上屋頂釘牢一塊鬆脫的木板（生活在大草原的你若有這份能耐，肯定是寶貴的資產）。姊弟倆對此非常清楚，但他們真正喜歡的，是她讓他們的父親在多年之後又開始唱歌了。弟弟凱力心中不斷重複著：「她會留下來嗎？」兩姊弟仍然想念媽媽，不過他們明白如果莎拉留下的話，他們的日子將過得更富足也更幸福。

充滿愛心的繼父故事倒是好找得多，《魔法二分之一》即其中之一，此外它也探討孩子惟恐繼父取代或羞辱生父的心理。這家四個兄弟姊妹中，有三個非常歡迎留鬍子的小個子史密斯先生成為家裡新的成員。他不同於其他成年人的地方，在於當孩子說起一枚有「二分之一魔法」的硬幣能帶他們去到不同時代與國家時，他不但聽得認真，而且真的很感興趣。「這是我第一次碰到魔法，但我這輩子一直希望有這種遭遇。」他靜靜地說，把話說到了我們的心坎裡。史密斯先生開汽車載他們到處跑（對沒車的孩子來說也是個魔法），而且是撲克牌高手，又常常說起他在「最黑暗的澳洲」旅行時遇到的一些趣事。可是唯一記得死去父親的大姊珍無法接受另一個男人取代父親的位置。「是不是家裡每個人都完完全全、徹徹底底瘋了？」她悲憤得大聲說道，想不到弟妹竟打算下回用魔法硬幣許願穿越時，要帶史密斯先生一起去。「你們沒看到他和媽媽互看的眼神？你們希望一個老老的繼父住進家裡改變一切？」她敦促他們別忘了莫思東先生——《塊肉餘生記》[39]（一本充滿經常被引用的文學典故）中惡毒的繼父

39 本書非常適合兒童閱讀，也是狄更斯作品的理想入門書。我們建議把狄更斯所有作品都當作章節書來讀，因為本本讀來愉快又熱鬧。不過還是等家裡的繼父後母待得夠久，再窩在一起一邊發抖，一邊讀恐怖的莫思東先生吧。

（接著因一時的衝動，她許願希望屬於另一個家庭。轉瞬間她的願望成真），因為她說話時手裡就捏著那枚硬幣。後來救她回家的人是史密斯先生，也在過程中贏得她的心。

參見 吵架 56、父母 268、單親 345

坐不住
unable to **SIT STILL**

參見 坐不住 150、注意力不足 337

害怕大雷雨
fear of **STORMS**

PB《雷公糕》（*Thunder Cake*） 派翠西亞・波拉蔻（Patricia Polacco）

如果你和害怕閃電打雷的小孩一起躲大雷雨，請遵循《雷公糕》中描述的療方。首先，露出蒙著被子的腦袋瓜，數一數兩道閃電和打雷之間相隔幾秒，算算一共經過多久。請他們從母雞那兒拿幾顆雞蛋，從母牛那兒擠點牛奶（可能你有其他貨源），食物櫥櫃裡拿一種「祕密」[40]材料，然後統統混在一起烤熟。時間無誤的話，「雷公糕」出爐的時候，頭頂上正好在打雷，廚房裡也被閃亮照得透亮——那麼你家小孩就會明白，自己沒有一直躲著，是件多麼勇敢的事。別想省略那個祕密材料（噢，好吧，就是番茄糊），雖然奇怪，卻真的管用。

參見 焦慮 53、害怕 322、睡不著 349

40 該書最末有附上雷公糕的食譜。

跟陌生人交談
talking to **STRANGERS**

PB《戴帽子的貓》(*The Cat in the Hat*) 蘇斯博士(Dr. Seuss)

我們都告訴小朋友別跟陌生人交談,可是你曾否解釋為什麼不應該,而不致於一、嚇得他們半死,二、無意中反而激起孩子的好奇心,或是三、鼓勵他們以冷漠無禮的態度對待陌生人?不妨利用蘇斯博士《戴帽子的貓》及續集《帽中貓回來了》(*The Cat in the Hat Comes Back*)中淺顯易懂的方式,讓他們知道需要小心什麼樣的陌生人。

每當小男孩(我們的主角)和姊姊莎莉需要分散注意力的時候,那隻貓就會出現——在無所事事的下雨天(參見:下雨天306),或勉強為媽媽鏟雪的時候。「我知道天在下雨/太陽又不陽光/但我們可以有/很多有趣的趣事!」那隻貓說,他保證會玩好幾種把戲,想要迷惑兩姊弟。他又說他們的媽媽「一點也不在意」——心懷不軌的陌生人都用這一招騙取受害者的信任(及房子)。

儘管那隻貓的眼睛晶亮,說話時會閉上眼睛,看著是有一點令人發毛,不過他終究並不邪惡。其實我們一直都很喜歡那隻貓,他那頂紅白相間的條紋帽,他那戴了白手套、表情十足的雙手,和他所到之處勢必引發混亂的傾向。他真的想要有「很多有趣的事」。但這會兒那隻貓已經登堂入室,加上蘇斯博士好讀好記的韻文,壓根甭想趕他走了。不一會兒,在共犯一和共犯二的協助之下,那隻貓毀了一個漂亮的冰鎮蛋糕,拉彎一把新耙子,從裡到外搞得「亂七八糟/既深又高」,在媽媽回來之前,兩姊弟根本無法靠自己的力量清理乾淨。

讀者看見那隻貓靠著一張嘴走進屋裡很開心,老實說,故事中的兩姊弟也是,但並非每隻陌生的貓都心無惡念,管他戴不戴帽子。告訴你家小孩切切不可讓壞人拐到他的車裡或家裡,或讓他大剌剌地走進家裡——哪怕他說爸媽一點也不在意。

參見 過於信任 396

卡住了
STUCK

CB《全世界跑得最快的男孩》(*The Fastest Boy in the World*) 伊莉莎白・萊德(Elizabeth Laird)

YA《胖男孩游泳》(*Fat Boy Swim*) 凱瑟琳・芙得(Catherine Forde)

不管孩子是卡在樹上、室內,還是被一份特別難搞的作業卡住,寫不出來(參見:不想寫功課 196),都是一樣的感覺:挫折之外,也覺得永遠不會改變。訣竅在於教孩子足智多謀、善用資源。可能沒有顯而易見的解決之道或出路,但說不定有不太明顯的途徑。

若是孩子已經在讀章節書,可以介紹這本《全世界跑得最快的男孩》。十一歲的小男孩索羅門住在衣索匹亞鄉下,他的夢想就是參加奧林匹克運動會的賽跑。然而光是為了有望圓夢,為了得到夠水準的訓練,他必須坐上半天公車,到離家很遠的學校。他父親根本不予考慮:家裡需要索羅門種田。

一天,他陪伴祖父走三十多公里路到首都亞的斯亞貝巴訪友。他們在那兒幸運的見到了奧林匹克運動員從最近舉行的賽事歸國。後來他祖父生病必須送醫,索羅門知道他必須盡快趕回家,如此他父親才能及時趕回去看老人家。索羅門別無選擇,只能一路跑三十多公里回家。

他的驚天一跑(差不多就像跑一場馬拉松),證明是他一生的轉捩點。他跑的時候,聽見祖父的聲音不斷在腦中提醒他步履須穩健,他漸漸領悟跑步不僅是雙臂和雙腿的動作,也包括腦袋裡想的東西。他到家時剛好讓父親得以及時趕到首都。他這次不可思議的長跑很快廣為人知,不久發掘運動人才的探子便挑中他,為他覓得需要的專家協助。讀了這個充滿希望與振奮人心的故事,孩子再也不會覺得自己的夢想遙不可及。

另一種卡住的狀況可能爆發於青春期——卡在你不喜歡的身體裡。《胖男孩游泳》中十四歲的吉米正是如此。吉米有暴飲暴食的毛病，最愛吃酥脆的食物、氣泡飲料和巧克力，不相信自己過重（他母親和波兒阿姨也不提）。有一次他一餐就吃掉十五根火星巧克力棒和三瓶汽水；即使輕微的運動也會讓他氣喘如牛。可是一個週五晚上，他母親玩完賓果回家時，後面跟了「特種大兵」（學校嚴厲的運動教練。特種大兵聽說過吉米每週五都跟波兒阿姨快樂烹調，擁有真正的料理天分，於是跟他做了個交易。如果吉米願意為學校即將舉辦的募款餐會烹調食物，他就幫忙吉米減掉多餘的體重。

起初吉米覺得震驚，不願意自己的身體成為別人談論的話題，可是童年的游泳夢想不斷激勵他的潛意識。進入泳池的第一分鐘，他發現自己就像愛烹飪一樣愛游泳。過去他渾身是一層又一層的贅肉，如今卻是優雅與力量。不久他已經不再受制於巧克力，他的身體也不再肥胖。這個振奮人心、提高自信的故事，或許正好可以把你家少年拉出地洞呢。

參見 缺乏自信107、不公平143、體重過重264、自覺渺小354

被一本書卡住了

STUCK in a book rut

藥方：不妨緊抱它吧

大人：（一派輕鬆，一臉天真）我們今天晚上讀哪本書呢？要不要讀個新的故事？從今天到圖書館借的這些好好看的新書裡挑一本，好不好？嘿，這本怎麼樣？我們從來沒讀過耶！

小孩：不好，我要XX書（舉出一本你已讀過一千遍甚至一萬遍的書）。

大人（假裝驚訝）：可是你不想聽個新的故事嗎？

小孩：不想，我要XX書。

大人：（假裝耳聾）噢，老天，你忘了我們今天在圖書館借的這本嗎？

看起來不是好刺激、好好笑又好棒呢？

小孩：（口氣激烈起來）我要XX書。

大人：（異想天開）知道嗎？我像你這麼大的時候，真的好喜歡……（拿起另一本書）。

小孩：（躁動不安）可是我要XX書。

大人：（絕望）這本怎麼樣？明天早上一醒過來我們再讀XX書，今晚我們先讀這本新書，你說好不好？就這樣囉？（拿起另一本書坐上床）

小孩：（憤怒）可是我要XX書。我只要XX書。為什麼不讀XX書給我聽？我以為你愛讀XX書！（大哭）

一陣靜默，大人心中五味雜陳，最強烈的就是罪惡感。

大人：你真的要XX書，呵？

小孩：（抽抽噎噎）我只要XX書。

大人：（覺得靈魂死了一小部分，但也了解這就是愛）好吧。我們就讀XX書。

小孩：耶！（拿起XX書，突然停頓）讀兩遍好不好？

給大人的療癒書

PB《查理和蘿拉系列：喂！等一下，那是我的書》（*Charlie and Lola: But Excuse Me That Is My Book*） 蘿倫・柴爾德（Lauren Child）

你並不孤單。蘿拉和查理到圖書館想借一本名叫《甲蟲、小蟲與蝴蝶》的書（這本書她借過兩次），卻發現別人借走了。查理解釋說還有其他許多好看的書可選（從間諜故事到恐怖小說，從跟山有關的書到怪物書），可是蘿拉一概不要。她只要她的書。最後，多虧查理的堅持不懈，她嘗試讀了一本新書，而且認定現在這本才是她的書。讀過本書之後，你會稍微諒解家中獨鍾一本書的小孩（你的臉上想必已經泛起一抹微笑），說不定甚至讓他們好奇到願意放下書聽聽你在看什麼呢。

說話結巴
STUTTER

參見 言語障礙 359

自殺念頭
SUICIDAL THOUGHTS

我們希望任何孩童腦子裡都沒有自殺的概念，然而就算幼小的孩子也可能有過絕望與自毀的想法（參見：憂鬱症 124、自殘 331）。只要懷疑孩子懷有類似的念頭，無論狀況如何，請務必尋求專業協助，儘管如此，若有謹慎探討相關主題的故事可讀，也有助於大家更易於察覺危險徵兆——並且鼓勵有此焦慮情緒的孩子找個負責任的大人吐露心事。

十本探討自殺的書單

- YA《漢娜的遺言》（*Thirteen Reasons Why*） 傑伊・艾夏（Jay Asher）
- YA《母親之死》（*Grover*） Vera and Bill Cleaver
- YA《旅程》（*Whirligig*） Paul Fleischman
- YA《如果我留下》（*If I Stay*） 蓋兒・芙曼（Gayle Forman）
- YA《曾經，我在這裡》（*I Was Here*） Gayle Forman
- YA《尋找阿拉斯加》（*Looking for Alaska*） 約翰・葛林（John Green）
- YA《生命中的燦爛時光》（*All the Bright Places*） 珍妮佛・尼文（Jennifer Niven）
- YA《聽這首歌》（*This Song Will Save Your Life*） Leila Sales
- YA《情定杜鵑窩》（*It's Kind of a Funny Story*） 奈德・維齊尼（Ned Vizzini）
- YA《我的心和其他的黑洞》（*My Heart and Other Black Holes*） 潔絲敏・瓦嘉（Jasmine Warga）

參見 焦慮53、身體形象80、憂鬱症124、覺得沒有朋友159、噩夢242、悲傷320、自殘331、卡住了368、過度擔心418

生悶氣
SULKING

《小白馬》（*The Little White Horse*） 伊莉莎白·古吉（Elizabeth Goudge）

人人皆知以沉默懲罰他人如此輕而易舉——青少年尤其長於此道。對還沒學會明確表達情緒的人來說，生悶氣儘管無可厚非，但也解決不了任何事，而且還可能愈來愈氣（參見：卡住了368）。《小白馬》中有個生悶氣長達二十年的主人翁，不僅造成自己的極大痛苦，也殃及整個社區。讀過之後，一定可以讓愛生悶氣的孩子快快甩掉這個習慣。

十三歲的瑪利亞搬到月亮坪莊園和她那精神飽滿、有三層下巴的叔叔班傑明爵士同住時，覺得一切都令她滿意極了：每天早晨，她的塔樓房間總有見不到的僕人為她擺好新衣服；「長春花」是她發現的一匹灰色斑點小馬，而且她已經會騎了；還有，一個月光如銀的夜晚，她瞥見一匹小白馬奔過樹林，鬃毛冉冉飄動，卻忽然煞住腳步，「彷彿看見她了，而且很開心」。然而在一片田園風光之下，似乎潛伏著什麼不和諧的東西。為什麼老牧師那美麗的管家不想讓班傑明爵士知道她的住處？為什麼長久以來沒有女性踏入月亮坪莊園？

瑪利亞漸漸拼湊出真相：一股強烈的熱情、一場逼近的婚禮、一次半夜的爭吵——一個怒氣沖沖、拂袖而去的女人。「回想起來，我真不知道我們怎能那樣，」瑪利亞說整件事多麼愚蠢時，管家應道：「可是……爭吵就是如此……都是從芝麻綠豆的小事吵起來的，然後愈長愈大，大到像是占滿全世界。」這個迷人的故事或可讓孩子明瞭墜入悶悶不樂的深淵有多麼荒謬，但只要開始想辦法講和，一切都會變得好多了。

參見 青春期38、喜怒無常231、太倔強254、卡住了368

暑假
SUMMER HOLIDAYS

無論是坐船閒蕩，或是解開古代藏寶圖的祕密，七、八月要是不讀個暑假冒險故事來激發想像力，以及啟發孩子的冒險心，暑假就不算完整。

十本暑假冒險故事書單

PB《夏日海灣》（*Time of Wonder*） 羅勃・麥羅斯基（Robert McCloskey）

ER《死亡之灣》（*Laura Marlin Mysteries: Dead Man's Cove*） Lauren St. John

CB《夏天的故事》（*The Penderwicks*） 珍・柏雪（Jeanne Birdsall）

CB《光明追捕手》（*The Dark Is Rising: Over Sea, Under Stone*） 蘇珊・古柏（Susan Cooper）

CB《我在小島上的夏天》（*Eating Things on Sticks*） Anne Fine

CB《姆米一家的瘋狂夏日》（*Moominsummer Madness*） 朵貝・楊笙（Tove Jansson）

CB《梭河上的寶藏》（*Minnow on the Say*） 菲利帕・皮亞斯（Philippa Pearce）

CB《燕子號：荒島大冒險》（*Swallows and Amazons*） 亞瑟・蘭瑟姆（Arthur Ransome）

CB《瘋狂海底》（*Mighty Fizz Chilla*） Philip Ridley

YA《這個夏天》（*This One Summer*） 文／Mariko Tamaki、圖／Jillian Tamaki

參見 需要冒險42、無聊84、卡在車陣中94、懶惰209、下雨天306、手足之爭343

想當超級英雄
wanting to be a **SUPERHERO**

有些夢想會成真，有些只能間接體驗罷了。

十本超級英雄書單

PB《超人祕密》（*The Astonishing Secret of Awesome Man*） 文／Michael Chabon、圖／Jake Parker

PB《午夜超人艾略特》（*Eliot, Midnight Superhero*） 文／Anne Cottringer、圖／Alex T. Smith

PB《麥克斯》（*Max*） Bob Graham

PB《黛西超人》（*Super Daisy*） 文／Kes Gray、圖／尼克．夏洛特（Nick Sharratt）

ER《零力男孩》（*Boy Zero Wannabe Hero: The Petrifying Plot of the Plummeting Pants*） Peter Millett

CB《失去超能力》（*Powerless*） Matthew Cody

CB《我的弟弟是超人》（*My Brother Is a Superhero*） David Solomons

CB《影子英雄》（*The Shadow Hero*） 文／Gene Luen Yang、圖／Sonny Liew

YA《審判者傳奇：鋼鐵心》（*Reckoners: Steelheart*） 布蘭登．山德森（Brandon Sanderson）

YA《尼穆卡》（*Nimona*） Noelle Stevenson

參見 想要當名人 98、覺得與眾不同 127、想博得讚美 291

罵髒話
SWEARING

PB《誰是便便噗：超人兔》（*Poo Bum*） 史蒂芬妮．布雷克（Stephanie Blake）

CB《吹夢巨人》(*The BFG*) 文／羅德・達爾(Roald Dahl)、圖／昆丁・布雷克(Quentin Blake)

YA《移動迷宮》(*The Maze Runner*) 詹姆士・達許納(James Dashner)

兒童對髒話非常著迷，不僅是因為罵髒話大人會很有反應。當孩子六歲左右，講出和身體部位有關的粗俗字眼通常已經夠刺激了。《誰是便便噗：超人兔》中的那隻兔子一概回答「便便噗」三個字，不管別人跟他說什麼——孩子讀了一定笑哈哈，搞不好笑到你們流眼淚；況且「便便噗」講了太多次，包準你家小孩懶得再講。

孩子長到約莫七歲(幸運的話，說不定更晚)以前，大人往往能夠成功哄騙孩子模仿自己說些聽來響亮、其實毫無意義的用語，藉此滿足他們急於讓你聳眉的欲望(也讓你心中一陣竊喜)。如果需要靈感，不妨求助於《吹夢巨人》中那位親切友善的巨人，那可愛的英語切碎機，因為從未上學，說了一口「最最糟糕的彆腳英語」。他向蘇菲解釋，她是一天夜裡他從孤兒院宿舍偷走的小女孩，他說他知道自己要說什麼，可是每次一說出來就變得「支離破碎」。先嘗試放下自己的用語，一旦孩子看穿你的詭計，再鼓勵他們以這個精采的故事(是我們偏好的羅德・達爾作品之一)，「胡謅亂蓋」自己獨創的語彙——為靈感的泉源。

青少年以為不說髒話幾乎不可能，不過還是有人做到了，其中關鍵在於創意。假如少男少女不只套用大家習以為常的陳腔爛調，而能發揮創意編造別出心裁的粗話，人們聽了可能爆笑出聲，壓根不覺得難堪了。《移動迷宮》(故事說的是一個男孩和朋友夜夜遭到渾身盔甲的巨大毛毛蟲攻擊)中的咒罵堪稱獨樹一格，酷似你我皆知且盡可能迴避的粗話❀，但聽來並不特別令人不快。介紹你家小孩讀這本書，看看他們做何感想[41]。

41 例如：嘿，早安，新來的。或者應該說午安？原諒我這麼說，不過你看來一副腦筋短路的德性。是吧？沒錯，你這菜鳥！別告訴我你打算吃早餐？我們馬上要吃午餐了。噢，聽著！昨晚你回家時，這些石牆移動了。誰也不准這麼大聲喧譁。你的遊戲時間完蛋了，你還是面對吧。這個週末，造物者有個專門衝著你來的瘋狂計畫，不過看來我們沒有一個人可以活著離開。起碼這個煎鍋可以做吃的。你想當深夜飛毛腿嗎？好極了，只要別讓夜行怪物進來。菜鳥，我們得解開迷宮的謎底。

給大人的療癒書

CB《失讀症牧師》（*The Vicar of Nibbleswicke*） 文／羅德．達爾（Roald Dahl）、圖／昆丁．布雷克（Quentin Blake）

重要的是，請記得你也可能有這個毛病。的確，搞不好當初就是你把它遺傳給後代子女的。那可憐的牧師一緊張就把park這個字看反了，結果惹出好大的亂子，原來他患有一種不幸的言語障礙，總是把字母念顛倒。這本書是達爾替倫敦失讀症協會（Dyslexia Action）募款而寫的，不過，據我們所知，那牧師的特殊毛病與失讀症無關（不過達爾實在很喜歡這種反讀文字的失讀症，也有出現在他的《喂咕嗚愛情咒》裡頭），本書也幾乎無助於大眾了解失讀症。縱使如此，這還是一本很滑稽的書，而且你一旦笑得出來，就能放下高高在上的身段，特別是跟天真、不說粗話的孩子在一起的時候。

參見 你是惡霸 92、沒禮貌 226

不會游泳
inability to **SWIM**

PB《不肯游泳的男孩》（*The Boy Who Wouldn't Swim*） 黛柏．路克（Deb Lucke）
CB《海中蛋》（*The Sea Egg*） 露西．波士頓（Lucy M. Boston）

倘若孩子學游泳學得夠早，多半都可以像魚一樣輕鬆下水。如果等得太久，恐懼及理性可能嚇走下水的機會。《不肯游泳的男孩》取材自作者的哥哥，故事是說艾瑞克整個暑假都待在游泳池旁邊不敢下水。這年的夏天特別炎熱，他也感到愈來愈不舒服。從路克的壓克力顏料插圖上，我們瞧見全鎮大大小小的鎮民坐在環繞游泳池的躺椅上，還有自跳水高台鳥瞰下方的誘人景觀。當妹妹去上他本來該上的游泳課時，他更是羞愧得無地自容。

等到艾瑞克終於鼓起勇氣下水，已經是無人在看的時刻。試著把這個故事讀給你家不願意下水的孩子聽，然後讓他們趁你轉身時，偷偷下水體驗吧。（若想了解更多幫孩子不受恐懼控制的方法，參見：害怕322）

少有作者能把游泳寫得像露西・波士頓的《海中蛋》一樣有感染力，這篇抒情詩般的故事述及兩兄弟在康瓦爾度假期間，遇見了一個神奇的同伴，和水有了全新的關係。一天早晨退潮之後，藍色的海面靜謐無波，「彷彿覆蓋著全世界的祕密」，兩兄弟奔至海邊，小石頭在腳底下咔噠滑落，忽見一名龍蝦漁夫正在收網。那人給兄弟倆看網裡撈到的一顆神祕的蛋形石。他倆立刻開口向他討，雖然心中不免緊張，害怕裡面究竟是什麼（海魔？還是沖毀懸崖的暴風雨？），他們把蛋攜往一處隱密的潮間石坑，是個漲潮時才能經由滿水的隧道走到的地方，等著看會怎麼樣。

若是告訴你蛋裡孵出什麼，豈不破壞了驚喜感？暫且說兩兄弟有了大海賜給他們的同伴之後，也學會像海中動物一樣悠游大海，只消一次深呼吸，即足以不假思索地投進水裡舞波弄濤，在鹹鹹的海底世界張開眼睛。他們的祕密（和他們善加利用的知識），使得本書成為意義深遠的誘因，激勵我們敢於過個充實的人生。朗讀這個故事給全家人聽，讓他們更想成為水中蛟龍。

參見 缺乏自信107、害怕322

長太高
being **TALL**

《宇宙之旅》(*Cosmic*) 法蘭克・考崔爾・波伊斯(Frank Cottrell Boyce)

比同齡小孩長得高有好也有壞。好處是你搆得到糖果罐,演唱會看得清楚,也比較容易獲選為籃球隊員。壞處是使壞的時候很難神不知鬼不覺,相較於同儕顯得笨拙,別人以為你年齡較大(然後納悶你為啥沒有比較能幹/比較守規矩/比較有智慧)。

覺得這話聽來熟悉的孩子,想必會很願意認識波伊斯的章節書《宇宙旅行》中年輕的萊恩。這個故事的背景設在曼徹斯特、中國與外太空,僅僅十二歲的萊恩已經身高一百八十三公分,他喜歡幻想自己是個成年人,而且他臉上也已早熟地冒出鬍子。一天學校有人以為他是老師,請他給一個班級代課,過沒多久,他已開始試駕嶄新的保時捷跑車……然後事情一樁引發另一樁,等他發現自己身在太空變成照顧四個孩子的爹,他才明白麻煩大了。單憑他的身高,他能否把四個小孩平安送返地球呢?

我們並非建議長太高的孩子和無人陪伴的未成年小孩潛逃到太空去,不過萊恩勇於面對身高帶來的挑戰確實值得讚賞。快樂結局不僅端賴身高,更重要的是鋼鐵般勇於承擔的脊梁骨。你家一百八十三公分高的少年讀過之後,就會知道他們占盡哪些優勢。

參見 覺得與眾不同 127、自覺渺小 354

耍脾氣
TANTRUMS

PB《古納什小兔》(*Knuffle Bunny*) 莫威樂(Mo Willems)

「耍脾氣:無法控制的怒氣與挫折感之爆發,尤指幼童」(牛津英語辭典)——無論是鮮少或常常發作,只需要某個極端的危機,或任何人說聲「不」即可觸發,對照顧的大人及耍脾氣的小孩來說,此藥方至關重要。《古納什小兔》一書恰恰適合大人與小孩,一個背景設在布魯克林高級住宅區的都會故事。

翠西正值愛耍脾氣的年紀:個性活潑,可是仍在牙牙學語,語不成調。因此週六上午,她那機智、戴眼鏡、時髦有型的爸爸帶著她上自助洗衣店,好讓媽媽享受片刻寧靜,父女倆頻頻相視而笑,不斷交換充滿愛的眼神。他們沿街走著,翠西握著爸爸的手,另一手抓著她心愛的古納什小兔的脖子,兩人一路穿過公園,經過學校。走到自助洗衣店時,翠西把一件胸罩拿在手裡左右搖擺,活像甩套索似的,再「幫忙」把硬幣放入插槽;過沒多久,爸爸吹起口哨,兩人已經悠閒走在回家的路上。忽然翠西煞住腳步——我們看見她兩眼睜得好大,嘴巴的線條也開始搖晃。「阿哥夫拉哥古拉波!」她哭喊。我們知道她想說什麼,翠西自己知道她想說什麼,可是爸爸……可憐的爸爸一點概念也沒有。他在路邊忍受女兒鬧的好大一頓脾氣,「哇哇哇」哭得連扁桃腺都看得到,還有眼淚、鼻涕、打嗝,兩隻小手瘋也似的打手勢,全身癱軟無力,怎麼也不肯自己走,最後焦頭爛額的他總算一路歪歪扭扭地把女兒帶回家了。惱火的是,翠西的媽媽一眼就看出哪裡不對,後來終於尋回渾身溼透的古納什小兔,雖然它似乎也一副受驚的模樣,每個讀者看見翠西那麼開心,想必也樂得心中歡唱。不妨在暴風雨後心情平靜時共讀這個故事,親子雙方一定都會得到有人懂自己的感覺。

參見 吵架56、說話沒人聽191、太過疲倦262、寵壞了361、心事無人知401

想要刺青
wanting a **TATTOO**

📖《分歧者》(*Divergent*) 薇若妮卡・羅斯(Veronica Roth)

刺青強而有力且影響深遠，無論是不起眼地刺在手腕的裡面，還是覆蓋全身的大面積刺青，或多或少都說明了我們是誰。以刺青人物為主人翁的故事有助於提醒少男少女，選擇一個刺青，即意味此生與它和它象徵的一切共存，生死相依。

身分是《分歧者》的主題，也是三部曲中另外兩本書的主題。在亂托邦的美國社會，人民年滿十六歲時必須宣示效忠五個「派別」之一：無畏派、博學派、直言派、克己派、友好派。故事女主人翁碧翠絲沒有接到清楚指示，不曉得自己屬於哪個派別——因此她便成為大家默認的分歧者。雖然她的家人都是克己派，她衝動之下決定加入無畏派（一群勇敢、無畏的戰士，以身上的大片刺青著名）。她和新交的朋友崔絲搏感情時在鎖骨上刺了三隻烏鴉，代表她撇下的父母與弟弟。後來她在一邊肩膀加刺一縷熊熊火焰，也是無畏派的象徵，另一邊肩膀加刺兩隻握拳——克己派的象徵，以示不忘自己來自何方。

崔絲心儀的男孩小四也在身上刺了許多別有意義的圖案，描繪出他的過去與未來。的確，三部曲中一再應用與討論各形各色的刺青，讀者看了將會強烈感覺身分是不斷變換的東西。無論少男少女十六歲時覺得自己是誰，到了二十一歲肯定會有不同的感受。

參見 身體形象 80、加入幫派 170、同儕壓力 278

身為青少年
being a **TEENAGER**

參見 青春期 38

發脾氣
losing your **TEMPER**

參見 憤怒48

不得不寫封感謝信
having to write a **THANK YOU LETTER**

PB《快樂郵差》(*The Jolly Postman*) 文／艾倫·亞伯格（Allan Ahlberg）、圖／珍妮特·亞伯格（Janet Ahlberg）

CB《長腿叔叔》(*Daddy-Long-Legs*) 琴·韋伯斯特（Jean Webster）

孩子認為寫信是項艱鉅的任務（是聖誕節和生日的詛咒），甚且會讓他們希望寧可當初不曾收到任何禮物。可是對大人來說，感謝函才是最棒的一部分：那一堆高瘦細長的字母勇敢地大步跨過信紙，最後卻擠在另一側，已經沒有空間可寫。由於那個原因（和感念他人善意的機會），值得試著灌輸你家小孩以寫信這種老派的方式表達感謝，那就是用信紙、筆墨，信封和郵票，當然，選擇要說什麼和該怎麼說也包括在內。

那就先從《快樂郵差》開始吧，本書奇蹟似的既有貼了郵票、寫了地址的信封，有可以抽取的真正的信和明信片。這個故事把許多熟悉的童話角色一一串接在一起（金髮姑娘，傑克和豌豆中的巨人，小紅帽中的大野狼等等），他們的信由一名身穿制服、騎著紅色腳踏車的郵差遞送到家，偶爾他也願意逗留片刻喝杯熱茶。插畫家亞伯格典型的淡彩人物，置身於美麗的英格蘭景色中，增添了信件將人們連結在一起的感覺，為人臉上帶來無聲的喜悅，預示令人興奮的消息。

當然，最棒的信就是展露寫信人真性情的信，例如《長腿叔叔》中十七歲孤女吉露莎·阿波特寫的那些信。收信人是一位神祕的恩人，他出錢負擔吉露莎的大學費用，條件是她必須每個月給他寫一封信報告學習狀況，信中看得出她對「長腿叔叔」一無所知，只曉得他很有錢，不喜歡女生，還有一雙長腿——她僅一次瞥見他在牆上的影子。

或許正因為茱蒂（她這麼稱呼自己）對他毫無所知，她才能自在做自己吧。健談又興高采烈的她，敘述學校生活中的所見所想，不時畫些簡單逗趣的棍子人圖畫，茱蒂的感謝信給了出身低微的她出乎意料的翻身機會，而且她一點都不害怕說出真心話。「為什麼你不挑一個較有個性的名字？」她問，因為她得知必須稱呼他為史密斯先生。「我倒不如寫信給⋯⋯親愛的晒衣繩好了。」讀完一整本如此這般的信（和下列好讀書單中的書信體故事），你身邊那些不情願寫信的孩童就會了解，以寫信認識他人多麼有趣——不只收信人如此，寫信人亦然。

十本最佳書信體書單

PB《蠟筆大罷工》（*The Day the Crayons Quit*） 文／祖兒・戴沃特（Drew Daywalt）、圖／奧利佛・傑法（Oliver Jeffers）

PB《親愛的綠色和平》（*Dear Greenpeace*） Simon James

PB《派丁頓小熊的來信》（*Love from Paddington*） 文／麥可・龐德（Michael Bond）、圖／派姬・佛南、RW艾利（Peggy Fortnum、R. W. Alley）

CB《親愛的漢修先生》（*Dear Mr. Henshaw*） 文／貝芙莉・克萊瑞（Beverly Cleary）、圖／保羅・歐・傑林斯基（Paul O. Zelinsky）

CB《艾拉、米諾魚、和豆莢》（*Ella Minnow Pea*） Mark Dunn

CB《給李歐的信》（*Letters to Leo*） 文／Amy Hest、圖／Julia Denos

CB《西蒙的信》（*Simone's Letters*） 文／Helena Pielichaty、圖／Sue Heap

YA《十三個藍色小信封》（*13 Little Blue Envelopes*） Maureen Johnson

YA《尋找凱西》（*Finding Cassie Crazy*） Jaclyn Moriarty

YA《我們不相見》（*Because You'll Never Meet Me*） Leah Thomas

參見 失望133、不得不親一下阿婆183、沒禮貌226、禮物296

物質欲太強
wanting **THINGS**

PB《足夠就好，不必太多》(*Just Enough and Not Too Much*) Kaethe Zemach

CB《百萬小富翁》(*Millions*) 法蘭克・考崔爾・波伊斯（Frank Cottrell Boyce）

CB《閃亮》(*Shine*) 凱特・瑪麗昂（Kate Maryon）

大多孩童都喜歡蒐集東西（尤其是看到亮閃閃的東西，就生出一股據為己有的衝動）。除非他們和森林王子或泰山一樣的方式長大，否則他們應該會嚮往什麼最新上市的時髦小玩意，或是人人都有的必備配件。這時不妨讀《足夠就好，不必太多》這個好看的故事，讓我們學到知足常樂的一課。提琴手賽門舒適的小屋裡一應俱全：一把可以坐的椅子、一張可以安睡的床、一頂帽子和一個心愛的玩具。此外他還有衣服和朋友，夫復何求？可是後來他開始好奇多一把（或十把）椅子會不會好些，多些玩具和帽子可選也不賴，不久他那黃色小屋就擠得無處立足。等他終於想到恢復清爽小屋的妙計時，讀者也鬆了一口氣。

精采佳作《百萬小富翁》可鼓勵年紀較大的孩童思考哪些事物真的值得花錢，哪些其實並不值得。達米安與安東尼兩兄弟自從母親去世，父親抑鬱度日（參見：家有憂鬱症的父母122）以來，一直努力想要理解這個世界。達米安沉迷於他讀到的聖徒故事，開始住在花園盡頭的紙箱隱修院裡。年長一點的哥哥安東尼比較實際，因而立志改善有生之日的物質生活。所以當一個裝了二十三萬英鎊的手提袋掉在正在祈禱的達米安手裡時，他們對如何善用這筆錢有不同的想法。達米安相信這是上帝的恩賜，他認為應該用來幫助窮人或是照顧動物，像阿西西的聖方濟那樣，安東尼倒覺得應該買一間房子，兩兄弟的同學也忙著出點子。有件事是確定的：不管他們決定怎麼花這筆錢，都得快點花光，因為使用「歐元」時間逐漸逼近，不久英鎊將不值一文。

達米安祈求聖徒給予指引（且好奇他母親莫琳是否也在聖徒之列）時，二十三萬英鎊其實值多少錢的問題也成了讀者的問題。我們讀到多如湧泉的建議（從房子、電話、電視機，到非洲的水井和遊民的收容所），我們也看到財富可能對人際關係造成何種影響。我們不會透露這筆錢最終的處理方式——姑且就說聖徒（尤其是聖徒莫琳）肯定會感到驕傲。把這本書給孩子讀讀看，然後問他們若是得到如此意外之財，又會如何處理。

《閃亮》說的是一個物質本身無法給人快樂的故事。十二歲的蒂芬妮有個患了嚴重購物癖的媽媽卡拉。她看到想要的東西就買，從電漿電視，到女兒的筆記型電腦，最近她買的是一隻手提包大小的狗，名叫夏多莉，而且是用「借來」的信用卡買的單。可是一天晚上，卡拉的「事業伙伴」麥克的照片頻頻出現在防範犯罪的電視節目上，連他們剛買的紅色敞篷車也上了鏡頭。接著蒂芬妮只知道媽媽進了監牢，夏多莉進了收容所，她自己即將住進寄養家庭。

為了逃避，蒂芬妮選擇跟薩克島上的凱絲阿姨同住，儘管她在那兒長大的母親總形容它是「全世界最乏味的地方」。薩克島的日子果然與蒂芬妮習慣的倫敦生活迥然不同。這裡每個人去哪兒不是騎小馬，就是騎腳踏車，而且到處都很安全。島上簡單的生活漸漸贏得蒂芬妮的心，她體驗到一股由衷的幸福，相較之下，比媽媽買給她的任何閃亮東西更為富足。少年讀者或可了解任何新東西帶來的短暫快樂（哪怕是一手提袋的錢）和這種幸福相較之下，都將黯然失色。

參見 週末想打工 204、寵壞了 361

不得不整理
having to **TIDY UP**

參見 不得不做家事 104

羞怯
TIMID

參見 害羞 339

幼童
being a **TODDLER**

參見 如廁訓練 290、問太多問題 302、個子小 353、耍脾氣 379、不聽話 386

太聽話
always doing what you're **TOLD**

PB《柏蒂小姐選了一把鏟子》(*Miss Bridie Chose a Shovel*) 文／萊絲莉・康諾(Leslie Connor)、圖／瑪麗・艾澤里安(Mary Azarian)

CB《拉娜的天賦》(*Lara's Gift*) 安瑪麗・歐布萊恩(Annemarie O'Brien)

超級聽話的小孩照顧起來輕鬆，然而絕對的服從不盡然是正面的人格特質。長大之後，如果還是凡事等別人拿主意，那就表示沒有獨立思考的能力。《柏蒂小姐選了一把鏟子》所要傳達的訊息，即是主動出擊的重要性。年輕的柏蒂小姐於十九世紀末移民美國，出發之前，她可從時鐘、鏟子和瓷器小雕像三者中選一樣帶上船。明智的柏蒂小姐選了那把鏟子。書中瑪麗・艾澤里安迷人的木刻漂亮捕捉到那個時代的點點滴滴，也看到鏟子有多麼實用。她不僅用它賺到足夠的錢，可以住在想住的地方，更用它打通(真的是打通)一條小徑，順利前往她要嫁的男人家。

已經在讀章節書的孩童，會喜歡《拉娜的天賦》中農家女拉娜學會質疑當權者的例子。雖然人人皆知拉娜對俄羅斯獵狼犬(她父親在佛朗梭夫伯爵的鄉村莊園繁殖的一種強壯獵犬）有獨到的功夫，她也絕不可能繼承父親首席狗舍管家的職位。這個職位向來隸屬男人；當她母親產下一名男嬰時，父親提醒她，她想和親手養大的獵狼犬沙爾及同窩出生的小狗去獵狼，那機會將會跟伯爵夫人的寵物狗一樣渺茫。

可是拉娜依稀彷彿見到沙爾的腳邊躺著一頭死去的野狼，血跡遍染周遭的雪地，於是她明白自己必須違背父親的金科玉律，方才可能救回牠們的性命。在暴風雪、狼群和狩獵號角寂寞的呼喚中，我們看見即使拉娜公然違背規定，她對家庭的忠誠仍如同沙爾對她的忠心耿耿。有時，就算好女孩也必須不聽話才行。

參見 不敢為自己據理力爭 363

不聽話

never doing what you're **TOLD**

PB《和甘伯伯去遊河》（*Mr. Gumpy's Outing*） 約翰・伯寧罕（John Burningham）

另一方面，孩子也可能太有想法了。純粹為了安全起見，孩子必須學習聽從別人說的話去做。若想溫柔地告誡孩子「告訴過你吧」，不妨請沉著冷靜的甘伯伯出場。甘伯伯懶洋洋地乘船順流而下，他對河邊每個要求上船的孩子和動物都說「好」——只要他們不在船上吵嘴（孩子們），不跳來跳去（兔子），不追著兔子跑（貓）。

有一段短暫的時間，伯寧罕圖畫的錯落線條籠罩著夢幻般的朦朧色彩，透露著一抹說不出的寧靜，不過當然持續不久。大家很快就做了剛剛說好不要做的事，最後他們統統落到什麼下場，應該不必獎勵也猜得出來吧。奇妙的是，甘伯伯突然掉進冰冷河水中時，儘管有點吃驚，卻絲毫沒有發火——怪不得本書既能治療氣極敗壞的大人，對需要管教的小孩也極具療效。

參見 吵架56、沒禮貌226、調皮搗蛋240、罵髒話374

受到責備

being **TOLD OFF**

參見 受罰299

不喜歡別人告訴我要讀什麼

not liking being **TOLD** what to read

藥方：讓孩子誤以為書是自己選的

男孩：我不要讀那個。

爸爸：（看一眼封面）它哪裡不對？

男孩：還不明顯嗎？

爸爸：（對那本書皺眉）太簡單？

男孩：不是。

爸爸：太難？

男孩：不是。

爸爸：你要有圖的書？

男孩：不是。

爸爸：（把書翻過來再翻回去）作者的性別不對？

男孩：（聳肩）

爸爸：等等，你讀過啦？

男孩：沒有。

爸爸：（頓一頓）其他人統統讀過了……？

男孩：（惱了）不是我看的那種書，爸。

爸爸：喔。（停頓片刻）你看的是哪種書？

男孩：我不知道。

爸爸：那你怎麼知道不是這本？

男孩：不曉得。我就是知道。

爸爸：因為是我給你的所以不對嗎？如果是你自己在家裡什麼地方看見它，拿起來開始讀讀看呢……？

男孩：（考慮一會兒）或許吧。我不知道。

爸爸：……我可以走過去把它放在那張凳子上，然後慢慢走開。我們可以假裝根本不認識。

男孩：別搞笑了。

爸爸：我知道。好吧，我猜你大概想看足球吧（爸爸把書拋進大袋子裡。一邊吹起裁判的口哨聲，拿出另一本書讀起來。男孩腳跟踢著凳子腳。爸爸翻頁）。

男孩：那本是什麼書？

爸爸：這個啊？喔，只是一本不怎麼樣的書。

男孩：講什麼的？

爸爸：喔，你知道的……腿毛很多的矮個子男生開始非常漫長的旅程，他對早餐有好多好多看法。故事很長，還有許多巨人、小精靈，和其他名字很怪的小人。你不會喜歡的。他們一天到晚都在唱歌。

男孩：（坐起來）他們要去哪裡？

爸爸：到山裡去從惡龍那裡找回遭竊的黃金。

男孩：這樣好了。你讀這本（抽出袋子裡的第一本書），我讀那本。

爸爸：可是我才剛剛讀到的這段真的很恐怖，全身滑溜的——

男孩：（拿走爸爸的書，翻開讀了起來，掉入深邃的洞中）

（爸爸拿起第一本書，翻到書背讀封底的推薦文，再丟回袋子裡。裁判口哨聲又一次響起。爸爸看兒子一眼後微微一笑，兒子翻到下一頁）

扁桃腺發炎
TONSILLITIS

參見 《小說藥方》全書

搖晃的牙齒
wobbly **TOOTH**

PB《小女兒長大了》(*Madlenka*) 彼得・席斯(Peter Sís)

「在宇宙中,在地球上,一個洲,一個國家,一個城市,一條街……」一個名叫瑪德蓮的小女孩,發現她第一顆搖晃的牙齒——這非同小可的一刻也獲得恰如其分的光榮與慎重對待。彼得・席斯精細複雜的線描潑灑著華麗的色彩,鏡頭一路拉近到瑪德蓮位於曼哈頓下東區的公寓,之後我們隨著她把這個大好消息告訴所有朋友,也走了一趟她家多元文化的街區。首先見到的是法國麵包師傅賈斯通先生(「哈囉,賈斯通先生,我的牙齒在搖了!我長大了。」這些字在書頁的邊緣行進,閃過一個個可頌與貝殼蛋糕),然後是頭裹纏頭巾的錫克教徒辛格先生,賣冰淇淋的喬先生,和會說很多德國童話故事的格林奶奶。不妨把它變成一項儀式,每掉一顆乳牙,就和孩子共讀這本書,猶如親子一同環繞世界一遭。

參見 迫不及待要長大 184、不想長大 187、牙仙沒有來 389

牙仙沒有來
non-appearance of the **TOOTH FAIRY**

YA《柯亭頓女士的仙子標本書》(*Lady Cottington's Pressed Fairy Book*) 文/Terry Jones、圖/Brian Froud

乳牙總在孩童最疏於準備時掉落，牙仙總在孩子最熱切期待時行蹤杳然。為防萬一牙仙沒有出現，就讓這不可思議的一份文件《柯亭頓女士的仙子標本書》來平息缺牙孩子的失望心情，免得他們在如此打擊之下開始懷疑精靈是否存在。

這份文件據說複製於維多利亞時代一個女孩的日記，女孩生長在家族的大宅，孩子氣的筆跡——那深褐色、拼法奇特的偌大字母，邊寫邊掉墨漬。第一篇日記書寫於一八六五年七月六日：「奶奶不相信我，艾蒂不相信我，梅西阿姨不相信我，可是我夾到一個了。這會兒他們非相信我不可。」然後在書頁之間，我們看見他們了——尖尖的耳朵，壓得扁扁的綠皮膚仙子，滲出的體液，偶或幾個迸出的眼珠（顯然這些並非他們的遺體，而是遺留在人世的「精神印記」。英國皇家愛護仙子學會透過出版商的說明向我們保證，製作本書的過程中沒有任何仙子受到傷害）。起初仙子若是飛得太靠近，小女孩會毫不留情地啪噠一下，把它們夾進日記本裡。可是隨著她日益長大，仙子們也愈來愈聰明，會逗著她玩，擺出猥褻的姿勢，光著身子大肆作樂。仿古書頁上漂亮自然的紫紅、蘋果綠及水仙白水彩插圖，搭配纖細及偶爾晃動的線條，讀來感覺反常又滑稽。這本書堪稱為無價的工具，既可展延孩子對牙仙的信念，牙仙沒出現時也能轉移他們的注意力。我們建議大人從本書中挑選若干仙子「標本」秀給家裡的缺牙小朋友看，等他們歷練稍多時再看剩下的內容。淺嘗之後加上未來即將兌現的承諾，勢必增加神祕與刺激。

參見 失望133、不再相信魔法224、十本精靈書單247、父母太忙碌274

遺失心愛的玩具

losing your favourite **TOY**

幾乎每個小孩都經歷過這種災難——值得預備一、兩個藥方應付不時之需，雖然可能無法失而復得，但或可減輕打擊的力道。

十本心愛的玩具不見了的書單

PB《手套》(*The Mitten*) Jan Brett

PB《小兔子拉里拉聋》(*Tatty Ratty*) 海倫・庫柏(Helen Cooper)

PB《小熊可可的口袋》(*A Pocket for Corduroy*) Don Freeman

PB《玩具上太空》(*Toys in Space*) Mini Grey

PB《小狗道格》(*Dogger*) 雪莉・休斯(Shirley Hughes)

PB《皮皮貓和他的四顆帥鈕釦》(*Pete the Cat and His Four Groovy Buttons*) 文／Eric Litwin、圖／James Dean

PB《艾瑪的玩具》(*Elmer and the Lost Teddy*) 大衛・麥基(David McKee)

PB《天鵝絨兔子》(*The Velveteen Rabbit*) 文／瑪格利・威廉斯・比安可(Margery Williams Bianco)、圖／William Nicholson

PB《海底來的祕密》(*Flotsam*) 大衛・威斯納(David Wiesner)

(本來有十本，但被我們搞丟一本。一開始好難過，後來讀完書單裡的九本書才覺得好多了。)

參見 需要加油打氣100、悲傷320、耍脾氣379、創傷395

覺得自己是跨性別者

feeling you are **TRANSGENDER**

CB《喬治女孩》(*George*) 愛力・吉諾(Alex Gino)

YA《對不起，我不正常》(*The Art of Being Normal*) 麗莎・威廉森(Lisa Williamson)

跨性別者小小年紀就覺得自己困在錯誤性別的身體裡(參見：卡住了368)，卻找不到正確字眼解釋這種感覺(及願意聆聽與體諒的聽眾)，因而感到孤立與困惑，《喬治女孩》簡單而有效地捕捉到這種難熬的心理狀態。從外表看來，十歲的喬治是史考特的弟弟，不過喬治向來知道，內心深處的她其實是個女孩——打一開始，故事的第三人稱敘事就稱喬治為「她」。

學校老師宣布他們班要上台演出話劇《夏綠蒂的網》時，喬治滿心期盼自己能扮演蜘蛛媽媽——她不僅希望藉此當個女生，也希望媽媽終於能夠看見真正的自己。當然，班上女生眾多，老師儘管覺得有趣，倒也無法爽快同意，好在有好友凱莉相助，喬治總算美夢成真。等到喬治她媽終於領悟女兒長久以來一直想告訴她的是什麼，那一刻實在令人動容。和喬治同齡的少年（及他們的家長）若自覺是跨性別者，讀過這個啟迪人心、發自內心的故事之後，一定感同身受且放心不少。

拚命想跟家長把問題「攤開」的少男少女讀到大衛的故事時，肯定會覺得心有戚戚焉。十四歲的大衛向來知道自己內在是女孩，他父母以為他是同志，並且試圖支持他；不過大衛只把真正的感受寄託於剪貼簿，他在上面記錄自己身體的變化，描畫奧黛莉赫本、伊莉莎白泰勒和他眼中美麗的事物——孔雀羽毛，糖果包裝紙，印了口紅唇印的面紙。這本剪貼簿一落到學校的壞小孩手裡，立刻展開無情的迫害行動（參見：遭到霸凌90），但轉學生里歐適時的一拳改變了一切。

故事觀點在大衛與里歐之間來回切換，兩人之間漸漸生出的情誼讀來真切感人。原來里歐正在接受把女孩身體變成男人的治療，用束縛帶綁住胸部壓扁乳房。兩人共度週末時，大衛跨前一大步，欣然接受自己的女性身分。若有任何人面對類似的考驗，想必可以從他走向開放與自我接納的旅程中，得到莫大的自信。

參見 不確定自己是不是同志171

父母不在時把家裡弄得亂七八糟
TRASHING the house while your parents are out

ER《恐龍保母》(*The Dragonsitter*) 文/Josh Lacey、圖/Garry Parsons

YA《做吧》(*Doing It*) Melvin Burgess

趁你家孩子還小的時候，請用其樂無窮的《恐龍保母》系列灌輸他們這個觀念：大人回家發現家裡變成垃圾堆，一定會大驚失色。不負責任的莫頓叔叔把他已經成年的寵物噴火龍托給艾迪照顧，隨即搭上飛機度假去了。可是那條龍幾乎立刻吃掉妹妹艾蜜莉的兔子。地毯上有一堆熱呼呼的恐龍便便，窗簾著火，恐龍想吃剩下的白花菜乳酪時把冰箱燒出一個大洞，家裡很快就變得一片混亂。故事以一封接一封口氣愈來愈狂亂的電子郵件述說，艾迪在信中乞求莫頓叔叔快快回家收拾亂局，活力十足的插圖使得故事格外栩栩如生，搖搖欲墜的家即將萬劫不復的刺激感更適於培養親子情感。莫頓叔叔在家的時候，這隻身軀龐大、捉摸不定的恐龍肯定不會繞著沙發閒晃，亂噴黑煙，還用一對邪惡的眼睛（應該是經過喬裝的青少年）打量人吧？幸好莫頓叔叔透露一字真訣，總算拯救了這間屋子（艾迪的媽媽也免於大屠殺）。好在艾迪和媽媽站在同一陣線，一旦懂得如何贏得恐龍的心，牠在一夜之間就變得溫順可愛了。

家長在子女邁入青春期後的某個時期，多半都會出門好好休息一陣子，把家裡託付給他們信任的孩子——而那受到信任的孩子也會邀請朋友來家裡舉行大型派對。《做吧》中十七歲的迪諾正是這麼做的。故事情節直接切到半夜兩點，父母的床上都是嘔吐物，少男少女們癱趴在浴室裡，地毯上盡是菸灰，一個流浪少女在幫迪諾破除他的處男之身（參見：失去天真 203），不過她早已從掛在玄關的大衣口袋裡偷走了錢，接著大家開始把空瓶子丟出窗外。

這片混亂總得有人想辦法收拾。令迪諾高興的是，他真正的女友潔姬於次日下午兩點出現，而且靠垃圾袋、吸塵器和誓言創造了奇蹟，剛好來得及歡迎他父母回家。就在他們快要發現哪裡不太對勁的當兒（畢竟家裡有點太乾淨了），迪諾忽然記起媽媽有婚外情。他適時的震撼彈（這作法不敢恭維）當然使爸媽無心留意床單為何鋪得歪七扭八……青少年大可從本書中學到所有竅門（有些絕不該使用），既能開趴，把家裡搞得髒亂如垃圾場，又能全身而退，他們也應當如此。

參見 青春期 38、父母太嚴格 273、不聽話 386

創傷
TRAUMA

PB《發生了可怕的事》（*A Terrible Thing Happened*） 文／瑪格麗特．荷姆（Margaret M. Holmes）、圖／Cary Pillo

CB《最後的野生動物》（*The Last Wild*） Piers Torday

任何暴力或威脅事件皆可能造成孩童身心受創（從車禍或天災，到自殺或受到家人虐待），無論孩子是直接受害，或是被動的目擊者。若有疑似或明顯受創的情形必須尋求專家協助，而共讀一本書或許有助於觸及有話說不出口的孩子心靈。

我們一直不曉得瑪格麗特．荷姆繪本中的小浣熊到底見到什麼可怕的事，只看到他頭頂上一團混亂的烏雲代表他雜亂的思緒。然而他下垂的黑眼圈和頹然坐在桌前，腦袋趴在手臂上，顯然就是無比傷心的模樣；無論是怎麼回事，他覺得必須把這個記憶置諸腦後。過不久，小浣熊出現其他受創徵兆：沒有食欲，做噩夢，莫名其妙地感到悲傷，在學校惹是生非。有人鼓勵他用畫畫的方式表達感受，他才終於畫出那可怕的東西，也是復原的第一步。由於創傷的性質為何並不清楚，所以這本書應用的範圍很廣。我們建議把它當作協助治療專家的輔助。

對較大的孩童來說，一本走審慎路線的小說或可在無路可走時打開溝通之門。《最後的野生動物》敘述十一歲少年凱斯特自五年前媽媽去世之後就沒有說過話，又聽說爸爸也拋棄他了。他住在光譜之家──一間表面上是收容「身心受創兒童」的孤兒院，其實根本就是一種監牢。凱斯特對熱愛動物也是偉大科學家的父親仍抱希望，他相信爸爸正在拚命努力挽救動物，阻止牠們遭致命的紅眼病毒悉數滅絕，總有一天會回來找他。如今病毒已經蔓延開來，自然界只剩下昆蟲，雖然光譜之家嚴禁昆蟲，凱斯特倒相當照顧一隻飛蛾和一隻蟑螂，它們會到他的牢房看他。當他發現這兩個丁點大的朋友在跟他講話，他也能回答時，它們幫著他逃出了光譜之家。他這才發現原來世上仍然有少數動物倖存下來，接著一頭公鹿和一隻鴿子加入他們的陣容，於是這一夥雜牌軍接手凱斯特父親的野生動物保育使命。

意料之外的友誼及逐漸覺醒的特殊能力，終於幫著凱斯特慢慢打開軟體動物般封閉的心理狀態。封閉自我的身心受創兒童與青少年，會覺得凱斯特是個很棒的同伴，或許也能鼓勵他們打開心防吧。

參見 家暴 34、噩夢 242、暴力 406、擔心戰爭 414

蹺課
TRUANCY

參見 不想上學 325

過於信任
being too **TRUSTING**

《威利山莊的狼群》（*The Wolves of Willoughby Chase*） 瓊．艾肯（Joan Aiken）

儘管希望世界是個安全的所在，然而負責任的大人必須讓他們天真的孩子漸漸了解，其他大人不見得會把孩子的利益優先放在心上。不妨請波妮和西維亞兩個年輕堂姊妹的故事助你一臂之力。

波妮好興奮堂姊西維亞即將來到威利山莊和她同住。白天的山莊為美麗的白雪覆蓋，有馬匹，一條凍結的溪流，和隱居在樹林裡照顧鵝群的男孩賽門。然而到了晚上，山莊變成無比淒涼又不祥的地方，只聽得餓狼不斷的嚎叫，只見到樹間閃閃發亮的紅眼睛。波妮的父母威利爵士及夫人準備出門旅行，他們要把兩個女孩交給可怕的家庭女教師史萊卡小姐照顧。

史萊卡小姐才抵達幾分鐘就露出真面目，她用髮梳在深受波妮喜愛的女僕佩登腦袋上猛敲一記，忠誠熱情的波妮迅速跳過來保護佩登，把一盆水倒在家庭女教師頭上，不偏不倚地沖掉她的假髮。波妮的父母向來把人往好處想，聽說此事之後只一笑置之，當堂妹在火車上遇見那狼般的男人被抬入山莊，顯然是他故意用手提箱把自己敲昏，那時他們也欣然同意讓他暫住下來。可是威利爵士夫婦前腳剛走，史萊克小姐和她的無賴黨羽立刻挖出屋裡的文件一一檢視，自行拿屋主的衣服穿，還把波妮鎖在課室的壁櫥裡。

幸虧兩個女孩有賽門和可敬的佩登前來援救，不過在獲救之前，她們已學到過於相信他人的慘痛教訓。並非所有的大人都是好人，這個故事可以讓孩子知道，學習去判斷誰可以信任，誰又應該推出去餵狼，真的非常重要。

參見 背叛75、跟陌生人交談367

肚子痛
TUMMY ACHE

ER《小偵探麥克斯：肚子怎麼疼了又疼》（*Max Archer, Kid Detective: The Case of the Recurring Stomachaches*） 文／霍華·班奈特（Howard J. Bennett）、圖／史派克·傑若（Spike Gerrell）

根據小偵探麥克斯的說法（由作者小兒科醫生霍華．班奈特創造的人物），肚子疼有三大主因：乳糖不耐症，便祕和壓力。讓你家小孩和麥克斯一起扮演偵探，想辦法找出病患腹痛的原因，以及如何治療。是的，這是一本給兒童看的自助醫療書，故事的色彩很淡，不過整體的概念很出色，史派克．傑若的卡通風插圖平添一抹輕鬆，讓本書變得更好看了。

參見 便祕 108、挑食 165

雙胞胎

being a **TWIN**

CB《天生一對》（*The Parent Trap*） 文／耶里希．凱斯特納（Erich Kästner）、圖／Walter Trier

---

雙胞胎之間的特殊關係是出了名的，往往也令一般人豔羨不已。我們當然欽佩《丁丁歷險記》中兩個同卵雙胞兄弟總愛互換句子的頭尾，比方說「這個人向我們道歉了，我們要求一個侮辱！」威廉．高汀《蒼蠅王》中的雙胞胎實在太過相像，根本沒人分辨得出兩人的差別，於是他們漸漸在名字與肉體上疊在一起，成了「連體孿生兄弟」。《哈利波特》系列作品中紅髮的衛斯理雙胞兄弟不時故意以分身捉弄別人，因此第七集尾聲他倆分離的悲劇陰影也籠罩在每個讀者心頭揮之不去。但如果你認識的孿生兄弟姊妹對一模一樣的長相厭煩了呢？或是不如他人想像，在思想與行動皆如出一轍？

雙胞胎若有類似問題，我們開的藥方是《天生一對》這個好萊塢拍成電影以來即家喻戶曉的故事。兩個九歲小女孩抵達夏令營區，卻愕然發現兩人的相貌一模一樣。露意瑟的朋友對她的驚愕十分同情。「她膽子真大，竟敢用你的臉出現在這裡！」她們抱怨著蘿特。可是等兩個小女孩發現她們同一天出生、出生於同一個城鎮，而且一個跟媽媽，一個跟爸爸住的時候，只能接受兩人顯然是孿生姊妹的事實。

這時她們的心情複雜極了：既氣父母誤導她們，也好奇另一個從未見過面的父母，於是在種種動機助長之下，她們想到文學作品中最精采的一個交換身分妙計。露意瑟回到蘿特的家，但必須為沒見過面的報社編輯媽媽學會燒菜、清理屋子及購買日用品；蘿特則得學會法文、音樂和別打擾作曲家爸爸。當然，兩個小女孩的妙計並非一帆風順，她們打算讓父母重逢再婚的計畫，在爸爸透露要和苗條優雅的艾琳訂婚時也碰到意外的絆腳石。隨著兩人扮演對方愈來愈像，兩地分隔的噩夢也愈來愈困擾她們，總覺得兩人被割成兩半，一半露意瑟、一半蘿特——最後她們的身分漸漸融為一體。等到她們父母發現其中的騙局，連兩姊妹自己都被搞迷糊了。「我兩個都是！」問到她們是哪個，兩人這麼哭喊道。我們不說出結局如何，不過作者跟好萊塢電影不同，他不走庸俗路線⋯⋯雙胞胎手足若是失去聯繫，看到蘿特和露意瑟找到對方時那種生命更完整的感覺，一定會受到觸動。

想當雙胞胎
wanting to be a **TWIN**

參見 寂寞 213

什麼都說不
being a **TERRIBLE TWO**

參見 惡形惡狀 68、不想睡 70、太過疲倦 262、問太多問題 302、耍脾氣 379

易怒

taking **UMBRAGE**

《愛德華的神奇旅行》（*The Miraculous Journey of Edward Tulane*）文／凱特．狄卡密歐（Kate DiCamillo）、圖／貝格朗．伊巴圖林（Bagram Ibatoulline）

兒童理當處在宇宙的中心，集萬千寵愛於一身。對嗎？當然，不過如果孩子深信自己無比重要，家長奴才們只要做錯一丁點小事便惹得他們生氣，這時不妨讓動輒發怒的孩子讀一讀《愛德華的神奇旅行》，才知道大人有多麼愛他們，他們卻不知恩圖報。

愛德華是一隻瓷兔子，他有真正的毛茸茸尾巴，有關節的四肢，兩隻表情豐富的大耳朵，是十歲小主人艾比琳心愛的寵物。她天天替他穿搭不同的服裝，餐桌上有他的專屬座位，只有一個人比艾比琳更看重愛德華，那就是愛德華自己。

一次搭乘瑪麗皇后號航行大西洋期間，愛德華（頭戴漂亮的硬草帽，絲巾在風中飄動）意外掉出船外，沉入海底，客輪繼續快樂航行，一無所知。他無法置信如此慘不忍睹的事竟會發生在他這麼優秀的人身上。臉埋在髒兮兮海底的他，頭一次有了真真切切的感受。要是艾比琳沒有來找他怎麼辦……？後來證明這次的不幸不過是許多屈辱歷險的開始罷了——歷經各種滄桑之後，愛德華終於發現該如何感激與愛人。有一回他的瓷心被砸碎，費了好一番工夫才修補回原狀，於是他變成一隻值得擁有的兔子，理解了深篤的情意重於微不足道的過錯。

參見 覺得受傷146、不願原諒156、寵壞了361、生悶氣372

學習落後
being an **UNDERACHIEVER**

參見 覺得一無是處180

心事無人知
not being **UNDERSTOOD**

PB《慢吞吞的羅瑞斯》(*Slow Loris*) 艾歷克斯・迪肯(Alexis Deacon)

CB《快樂小姐和花子小姐》(*Miss Happiness and Miss Flower*) Rumer Godden

對寶寶來說，這是個根本的問題。等到家裡的大人終於學會破解他們的嚎啕大哭、咿咿呀呀和驚叫呼喊究竟什麼意思[42]，氣急敗壞的嬰兒早已放棄，乾脆換成用說的算了。不過問題當然還是沒有消失。就算孩童認得字典裡所有的字，仍可能無法讓人了解他們的感受。❀

自覺受到誤解的孩子或可從艾歷克斯・迪肯的《慢吞吞的羅瑞斯》得到安慰。這個羅瑞斯吃顆小蜜橘得花十分鐘，搔屁股也要一小時，難怪動物園的遊客都認為牠動作既慢又無趣（其他動物也有同感），從不在牠籠子前面逗留太久。

可是羅瑞斯一點也不無趣（而且才不慢吞吞咧。每天夜晚沒人在看的時候，真正的牠才會出現）。噢，牠可真會玩呢！迪肯美麗的水彩畫出了

42 除非他們是《波特萊爾大遇險》中的寶寶桑妮，只消咿呀一聲，兄姊和作者雷蒙尼・史尼奇就能輕鬆明白她的意思。比方說她講「拜克斯」時，她想說的是，據她姊姊的說法，就是「去跟陌生的親戚見面，我好緊張喔。」要是天下的寶寶都跟她一樣多好。

小動物一對深邃的大眼睛和鬼鬼祟祟、盤曲的身體，並且以不著痕跡的角度變換，成功捕捉到牠夜間的過動及白天的昏睡。這個故事的可愛在於慢吞吞的羅瑞斯才不在乎遭到誤會——至少現在是如此。就某種程度來說，牠因此得以繼續我行我素。你家受到誤解的小孩讀了之後，或可比照辦理，同時家長也得更費心去了解他們。

稍大的孩子讀了《快樂小姐和花子小姐》中八歲女孩諾娜的故事，一定會感到溫馨。一頭黑髮、臉色蒼白的諾娜從印度的家被送到緋紅臉頰、金色頭髮的英國表姊妹家住的時候，一切都覺得好陌生，好不一樣。不但氣候冷得半死，諾娜也不喜歡吃粥或布丁或香腸。她從未騎過單車，沒滑過溜冰鞋，或打過乒乓球，沒玩過捉迷藏，或動物撲克牌——所以兩個表姊妹覺得她好奇怪。後來一位遠房阿姨寄給她兩個日本娃娃，諾娜立刻看出她們也一樣無人了解，尤其貝琳達更是粗暴地把娃娃丟到她那已經非常擁擠的娃娃屋裡。從快樂小姐和花子小姐美麗的和服及可彎曲的腰部看來，諾娜知道她們需要椅墊而非椅子，筷子而非湯匙，可以在地板上攤開的被子，和一間乾淨整齊的屋子——她決定為她們打造一間這樣的屋子。

她如何打造這間屋子占據了故事的大半篇幅，書的後面甚至附有幾幅建築圖樣及日本文化專有名詞的詞彙表。兩位表姊妹漸漸學會欣賞她所做的一切，從諾娜對快樂小姐與花子小姐的了解，她們看出自己也可能了解諾娜。這個安靜不凡的故事藉由娃娃屋的建築計畫散發一股祥和的禪意，想必可以鼓勵受到誤解的孩子不必試圖變得跟別人一樣，而應設法讓人家知道自己是誰。

給大人的療癒書

CB《姆米一家與魔法帽》（*Finn Family Moomintroll*） 朵貝・楊笙（Tove Jansson）

有些人覺得自己一輩子受到誤解，比方說《姆米一家與魔法帽》中的姆米爸爸。他的童年回憶悲慘無比，又總覺得自己遭人誤會，因此雖然發憤要寫回憶錄，卻每每忍不住淚奔而無法下筆。這些感覺一直跟隨他到成年，使得他在「各方面都過得很糟糕」——不過從他與可愛的妻子姆米媽媽和乖巧的兒子姆米托魯一起過的恬靜生活看來，還真沒有這種感覺。姆米爸爸花了許多時間想像大家看到他的故事之後會感到多麼後悔，因為他們終於懂得自己受了多少苦。大人一讀便知與其設法要別人了解你，不如用心去了解別人（就像姆米爸爸心愛的姆米媽媽那樣）——這麼做的好處在於，他人也會因此更了解你。

參見 青春期 38、小嬰兒 61、失聰 117、覺得與眾不同 127、無法表達感受 148、說話沒人聽 191、不得不學另一種語言 208、家有無法談論感受的父母 277、言語障礙 359、不敢為自己據理力爭 363

不友善
UNFRIENDLINESS

PB《畢古》(*Beegu*) Alexis Deacon

CB《通往泰瑞比西亞的橋》(*Bridge to Terabithia*) 凱瑟琳．帕特森（Katherine Paterson）

如果你習慣笑臉迎人，一開口總是積極樂觀，你身邊的小孩就不需要這劑藥方。但假如你遇見陌生人時，會從老遠的邊線掂量人家的斤兩，然後才張臂歡迎的話，可能就需要預備幾本展現友善藝術的故事。《畢古》從不令想交朋友的孩童失望。畢古是撞毀在地球的太空船上唯一的倖存者，迷人的她看來像隻黃色的兔子，有兩隻表情豐富的耳朵，三隻眼睛。遇見兩隻眼睛的兔子時，牠們只是毫無表情地愣愣望著她，一個手拿公事包的路人經過時，她怯生生地伸長一隻軟軟的耳朵打招呼，那路人竟不瞄她一眼。最後她總算找到一個擠滿兒童的遊樂場，他們熱切歡迎她加入遊戲——而且她伸縮自如的長耳朵真的很會轉圈圈。可惜之後一個不友善的大人跑來警告孩子們快點離開（參見：不信任外人261）。

幸好最後畢古被自己人帶離這個不友善的星球（我們欣慰地看見她被太空船中兩個較大號的三眼兔生物擁在懷裡），不過她回望愈來愈小的地球時，記得「那些小人兒」對她很好。這本圖畫書以雅致的紅褐色調為主，再以芙蓉紅和土耳其藍凸顯孩童只要稍加鼓勵，自然而然會親切待人。

隨著孩童年紀漸長，也愈來愈不容易有勇氣和不受歡迎的孩子做朋友。《通往泰瑞比西亞的橋》故事中，十歲的傑西和新鄰居成為朋友時，我們曉得他在冒險。傑西因為喜歡畫畫而被班上視為個性高敏感，所以暑假都在練習短跑，希望贏得同學的好感。因此當柏斯萊搬到隔壁的農家，然後又跟他同班，傑西盡可能對她視而不見。她第一天上學就穿錯衣服（破洞累累的褪色牛仔褲，光腳穿球鞋，別的同學都穿上直挺挺的最好的衣服），而且好像絲毫不在意。坐校車時，傑西讓妹妹坐在身邊，柏斯萊就無法跟他同坐。一天，他和心愛的老師一起唱歌唱得開心，無意中和柏斯萊的眼光相遇。「管它的！」他想，露出了微笑。從此以後，兩人形影不離，在傑西家旁邊樹林裡創造出一個祕密國度「泰瑞比西亞」——一個學校惡霸找不到的地方。

無奈悲劇太快來攪局：在此警告大家，這個故事震撼力十足。但傑西知道要不是他冒著自己脆弱名譽之危險結交這個朋友，他永遠無法發現「另一個更刺激的自己」。讀過此書的孩子將會明白冒險交朋友不僅是正確的事，也可能讓人生更為有趣。

參見 專橫跋扈86、遭到霸凌90、你是惡霸92、覺得沒有朋友159、很難交到朋友161

不快樂
UNHAPPINESS

參見 悲傷320

父母有恙

having an **UNWELL PARENT**

📖《勇敢的小伶》(*Brave Irene*) 威廉・史塔克(William Steig)

身為幼童卻必須照顧生病的成年人，違反了自然的慣例，但有時候也避免不了。從不吝於把故事人物丟入絕望之境的威廉・史塔克在他的繪本《勇敢的小伶》中，以令人耳目一新的方式探討這個主題。小伶的裁縫師媽媽身體狀況非常不好，無法親自把她為公爵夫人縫製的舞會禮服送到府邸，然而當天晚上就要舉行舞會了；因此她勇敢果斷的女兒小伶提議由她代勞。她為媽媽送上熱茶，蓋好被子後才出發，雪也剛好下了起來。

過不久，捧著笨重大盒子的小伶陷入暴風雪中，從史塔克無拘無束的鋼筆線條和水彩畫，我們見到小伶的身體在暴風雪的猛烈吹襲之下一下子往東，一下子往西。當她手中的盒子遭狂風掃落地上，情況變得愈來愈糟糕，只見那件禮服的兩隻袖子張開在半空中飄浮，脆弱的紅色與紫色布料在狂風暴雪中顫動。然後她又扭到腳踝，迷了路，臉色開始變得灰白，甚至一度遭雪掩埋，只露出雙手和帽子。

不知怎的，史塔克總算覺得夠了，決定不要把可憐的小伶早早送進墳墓，最後一切還算順利。不過聽完這個故事之後嚇得半死的孩子就會明白，相較於小伶的英雄之舉，讓善良的小孩照顧生病的大人，僅僅讀一、兩個很有營養的故事給他們聽(參見：需要加油打氣100)，到底不是太過分的要求吧。

參見 不得不做家事104、家有憂鬱症的父母122

自覺不中用

feeling **USELESS**

參見 覺得一無是處180

熱中於吸血鬼的故事
obsessed by **VAMPIRES**

參見 十本吸血鬼書單 250

害怕吃蔬菜
fear of **VEGETABLES**

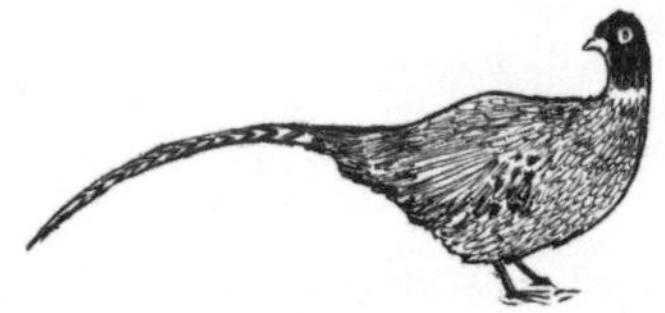

參見 挑食 165

暴力
VIOLENCE

YA《殺死我的那把刀》（*The Knife That Killed Me*） 安東尼・麥高文（Anthony McGowan）

PB《愛花的牛》（*The Story of Ferdinand*） 文／曼羅・里夫（Munro Leaf）、圖／羅伯特・勞森（Robert Lawson）

我們都希望自己認識的孩子永遠見不到一把有意傷人的真刀實槍，不過了解暴力的因與果相當有幫助——亦有助於和孩子一塊思考如何因應，萬一遭遇暴力之時，或可逢凶化吉，轉危為安。小說正是探討此議題的理想之道，坊間不乏深入探究暴力背後心態的精采作品可供挑選——從狄更斯《孤雛淚》中的比爾．賽克斯，到凱瑟琳．布魯頓（Catherine Bruton）躁動不安的作品《我預測一場騷亂》(*I Predict a Riot*)。一些最發人深省的青少年小說不但有出現武器，且聚焦於原本不過是遊樂場的小爭執，如何快速升高為嚴重的火拚，它們想要傳達的訊息是——合理的作法就是徹底杜絕持有武器。其中最強而有力且有效的作品，即是令人血液為之凝結的《殺死我的那把刀》。

故事一開始就是一段冥想，思索一把刀應該是什麼模樣：刻有古老神祕的記號，充滿神奇的魔力，自古代代相傳至今。當然，其實它只是一把廉價的小刀，刀刃從刀柄開始「像搖搖欲墜的牙齒一樣晃動」。衝突一開始，那把刀便已擺好姿勢要刺死我們的敘事者保羅——可是我們心繫於希臘哲學家芝諾悖論的懸疑氣氛直到故事結束，看著保羅慘遭血刃然後死亡，同時一一回溯導致悲劇發生的諸多事件。

這是個耳熟能詳的故事：學生分屬不同派別（惡霸與書蟲）、老師無法掌控、父母鞭長莫及。保羅既非惡霸，也不是書蟲，反而受到徘徊於遊樂場邊緣那些怪胎的吸引，由羅斯為首的惡意幫派對他視而不見，不過大家也都排擠他。聰明的他卻沒有方向，一天，他不經意間遞送裝有狗頭的包裹（它屬於敵對學校聖殿騎士幫老大心愛的寵物狗），且拿回一把刀，我們就知道他惹上麻煩了。眼看保羅一再捨理性的道路不走，我們愈來愈感到悲哀。到了最後的轉折（那一刀不但深深刺入讀者的心，也殺死了爭鬥中依稀能見到的一抹榮耀之光），令人難忘。這個精巧、抨擊力道強勁的故事對少男少女來說都是一部震懾之作，包準讓他們讀完最後一頁之後即避暴力惟恐不及。

我們推薦著名的經典之作《愛花的牛》，把愛好和平的觀念灌輸給各個年齡的孩童。公牛費迪南對人生要求不多。兄弟姊妹們昂首闊步，精心打扮，用牛頭牛角頂人與挑釁的時候，費迪南心滿意足地坐在樹蔭下聞著夏天微風中的花香。一天，「五個戴了滑稽帽子的男人」來到牠置身的原野間找尋最最兇猛的公牛，費迪南知道牠絕不可能中選。偏巧那時牠的屁股遭蜜蜂螫了一下，那五人看見牠頭角一頂，痛得四腳騰空跳得老高，興

奮得不知所以，然後牠就被載到馬德里參加當年場面最盛大的一場鬥牛。

當然，一旦來到滿是花朵與觀眾的鬥牛場，費迪南只想站起身子嗅聞芳香的空氣。那留著兩撇鬍子、無比驕傲的鬥牛士身穿燦爛的披風，手拿利劍，卻怎麼也無法讓牠動一下。不久怒得不斷捶胸頓足的倒是人類。面對人類的嗜血，費迪南不為所動的站姿帶給孩童一個清晰且響亮的訊息：如果你不願意，沒有人可以強迫你施暴。鼓勵孩子把費迪南謹記在心，穩穩地站在和平這一邊。

參見 家暴 34、遭到霸凌 90、你是惡霸 92、加入幫派 170、色情刊物 290、不敢為自己據理力爭 363、創傷 395、擔心戰爭 414

失去童貞
loss of **VIRGINITY**

YA《龍蝦》（*Lobsters*） Tom Ellen、Lucy Ivison

有些青少年樂於在人生中任何時機迎接性的到來，有些則認為要找到一個兩情相悅的伙伴兼同儕頗有壓力，因為唯有如此他們才能說自己有過性經驗了。漢娜正好在兩者之間。「我只想把它搞定，然後繼續過我的日子。」十八歲的她在這個暖心的故事一開頭便這麼說道。《龍蝦》敘述一對異性戀少男少女體驗性的成長故事，也是對性行為感到焦慮的青少年之最佳良伴。

那年夏天，漢娜在等待大學入學考試成績，準備秋天進入大學就讀，她也決定當晚要在史黛拉的派對上向她的童貞告別。她選定的對象是佛瑞迪，儘管他不是她的「龍蝦」——漢娜和朋友發明的專有名詞，她們相信龍蝦是終生為伴（結果證明這是錯誤的假設。公龍蝦在海底是炙手可熱的少數，母龍蝦有時需要排隊才能得到寵幸。但我們又離題了），但他長相英俊又受歡迎，足堪大任。同時，也是十八歲的山姆一心一意想著自己是否能夠進入劍橋大學，也覺得當個處男無助於他的自信，他很想打造一個全新的自己（也許變成像電影明星山繆·傑克森那樣）。「你絕對找不到哪個叫山繆的處男。」他想。他在派對外的紫色洗手間裡偶遇漢娜，兩人展開一段超現實卻爆笑的對話，他心動於彼此強烈的情感連結。他們發現兩人都愛喝熱呼呼的黑加侖果汁，他倆一起開心嘲笑樓下花園裡一對對笨嘴笨舌嘗試親吻的少男少女（一邊臉頰吻一下還是兩下？）。等到醉醺醺的佛瑞迪終於出現，滿腦子想著即將應邀在蹦床上為漢娜開苞時，漢娜發覺自己已不再感興趣（或者說不再對他感興趣）。後來佛瑞迪收場的方式，就是在廚房裡吐了她全身。

從洗手間的對話之後，漢娜和山姆顯然就是彼此的「龍蝦」，然而自尊心和複雜的友誼使然，他倆一直到小說的結尾才終於在一起，使得本書堪稱為令人相當滿意的浪漫喜劇。史黛拉是陪襯漢娜與山姆的最佳綠葉，他倆的天真與大方和她的陰謀詭計及處心積慮互為對比，愈發凸顯兩位天真的主人翁如何小心翼翼繞過對方。那令人千呼萬喚的一刻——起初，失敗了。「我感覺他的小弟弟放不進去，」漢娜告訴我們，以及：「我們可能會因為我的陰道太窄而分手吧。」山姆卻因為這些話高興得很。「它太大了，真對不起。」之後他們再試一次，結果成功了。沒有齊鳴的天使號角，亦無泉湧的純然狂喜，但他們對彼此感到徹底自在，次日一早，山姆便開心地起床為他倆準備了熱呼呼的黑加侖果汁。

本書的視角在漢娜與山姆之間交替切換，小說的兩名作者也賦予作品非凡的真實感。棘手且手腳笨拙的青少年性行為在他們筆下寫來不但寫實，也摻入不少幽默，所以推出之後大受歡迎——正如男女主人翁的浪漫愛情一樣動人。《龍蝦》告訴我們失去貞操的剎那不見得如同眾人吹捧的那般無限美好，但也並非什麼需要焦慮的事——尤其是和你真正喜歡的人一起體驗的話。

參見 青春期38、初吻150、初戀151、不確定自己是不是同志171、難為情的自慰228、同儕壓力278、未成年懷孕295、對性感到好奇333、覺得自己是跨性別者392、夢遺416

視覺障礙
VISUAL IMPAIRMENT

對視覺障礙或失明的孩童來說，朗讀、放有聲書和共讀圖像對比鮮明的書籍都非常重要，此外，書中包含依賴觸覺、以聲音代替視覺的故事主角也一樣重要。請參考我們列出的十本最佳幼兒觸摸書（62頁）。

十本給視覺損傷、失明兒童的書單

PB《小狗》（*Dan and Diesel*） 文／Charlotte Hudson、圖／Lindsey Gardiner

PB《雪樹》（*The Snow Tree*） 文／Caroline Repchuk、圖／Josephine Martin

PB《盲獵人》（*The Blind Hunter*） Kristina Rodanas

PB《安迪沃荷的顏色》（*Andy Warhol's Colors*） Susan Goldman Rubin

PB《鼴鼠看日出》（*Mole's Sunrise*） 文／珍妮・威利斯（Jeanne Willis）、圖／莎拉・福克・戴維斯（Sarah Fox-Davies）

PB《拐杖》（*The Seeing Stick*） 文／Jane Yolen、圖／Daniela Jaglenka Terrazzini

CB《彼得的眼睛》（*Peter Nimble and His Fantastic Eyes*） Jonathan Auxier

YA《盲點》（*Blind Spot*） Laura Ellen

YA《心形石》（*The Heart of Applebutter Hill*） Donna W. Hill（也有點字書、有聲書）

YA《她不是隱形人》（*She Is Not Invisible*） Marcus Sedgwick（也有點字書、有聲書）

參見 遭到霸凌90、覺得與眾不同127、面對身心障礙131、不得不戴眼鏡176

不想出門散步
not wanting to go on a **WALK**

PB《月下看貓頭鷹》（*Owl Moon*） 文／珍．尤倫（Jane Yolen）、圖／約翰．秀能（John Schoenherr）

CB《看狗在說話》（*The Incredible Journey*） 席拉．伯恩福（Sheila Burnford）

CB《天使雕像》（*From the Mixed-up Files of Mrs. Basil E. Frankweiler*） 柯尼斯伯格（E. L. Konigsburg）

設法激起孩子出門走一走的熱情，是許多活力充沛、熱愛新鮮空氣的大人的噩夢。就算你順利讓他們穿上膠鞋、走出家門，仍得維持他們繼續走動的興趣，在鬧脾氣之前盡可能讓他們分心。不妨為散步注入幾分神祕感，在白天或晚上某個不尋常的時刻出門——如同美麗動人的繪本《月下看貓頭鷹》示範的那樣。這個情意深切的故事敘述父子／女倆外出「看貓頭鷹」，主述的小孩（性別不明確）和爸爸戴著帽子、裹著圍巾穿過白雪皚皚的森林時「早已過了」上床時間——明亮的月夜有股獨特的神韻，恰恰呼應孩子看貓頭鷹那虔誠、慎重卻興奮的心情：「沒有風，大樹直挺挺的站著，像一座座高的雕像。」在秀能的圖畫中，我們看見父親與小孩長長的身影映照在他們身後的雪地上。聽覺變得分外靈敏的他們聽見腳下積雪嘎吱嘎吱響，遠方火車的汽笛，「笛音低沉，拉得很長，就像一首歌，聽起來好憂傷好憂傷」——兩隻農家的狗兒一唱一和，你問我答。不久，暗暗的森林已來到眼前，他們進入森林，爸爸不時做手勢要孩子別作聲。當爸爸仰起臉以雙手圈起嘴巴發出「嗚嗚呼呼呼戶」聲時（大鵰鴞的叫聲）一開始沒有任何回應。「我並不難過，」那孩子很快告訴我們。「我的幾個哥哥都說過，貓頭鷹是有時候出現，有時候不出現的」——由此可見這次特別的散步孩子早已期待多時，而且事先討論過。等到貓頭鷹真的出現，眼看牠飛離樹枝越過天空，的確是令人屏息的一刻。且以本書感染孩子有如參與一場盛會，今後你鍾愛的散步會變得特別有吸引力。

若要教孩子分辨路途遙遠和其實並不遙遠之間的差別，不妨和孩子共讀這本歷史悠久的驚天之作《看狗在說話》。家裡三個寵物（一隻拉布拉多犬、一隻年邁的牛頭㹴，一隻暹羅貓）的主人旅遊英國，把寵物託給一個家族朋友。可是這位朋友跑去釣魚失蹤之後，拉布拉多犬決定設法自己步行回家，其他兩個緊跟在後。他們的本能是向西行進，兩狗一貓的旅程穿過森林，越過河流，繞過加拿大西北的湖泊，還得擊退熊與猞猁，此外也要覓食，所以牠們往往團隊合作，各司其職。等牠們終於和主人團聚時，兩狗一貓已經跋涉四百公里。只要能讓任何孩子熟讀這個故事，一定可以讓你家小孩在全家健行時甘願擔當不同任務：一人負責看地圖，一人分配糧食，一人和路人攀談（如果你只有一個小孩，立刻把所有工作都指派給他）。要是他們竟敢抱怨路途漫長，你就可以提醒他們什麼才叫長路迢迢。

至於想跟孩子一起步行探索城市的大人，我們開的藥方是《天使雕像》。十一歲的柯勞蒂雅和弟弟傑米決定逃家到紐約大都會博物館時，倒不是為了什麼不愉快的理由，而是寧願展開一場冒險（參見：需要冒險42）。姊弟倆順利在博物館裡躲了整整一星期，睡在一張十六世紀的天篷四柱床上，小氣鬼傑米的工作是控制他們的花費，每當他們必須上自助洗衣店洗衣或找東西吃的時候，他都堅持用走的，不准坐公車或搭計程車。所以四面八方的街道他們統統走過，對周遭環境相當熟悉。

他們走在這些街道上的時候，注意到各種大大小小的趣事，從中央公園裡溜冰的人，到一份為人遺忘的《紐約時報》，兩姊弟讀到上面登載大都會博物館有座名為「天使」的神祕雕像。最重要的是，他們在一家義大利打字機公司大樓外，瞧見一台用螺釘固定在架子上的打字機，於是利用它打了一封信告知博物館館長雕像的出處。要不是步行穿街入巷，兩姊弟不可能看到那台打字機，也不可能寫信——或是終於見到芭瑟夫人，她也是他們這番探險之旅的核心人物。只要讀過這本歌頌城市處處是寶，壓馬路何其快樂的作品，你家不愛走路的小孩就會相信，最棒的冒險唯有兩隻腳才找得到。

參見 太宅202、懶惰209

擔心戰爭
worring about **WAR**

一如冷戰籠罩我們的童年，隨機的恐怖攻擊，以及第三次世界大戰的威脅也隱然逼近現今的兒童。不妨和孩子討論戰爭為何爆發，可能如何結束，並且解釋為什麼以協商解決衝突永遠比發動戰爭更好，如此一來，孩子不致於孤獨面對恐懼，也會感到安心一些。

十本了解戰爭的書單

- PB《敵人》（*The Enemy*） 文／大衛・卡利（Davide Cali）、圖／沙基・布勒奇（Serge Bloch）
- PB《罌粟花開何時》（*Where the Poppies Now Grow*） 文／Hilary Robinson、圖／Martin Impey
- CB《我與德國士兵的夏天》（*The Summer of My German Soldier*） 貝特・格林（Bette Greene）
- CB《細數繁星》（*Number the Stars*） 露薏絲・勞瑞（Lois Lowry）
- ER《戰馬喬伊》（*War Horse*） 麥克・莫波格（Michael Morpurgo）
- CB《西線的五個孩子》（*Five Children on the Western Front*） 凱特・桑德斯（Kate Saunders）
- CB《我的名字不叫星期五》（*My Name's Not Friday*） Jon Walter
- YA《噪反II：問與答》（*Chaos Walking: The Ask and the Answer and Monsters of Men*） 派崔克・奈斯（Patrick Ness）

YA《鼠族》（*The Complete Maus*） Art Spiegelman

YA《偷書賊》（*The Book Thief*） 馬克斯・蘇薩克（Markus Zusa）

參見 焦慮53、憂心地球的未來286、創傷395、同儕壓力278、過度擔心418

不願梳洗
reluctant to **WASH**

參見 不想洗澡66、身上有異味355、不想洗手189

不得不清洗
having to do the **WASHING UP**

參見 不得不做家事104

吵著要先看電影版
wanting to **WATCH THE FILM** first

藥方：貫徹執行先看書規則

採取強硬立場。規定孩子先讀完書，然後（只有在那以後）才能看電影版。等孩子看完書，選個零食隨你吃的電影夜——爆米花（鹹甜不拘），熱巧克力（加鮮奶油，上面撒各種好料和棉花糖），另請朋友來家裡一起觀看（當然只請讀過書的）。他們要能證明自己讀完整本書了（可以隨便問幾個關於書中人物／事件的問題），否則無法入場（因此你也必須讀過）。

如果時間拖到很晚，請參見：在朋友家過夜352。

狼人控
obsessed by **WEREWOLVES**

參見 著迷到無法自拔245

夢遺
WET DREAMS

《或許我不會》（*Then Again, Maybe I Won't*） 茱蒂・布倫（Judy Blume）

許多進入青春期的男生會在睡夢中射精，有的從九歲就開始了（進入青春期的女生也可能在夢中體驗性高潮。我們力促大人也讓女生讀一讀這本書，既有助於了解此現象，也能讓她們知道男生的腦袋和身體其他部位出了什麼事）。一早醒來才驚覺弄髒了床單被單。我們為頭一次發生如此神祕又難堪現象的男孩，推薦茱蒂・布倫這位令人安心且提供實用建議的作者。

《或許我不會》中十三歲的東尼和家人搬到新的街區，接著他認識了隔壁鄰居，禮貌過度周到的喬，而喬住的後院有個游泳池——不久東尼又見到喬「曲線畢露」的姊姊麗莎，於是他的鄰居變得更有趣了。之後東尼發現自己總是在尷尬時刻勃起：家人圍繞身旁讀哥哥的鹹溼小說時，和數學課站在全班同學面前時（他只能用課本遮掩一下）。第一次醒來看見床單溼了的時候，他好擔心自己是否哪裡不對勁。不過他很快明白一切正常，好在他的體育老師告訴過他「遺精」那檔子事，他的憂慮是如何處理床單，因為他不想跟家人討論（他把床單連同一件溼的法蘭絨襯衫塞進洗衣籃，這麼一來每樣東西都是溼的了。妙計！）。後來他又發覺可以從房間窗口看見麗莎更衣，夢遺的次數頻繁起來，為免辜負如此大好機會，他說服爸媽給他買了一副望遠鏡（口口聲聲說是為了賞鳥）……本書等於男生版的《神啊，祢在嗎？》，東尼坦率的第一人稱敘述方式恰可平息男孩對夢遺的焦慮，了解它如何發生，為何發生，又該如何避開尷尬的狀況。夢遺一旦開始，不妨將此書放在孩子枕邊。

參見 青春期38、焦慮53、不確定自己是不是同志171、難為情的自慰228

想知道為什麼
wanting to know **WHY**

參見 問太多問題302

害怕巫婆
fear of **WITCHES**

PB《女巫梅格與小貓莫格》(*Meg and Mog*) 文／海倫・尼柯爾(Helen Nicoll)、圖／詹・平克斯基(Jan Pieńkowski)

ER《淘氣小女巫》(*The Worst Witch*) 吉兒・墨非(Jill Murphy)

害怕女巫的小朋友需要跟幾個較有人味的巫婆交個朋友。有誰比得上《女巫梅格與小貓莫格》系列海倫・尼柯爾筆下鮮活的女巫梅格呢？詹・平克斯基的大色塊與強烈黑色線條插圖更凸顯出她的栩栩如生。本系列的第一本書中，我們看見半夜醒來的梅格一臉善良的模樣，穿著一身亂糟糟的白色睡袍。她逐一穿上女巫的行頭——黑色長襪，大號黑鞋，長長的黑色披風和黑色高帽。到目前為止，一點也不怕人。下樓的時候，她踩到可憐莫格的尾巴，把一塊看來奇怪的混合食材丟進大鍋（三顆雞蛋、麵包、可可粉、果醬、一塊鯡魚乾），這些在在讓她顯得十分平易近人。然後她騎著掃帚出發去跟朋友碰面，到山頂上施咒語（喔噢！）一個不小心，她把朋友變成一個出乎意料的東西……碰上這麼一個不善於當巫婆的巫婆，實在很難讓人心生恐懼。

開始讀初階讀本的兒童不妨試讀看看《淘氣小女巫》系列書裡的迷兒．哈寶。迷兒是考克小姐女巫學校的學生，跟梅格非常相似。她不但掃把控制得不好，施咒語也是錯誤連連，常常險些遭到開除；她的虎斑貓死也不肯坐上她的掃把，因此她不得不用袋子四處帶著牠，她的老師看了很憂心。系列中的六本書皆發生於學校上課期間，每學期迷兒都惹上一連串的麻煩，幸虧有好友艾妮和魔兒幫忙消災解厄。墨非熱情洋溢的女學生式幽默極富感染力，她筆下活力充沛的女巫，身穿半點不像女生的漂亮制服（釘靴，附領帶的背心裙，和正規女巫的帽子與披風），保證把所剩不多的恐懼一掃而空。

參見　害怕床底下有怪物 69、噩夢 242、睡不著 349

不當言詞
fascination with naughty **WORDS**

參見　罵髒話 374

過度擔心
WORRYING

ER《威夫戰士拯救全世界》（*Wilf the Mighty Worrier Saves the World*）文／喬治亞．皮謝特（Georgia Pritchett）、圖／傑米．李特勒（Jamie Littler）

CB《姆米谷彗星來襲》（*Comet in Moominland*）朵貝．楊笙（Tove Jansson）

YA《晚間十點的問題》（*The 10pm Question*）凱特．戈笛（Kate De Goldi）

我們許多人都花了一輩子才學到，杜絕苦惱的絕佳途徑就是迎頭面對。❀不過這話說來容易，做來困難。《威夫戰士拯救全世界》這個趣味盎然系列書中的第一本，作者喬治亞．皮謝特為我們創造一個比常人更愛操煩的人物，儘管如此，他依然勇敢面對自己的恐懼。

威夫擔心的事很多，而且會把它們寫在清單上。有些事許多人也擔心：例如令人看了發毛的多腳昆蟲和電梯，但有些就比較驚人——像填充動物玩偶，和卡在他口腔頂上的花生醬。威夫有個不再繼續發愁的辦法，就是畫出可能發生的最糟情景，然後研擬一個行動方案，萬一真的發生不幸，馬上可以按計畫執行。

一個名叫艾倫的男人搬到隔壁，還承認自己是個邪惡的瘋子，打算毀滅世界。威夫起初並不特別擔心，可是等到威夫和妹妹點點下到艾倫的罪惡巢穴，找到艾倫打造且遵從他每個命令（其實並非如此，它的心態就像個青少年）的機器人馬克三世時（再加上看到艾倫的一把大槍和奇蹟般的飛行機器），威夫好想鑽到什麼東西底下大大苦惱一番，並且織起毛衣。然而當威夫畫出想像中最糟的情景，擬出各種行動計畫，然後把點點扛上肩膀，把他信任的不倒翁蟲揣進口袋（外加幾樣他自己的小玩意），直接向他們開戰。當他發現自己毫髮未傷，而且成功拯救了全世界的時候，他明白不再需要畏懼。本書充滿設計完美、適合孩子年齡的幽默橋段，還有傑米．李特勒畫風簡約的可愛插圖，威夫這個小說人物證明了面對自己的恐懼真的很管用。

任何憂慮一旦落入朵貝．楊笙筆下姆米家庭系列中那寧靜、機智又神奇的池子，一定找得到快樂幸福的喘息空間。在《姆米谷彗星來襲》故事裡，空氣中有種反常的寒意；當姆米谷的居民看見森林地面上，有珍珠排成掃把星的形狀，大家開始感到不安。只有哲學家麝香鼠夠聰明，知道這些預兆意味著什麼（但他深信萬物皆毫無意義，所以壓根就不在乎）。史尼夫、司諾克和亨姆廉都很擔憂，但姆米托魯保持冷靜，企圖找出更多線索，於是帶著史尼夫一起到高山上的天文台，也就是教授們觀察星象的地方。

歷經幾次冒險和險象環生的登高之後，他們發現有個彗星即將於十月七日下午八點四十二分，或是說在「整整四秒之後」落在姆米谷。姆米托魯心中明白自己必須盡快回家，不過還是很擔心若是那顆彗星毀了他們的山谷，那麼他愛的一切都將不復存在——森林和海洋、雨、風、陽光、綠草和苔蘚。後來他不再發愁，因為「姆米媽媽一定曉得該怎麼辦。」（這是實話，她真的知道。在姆米系列的每一本書中，姆米媽媽都是如此，不管是面對洪水還是壓扁的蛋糕）。家中請務必準備整套姆米系列，每逢憂慮指數上升之時，看一看就放心了。

少男少女讀了《晚間十點的問題》後，也會覺得書中那位媽媽令人非常安慰（儘管她自己的問題也不少）。法藍基的媽媽在家裡經營頗為成功的蛋糕事業，不過她也基於種種原因足不出戶。這使得十二歲的法藍基不得不負責買菜與送蛋糕。彷彿這些負擔仍嫌不夠似的，法藍基晚上躺在床上的時候，腦袋裡老是擔心地震、禽流感和自己的精神是否正常。因此每到晚間十點，他就跑去找媽媽訴說心中的憂慮。

媽媽向來認真看待他的憂慮，即使他擔心胸口的疹子是因為罹患了快速蔓延的癌症，而且總會給他某種幫助，讓他放心。但唯有在他認識學校一頭雷鬼長髮的新生席妮之後，他才終於能夠說出他最擔憂的一件事。唯有跟席妮在一起的時候，他才覺得自己的憂慮不再重要，一方面是因為她毫無畏懼，一方面她非常能夠接受「悲哀的結局」，而且她母親也挺瘋癲的。但要是席妮搬走的話怎麼辦？到時他是否非得問媽媽那晚間十點的終極問題？

不愛上法藍基根本不可能，雖然讀者會意識到這個男孩將永遠無法徹底對人坦白，但也明瞭他母親儘管足不出戶，卻決心幫助他成為人生勝利組。有了法藍基，愛操煩的小孩能學到一些轉移煩憂的竅門，身上的盔甲也更堅固了。

給大人的療癒書

《波麗安娜》（*Pollyanna*） 愛蓮娜．波特（Eleanor H. Porter）

面對擔憂，次好的方法是說服自己其實你的煩惱根本算不上煩惱。針對這個毛病，我們開出的藥方是《波麗安娜》。十一歲的波麗安娜和父親打開一個捐獻箱，他們本來希望裡面是個洋娃娃，沒想到卻是一根拐杖。她父親不肯讓她失望。「哇，要開心喔，因為你不需要拐杖啊！」他高興地說。「開心遊戲」就是這麼開始的。

沒過多久，波麗安娜的父親死了，她實在很難把壞事想成好事。不過波麗安娜仍然勇敢地盡力而為。她設法讓自己開心，說不定爸爸現在和媽媽還有天使在一起。後來波麗安娜搬去和波麗阿姨同住，阿姨安排她住在屋子頂樓的房間，如此兩人才不用常常見面，於是波麗安娜決定為頂樓的風景而開心。一次波麗阿姨處罰她，讓她和女僕南西一起在廚房吃麵包喝牛奶，她卻很開心，因為南西很親切。她阿姨與奇爾頓醫生的愛情在她精心安排之下死灰復燃時，波麗阿姨終於心神領會開心遊戲的意義何在。這個道理在現今社會雖然稍嫌窒礙難行，但我預測等你把書讀過以後，一定能學會如何把煩惱變開心。

參見 焦慮 53、缺乏自信 107、自覺渺小 354、不敢為自己據理力爭 363

諸事不順

everything's going **WRONG**

PB《亞歷山大衰到家》（*Alexander and the Terrible, Horrible, No Good, Very Bad Day*） 文／茱迪絲·薇斯特（Judith Viorst）、圖／雷·克魯茲（Ray Cruz）

YA《幾秒鐘餐廳》（*Seconds*） Bryan Lee O'Malley

有時一件事出錯，一切都開始出錯，睡覺時間是唯一篤定可以遏止災難骨牌效應的方法。常常啥事都不順利的孩童，若讀了茱迪絲·薇斯特筆下頭髮如拖把、衰事比誰都多的亞歷山大，肯定會感到安慰。

一切都從亞歷山大一大早醒來開始樣樣出錯，先是發現口香糖黏到頭髮，然後又被他的滑板絆倒，毛衣掉進了水槽，玉米片紙盒裡找不到附贈的玩具，而兩個弟弟的紙盒裡都有。坐車上學途中，大家都靠窗坐，只有他例外。亞歷山大很快就開始覺得是否這個世界跟他作對。一如真實人生，衰到家的這一天沒有快樂結局——讀者從雷．克魯茲的黑白插圖中看見亞歷山大經歷種種衰事，從挫折、惱怒到痛苦認識到人生有多麼不公平（參見：不公平143）。如同媽媽在故事最後說的，有些日子「就像那樣」，但明天又是一個嶄新的開始。任何勉力保持鎮靜的孩子熬過如此辛苦的一天，只要讀了這個故事，就不會覺得那麼孤單了。

如果孩子漸漸長成青少年，那種諸事不順的感覺總是不時發生，可能就需要鼓勵他們仔細檢視諸事不順的原因出在哪裡。在這本超現實的圖像小說《幾秒鐘餐廳》中，長相漂亮但難以相處的凱蒂向來能幹又上進，她腳踩咚咚響的靴子，身穿曲線迷人的貼身牛仔褲。二十九歲的她已經擁有一家餐廳，是四年前和朋友合開的，目前她正在積極籌備開第二家。她愛烹飪也知道她烹調的食物在城裡首屈一指，可是她的朋友一一棄她而去（包括她滿臉鬍渣的英俊男友麥克斯），新大樓的翻新工程也曠日費時，快速燒光她的資金。當麥克斯挽著俏麗新女友來到餐廳用餐，新來的女侍又笨手笨腳地把熱油灑在她手臂上，那時凱蒂脆弱的鎮靜外表漸漸崩潰。

這時她記起夢中遇見那令人不寒而慄的鬼魂，身穿毛茸茸黑色外套、弓著身子在抽屜櫃上給她「第二次機會」。凱蒂在抽屜裡找到一個盒子，裡面裝著一朵蘑菇，還有一張寫了指示的字條。「一、寫下你的錯誤。二、吃一朵蘑菇。三、去睡覺。四、醒來一切煥然一新。」反正沒啥損失，她照辦了，把那小小的紅白蘑菇吞下喉嚨，然後，她驚愕地發現自己和滿臉鬍碴的前男友端坐在一起進餐（而且他倆似乎仍在約會）。她簡直無法相信自己的好運。

即使有了第二次機會，凱蒂卻又搞砸了，而現實變得愈發令人困惑（對她及讀者皆然），她開始以批判的眼光審視自己。最後她才明白需要改變的不是事件，而是她。不妨和你家的青少年共讀與討論這個節奏明快、繁複如萬花筒般的故事中的故事，本書可說是創意無限的起床號，喚醒我們看清責任終歸回在自己身上。

參見 缺乏自信107、覺得一無是處180、覺得像個輸家218、怕犯錯230

想看限制級電影
wanting to watch **X-RATED FILMS**

建議孩子先從閱讀羅曼史小說開始。書總是能提供一個探索性、毒品和人生黑暗面的安全空間。

十本最佳情欲羅曼史書單

- 《顛倒雪梨橋》(*Sydney Bridge Upside Down*) David Ballantyne
- 《甘蒂》(*Candy*) Kevin Brooks
- 《我預測一場騷亂》(*I Predict a Riot*) Catherine Bruton
- 《意外的季節》(*The Accident Season*) Moïra Fowley-Doyle
- 《鬥魚》(*Rumble Fish*) 蘇西・辛頓(S. E. Hinton)
- 《她們不美》(*Ugly Girls*) Lindsay Hunter
- 《夏日王子》(*The Summer Prince*) Alaya Dawn Johnson
- 《戀夏進行式》(*The Spectacular Now*) 提姆・薩爾普(Tim Tharp)
- 《瑪瑞西》(*The Red Abbey Chronicles: Maresi*) Maria Turtschaninoff
- 《小不點》(*Liccle Bit*) Alex Wheatle

參見 同儕壓力278、色情刊物290

年輕得不耐煩
impatient with being **YOUNG**

參見 挫折 164、迫不及待要長大 184

身為么兒
being the **YOUNGEST**

參見 迫不及待要長大 184、說話沒人聽 191、手足之爭 343、寵壞了 361

Z

痘痘
ZITS

YA《宅女超模》（*Geek Girl*） Holly Smale

從來不必處理痘痘的青少年實在幸運。痘痘總在最要命的時候冒出來；不管去角質多少次、擦多少面霜或遮瑕膏都無法使它們遁形。下回你家的青少年若是抱怨臉上的坑坑疤疤，就讓他們讀《宅女超模》的故事吧。宅女哈莉葉變身超級名模，額頭卻冒出超大痘痘，誰能比她更淒慘？

擁有一雙長腿、一頭紅髮的十五歲女孩哈莉葉從沒想過要當超級模特兒。她去參加服裝秀的唯一原因就是支持她最要好的朋友娜特。不過哈莉葉卻得到星探的青睞，這會兒她和全球最炙手可熱的超級男模尼克手牽手站在克里姆林宮前面，身上只穿了一件剛好遮住臀部的外套、一條短褲、一雙高得不知道怎麼走路的高跟鞋，要回下榻的旅館非得坐輪椅才到得了。噢，還有她額頭正中央冒出了一顆其大無比的青春痘。

她爸爸只會幫倒忙。他對她的痘痘說話的模樣，彷彿它是個有智慧、會思考的生物，還替它點飲料，其實自己喝得挺過癮。另一件事實是她和尼克站得太近，近到她幾乎暈死過去。儘管長了特大痘痘又走不動，哈莉葉依然迅速風靡時尚圈——並非因為她的長相，而是她的善良。介紹此書給青少年讀讀看，提醒他們痘痘會冒出也會消失，然而慷慨大度、誠實與好友則是永遠不離不棄。

參見 青春痘37、青春期38、身體形象80、缺乏自信107

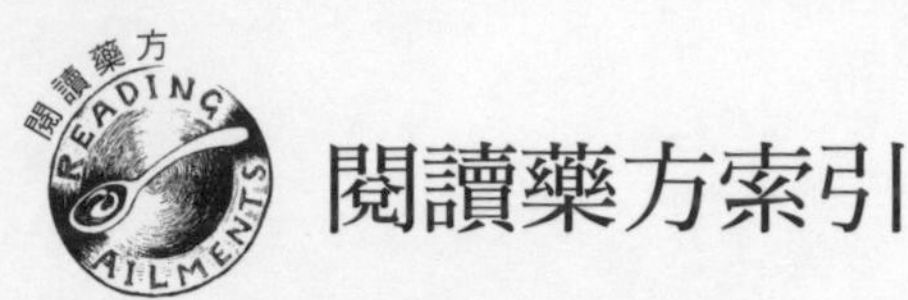

閱讀藥方索引

十大書單索引

致謝

本書向卓越的故事致上敬意，文中所提及、引用、時而討論並重述的童書本身就充滿了能量。書單中每一位作者、每一位繪者，或已逝的、或當代的，感謝他們創作出如同無價禮物的故事。而他們多數不知道我們以如此形式引用了他們的作品。

在撰寫過程中，我們受到許多幫助。特別感謝艾拉的爸爸Matin Berthoud，他好比《好餓的毛毛蟲》裡頭的毛毛蟲，開心大口咀嚼所有遞給他的故事，不論是童話、武士、不同年代的青少年愛情小說，或是海上冒險；老實說，要是沒有他的熱忱參與，我們現在可能還在M裡頭打轉。也特別感謝蘇珊的媽媽Doreen Elderkin橫跨大西洋的愛，以及她頑固的睡前故事儀式。感謝Bill、Jennie Thomas、Saroja Ranpura，不時飛來一筆提醒，才記得要為我們遺忘的孩子尋找一些故事。

由衷感謝Charlotte Raby，她豐沛的兒童文學知識，以及對兒童閱讀相關議題的了解，為本書提供了珍貴的建議。

感謝以下幾位大人讀者，他們真的很棒：Becky Adams、Natalie Avella、Andy Bennett、Gael Cassidy、Sarah Cassidy、Chris Berthoud、Clare Berthoud、Coky Giedroyc、Mel Giedroyc, Kevin Harvey、Averil Hudson、Sharen McKay、Anna McNamee、Sam Nixon、Kate Shanahan、Katie Solohub、Selma Stafford、Claire Usiskin、Claire Westgate、Rachel Wykes。

感謝以下小讀者，不能沒有你們：Ava Berthoud、Charles Berthoud、Eric Berthoud、George Berthoud、Isla Berthoud、Lai Ling Berthoud、Lois Berthoud、Nick Berthoud、Felix Bes、Catherine Bethell、Iris Bethell、Isidora Bethell、Laurence Bethell、Andreas Bougheas、Petro Bougheas、Rosie Bowyer、Hamish Bromley、Monty Bromley、Rufus Bromley、Sophie Chapman、Toby Chapman、Casper Davidson、Mary Davidson、Daniel

Elderkin、Isbelle Elderkin、Ariella Glaser、Noa Glaser、Cal Gorvy、Leela Guha、Anna Harries、Jess Henshall（從Delve到Dystopia）、Coco Heppner、Daisy Heppner、Sam Heppner、Olivia Honer、Eve James、Finn James、Vita Jones、Esther Lacey、Rosalind Lacey、Evie Lailey、Robin Lailey、Harry Lindfield、Rowan Macy、Agnes Malin、Evie Malin、Robin Malin, Ava Maralani、Roxana Maralani、Sian Messenger、Flossie Morris、Hannah Morris、Vita Morris、Darcey Nixon、Cyrus Noushin、Lucy Okonkwo、Felix Partridge、Ella Papenfus、James Platt、Olivia Potter、Zac Prosser、Ella Raby、Herb Raby、Lettie Raby、Inigo Serjeant、Otto Serjeant、Theodora Spufford、Nancy Turner、Benji Wells、Lizzie Wells、Noah Wells、Ollie Withers、Leila Wyrtzen、Nora Wyrtzen。

感謝紐哈芬市的Cold Spring學校、赫索克斯市的Downlands Community學校、赫斯特皮爾波因特市的St Lawrence小學的孩子們。也感謝這三所學校的教職員們，他們如此啟發人心，還讓我們恣意使用學校圖書館的資源，分享他們廣博的兒童文學知識。

感謝以下專業人士的指導與建議：青少年與兒童心理分析師Ethel C Bullitt MD；心理諮商工作室Pam Sayre LCSW；失聰兒的英文教師William Davidson；安大略省的特教老師Amy Soule，我們從未見過面，但是她每個月都透過email提供我們許多建議；諾福克童書中心的Marilyn Brocklehurst。感謝Damian Barr的慷慨支持、Jo Unwin的啟發，還有Juliet Bromley、Bruce Coffin、Maria Coffin、Sarah Constantinides、Susan Cunningham、Anne Dearle。還有我們優秀的臉書好友：Alex Finer、Annie Harper、Mimi Houston、Alison Huntingdon、Josh Lacey、Doug Mckee、Vida Maralani、Heather Millar、Bonnie Powell與她的臉友、Joanna Quinn、Gael Gorvy Robertson、Dr. Kristina Rath（以及她的女兒Jane）、Anne Watkins、Charmaine Yabsley。Moody Khan和Jyoti Prajapati慷慨提供他們的想法，還有分享他們對書的愛情。特別感謝哈姆登市公共圖書館Whitneyville分館的Maureen McKeon Armstrong與她的團隊，還有感謝康乃狄克州市立圖書館，不厭其煩的幫忙從該州各個角落調撥藏書到一位喋

喋不休的作家那裡。感謝「人生學校」（The School of Life）伙伴的推廣，感謝Simona Lyons當我們深陷在童書書海中時，時常英勇快速的救火，讓我們的書目治療服務持續下去。

十分感謝Jamie Byng以及Canongate出版團隊，他們總是帶來獨特的火花。特別感激我們的編輯Jenny Lord，她統整了Google雲端檔案、Skype會議和Hendrick（蘇珊的經紀人）的琴酒。也要感謝我們的甘道夫Clare Alexander（也是我們的代理人）、護理師Jaz Lacey-Campbell（也是我們的公關），還有擁有無盡耐心的主編Vicki Rutherford、副編Debs Warner（他在我們心中像是《畢古》裡的外星兔，天生多一隻眼睛）、美術總監Rafi Romaya，以及繪者Rohan Eason非凡的插圖，驚人的線稿編織出幽暗與喜悅。

最後，但也同等重要，謝謝Carl擔任艾拉的多聲道真人有聲書。謝謝Ash讓蘇珊知道跳躍的時候，尤其是從高處跳躍的時候，應該用雙腳、有時候應該先用頭腦對她比較好，即便那意味著該放下手邊的書本。感謝我們的孩子Morgan、Calypso、Harper、Kirin，領著我們回到「好久好久以前」的世界。

小麥田

故事藥方：

不想洗澡、愛滑手機、失戀了怎麼辦……給孩子與青少年的閱讀指南

The Story Cure: An A-Z of Books to Keep Kids Happy, Healthy and Wise

作　　者　艾拉．柏素德（Ella Berthoud）、
蘇珊．艾爾德金（Susan Elderkin）
繪　　者　羅翰．伊森（Rohan Eason）
譯　　者　趙永芬
封面設計　莊謹銘
校　　對　許嘉諾
責任編輯　汪郁潔

國際版權　吳玲緯　蔡傳宜
行　　銷　何維民　吳宇軒　陳欣岑　林欣平
業　　務　李再星　陳紫晴　陳美燕　葉晉源
副總編輯　巫維珍
編輯總監　劉麗真
總 經 理　陳逸瑛
發 行 人　涂玉雲
出　　版　小麥田出版
10483台北市中山區民生東路二段141號5樓
電話：(02)2500-7696　傳真：(02)2500-1967
發　　行　英屬蓋曼群島商家庭傳媒股份有限公司
城邦分公司
10483台北市中山區民生東路二段141號11樓
網址：http://www.cite.com.tw
客服專線：(02)2500-7718｜2500-7719
24小時傳真專線：(02)2500-1990｜2500-1991
服務時間：週一至週五09:30-12:00｜13:30-17:00
劃撥帳號：19863813　戶名：書虫股份有限公司
讀者服務信箱：service@readingclub.com.tw
香港發行所　城邦（香港）出版集團有限公司
香港灣仔駱克道193號東超商業中心1/F
電話：852-2508 6231
傳真：852-2578 9337
馬新發行所　城邦（馬新）出版集團 Cite (M) Sdn Bhd.
41-3, Jalan Radin Anum,
Bandar Baru Sri Petaling,
57000 Kuala Lumpur, Malaysia.
電話：+6(03) 9056 3833
傳真：+6(03) 9057 6622
讀者服務信箱：services@cite.my
麥田部落格　http://ryefield.pixnet.net
印　　刷　漾格科技股份有限公司
初　　版　2018年1月
初版四刷　2021年8月
售　　價　480元

ISBN 978-986-95636-1-1
Printed in Taiwan.
本書若有缺頁、破損、裝訂錯誤，請寄回更換。

國家圖書館出版品預行編目資料

故事藥方：不想洗澡、愛滑手機、失戀了怎麼辦……給孩子與青少年的閱讀指南／蘇珊．艾爾德金(Susan Elderkin), 艾拉．柏素德(Ella Berthoud)作；趙永芬譯. -- 初版. -- 臺北市：小麥田出版：家庭傳媒城邦分公司發行, 2018.01
面；　公分
譯自：The story cure: an A-Z of books to keep kids happy, healthy and wise
ISBN 978-986-95636-1-1（平裝）

1. 兒童文學　2. 文學評論　3. 閱讀治療

812.89　　106022657